Christian White
Das andere Mädchen

Christian White

Das andere Mädchen

Aus dem australischen Englisch
von Conny Lösch

GOLDMANN

Die australische Originalausgabe erschien 2018 unter dem Titel »The Nowhere Child« bei Affirm Press, Melbourne.

Dieses Buch ist auch als E-Book erhältlich.

Verlagsgruppe Random House FSC® N001967

1. Auflage
Deutsche Erstveröffentlichung März 2020

Umschlaggestaltung: UNO Werbeagentur, München,
nach der Gestaltung von Studio Jan de Boer, Utrecht
Umschlagmotiv: © plain picture/Yann Grancher
Redaktion: Ann-Catherine Geuder
An · Herstellung: ik
Satz: KompetenzCenter, Mönchengladbach
Druck und Bindung: GGP Media GmbH, Pößneck
Printed in Germany
ISBN: 978-3-442-48792-9
www.goldmann-verlag.de

Besuchen Sie den Goldmann Verlag im Netz

Für meine Eltern, Ivan und Keera White

Melbourne, Australien

– Jetzt –

»Darf ich mich zu Ihnen setzen?«, fragte der Fremde. Er musste so um die vierzig sein, sah auf zurückhaltende Weise gut aus und sprach mit amerikanischem Akzent. Dazu trug er einen nassen Regenparka und knallgelbe Sneaker. Die Schuhe waren brandneu – sie quietschten beim Gehen. Er setzte sich zu mir an den Tisch, ohne meine Antwort abzuwarten, und sagte: »Sie sind Kimberly Leamy, stimmt's?«

Ich unterrichtete an drei Abenden in der Woche am Northampton Community TAFE Fotografie und machte gerade zwischen zwei Stunden Pause. Normalerweise wimmelte es in der Cafeteria von Schülern, aber heute herrschte eine fast unheimliche, postapokalyptische Leere. Seit nun beinahe sechs Tagen regnete es ununterbrochen; dank der doppelt verglasten Fenster blieb der Lärm jedoch draußen.

»Kim genügt«, sagte ich leicht genervt. Von meiner Pause war nicht mehr viel übrig, und ich hatte das Alleinsein genossen. Anfang der Woche hatte ich eine alte zerlesene Ausgabe von Stephen Kings *Friedhof der*

Kuscheltiere im Lehrerzimmer unter einem wackligen Tischbein gefunden und war seither eifrig dabei, sie zu verschlingen. Ich hatte schon immer gerne gelesen, und Horror gehörte zu meinen Lieblingsgenres. Meine jüngere Schwester Amy hatte häufig frustriert festgestellt, dass ich in derselben Zeit drei Bücher las, in der sie gerade mal eins schaffte. Der Trick des schnellen Lesens besteht darin, dass man ein langweiliges Leben führen muss, hatte ich ihr erklärt. Amy hatte einen Verlobten und eine dreijährige Tochter; ich hatte Stephen King.

»Mein Name ist James Finn«, sagte der Mann. Er legte eine Mappe zwischen uns auf den Tisch und schloss die Augen, wie ein olympischer Turmspringer, der sich mental auf seinen Sprung vorbereitet.

»Sind Sie Lehrer oder Schüler?«, fragte ich.

»Weder noch.«

Er schlug die Mappe auf, zog ein Foto im Format zwanzig mal dreißig heraus und schob es über den Tisch. Seine Bewegungen hatten etwas Mechanisches. Jede Geste war überlegt und souverän.

Die Aufnahme zeigte ein kleines Mädchen im grünen Gras, sie hatte tiefblaue Augen und einen dunklen Strubbelkopf. Sie lächelte – wenn auch ein bisschen geziert, als hätte sie keine Lust, fotografiert zu werden.

»Kommt Ihnen das Mädchen bekannt vor?«, fragte er.

»Nein, ich glaube nicht. Sollte sie?«

»Würden Sie noch mal genauer hinsehen?«

Er lehnte sich zurück, um meine Reaktion besser beobachten zu können. Ich tat ihm den Gefallen und betrachtete das Foto noch einmal. Die blauen Augen, das überbelichtete Gesicht, das Lächeln, das eigentlich keins war. Vielleicht kam sie mir jetzt tatsächlich bekannt vor. »Ich weiß nicht. Tut mir leid. Wer ist das?«

»Sie heißt Sammy Went. Das Foto wurde an ihrem zweiten Geburtstag aufgenommen. Drei Tage später ist sie verschwunden.«

»Verschwunden?«

»Entführt aus dem Haus ihrer Eltern in Manson, Kentucky. Direkt aus ihrem Zimmer im ersten Stock. Die Polizei konnte keinerlei Spuren finden, die auf einen Eindringling hingewiesen hätten. Es gab keine Zeugen, keinen Erpresserbrief. Sie hat sich einfach in Luft aufgelöst.«

»Ich denke, Sie wollen zu Edna«, sagte ich. »Sie unterrichtet Verbrechen und Justiz. Ich bin nur für Fotografie zuständig, aber Edna brennt für diese wahren Kriminalgeschichten.«

»Nein, ich bin wegen Ihnen hier.« Er räusperte sich und fuhr dann fort: »Manche waren überzeugt, dass sie in den Wald spaziert und dort von einem Kojoten oder einem Puma gerissen wurde, aber wie weit würde eine Zweijährige kommen? Das Wahrscheinlichste ist, dass Sammy gekidnappt wurde.«

»... okay. Dann sind Sie Ermittler?«

»Eigentlich bin ich Steuerberater.« Er atmete geräuschvoll aus, und ich roch Pfefferminz. »Aber ich bin in Manson aufgewachsen und kenne die Familie Went recht gut.«

Mein nächster Kurs sollte in fünf Minuten beginnen, also schaute ich demonstrativ auf die Uhr. »Tut mir sehr leid, das mit dem Mädchen, aber ich fürchte, ich muss gleich zum Unterricht. Natürlich würde ich gerne helfen. An eine Spende in welcher Höhe hatten Sie gedacht?«

»Spende?«

»Sammeln Sie kein Geld für die Familie? Geht es nicht darum?«

»Ich möchte kein Geld von Ihnen«, sagte er unterkühlt und starrte mich mit eigenartig verkniffener Miene an. »Ich bin hier, weil ich glaube ... dass Sie mit der Angelegenheit zu tun haben.«

»Mit der Entführung einer Zweijährigen?« Ich lachte. »Erzählen Sie mir nicht, dass Sie aus den Staaten hergereist sind, um mich der Kindesentführung zu beschuldigen.«

»Sie verstehen mich falsch«, sagte er. »Das kleine Mädchen verschwand am 3. April 1990. Sie wird seit achtundzwanzig Jahren vermisst. Ich denke nicht, dass Sie Sammy Went *gekidnappt* haben. Ich denke, dass Sie Sammy Went *sind*.«

In meinem Fotografiekurs waren siebzehn Schüler – in Bezug auf Alter, Herkunft und Geschlecht bunt gemischt. Einerseits war da Lucy Cho, die so frisch von der Highschool kam, dass sie immer noch einen Kapuzenpulli mit der Aufschrift *Mornington Secondary* auf dem Rücken trug. Andererseits Murray Palfrey, ein vierundsiebzigjähriger Rentner, der immer, bevor er sich meldete, seine Finger knacken ließ.

Heute Abend war Mappenpräsentation: Die Schüler sollten der Klasse die Arbeiten zeigen, die sie während des Semesters aufgenommen hatten, um anschließend gemeinsam darüber zu sprechen. Die meisten waren eher unspektakulär. Größtenteils handwerklich solide, sodass ich wohl etwas richtig gemacht haben musste – die Themen aber waren meist die gleichen wie im letzten und vorletzten Semester. Ich sah dasselbe Graffiti an derselben baufälligen Mauer; dasselbe efeuumrankte Häuschen in Carlton Gardens; denselben Unheil verheißenden Gully, durch den schmutzig braunes Wasser in den Egan River floss.

Den größten Teil der Stunde schaltete ich auf Autopilot.

Meine Begegnung mit dem amerikanischen Steuerberater hatte mich verunsichert. Allerdings nicht, weil ich ihm glaubte. Meine Mutter Carol Leamy mochte vieles gewesen sein – sie war vor vier Jahren gestorben –, aber ganz gewiss keine Kidnapperin. Wer je auch nur eine Minute mit meiner Mutter verbracht hatte, wusste, dass sie keine Lüge aufrechterhalten konnte, geschweige denn eine internationale Kindesentführung hätte durchziehen können.

James Finn täuschte sich in Bezug auf mich, und vermutlich würde er das kleine Mädchen niemals finden, aber trotzdem hatte er mir eine unbequeme Wahrheit ins Bewusstsein gerufen: Kontrolle ist eine Illusion. Sammy Wents Eltern hatten diese Lektion auf die harte Tour, durch den Verlust eines Kindes, lernen müssen. Und ich hatte dieselbe Erfahrung durch den Tod meiner Mutter gemacht. Sie war relativ plötzlich gestorben: Als sie die Diagnose Krebs erhielt, war ich vierundzwanzig, und sechsundzwanzig, als sie daran starb.

Meiner Erfahrung nach sagten Menschen, die so etwas durchgemacht hatten, entweder »Alles hat seinen Grund« oder »Chaos regiert«. Natürlich gibt es weitere Varianten dieser Grundeinstellungen: »Gottes Wege sind unergründlich« oder »Das Leben ist kein Zuckerschlecken«. Für mich war es Letzteres. Meine Mutter hatte weder geraucht noch ihr Leben lang in einer Textilfabrik gearbeitet, sie hatte sich gut ernährt und Sport getrieben, und doch hatte all das zum Schluss überhaupt keinen Unterschied gemacht.

Verstehen Sie? Kontrolle gibt es nicht.

Als ich merkte, dass ich während der Präsentation träumte, kippte ich schnell meinen inzwischen kalten Kaffee herunter und versuchte erneut, mich zu konzentrieren.

Simon Daumier-Smith war jetzt an der Reihe, seine Arbeiten zu zeigen. Simon war ein schüchterner Junge Anfang zwanzig, der beim Sprechen meist zu Boden starrte. Wenn er dann doch einmal aufblickte, huschte sein träges Auge hinter seiner Lesebrille hin und her wie ein Fisch.

Es dauerte einige Minuten, bis er ungeschickt eine

Serie von Fotografien auf Staffeleien vor der Klasse platziert hatte. Da die anderen Schüler bereits unruhig wurden, bat ich Simon, uns während seiner Vorbereitungen doch ein bisschen was zu erzählen.

»Äh, ja, na klar, okay«, sagte er und hatte Mühe, dabei die Abzüge zu befestigen. Einer fiel ihm aus der Hand und glitt über den Boden, Simon jagte ihm hinterher.

»Okay, also ich weiß ja, dass wir eigentlich, äh, Gegensätze suchen sollten und äh, na ja, ich bin nicht so sicher, ob ich wirklich, na ja, begriffen habe, was damit gemeint war oder so.« Er stellte das letzte Foto auf die Staffelei und trat einen Schritt beiseite, damit die Klasse die Serie betrachten konnte. »Vermutlich könnte man behaupten, die Serie zeigt den Gegensatz zwischen hässlich und schön.«

Zu meiner absoluten Überraschung waren die Fotos von Simon Daumier-Smith … atemberaubend.

Insgesamt handelte es sich um sechs Fotos, alle in derselben Einstellung aufgenommen. Er musste die Kamera auf einem Stativ befestigt und alle paar Stunden ein Foto gemacht haben. Die Komposition war karg und schlicht: ein Bett, eine Frau und ihr Kind. Die Frau war in Simons Alter, hübsch, aber mit Aknenarben im Gesicht. Das Kind war ungefähr drei, hatte unnatürlich gerötete Wangen und eine kränklich gerunzelte Stirn.

»Ich hab sie alle in einer Nacht aufgenommen«, erklärte Simon. »Die Frau ist meine Verlobte Joanie, und das ist unsere kleine Tochter Simone. Wir haben sie übrigens nicht nach mir so genannt. Viele denken, wir hätten sie nach mir benannt, aber Joanie hatte eine Oma, die Simone hieß.«

»Erzähl uns mehr über die Fotos, Simon«, sagte ich.

»Okay, äh, also Simone hatte Keuchhusten und war fast die ganze Nacht wach. Sie war unruhig, deshalb hat Joanie bei ihr im Bett geschlafen.«

Auf dem ersten Foto war die Mutter zu sehen, wie sie sich von hinten an das Kind schmiegte. Auf dem zweiten Bild war das kleine Mädchen wach und weinte, stieß sich von der Mutter ab. Auf dem dritten sah es aus, als wollte Simons Verlobte nicht mehr fotografiert werden. Und so weiter bis zum sechsten Foto, auf dem Mutter und Kind schliefen.

»Wo ist da was hässlich?«, fragte ich.

»Na ja, äh, hier sabbert Simone, äh, das Kind. Aber das kann man auf dem Foto natürlich nicht sehen, und da hat meine Verlobte geschnarcht wie verrückt.«

»Ich sehe nichts Hässliches«, sagte ich. »Ich sehe … Alltägliches. Aber auch etwas sehr Schönes.«

Simon Daumier-Smith würde niemals Profifotograf werden. Da war ich fast sicher. Aber mit seiner schlicht *Das kranke Kind* betitelten Serie hatte er etwas sehr Wahrhaftiges geschaffen.

»Alles in Ordnung, Miss Leamy?«, fragte er.

»Sagen Sie ruhig Kim«, erinnerte ich ihn. »Mir geht's gut. Warum fragen Sie?«

»Na ja, äh, weil Sie weinen.«

Es war nach zehn, als ich durch die düstere Landschaft von Coburg nach Hause fuhr. Der Regen prasselte unermüdlich auf das Dach meines Subaru. Zehn Minuten später war ich zu Hause angekommen, hatte geparkt und war durch den Regen zur Haustür meines Apartmentblocks gerannt, hatte mir dabei statt eines Schirms meine Tasche über den Kopf gehalten.

Auf dem Treppenabsatz im dritten Stock roch es nach Knoblauch und Gewürzen – der eigenartig beruhigende Duft der Nachbarn, denen ich so gut wie nie begegnete. Als ich zu meiner Tür ging, streckte Georgia Evvie von gegenüber den Kopf zur Tür heraus.

»Kimberly, hab mir schon gedacht, dass du das bist.« Sie war eine rundliche Frau Anfang sechzig mit blutunterlaufenen, verschlafenen Augen – »Heavy Evvie«, hatte ich einen Nachbarn sie einmal hinter ihrem Rücken nennen hören. »Hab den Fahrstuhl gehört, auf die Uhr geschaut und gedacht, wer sonst würde erst kurz vor Mitternacht nach Hause kommen?«

Es war halb elf.

»Tut mir leid, Mrs Evvie. Hab ich Sie geweckt?«

»Nein, nein. Ich bin eine Nachteule. Bill geht natürlich schon um neun ins Bett, er hätte also was merken können, aber er hat sich nicht beklagt.« Sie machte eine wegwerfende Handbewegung. »Und wenn, hätte ich ihn dran erinnert, dass du jung bist. Junge Menschen kommen heutzutage spät nach Hause, sogar unter der Woche.«

»Mh-hm.«

Niemand hatte Georgias Mann je gesehen, und es gab keinerlei Anzeichen dafür, dass er überhaupt existierte. Natürlich konnte er auch unter Georgias Müll begraben liegen. Soweit ich in ihr Apartment sehen konnte, wenn sie zur Tür kam, war der Flur von Wohnung Nummer 3E von schwankenden Stapeln aus allerhand Trödel gesäumt: Bücher, Rechnungen, Aktenordner und überquellende Kisten. Das einzige Fenster, das ich vom Gang aus erkennen konnte, war mit Zeitungspapier zugeklebt, und obwohl ich nie eine gesehen hatte, bin ich sicher, dass irgendwo in dem ganzen Chaos zwei Hauben aus Alufolie herumlagen.

»Na ja, da du noch auf bist …«, fing sie an. Georgia machte Anstalten, sich zu einem Schlummertrunk bei mir einzuladen. Ich wollte nichts anderes als die Heizung aufdrehen, mich mit Stephen King aufs Sofa legen und den beruhigenden Geräuschen meiner Wohnung lauschen – dem Brummen des Kühlschranks, dem Flüstern der Heizung, dem Summen meines Laptopladegeräts. »Wie wär's mit einem Schlummertrunk?«

Seufzend sagte ich: »Na klar.« Seit dem Tod meiner Mutter konnte ich einer einsamen Frau keinen Wunsch mehr abschlagen.

Mein Einzimmerapartment war spärlich eingerichtet, was es deutlich größer wirken ließ, als es war. Selbst Heavy Evvie sah klein aus, so wie sie da am verregneten Fenster meines Wohnzimmers in dem grünen Sessel saß, sich Fusseln von der Jogginghose zupfte und auf meinen Dielenboden schnippte.

Ich holte eine Flasche Wein aus der Küche und schenkte uns beiden je ein Glas ein. Dass ich nicht alleine trinken musste, war das einzig Gute an Georgias Besuch.

»Was meinst du, was sich da drüben zusammenbraut, Kim?«, fragte sie.

»Wo?«

»Na, wo wohl? Bei denen in 3C. Ich hör sie den ganzen Tag *irakisch* oder so was reden.«

»Ach so, 3C. Riecht nach Curry.« Mein Magen knurrte. Ich hatte bereits in der Küche nach Essbarem gesucht, aber außer fertigen Soßen nichts gefunden. Der Wein musste genügen.

»Ich meine nicht, was die essen.« Sie senkte die Stimme auf ein Flüstern. »Ich meine, was die *vorhaben.*«

Georgia war aus zwei Gründen überzeugt davon, dass es sich bei den Bewohnern von 3C um Terroristen handelte: Sie stammten aus dem Nahen Osten, und auf ihrem Briefkasten stand der Name Mohamed. Ich hatte ihr bereits mehrfach erklärt, dass nicht alle Menschen mit hellbrauner Hautfarbe Terroristen waren und ich mir nicht vorstellen konnte, dass das australische Coburg auf der Liste terroristischer Anschlagsziele weit oben stand. Aber Georgia hatte jedes Mal ernst den Kopf geschüttelt und gesagt: »Wirst schon sehen.«

»Also, warum kommst du erst so spät nach Hause, Kim? Warst wohl tanzen.«

»Ich arbeite abends, Mrs Evvie. Das wissen Sie doch.«

Sie trank ihren Wein und rümpfte die Nase wegen des Geschmacks. »Ich weiß nicht, was ihr jungen Leute macht. Rund um die Uhr seid ihr unterwegs und treibt Gott weiß was.«

Schnell trank ich meinen Wein aus und schenkte mir einen weiteren ein. Den nächsten wollte ich langsamer und mit mehr Bedacht trinken, ermahnte ich mich. Ich wollte nur eine angenehme Bettschwere erlangen, um leichter einzuschlafen.

»Mir ist heute was ganz Eigenartiges passiert, Mrs Evvie«, sagte ich. »Auf der Arbeit hat mich ein Mann angesprochen.«

»Na endlich«, sagte sie und schenkte sich ebenfalls Wein nach. »Wird aber auch Zeit, Kim. Einer Frau bleibt nicht lange, um sich einen Mann zu schnappen. Nur die Jahre zwischen fünfzehn und fünfundzwanzig. Mehr nicht. Ich war siebzehn, als ich Bill kennengelernt hab, mit achtzehn haben wir schon geheiratet.«

Georgia fand eine Fernbedienung zwischen den grünen Polstern des Sessels und schaltete den Fernseher ein. Von Folienhauben und rassistischen Ansichten mal abgesehen – eigentlich wünschte sie sich nur ein bisschen Gesellschaft.

Ich kuschelte mich aufs Sofa und klappte meinen Laptop auf, während sie bei voller Lautstärke durch sämtliche Sender zappte.

Ich hatte eigentlich gemütlich ein bisschen im Netz surfen wollen, vielleicht ein paar Freundinnen aus der Highschool aufspüren oder meinen E-Mail-Posteingang aufräumen, aber meine Neugierde war doch zu groß. Als ich *Sammy Went + Manson, Kentucky* eingab, kam es mir vor, als würden meine Finger unabhängig agieren, was mich an die mechanische Art erinnerte, mit der James Finn an seiner Mappe herumgefingert hatte.

Der erste Link führte mich zu einem archivierten Zeitungsartikel vom 7. April 1990. Er war elektronisch eingescannt worden, mitsamt allen Knicken und Tintenklecksen. An manchen Stellen waren die Worte unleserlich, weshalb ich mir wie eine altmodische Wissenschaftlerin vorkam, die über Mikrofilmen brütet.

Polizei sucht vermisstes Mädchen

Die Suche nach einem in der Umgebung von Manson vermissten Mädchen wurde am Freitag mit Freiwilligen und Vertretern der Polizei fortgesetzt.

Sammy Went verschwand am Dienstagnachmittag aus dem Haus ihrer Eltern in Manson und konnte trotz gründlicher Suche in Stadt und Umgebung nicht gefunden werden.

»Wir sind zuversichtlich, dass wir Sammy finden und sicher nach Hause bringen werden«, sagte Sheriff Chester Ellis. »Derzeit handeln wir im Rahmen eines Such- und möglicherweise Rettungseinsatzes.«

Die Polizei geht vorläufig nicht von einer Straftat aus. Hunderte von Anwohnern durchsuchten am Freitag die weitläufige bewaldete Umgebung des Wohnhauses der Wents.

Die freiwillige Helferin Karen Peady brachte ihre Befürchtungen zum Ausdruck: »Die Nächte sind kalt, und in der Gegend hier gibt es viele wilde Tiere; die größte Angst aber macht mir der Gedanke, dass das Mädchen entführt worden sein könnte. Man denkt, hier in Manson hätten uns die Schattenseiten des modernen Amerika noch nicht erreicht, aber es gibt so viele gestörte Menschen auf der Welt, sogar in einer Kleinstadt wie unserer.«

Sammy wurde zuletzt in einem langärmeligen gelben T-Shirt und kurzer blauer Schlafanzughose gesehen. Die Polizei bittet um sachdienliche Hinweise.

Neben dem Artikel war dasselbe Foto abgedruckt, das James Finn mir gezeigt hatte, nur in Schwarz-Weiß. Sammys tiefblaue Augen wirkten pechschwarz, und ihr überbelichtetes Gesicht war kreideweiß, beinahe konturenlos.

Weitere Internetrecherchen brachten ein Foto von Jack und Molly Went zum Vorschein, Sammys Eltern. Es war an einem der Tage direkt nach Sammys Verschwinden entstanden und zeigte sie auf den Stufen vor der Polizeiwache in Manson.

Sie sahen müde und verzweifelt aus, die Gesichter angespannt, Angst im Blick. Molly Went wirkte besonders mitgenommen, als hätte ihr Geist ihren Körper verlassen. Ihr Mund war so sorgenvoll verzogen, dass sie fast geisteskrank schien.

Ich fuhr auf dem Bildschirm über ihre Gesichtszüge

und verglich sie mit meinen eigenen. Wir hatten dieselbe lange, kantige Nase und Schlupflider. Sie schien sehr viel kleiner als ich, dafür war Jack Went aber dem Aussehen nach über einen Meter achtzig. Je genauer ich die beiden betrachtete, desto besser konnte ich mich selbst in ihnen erkennen: in Jacks kleinen, blassen Ohren, Mollys Körperhaltung, Jacks breiten Schultern und Mollys spitzem Kinn. Ein bisschen DNA vom einen, ein bisschen von der anderen.

Natürlich bedeutete das gar nichts. Wenn ich Horoskope lese, geht es mir genauso – sie sind darauf angelegt, den Leser glauben zu machen, was er glauben möchte.

Erkenne ich mich selbst in Jack und Molly Went?, fragte ich mich. Die Frage kam überraschend für mich, und schon bald schwirrte mir der Kopf, weil sie unzählige andere unmittelbar nach sich zog. Waren Sammys Augen nicht genauso tiefblau wie meine? Aber hätten sich ihre speckigen Beinchen in meine langen dünnen Stelzen verwandeln können? Und würde Sammy noch leben, wäre sie dann so alt wie ich?

Warteten Jack und Molly Went immer noch auf Antworten? Erfüllte sie jeder Anruf, jedes Klopfen an der Tür mit Hoffnung oder Angst oder einer bitteren Mischung aus beidem? Entdeckten sie Sammys Züge im Gesicht jeder Frau, die ihnen auf der Straße begegnete, oder hatten sie eine Möglichkeit gefunden weiterzumachen?

Die größte Frage aber schnitt mir ins Bewusstsein

wie eine Glasscherbe: Konnte Carol Leamy, eine Frau, die ursprünglich aus der Sozialarbeit kam und den größten Teil ihres Arbeitslebens für eine Firma tätig gewesen war, die Bilderhaken herstellte und vertrieb, wirklich in der Lage gewesen sein …

Ich verbot mir, weiter darüber nachzudenken. Die Auswirkungen wären viel zu weitreichend gewesen, und ehrlich gesagt war die Sache auch viel zu absurd.

Lautes Schnarchen riss mich aus meinen Gedanken. Georgia war auf dem grünen Sessel eingeschlafen, ihr Weinglas schwankte gefährlich schräg zwischen Daumen und Zeigefinger. Ich nahm es ihr ab, schaltete den Fernseher aus und legte ihr eine flauschige rote Decke über die Beine. Sofern ich mich hier an bereits existierenden Erfahrungswerten orientieren durfte, würde sie einige Stunden lang schlafen. Um zirka drei Uhr morgens würde sie aufwachen, aufs Klo gehen und wieder in ihre Wohnung gegenüber verschwinden.

Ich ließ Georgia also sitzen, wo sie war, schlich mich in mein Schlafzimmer und ging ins Bett. Kaum eingeschlafen träumte ich von einem großen Mann, der ganz und gar aus Schatten bestand. Dieser Schattenmann tauchte vor meinem Schlafzimmerfenster auf, griff mit unglaublich langen Armen herein und trug mich über einen langen, schmalen und von hohen Bäumen gesäumten Pfad davon.

Manson, Kentucky

– Damals –

Am Dienstag, den 3. April 1990, entleerte Jack Went im Badezimmer im ersten Stock seine Blase. Seine Frau stand nur wenige Meter entfernt unter der Dusche. Irgendwie schien es ihm fast sinnbildlich, sie durch die Milchglasscheibe zu betrachten, die unscharfen Umrisse der Frau, die er einmal gekannt hatte. Jedenfalls kam es ihm so vor.

Molly drehte das Wasser ab, blieb aber in der Kabine. »Bist du fertig, Jack?«

»So gut wie.« Er wusch sich die Hände. »Du musst dich nicht da drin verstecken. Da ist nichts, was ich nicht schon mal gesehen hätte.«

»Ist gut. Ich warte trotzdem.« Sie blieb mit hängenden Schultern hinter der Trennwand stehen. Ihre Haltung erinnerte Jack an Bilder, die er in seinen Büchern über den Zweiten Weltkrieg gesehen hatte – von einer Holocaustüberlebenden mit gebrochenem Geist oder einem einfachen Bauernmädchen auf einem Feld voller Leichen.

Ihre Klamotten für den Tag hingen an der Badezimmertür: ein pastellrosa Pulli mit langen Ärmeln und ein Jeansrock, der ihr bis knapp über die Knöchel reichte. *Pfingstkirchlerschick.*

Früher einmal, noch vor Sammys Geburt, war Molly heißblütig und bodenständig gewesen, aber in letzter Zeit wirkte sie wie verwässert. Sie geisterte mehr durch ihr Heim, als dass sie darin lebte. In dieser Hinsicht war sie eine bemerkenswerte Frau. Obwohl der familiengeführte Drugstore so gut lief, dass sie nicht arbeiten musste, sie drei wunderbare Kinder und ihren Glauben hatte, fand sie doch immer noch Anlässe, traurig zu sein.

Molly schob die Duschtrennwand ein Stück zurück und spähte heraus. Auf den Schultern hatte sie Gänsehaut. »Komm schon, Schatz. Mir ist eiskalt.«

»Ich geh ja schon, ich gehe«, sagte er, trat hinaus in den Flur und schloss die Tür hinter sich.

Zwei seiner Kinder fand er unten vor dem Fernseher, völlig versunken in eine Folge *Teenage Mutant Ninja Turtles.*

Keins von beiden sagte Guten Morgen. Stu, der pummelige Neunjährige, erholte sich gerade von einer Erkältung. Er hockte unter einer Wolldecke, vor sich eine Packung Kleenex, und starrte mit weit aufgerissenen Augen und offenem Mund auf den Bildschirm.

»Geht's dir besser, Großer?«, fragte Jack und legte Stu eine Hand auf die Stirn. Stu antwortete nicht. Die Turtles hatten ihn vollständig in ihren Bann gezogen.

Sammy, ein zweijähriger Wonneproppen, schaute

ebenfalls fern, interessierte sich aber mindestens genau so sehr für ihren großen Bruder. Ihr Blick sprang zwischen der Zeichentrickserie und Stus Gesicht hin und her. Als Michelangelo einen Witz riss und Stu lachte, machte sie ihn nach, kopierte nicht nur die Lautstärke seines Gelächters, sondern auch dessen Rhythmus. Als Shredder einen finsteren Plan in die Tat umsetzte und Stu nach Luft schnappte, schnappte auch Sammy nach Luft.

Da Jack die friedliche Szene nicht stören wollte, zog er sich leise aus dem Zimmer zurück.

Emma, seine älteste Tochter, saß am Küchentresen und aß Cornflakes. Sie hatte einen Arm schützend um ihre Schüssel gelegt, so wie er sich vorstellte, dass die Insassen von Gefängnissen aßen.

Ob sie ihr Zuhause als solches empfand?, fragte er sich. Als Strafe, die sie absitzen musste? Für Jack fühlte es sich jedenfalls manchmal so an.

»Guten Morgen, mein Schatz«, sagte er und kochte Kaffee. »Coach Harris war gestern im Drugstore. Er hat gesagt, du hattest schon wieder Menstruationsbeschwerden und konntest beim Sport nicht mitmachen. Soll ich dir Naproxen mitbringen?«

Emma brummte. »Ich weiß nicht, wieso zwei erwachsene Männer glauben, sich über meine Periode Gedanken machen zu müssen.«

»Hat das nicht was von einem Klischee, sich wegen angeblicher Menstruationsbeschwerden vor dem Sportunterricht zu drücken?«

»Das ist kein Klischee, Dad – das ist ein Klassiker. Außerdem ist Coach Harris pervers. Er lässt uns immer die Seile in der Turnhalle hochklettern, um uns zu ›beurteilen‹. Da fällt mir ein, du musst das hier noch unterschreiben.«

Sie kramte tief in ihrer Schultasche und gab Jack ein vorgedrucktes Formular.

»*Erlaubnis für die Teilnahme am Unterricht in Naturwissenschaft und Evolution*?«, las er. »Braucht ihr heutzutage eine Erlaubnis von euren Eltern, um am Unterricht teilzunehmen?«

»Wenn die Hälfte der Kinder fucking Fundis sind, schon.«

Er senkte die Stimme. »Hat deine Mutter das gesehen?«

»Nein.«

Er nahm einen Stift aus der Brusttasche und unterschrieb schnell die Erlaubnis. »Dann soll das auch so bleiben. Und lass dich von ihr nicht mit dem F-Wort erwischen.«

»Fucking?«

»Fundi.«

Emma faltete den Zettel wieder zusammen und verstaute ihn in ihrer Schultasche.

Obwohl Jack und Molly theoretisch beide der Church of the Light Within angehörten – Molly als Konvertitin und Jack durch sein Elternhaus –, nahm Molly den Glauben sehr viel ernster als er. Sie ging dreimal die Woche zum Gottesdienst. Was durchaus typisch für

Menschen war, die erst spät in ihrem Leben zum Glauben gefunden hatten: Meist suchten sie etwas, um eine Leerstelle zu füllen.

Jack hatte sich bereits als Teenager von der Kirche entfernt und war seit Emmas Geburt den Gottesdiensten ferngeblieben. Was er mit Sicherheitsbedenken gerechtfertigt hatte: Wie in vielen Pfingstkirchler-Gottesdiensten wurden auch bei der Church of the Light Within Giftschlangen eingesetzt und verschiedene Arten von Giften verabreicht – was für Kinder keine besonders sichere Umgebung war. Daher war er mit dem Baby zu Hause geblieben und hatte Molly gehen lassen. Damit Molly ihn nicht verließ und seine Eltern ihn nicht enterbten – auch wenn ihm beide Aussichten bisweilen gar nicht so abschreckend erschienen –, bezeichnete er sich immer noch als Mitglied der Kirche; in Wahrheit aber hatte er seinen Glauben bereits seit geraumer Zeit verloren.

Molly kam nach unten, zog ihren pastellrosa Pulli über. »Morgen, Em.«

Emma brummte eine Entgegnung.

»Coach Harris hat deinem Vater gesagt, du hättest dich wegen angeblicher Menstruationsbeschwerden vor dem Sportunterricht gedrückt. Stimmt das?«

»Dad hat mir schon einen Vortrag gehalten, du kannst dich abregen.«

»Dann hoffe ich, er hat dir auch gesagt, dass Lügen Sünde ist und Lernen derzeit das Wichtigste in deinem Leben.«

»Oh Gott, und schon geht's wieder los.«

»Em!« Molly schlug mit der Faust auf den Küchentresen. »Man erkennt den Baum an seinen Früchten. Der Mund spricht aus, was das Herz bewegt. Wenn du den Namen des Herrn missbrauchst, wird …«

»Wird Gott mich strafen«, beendete Emma gelangweilt den Satz. »*Worte sind Zeugnis unserer Hingabe an Gott und enthalten die Wahrheit über uns.* Hab's kapiert. Danke.« Sie stellte ihre Cornflakesschüssel in die Spüle. »Ich muss los. Ich treff mich mit Shelley.«

Sie nahm ihren Schulrucksack, latschte mit ihren schmutzigen Chuck Taylors durch die Küche und verschwand zur Tür hinaus.

»Ein bisschen mehr Unterstützung wäre schön«, sagte Molly zu Jack.

»Ich finde, du hast dich tapfer geschlagen.« Er legte ihr einen Arm um die Schultern und versuchte zu ignorieren, dass sie sich unter seiner Berührung versteifte.

»Ich mache mir Sorgen um sie, Jack.«

»Noch ist ihre Seele nicht verloren«, sagte er. »Nur ein *kleines bisschen*. Denk dran, wie du in ihrem Alter warst. Außerdem werde ich nicht lange ihr Favorit bleiben. Ich hab gelesen, wenn Mädchen in die Pubertät kommen, wird irgendwas in ihrem Gehirn ausgelöst, und sie werden so umprogrammiert, dass sie den Geruch ihrer Väter hassen. Angeblich hat das was mit Evolution zu tun. Um Inzest vorzubeugen.«

Molly verzog das Gesicht. »Ein Grund mehr, nicht an die Evolution zu glauben.«

Sammy zupfte Jack am Hosenbein. Sie war in die Küche gewackelt, ihren Stoffgorilla im Schlepptau. »Dada«, sagte sie. »Inzest?«

Molly lachte. Es war schön, sie lachen zu hören. »Viel Glück damit. Ich seh mal nach Stu.«

Als Molly hinausgegangen war, hob Jack das kleine Mädchen in seine Arme und zog sie ganz dicht an sein Gesicht heran. Seine Schnurrbarthaare und sein heißer Atem brachten sie zum Kichern, und sie versuchte, sich aus seiner Umarmung zu winden. Sie roch nach frischem Talkumpuder.

»Inzest?«, sagte Sammy erneut.

»Insekt«, sagte Jack. »Weißt du, so was wie Ameisen und Käfer.«

Went Drugs, das Familienunternehmen, befand sich an der Ecke Main Street und Barkly, mitten im Einkaufsviertel von Manson. Der Laden stellte darüber hinaus eine Abkürzung zwischen einem großen Parkplatz und der Main Street dar, was sehr viel Durchgangsbetrieb zur Folge hatte. Und weil immer irgendwer krank war, lief das Geschäft auch immer gut.

Als Jack eintraf, packte Deborah Shoshlefski am Haupttresen gerade die von einer Kundin bestellten Artikel in eine Tüte. Deborah war die jüngste und zuverlässigste unter Jacks Mitarbeitern im Laden, ein hausbackenes Mädchen mit weit auseinanderstehenden Augen, die sie ständig erstaunt wirken ließen.

»Morgen, Chef. Sie müssen noch jede Menge Rezepte

abzeichnen und Bestellungen raussuchen. Sind auf Ihrer Quittungsnadel im Büro.«

»Danke, Debbie.«

Sie verdrehte die Augen, lachte und sagte zu ihrer Kundin: »Er weiß, dass ich es hasse, Debbie genannt zu werden, deshalb tut er's, so oft er kann.«

Jack lächelte die Frau höflich an und schob sich hinter den Tresen. Er hatte kaum seinen weißen Kittel zugeknöpft, als ihn bereits eine abgemagerte Hand am Unterarm packte.

»Ich hab entsetzliche Gliederschmerzen, Jack«, keuchte eine alte Stimme. Graham Kasey lebte schon seit Ewigkeiten in Manson und hatte bereits steinalt ausgesehen, als Jack noch ein kleiner Junge war. Er sprach durch schlecht sitzende dritte Zähne und stieß dabei dasselbe Alte-Leute-Todesröcheln aus wie auch Jacks Großvater in seinen letzten Jahren. »Kommt mir vor, als wollten mich meine Knochen für was bestrafen, woran ich mich nicht erinnern kann. Mir hilft nichts von dem, was du hier im Regal hast, Jack. Gib mir was Stärkeres als diesen Weicheierscheiß.« Er fuchtelte mit einer leeren Packung »Schmerz Frei«, einer extrastarken Wärmesalbe zur äußerlichen Schmerzbehandlung.

»Warst du beim Arzt, Graham?«

»Erwartest du von mir, dass ich bis Coleman fahre, nur damit Dr. Arter mich mit einem Zettel wieder hierher zurückschickt? Komm schon, Jack. Ich weiß, dass du hast, was ich brauche.«

»Ich bin kein Dealer. Und wer sagt, dass du bis Coleman fahren sollst? Wir haben Dr. Redmond hier in Manson.«

»Redmond und ich liegen nicht auf derselben Wellenlänge.«

Jack zwinkerte Deborah kaum merklich zu, woraufhin sie belustigt gluckste. Graham Kasey gehörte zu den Menschen, die lieber in einem benzinfressenden alten Statesman zwanzig Meilen bis Coleman fuhren, als sich von Dr. Redmond ein Rezept ausstellen zu lassen – Dr. Redmond war nicht nur schwarz, sondern auch noch eine Frau.

»Tut mir leid, Graham. Ich darf keine Rezepte ausstellen. Ich kann dir nur das Verschriebene geben.«

Während des gesamten Gesprächs hatte Graham Jacks Arm nicht losgelassen. Seine Finger waren kalt und knochig und erinnerten Jack an tote weiße Raupen. »Weißt du nicht, dass man Ältere respektieren muss?«

»Ich würde mich strafbar machen.«

»Ach, hör mir doch auf. Ich weiß, wie's läuft, Jack. Du kannst alles abschreiben, was du hinter deinem Tresen hast. Geht doch immer mal was verloren. Entweder das, oder die Ratten haben es gefressen, oder es ist abgelaufen.«

»Und woher weißt du das so genau?«

»Na ja, sagen wir mal, als Sandy hier noch das Sagen hatte, gab's keine so strengen Vorschriften.«

Bei der Erwähnung des Namens seiner Mutter spürte Jack, wie ihm Hitze in den Nacken stieg. Went Drugs war zwei Jahre vor Jacks Geburt eröffnet worden, woran ihn das Schild über der Tür – *WENT DRUGS EST: 1949* – täglich erinnerte. Er hatte sich anständig und ehrlich nur vier Jahre nach seinem Collegeabschluss eingekauft und trotzdem nie das Gefühl gehabt, dass ihm das Unternehmen wirklich gehörte.

Seine Mutter – ebenfalls Apothekerin und theoretisch längst im Ruhestand – kam jede zweite Woche unter einem Vorwand vorbei, angeblich um Aspirin oder eine Großpackung Toilettenpapier zu besorgen, lief durch die Gänge und sagte zum Beispiel: »Ach, wieso hast du die Antihistamine denn *hierhin* gestellt?« Einmal war sie wie eine gestrenge britische Haushälterin mit dem Zeigefinger über ein Regal gefahren, um zu kontrollieren, ob es staubig war.

Vielleicht hatte Graham das Feuer in Jacks Augen gesehen, denn jetzt gab er nach und ließ Jacks Arm endlich los. Dort, wo er ihn mit den Fingern berührt hatte, blieben kleine helle Flecken auf der Haut zurück.
»Ah, zum Teufel. Dann nehm ich eben doch noch eine Packung von dem Weicheierscheiß.«

Jack ließ ein Grinsen aufblitzen und schlug Graham mit der Hand auf die Schulter. Er hätte schwören können, dass Staub aus der Jacke des Alten aufwirbelte.

»Du hast gehört, was er gesagt hat, Debbie«, meinte Jack. »Eine Packung Weicheierscheiß für Mr Kasey. Pack ihn ein.«

»Sofort, Chef.«

Jack ging an seinen Platz, um Rezepte abzuzeichnen,

konnte sich aber nicht richtig entspannen. Graham Kasey hatte Salz in alte Wunden gestreut, und jetzt ärgerte er sich.

Ein erwachsener Mann mit Mutterkomplex, dachte er. Von wegen Klischee. *Das ist kein Klischee,* hörte er seine Tochter sagen. *Das ist ein Klassiker.*

Jack versuchte sich auf die Arbeit zu konzentrieren, doch als er das erste Rezept von der Nadel zog, hätte er es beinahe in zwei Hälften zerrissen. Zum Glück waren die wichtigsten Zeilen noch lesbar: *Andrea Albee, Fluoxetin, Dauermedikation.*

Er nahm einen kleinen Plastikbecher, ging zwischen den hochaufragenden Medikamentenregalen nach hinten und kehrte anschließend mit Andrea Albees Prozac an seinen Schreibtisch zurück, fuhr den klobigen Computer hoch. Das Gerät brummte, hatte Mühe anzuspringen. Einige Minuten später erschien ein grünes Verzeichnis auf dem schwarzen Bildschirm. Er fand Fluoxetin in der Database und betätigte die NEBENWIRKUNGEN-AUSDRUCKEN-Funktion.

Der Drucker wackelte und kreischte, während er die Liste ausspuckte. *Ausschlag, Unruhe, Kälteschauer, Fieber, Benommenheit, Herzrhythmusstörungen, Krämpfe, trockene Haut, trockener Mund.* Wie traurig war diese Andrea Albee eigentlich? War das Abstumpfen – und nichts anderes bewirkte das Medikament, denn entgegen der weitverbreiteten Meinung machte Prozac nicht glücklich – es wirklich wert, so viele Nebenwirkungen in Kauf zu nehmen?

Deborah schob den Kopf zu ihm ins Büro. »Anruf für Sie, Chef. Wollen Sie ihn hier entgegennehmen?«

»Danke, Deborah.«

Sie riss die Augen noch weiter auf als sonst. »Sie haben mich nicht Debbie genannt!«

Jack schenkte ihr dasselbe Grinsen, das er auch Graham Kasey gezeigt hatte, und Deborah stellte den Anruf auf seinen Schreibtisch um.

»Jack Went am Apparat.«

»Hi, Jack.« Er erkannte die Stimme sofort. »Hast du in der Mittagspause Zeit?«

Um zwei Uhr fuhr Jack auf den Parkplatz auf der Ostseite von Lake Merri und wartete an seinen roten Buick Reatta Cabrio gelehnt – einen Wagen, den Emma liebevoll als Midlife-Crisis-Mobil bezeichnete. Der Parkplatz lag versteckt hinter einer Viertelmeile Buschland. Er war fast immer leer, selbst zu dieser Jahreszeit, in der das Frühlingswetter die Menschen wieder ans Wasser zog.

Travis Eckles traf zehn Minuten später mit seinem Transporter von der Reinigungsfirma ein. Er stieg in einem weiten weißen Overall aus und betrachtete sein vom Wind zerzaustes Haar im Spiegel der Windschutzscheibe. Er hatte ein schlimmes blaues Auge.

»Verdammt, was ist da denn passiert?«, fragte Jack.

Travis tastete forschend nach dem Bluterguss und zuckte unwillkürlich zusammen. »Ist nicht so schlimm, wie's aussieht.«

Jack nahm Travis' Kopf in beide Hände und untersuchte die Verletzung. Die Stelle war geschwollen und ließ ihn aussehen wie seinen älteren Bruder, wie einen Schlägertypen. »Hast du Schmerzen? Brauchst du Advil?«

Travis zuckte mit den Schultern. »Nein. Schon gut.«

»Hat Ava das gemacht?«

Travis ignorierte ihn, was praktisch eine Bestätigung war. Ava Eckles war Travis' Mutter, eine wilde Trinkerin, die hin und wieder ihre Fäuste sprechen ließ. Wenn man den Gerüchten Glauben schenken durfte, hatte sie mit der Hälfte aller Männer in Manson geschlafen.

Travis' Vater war bei der Air Force gewesen und hatte in einem CH-53 Sea Stallion Helikopter gesessen, als dieser 1983 bei einer Übung vor der Südostküste North Carolinas verunglückt war. Niemand an Bord überlebte den Unfall.

Travis hatte außerdem noch einen älteren Bruder – Patrick –, der aber zurzeit im Gefängnis in Greenwood eine Haftstrafe wegen schwerer Körperverletzung absaß. Außerdem hatte er noch Cousins und Cousinen, allesamt Collegeabbrecher, Drogendealer oder Sträflinge.

Tolle Familie, dachte Jack. Aber Travis war schon in Ordnung. Mit zweiundzwanzig war er noch jung genug, um aus Manson rauszukommen, und auch wenn Putzen nicht unbedingt jedermanns Traumjob war, so war es doch eine solide Arbeit für einen soliden Lohn. Manchmal war Travis vulgär und aggressiv, oft aber auch freundlich und witzig. Allerdings sahen nicht viele Menschen diese Seite an ihm.

Travis ließ die Tür seines Transporters offen. *CLINICAL CLEANING* stand in großen roten Buchstaben an der Seite, wobei nur noch CL ING lesbar war. Er trat beiseite. »Nach dir.«

Jack schaute über den See. Die Nadelbäume drüben in der Nähe von Coleman bogen sich, als eine steife Brise darüber wegblies, trotzdem blieb das Wasser unbewegt. Niemand zu sehen. Sie waren alleine. Er stieg hinten in den Transporter und Travis folgte, zog die Tür hinter sich zu. Drinnen war es warm. Travis rollte seinen Overall bis zur Hüfte herunter und Jack knöpfte seine Hose auf.

Melbourne, Australien

– Jetzt –

Das Townhouse meiner Schwester befand sich mitten in einem Labyrinth identischer Häuser in Caroline Springs. Ich war bereits mindestens ein Dutzend Mal dort gewesen, jetzt aber unsicher, ob ich wirklich vor der richtigen Adresse stand. Bis Amy herausgelaufen kam.

»Was ist?«, rief sie. »Was ist passiert? Was ist los?«

»Wieso? Gar nichts ist passiert. Wer hat denn gesagt, dass was passiert ist?«

Sie beugte sich herunter und stützte sich auf die Knie, keuchte vor melodramatisch inszenierter Erleichterung. »Als ich dich vor dem Haus gesehen hab, dachte ich ... ich wusste nicht, dass du kommst und ... tut mir leid. Wahrscheinlich rechne ich einfach immer gleich mit dem Schlimmsten.«

»Ach du Schande. Darf man denn nicht mal mehr seine Schwester besuchen?«

»Du nicht, Kim. Du bist nicht der Typ für spontane Besuche.«

Ich verdrehte theatralisch die Augen, weil ich nicht zugeben wollte, dass sie recht hatte – wobei sie natürlich absolut recht hatte. Von Natur aus bin ich eher einzelgängerisch. Alleine fühle ich mich am wohlsten. Dann bleibe ich zu Hause und lese oder spaziere eine Stunde lang im Supermarkt an den Regalen entlang, suche die perfekten Linguini.

Amy war fünf Jahre jünger als ich. Sie hatte ein rundes Gesicht und einen vollen, wohlproportionierten Körper. »Alle Kurven an den richtigen Stellen«, hatte unsere Mutter immer gesagt. Anscheinend hatten meine Schwester und ich gegensätzliche Gene. Jedenfalls hatte *sie* nie jemand in der Schule wegen ihres Aussehens gehänselt.

Streng genommen waren Amy und ich nur Halbschwestern. Als ich zwei war, hatte ihr Vater (mein Stiefvater) meine Mutter kennengelernt, und als ich fünf Jahre alt war, kam Amy auf die Welt. Abgesehen von Blut und DNA hatte unser Verhältnis zueinander aber nichts *Halbes*. Amy war meine Schwester, im Guten wie im Schlechten.

Dean war lange genug bei uns, um sich auch bei mir offiziell den Titel Dad verdient zu haben. Da ich meinen richtigen Vater nie kennengelernt hatte, gab es natürlich auch keine Grundlage für einen Vergleich.

»Tante Kim!« Lisa, meine dreijährige Nichte, war aus der geöffneten Haustür auf den Rasen gelaufen, zwei Finger im Mund. Das Gras war feucht, und ihre Socken wurden sofort pitschnass, aber davon ließ sie sich nicht bremsen. Sie überquerte den Rasen, so schnell sie konnte. Ich schnappte sie mir, warf sie in die Luft und ließ sie kopfüber herunterbaumeln. Sie schrie vor Vergnügen, kicherte, bis ihr Rotz aus der Nase lief.

Ich setzte meine Nichte an der Türschwelle ab, und sie rannte ins Haus. Ihre feuchten Socken hinterließen Abdrücke auf dem Dielenboden. Wie gewöhnlich war nicht aufgeräumt. In der Spüle stapelten sich sechs Teller aufeinander, Lisas Spielzeug verteilte sich überall im Flur, auf dem Sofa lagen Buntstifte, in den Polsterritzen sammelten sich zerbröselte Kreide und Krümel.

Der brandneue Fernseher mit zweiundfünfzig Zoll Bildschirm dröhnte bei voller Lautstärke. Wie ein Zombie wurde Lisa magisch davon angezogen. Weniger als dreißig Zentimeter vom Bildschirm entfernt blieb sie mit offenem Mund stehen, als würden ihr die Zeichentrickfiguren alle Geheimnisse des Universums zuflüstern.

Mitten im Wohnzimmer stand eine Ikea-Packung auf dem Boden, in der Mitte aufgerissen, sodass ein wildes Durcheinander aus billigem Holz und Plastikwinkeln zum Vorschein kam.

Würde ich auch nur einen Tag mit Amy tauschen, würde mein Gehirn einen Kurzschluss wegen Reizüberflutung erleiden; sie aber schien in dem ganzen Chaos aufzublühen.

»Das ist eine Spielzeugtruhe für Lisas Zimmer.« Sie nahm einen der L-förmigen Winkel, drehte ihn in der Hand wie ein mysteriöses archäologisches Artefakt. »Oder zumindest *wird* es eine Spielzeugtruhe … irgendwann. In nicht allzu ferner Zukunft.«

»Brauchst du Hilfe beim Zusammenbauen?«

»Nein, ich lass sie stehen. Wayne kann das machen. Und mir ist egal, was das über mich als Frau aussagt. Kaffee?«

»Klar.«

Als sie in der angrenzenden Küche Kaffee kochte, sprach sie ganze fünf Minuten lang über die Spielzeugkiste. Überschrie den Krach der Kaffeemaschine, erzählte mir, wie viel die Truhe gekostet hatte, in welcher Ikea-Abteilung sie sie gefunden hatte, wie sie nach dem Zusammenbau aussehen würde und welche Fragen noch alles in die Kaufentscheidung hineingespielt hatten. Ich hätte einfach auf die Toilette gehen und wiederkommen können, sie hätte es nicht einmal gemerkt. Stattdessen nutzte ich die Zeit, die Bücherregale nach Fotoalben abzusuchen.

Vor allem eine dicke pinke Mappe mit der Aufschrift *FRÜHESTE ERINNERUNGEN* in lila Druckbuchstaben vorne drauf suchte ich. Das Album hatte unserer Mutter gehört und eigentlich bei Dean bleiben sollen, aber Amy war nach Mums Tod sehr empfindlich gewesen, was die Fotos betraf.

Sie waren der Grund, weshalb ich hier war. Am vorangegangenen Abend hatte ich mich halbwegs davon überzeugt, dass ich das Kind auf dem Foto hätte gewesen sein können, das James Finn mir gezeigt hatte, und jetzt wollte ich der Spekulation ein Ende bereiten.

Im Regal waren DVDs, Zeitschriften, ein Gipsabdruck von zwei winzigen Füßchen mit der Aufschrift *LISA SECHS MONATE*, aber keine Alben.

»Was suchst du?« Plötzlich stand Amy hinter mir.

Sie reichte mir einen Becher schwarzen Kaffee. »Die Milch ist alle.«

»Kein Problem. Ich suche nichts. Hab mich nur mal umgesehen.«

»Du lügst.«

Verdammt, dachte ich. Seit unserer Kindheit merkte Amy immer, wenn ich ihr etwas verheimlichte. Sie hatte ein fast schon hellseherisches Talent dafür. Am Morgen nachdem ich meine Jungfräulichkeit an Rowan Kipling verloren hatte, wollte ich meinen Eltern weismachen, ich hätte bei meiner Freundin Charlotte übernachtet. Amy sah mich mit ihren gerade mal elf Jahren über ihre Cornflakesschüssel hinweg an und sagte: »Sie lügt.«

In der Annahme, Amy wisse etwas, das sie nicht wussten, hatten Mum und Dean meine Lüge so lange auseinandergenommen, bis schließlich die ganze verfluchte Geschichte herausgekommen war. Dabei log ich gar nicht so schlecht – Amy war nur als Lügendetektor einfach unschlagbar.

Seufzend gestand ich: »Ich suche das Fotoalbum mit den Babyfotos.«

Amy schnalzte mit der Zunge, eine Denktechnik, die sie sich schon als Kind angewöhnt hatte. Das Schnalzen versetzte mich wieder zurück in mein Zimmer in der Greenlaw Street Nummer vierzehn. Die Erinnerung war verschwommen und bruchstückhaft, es fehlte der Kontext, wie bei einem schwindenden Traum. Aber ich konnte sie deutlich im Alter von vier oder fünf Jahren in ihrem rosa-grün gestreiften Schlafanzug vor mir sehen. Sie kletterte zu mir ins Bett, und ich hob die Decke, um sie drunter zu lassen.

Als die Erinnerung verblasste, blieb eine schwere Traurigkeit zurück.

»Die Fotoalben sind wahrscheinlich alle noch irgendwo in der Garage«, sagte Amy. »Wir haben die Kisten dort immer noch nicht alle ausgepackt, ob du's glaubst oder nicht. Nach sechs Monaten. Eigentlich ist das Waynes Aufgabe, aber jedes Mal wenn ich ihn drauf anspreche, seufzt er schwer. Du kennst doch dieses Seufzen, das er drauf hat? Er klingt wie ein Reifen, aus dem die Luft entweicht. Als hättest du ihn um eine Niere gebeten.«

»Dann hast du's also?«

»Was willst du denn damit?«

»Klingt vielleicht komisch, aber das ist geheim.«

Amy trank ihren Kaffee, suchte in meinem Gesicht nach versteckten Hinweisen oder einem übersinnlichen Signal, anhand dessen sie mir wie üblich auf die Schliche kommen würde.

Dann strahlte sie. »Hat es was mit meinem Geburtstag zu tun? Hat Wayne dir von den Fotocollagen erzählt, die wir im Einkaufszentrum gesehen haben? Vergiss es. Sag's nicht. Ich will, dass es eine Überraschung bleibt. Mir nach.«

In der Garage roch es nach alter Farbe und Brennspiritus. Amy suchte in der Dunkelheit nach einer

Strippe und ließ eine flackernde Neonröhre über unseren Köpfen erstrahlen, wobei ein vollgestopfter Raum mit niedriger Decke erleuchtet wurde.

Mehrere Reihen von Umzugskartons nahmen den Platz an der Wand hinten ein, außerdem stand Amys kleiner roter Honda Jazz hier. In den nächsten vierzig Minuten trugen wir eine Kiste nach der anderen raus, setzten sie auf der einzigen freien Fläche auf dem Betonboden ab und räumten sie aus.

In den meisten Kisten befand sich allerhand *Kram*: jahrealte Stromrechnungen, eine Rolle mit abgelaufenen Gutscheinen, eine zerschlissene Schürze, ein angeschlagener Keramikaschenbecher, in dem ein einzelner englischer Penny hin und her rutschte, und eine Supermarkttüte mit Magneten, die Amy mir freudig aus der Hand riss und sagte: »Die habe ich gesucht.«

Eine Kiste war voll mit meinen alten Fotografieprojekten, von denen einige peinlicherweise sehr denen meiner Studenten vom Vorabend ähnelten. Ich fand eine Fotoreihe aus meinem ersten Semester mit dem Titel *Narben – psychisch und emotional*. Amy hatte die Sammlung abgeheftet.

Ein Foto zeigte die Schramme, die ich mir an meinem kleinen Zeh zugezogen hatte, als ich einmal im Sommer bei einer Freundin aus dem Pool geklettert war; ein anderes die scheußliche Wunde an Amys Oberschenkel, als sie von ihrem Rennrad gefallen war. Eine fiese Brandwunde an der Hand meiner Mutter und die verblassende Hasenscharte einer ehemaligen

Mitbewohnerin. Außerdem mehrere Fotos von Leuten, die traurig, verlassen oder wütend wirkten. Ein prätentiöses, hochgradig unoriginelles Projekt, das den Betrachter bewegen sollte, nicht nur auf die äußerlich sichtbaren Narben anderer Rücksicht zu nehmen, sondern auch auf innere Verletzungen zu achten.

»Oh, hey, wie läuft's denn mit Frank?«, fragte Amy, die ein altes Zeugnis durchblätterte.

»Äh.«

»Was heißt das?«

»Wir sind nicht mehr zusammen.«

»Wieso?«, fragte Amy mit jammernder, schriller Stimme.

»Aus keinem Grund. Nur, na ja, du weißt schon. War halt keine Liebe.«

»Du bist zu wählerisch, Kim. Das weißt du auch. Dir läuft die Zeit davon, Babys in die Welt zu setzen.«

Amy war auf aggressive Weise mütterlich. Reproduktion war ihr alleiniger Lebenszweck. Sie und ihr Verlobter Wayne hatten Lisa so schnell wie möglich gezeugt und planten jetzt ein Zweites. Ich dagegen hatte noch nie den Drang verspürt, mich fortzupflanzen.

In der neunten oder zehnten Kiste fanden wir endlich die Familienalben und setzten uns im Schneidersitz auf den Boden, blätterten sie durch. Jedes Album war mit Druckbuchstaben beschriftet, und zwar in thematisch passenden Farben. *URLAUB IN PERTH 93* war schwarz-gelb passend zur Staatsflagge. *NEUES ZUHAUSE*, das den Umzug von Mum und Dean aus ihrer alten Wohnung in der Osborne Avenue in die kleinere, aber neuere in der Benjamin Street dokumentierte, war blau und grün: blau wie die Stufen vor der Tür des Hauses in der Osborne Avenue und grün wie die Schlafzimmerwände in der Benjamin Street. Das humorvoll betitelte *UNSERE ERSTE HOCHZEIT* war grellorange – die Farbe, die meine Mutter an diesem großen Tag getragen hatte.

Es wäre naheliegend zu vermuten, dass meine Mutter die jeweils passende Farbe ausgesucht und jedes einzelne Foto beschriftet hatte, aber tatsächlich hatte Dean das gemacht. Selbst vor dem Tod unserer Mutter war er völlig vernarrt in das Fotografieren, Kategorisieren und Aufzeichnen sämtlicher Erinnerungen gewesen.

Amy nahm das Hochzeitsalbum, kaum dass sie es entdeckt hatte. Mit traurigem Lächeln blätterte sie die Seiten um und sah dabei aus wie unserer Mutter aus dem Gesicht geschnitten.

Ganz unten in der Kiste fand ich das dicke rosa Babyalbum, *FRÜHESTE ERINNERUNGEN* in demselben Lila, in dem das Kopfende meines Babybettes gestrichen war. Darin fanden sich Fotos von Geburtstagspartys, Ferien, Weihnachtsfesten; alle längst vergangen. Da war ein Bild von mir in der alten Wohnung, in der wir vor Amys Geburt gewohnt hatten; breit grinsend und eingerahmt von der hässlichen gelben Tapete, die die Wände sämtlicher Räume zierte. Auf einem anderen war ich an meinem ersten Kindergartentag zu sehen, meine Mutter hielt meine Hand und grinste.

Als ich ein Drittel durchgeblättert hatte, stieß ich auf ein Bild von einem strahlenden, speckigen kleinen Mädchen, das mich durch die Plastikfolie anstarrte. Sie stand im flachen Wasser eines Hotelpools, trug einen zu großen gelben Badeanzug. Irgendwie wirkte sie nachdenklich und klug. Unter dem Bild stand in akkuraten schwarzen Buchstaben, *Kim 2 Jahre*. Ich hatte nur eine vage Erinnerung an jenen Tag im Pool und dass ich auf Deans Schultern mit ihm bis ins Tiefe geschwommen war.

Die restlichen Seiten waren leer. Es gab keine Babyfotos und außer diesem einen Bild keine weiteren vor meinem dritten Geburtstag. Ich hatte auch nicht mehr erwartet. Mein biologischer Vater war kein *netter Mensch* gewesen – so hatte meine Mutter es bei einer der wenigen Gelegenheiten formuliert, bei denen wir über ihn gesprochen hatten. Als sie ihn überstürzt mit einem Kleinkind unter dem Arm und einer Reisetasche über der Schulter verließ, hatte sie weder Zeit noch Platz für Babyfotos gehabt. Die Geschichte klang jetzt beunruhigend bequem.

»Alles in Ordnung?«, fragte Amy. »Du siehst aus, als hättest du ein Gespenst gesehen.«

In gewisser Weise hatte ich das. Plötzlich suchte der Geist von Sammy Went jedes einzelne meiner Kinderfotos heim. Noch bevor ich das Bild von Sammy auf meinem Handy aufrief, wusste ich bereits, dass mehr als nur eine flüchtige Ähnlichkeit zwischen uns bestand. Die tiefblauen Augen, die dunklen Haare, das leicht verkniffene Lächeln, das geschwungene Kinn, die große Nase, die kleinen weißen Ohren. Es war mehr als unheimlich; entweder Sammy war meine exakte Doppelgängerin, oder ich betrachtete zwei verschiedene Fotos von ein und demselben Mädchen.

Warum hatte ich das vorher nicht gesehen? Lag es daran, dass ich mich einfach nicht erinnern konnte, wie ich als Kind ausgesehen hatte, oder war ich noch nicht bereit gewesen, es zu bemerken? War ich jetzt bereit?

»Oh Gott, Kim, was ist denn?«

»Amy, ich bin heute hergekommen, um Fotos aus meiner Kindheit mit dem Foto eines kleinen Mädchens zu vergleichen, das in den neunziger Jahren in Amerika verschwunden ist.«

»Warte mal. Dann bastelst du mir gar keine Fotocollage zum Geburtstag?«

Ich schloss die Augen, holte tief Luft und fing noch mal von vorne an. Im Schneidersitz auf dem Garagenboden sitzend, umgeben von Umzugskisten und dem Gestank nach alter Farbe und Brennspiritus, zog ich die Tür zu Sammy Wents Geschichte auf und forderte Amy auf einzutreten.

Schweigend und mit unbewegter Miene hörte sie mir zu. Als ich fertig war, zwinkerte sie wie eine Eule. Dann lachte sie. Kein Kichern oder Schmunzeln, sondern ein schweres *Ha Ha Ha*. Sie legte sich eine Hand auf den Bauch, warf den Kopf in den Nacken und gackerte, brüllte und schnaubte. »Nur damit ich das richtig verstehe: Du denkst, Mum – die Frau, die sich die Augen ausgeheult hat, als in der *Unendlichen Geschichte* das Pferd gestorben ist – war eine Kidnapperin. Und du warst das Kind, das sie entführt hat? Gekidnappt irgendwo in den Staaten und dann als ihr eigenes großgezogen? Und niemals, nicht mal auf dem Sterbebett, hat sie die Wahrheit offenbart?«

»Ich weiß nicht, ich …«

»Vielleicht hat sie dich aber auch auf dem Schwarzmarkt gekauft. Leuchtet eigentlich ein, wenn man sich das mal überlegt. Oder hat sie sich wie Tom Cruise angegurtet und an Drahtseilen von der Decke zu deiner Wiege heruntergelassen oder einen Dingo abgerichtet, damit er …«

Ich zeigte ihr mein Handy. Sie hielt inne, das Foto von Sammy Went auf dem Display hatte ihr die Sprache verschlagen. Sie nahm mir das Handy ab und starrte es an, ihr Lächeln war verschwunden. »Scheiße, Kim.«

»Ja, scheiße.«

»Was genau hat dieser Typ gesagt?« Sie drückte das Handy so fest, dass ich schon dachte, es könne zerbrechen. »Wie hat er dich gefunden? Was hat er für Beweise?«

»Keine Ahnung. Eigentlich hab ich ihm keine Zeit gelassen, mir das zu sagen. Ich hab ihn für verrückt gehalten.«

Nach einer Reihe zunehmend gereizter Kraftausdrücke sagte Amy: »Willst du einen Joint rauchen?«

Wir ließen Lisa drinnen fernsehen und setzten uns auf die Stufen hinter dem Haus. Amys Garten war klein und sehr gepflegt. Eine blaue Sandkiste aus Plastik war voller Regenwasser gelaufen, und der Sand darin hatte sich in Schlamm verwandelt. Die grauen Wände der Häuser auf beiden Seiten von Amys Zaun verdeckten den halben Himmel.

Sie zündete sich einen Joint an und nahm einen langen, tiefen Zug, dann reichte sie ihn mir. »Das ist irgendein Schwindel. Das ist es.«

»Wie soll der denn funktionieren?«, fragte ich. »Er wollte kein Geld von mir, keine persönlichen Angaben oder …«

»Wart's ab. Wahrscheinlich hat er das Foto geklaut.«

»Keine von uns beiden hat es je zuvor gesehen.«

»Dann hat er's eben damals schon entwendet, was weiß ich …«

»Vor achtundzwanzig Jahren? Als ich zwei war? Und in der Zwischenzeit hat er einfach … Was hat er gemacht? Abgewartet, um den am längsten geplanten Schwindel aller Zeiten durchzuziehen?«

»Findest du die Erklärung, dass Mum dich im Ausland entführt hat, etwa plausibler? Wenn das wahr wäre … du lieber Gott, Kim. Das würde alles kaputtmachen. Wir wären keine Schwestern mehr.«

Von dem Joint bekam ich vorübergehend einen Hustenanfall, aber er half mir, mein auf Hochtouren arbeitendes Gehirn zu betäuben. »Sei nicht albern.«

»Wären wir nicht miteinander verwandt, würde ich

dich doch niemals zu sehen bekommen. Als du heute hier vorbeigefahren bist, hätte ich fast einen Herzinfarkt bekommen. Ich dachte, es ist was passiert.« Sie nahm den Joint wieder an sich. »Und wahrscheinlich hatte ich recht. Du bist gar nicht einfach so vorbeigekommen, oder? Du wolltest Beweise sammeln.«

»Bitte leg das jetzt nicht gegen mich aus«, sagte ich. »Nicht jetzt.«

Amy seufzte.

Rauch tanzte und wirbelte, trieb mir Tränen in die Augen.

»Wayne wird's trotzdem riechen«, sagte ich.

»Wenn ich je einen guten Grund hatte, mich zu bekiffen, dann heute.« Sie fuhr sich über die Augen. Ich wusste nicht, ob es der Rauch war, der sie weinen ließ, oder die Situation. Sie starrte über den Zaun hinter dem Haus. Dahinter lag ein weiteres Townhouse und dahinter noch eins.

Sie rutschte auf ihrem Hintern herum und betrachtete ihre Fingernägel, von denen der Lack abblätterte, sah alles Mögliche an, nur nicht mich.

»Was willst du, dass ich jetzt mache?«, fragte ich.

»Nichts, Kim. Ich will, dass du nichts machst. Lösch das Foto auf deinem Handy. Lösch seine Nummer. Vergiss die ganze Sache.«

»Ich glaube, das kann ich nicht.«

»Und ich glaube, das *musst* du. Wenn du der Sache weiter nachgehst, wird sich alles verändern.«

»Okay«, sagte ich.

»Schwörst du's?«

»Ich schwöre.«

Nachdem ich mich von Amy verabschiedet und losgefahren war, hielt ich wenig später am Straßenrand und suchte die Nummer, die mir James Finn gegeben hatte. Insgeheim hoffte ich, dass er nicht drangehen würde, aber er meldete sich gleich beim ersten Klingeln.

Manson, Kentucky

– Damals –

Emma Went suchte den Waldboden nach Psilocybinpilzen ab. Idealerweise sollten es junge weiße sein, leicht rosa-braun oben. Mit der Zeit würden sie schwarz werden und sich an den Rändern aufrollen. Shelley Falkners Cousin hatte Shelley und Emma alles darüber erzählt.

Der Wald war feucht, weil es früh am Nachmittag geregnet hatte, es roch modrig und nach Berglorbeer.

Fünfzehn Meter links von Emma bewegte Shelley Falkner sich wie Bigfoot durch das Dickicht, wirbelte abgestorbene Blätter auf und riss tiefhängende Äste ab.

Emma wurde die Pilzsuche schon bald langweilig, weshalb sie sich auf den Stamm eines umgestürzten Amberbaums setzte und eine Zigarette in ihrem Schulrucksack suchte. Sie musste ihr Algebralehrbuch wegschieben, um eine zu finden, was sie an die Manson High erinnerte und ihr die Angst in die Knochen fahren ließ. Deshalb war sie gleich doppelt froh, dass Shelley und sie beschlossen hatten, heute zu schwänzen.

Emma zündete sich die Zigarette an und drehte die

Lautstärke ihres Discman auf, bis die wehmütigen Klänge von Morrisseys »Every Day Is Like Sunday« das Grün des Waldes grau färbten. Morrissey lieferte den perfekten Soundtrack für die Stadt, in der Emma lebte. Wenn sie an Manson dachte, stellte sie sich einen auf dem Rücken liegenden Käfer vor, der hilflos mit den Beinen strampelt.

Einem Betrachter von außen musste Manson natürlich wie eine idyllische, freundliche Gemeinde vorkommen. Und es stimmte, die Stadt war nicht halb so sehr von Armut betroffen wie die Nachbarorte in den Appalachen, und Emma vermutete, dass es pro Kopf auch weniger Hillbillys gab. Andererseits aber war es auch alles andere als *ein Stück Himmel*, wie die Schrift auf dem Wasserturm versprach. Die wenigen Touristen, die hier auf der Durchreise vorbeikamen, sahen immer nur die Hälfte vom Gesamtbild. Sie kamen wegen der Wanderwege, der guten altmodischen Gastfreundschaft und um sich Hunt House anzusehen, das prächtige, jahrhundertealte Anwesen oben an der Main Street. Aber Emma wusste, was die Besucher nicht wussten: dass die Einheimischen nur zu anderen Einheimischen wirklich freundlich waren; dass sie der Meinung waren, alles, was nicht in der Bibel stand, sei auch nicht wert, dass man sich damit beschäftigte; und dass Hunt House von Sklaven erbaut worden war (deren Geister dort angeblich immer noch spukten).

»Krass!«, rief Shelley so laut, dass Emma sie trotz ihrer Kopfhörer hören konnte. »Em, guck dir das an.«

Als Emma von dem umgestürzten Amberbaum kletterte, kam Shelley ihr durch das Unterholz entgegen, beide Hände gewölbt, wie um ein kleines Vögelchen zu tragen.

Sie streckte die Arme aus, zeigte Emma zwei Hände voll kleiner weißer Pilze. »Ich hab eine Goldader gefunden.«

Shelley war ein Koloss von einem Mädchen; nicht direkt dick, aber massig. Sie hatte breite Hängeschultern und trug eine Brille, die sie sich ständig mit dem Zeigefinger die Nase hinaufschob. »Das müssen sie sein, oder? Genau wie Vince gesagt hat.«

Sie gab Emma einen der Pilze, und die nahm ihn und hielt ihn ins Licht. Er hatte eine cremige Farbe und einen braunen Ring oben, der sie an den Warzenhof einer Brust erinnerte.

»Ich denke schon«, sagte Emma. »Komisch, ich hab mir Magic Mushrooms immer rot vorgestellt mit kleinen weißen Punkten. Wie kriegen wir raus, ob die wirklich magisch sind?«

»Da gibt's nur eins: Wir essen welche. Wenn wir plötzlich Einhörner oder so was sehen, wissen wir, dass es die richtigen waren und Vince keinen Mist erzählt hat. Wenn uns der Rachen zuschwillt und wir blind werden, na ja ...«

»Wir nehmen sie am Wochenende«, sagte Emma und zog ihre Kopfhörer ab. Sie war nicht direkt für Drogen – bei Roland Butcher zu Hause hatte sie mal versucht, eine Bong zu rauchen, und sich fast die Lunge ausgehustet –, aber sie wusste, dass sie sich verändert hatte, und jetzt wollte sie sich unbedingt wieder zurückverwandeln.

Erst letzten Sommer waren Shelley und sie noch im Lake Merri schwimmen gegangen; erst vergangenes Frühjahr waren sie durch den Elkfish Canyon gewandert; erst vergangenen Herbst mit den Rennrädern durch Manson gefahren; erst vergangenen Winter auf den Pulverschneehängen der Appalachian Mountains Ski gefahren.

Jetzt war die Welt grau. Vielleicht konnten Shelleys Pilze etwas von der alten Farbe zurückbringen.

»Sag deinen Eltern, du übernachtest bei mir«, schlug Emma vor. »Dann sag ich meinen, dass ich bei dir übernachte. Ich kann das Drei-Mann-Zelt von meinem Dad mitgehen lassen, dann wandern wir raus zur Getreidemühle, kochen einen Tee aus den Pilzen und dann …«

Shelley steckte sich einen Pilz in den Mund, womit das Gespräch beendet war. Sie kaute kurz mit saurem Gesichtsausdruck, als würde es ihr die Wangen und die Stirn zusammenziehen. Dann schluckte sie geräuschvoll und grinste.

Emma traten beinahe die Augen aus dem Kopf. »Du bist meine Heldin. Wonach schmeckt es?«

»Erde. Du bist dran, Lady.«

Sie nahm einen der Pilze zwischen Daumen und Zeigefinger und hielt ihn Emma an die Lippen, wie eine Mutter, die ihr Kind überreden möchte, sein Gemüse zu essen.

Emma schob Shelleys Hand weg. »Ah, ich glaube,

ich warte noch ein paar Minuten, ob du blind wirst oder so.«

Shelley grinste noch breiter. »Gute Entscheidung.«

Ein paar Minuten später schien bei Shelley immer noch alles in Ordnung zu sein, also schloss Emma die Augen und schob sich ebenfalls einen Pilz in den Mund. Shelley hatte recht. Er schmeckte nach Erde.

Während sie darauf warteten, dass die Wirkung einsetzte, wanderten sie ziellos durch den tiefen betonierten Kanal, der den Wald von den Außenbezirken Mansons trennte. Er war größtenteils ausgetrocknet, abgesehen von einem schmalen Strom aus schmutzigem braunem Wasser, der sich an den meisten Stellen einfach überspringen ließ. Er war vollgemüllt mit Zigarettenkippen, leeren Flaschen von billigem Bier und Wein und gelegentlich auch einer geöffneten Dose Baked Beans. Laut Shelleys Mom waren früher Landstreicher durch den Kanal gezogen und hatten sich ungefähr eine Meile von hier entfernt unter der Unterführung niedergelassen.

Links sahen sie die Zäune hinter den Häusern auf der Grattan Street. Dies war der fast vergessene Teil von Manson, wo die Rasenflächen nicht grün, sondern gelb waren, die hier lebenden Menschen angespannt und mitgenommen wirkten. An ein paar Stellen hingen Zaunlatten lose, und Emma konnte in die Gärten schauen – das Gras war viel zu lang; ein bellender Hund; zwei kleine Jungs mit schmutzigen Gesichtern auf einem Trampolin.

Rechts, auf der anderen Seite des Kanals, erstreckte sich dichter Wald. Die Nachmittagssonne sickerte durch die Amberbäume und warf ein Spinnennetz aus Schatten auf Shelleys Gesicht.

»Merkst du schon was?«, fragte Emma.

»Nee. Noch nicht.«

»Ich auch nicht.«

Sie kamen zu der großen Röhre, in der der jämmerliche braune Bach unter dem Highway durchfloss. Der Betontunnel war groß genug, sodass Emma hineinlaufen konnte – obwohl sie trotzdem gebeugt ging, die Arme über dem Kopf, aus Angst vor Krabbelviechern –, aber Shelley musste sich bücken, um sich nicht den Kopf zu stoßen.

Emma hielt die Luft an und konzentrierte ihren Blick auf den hellen Lichtkreis am Ende des Tunnels. Sie stellte sich vor, auf beiden Seiten des Tunnels würden Geheimgänge abzweigen. Ein einziges Mal falsch abbiegen könnte bedeuten, dass sie den Rest ihres sehr kurzen Lebens orientierungslos durch das Abwassersystem der Stadt Manson würde wandern müssen …

Shelley packte sie an der Schulter. Emma schrie so laut, dass es fast ganze fünf Sekunden lang durch das Betonrohr hallte.

»Du bist so ein Schisser«, sagte Shelley und schubste Emma in die Nachmittagssonne. Emma konnte nicht widersprechen. Als sie wieder die Geräusche der Stadt hörte und eine kühle Frühlingsbrise ihren Nacken kitzelte, war sie erleichterter, der Dunkelheit entkommen zu sein, als nötig gewesen wäre.

Sie gingen weiter durch den Kanal.

»Ich muss den Sommer bei Dad in Kalifornien verbringen«, sagte Shelley nach ein paar Minuten beruhigender Stille. »Warum er unbedingt so weit wegziehen musste, ist mir schleierhaft. Und jetzt will er nur, dass ich zu ihm komme, weil er Mom eins auswischen will. Seit der Scheidung führen sie Krieg gegeneinander. Aber die beiden sind die Generäle. Ich bin die Einzige, die im Schützengraben liegt und kämpft.«

»Mm. Trotzdem hast du Glück«, sagte Emma. »Ist zwar scheiße, dass deine Eltern geschieden sind, aber wenigstens haben sie was unternommen. Ihre Ehe hat nicht funktioniert, also haben sie's beendet. Das ist schlau.«

Shelley stutzte. »Das ist, als würdest du einem Querschnittgelähmten sagen, er hat Glück, weil er den ganzen Tag sitzen darf.«

»Die Ehe meiner Eltern liegt seit zwei Jahren im Sterben, und keiner von beiden ist bereit, sie von ihrem Elend zu erlösen. Wär's dir nicht lieber, deine Eltern wären getrennt, aber glücklich statt zusammen und schlecht drauf?«

»Wie ist es mit getrennt *und* schlecht drauf?«, sagte Shelley lachend. »Ich wusste gar nicht, dass deine Eltern sich so oft streiten.«

»Tun sie gar nicht. Das ist ja das Problem: Wenn sie sich streiten würden, könnten sie vielleicht auch mal was klären. Es ist eher wie ein nicht zu Ende gesprochener Satz. Allem, was sie sagen, hängt ein Pünktchen, Pünktchen, Pünktchen an, niemals ein Punkt.«

»Auslassungszeichen«, sagte Shelley.

»Was?«

»Pünktchen, Pünktchen, Pünktchen. Das nennt man Auslassungszeichen.«

Emma verdrehte die Augen.

»Egal, kann sein, dass du recht hast«, sagte Shelley. »Vielleicht sollten sie sich scheiden lassen.«

Eine quälende Traurigkeit überfiel Emma. Sollten sich ihre Eltern wirklich trennen, würde ihr Vater erneut heiraten – das wusste sie. Er würde sich noch weiter von der Kirche entfernen, glücklich werden und sich verbittert über seine fundamentalistische Exfrau beklagen. Aber was würde aus ihrer Mutter werden? Ohne Jack Went würde sie immer tiefer in der Church of the Light Within versinken. Schließlich wäre nichts mehr übrig von der Frau, die Emma einst gekannt hatte.

»Merkst du schon was?«, fragte Emma.

»Nee.«

Ungefähr eine Viertelmeile tiefer im Wald kamen sie an die Getreidemühle, ein baufälliges Haus umgeben von dichtem Gestrüpp. Die Sonne war dahinter verschwunden, sodass eine rechteckige Silhouette aufragte – wie ein Untoter, der zum Leben erwacht.

Bis vor wenigen Jahren war die Getreidemühle noch in Betrieb gewesen. Natürlich war schon damals mehr Geld mit dem Souvenirladen und den Führungen eingenommen worden als durch den Verkauf von Mehl und Maismehl.

Emma war einmal mit ihrer Mutter hergekommen.

Ihr Dad hatte seine Cousins in Coleman besucht und Stu auf einen Jungsausflug mitgenommen. Ihre Mutter hatte Emma die Entscheidung überlassen, wie sie ihren gemeinsamen Tag verbringen wollten, und sie hatte die Mühle vorgeschlagen.

Damals hatte noch eine breite gepflasterte Straße vom Highway mitten durch den Wald hergeführt, unter anderem über eine wacklige Hängebrücke, dank derer man ein kleines, von einer Quelle gespeistes Flüsschen überqueren konnte. Sie erinnerte sich, wie sie ihre Scheibe heruntergekurbelt, den Kopf zum Fenster herausgestreckt und dem Plätschern des Flüsschens unten gelauscht hatte.

In der Mühle dann hatten sie die großen Seilwinden und Mahlsteine bestaunt, wo Mais und Getreide zu Mehl zerrieben wurden. Nach der Führung hatte ihre Mutter ihr eine Cola im Besucherzentrum gekauft, und sie waren auf die Südseite der Mühle zu den Picknickbänken gegangen.

Dort hatten sie schweigend gesessen, erinnerte Emma sich jetzt. Die Stille war nicht unangenehm gewesen, sondern ganz natürlich.

Die Getreidemühle war längst kein Ort mehr, an den Mütter mit ihren Töchtern fuhren, um Seilwinden zu bestaunen und Cola zu trinken. Aufgrund einer *Konjunkturflaute* – Emma kannte zwar den Begriff, hatte aber nur eine vage Vorstellung davon, was er bedeutete – waren Fördergelder ausgeblieben, und was einst eine beliebte historische Sehenswürdigkeit gewesen war, wurde schon bald dem Verfall preisgegeben. Die Seilwinden hatten nicht mehr gezogen, die Mahlsteine aufgehört zu mahlen, und auf die Fensterscheiben hatten sich dicke Staubschichten gelegt. Die Ostwand hatte zu bröckeln begonnen und war jetzt mit jedem neuen kräftigen Windstoß stärker einsturzgefährdet.

Shelley stieß die Tür auf, und Emma folgte ihr in die Mühle. Drinnen war es größtenteils dunkel, abgesehen von einzelnen Lichtstrahlen, die durch die schmutzigen gelben Fenster fielen. Saurer Modergeruch lag in der Luft. Wasserschäden hatten den ersten Stock teilweise einstürzen lassen, ein Gitter aus Holzbalken und verzogenen Metallträgern war zum Vorschein gekommen.

Im Inneren der Mühle war eine Wand mit Namen übersät, alle mit farblich unterschiedlichen Kugelschreibern und Filzstiften dort hingekritzelt. Emma erkannte einige davon: Politiker, Popstars und *Rich Witherford*, ein Riesenarschloch von der Manson High. Andere Namen kannte sie nicht: *Summer DeRoche, Jonathon Asquith, Chris Dignum, Sophie Lane, Angie Sperling-Bruch*. Emma wusste nur, dass ihnen jemand den Tod wünschte.

Denn das besagte die Legende: Schreib den Namen deines Feindes an die Wand der Getreidemühle, und der Betreffende wird innerhalb von vierundzwanzig Stunden sterben.

Die Legende ließ sich leicht widerlegen: Soweit sie wusste, war keine einzige der Personen, deren Namen sich hier fanden, tot – zumindest nicht innerhalb der vorgesehenen vierundzwanzig Stunden gestorben. Aber sie glaubte auch nicht, dass es wirklich darum ging. Den Namen eines Feindes aufzuschreiben hatte einen eigenartig therapeutischen Effekt. Sie selbst hatte auch schon einige Namen dort verewigt.

Sie fand den von Henry Micket in ihrer Handschrift auf dem Holz. Henry war der wahnsinnig gutaussehende Leichtathletikchampion an der Manson High, in den Emma anderthalb Jahre lang verliebt gewesen war. Ein Fehler. Er hatte ihr kein schweres Unrecht getan – eigentlich kannte er sie bestenfalls vom Sehen in der Schule, und sie bezweifelte, dass er wusste, wer sie war –, aber er hatte ihr das Herz gebrochen, als er mit Cindy Kites zusammengekommen war, ebenfalls ein wahnsinnig gutaussehendes Leichtathletikass.

In ihrer ersten Verzweiflung hatte Emma Henrys Namen an die Wand geschrieben und war später noch einmal zurückgekommen, um ihn mit dickem blauem Filzstift durchzustreichen. Jetzt stand dort ~~*Henry Micket*~~.

Es war ein gutes Gefühl gewesen, den Namen dort hinzuschreiben, und ein noch besseres, ihn durchzustreichen. Einige wenige Filzstiftstriche hatten erst Wut, dann Vergebung angezeigt. Erneut mit dem Bedürfnis, ihrer Wut Ausdruck zu verleihen, um anschließend vielleicht zu verzeihen, überlegte sie, noch einmal einen Namen an die Wand zu schreiben.

Nur weil's so therapeutisch ist, sagte sie sich. Aber wenn es so war, warum zitterten dann ihre Hände?

»Ich muss mal«, sagte Shelley und verschwand durch die Tür.

Während sie wartete, stieg Emma über die knarzende Treppe in den ersten Stock. Alles war mit Staub bedeckt. Die Reste des Regenschauers von vorhin tropften noch durch zirka ein Dutzend Löcher in der Decke, bildeten schmutzig braune Pfützen auf dem Treppenabsatz.

Mit dem Fuß wischte sie eine Stelle frei, setzte sich im Schneidersitz auf den Boden und zündete eine Zigarette an.

Als sich ihre Augen allmählich an die Dunkelheit gewöhnt hatten, fiel ihr eine lange Reihe von Riesenameisen auf, die über die breiten Bodendielen wanderten und in einem Loch unterhalb des Fensters verschwanden, vermutlich auf dem Weg zu ihrem Nest in den fauligen Wänden. Sie machten einen Bogen um Glasscherben und anderen Müll, ein gebrauchtes Kondom – *igitt* –, und kamen an der schmalsten Stelle einem Spinnennetz gefährlich nahe. Obwohl Emma sie nicht sehen konnte, stellte sie sich eine dicke schwarze Spinne mit gelben Glubschaugen in der Dunkelheit vor.

Plötzlich stand sie auf, schüttelte ungläubig den Kopf. Sie musste etwas wegen der Ameisen unternehmen. Sie machte sich daran, die Hindernisse beiseitezuräumen. Sie trat den Müll mit den Füßen weg, fand einen schweren Metallstab, schleuderte das Kondom damit in eine andere Ecke und zerstörte das Spinnennetz, trieb die unentdeckte und gänzlich imaginierte

Spinne auf der Flucht in eine der tiefen Ritzen zwischen den Dielen.

Emma biss sich auf die Lippe und wartete darauf, dass sich ihre gute Tat bezahlt machte.

»Was zum Teufel …«, zischte sie. »Nein.«

Die Ameisenkette geriet durcheinander und löste sich an einigen Stellen auf. Viele verloren ohne die Scherben, das benutzte Kondom und das Spinnennetz die Orientierung. Sie hatte die Wegweiser entfernt, und jetzt wussten sie nicht mehr, wo es langging.

Die Erkenntnis schmerzte Emma mehr, als nötig gewesen wäre, mehr, als richtig war, und plötzlich überkam sie das Bedürfnis zu weinen. Nein, sie wollte sogar laut schluchzen.

In diesem Moment wurde ihr bewusst: Die Magic Mushrooms hatten angefangen zu wirken. Halluzinationen hatte sie keine, sie sah keine eigenartigen Farben und Lichter – Shelleys Cousin hatte gesagt, dass das passieren könnte –, aber alle ihre Sinne schienen geschärft. Es war, als hätte sich ein Nebel verzogen und als könne sie die Welt um sich herum nun ganz anders wahrnehmen: ihren Körper, die Ameisen, die Getreidemühle, den Wald, Manson, die Erde, das Universum.

Der Rausch war ganz anders, als sie ihn sich vorgestellt hatte – jedenfalls anders als im Kino. Und auch anders als beim Kiffen. Das hier war feinsinnig und wunderbar, und sie würde jahrelang immer wieder mit dem Versuch verbringen, dieses allererste echte Hochgefühl zu wiederholen. Sie würde sich an den Tag, an dem sie mit Shelley im Wald Pilze gegessen hatte, als an den letzten Tag ihrer Kindheit erinnern.

Emma zog den Reißverschluss ihres Rucksacks auf und suchte den schwarzen Filzstift darin.

Als sie langsam die Treppe hinunterstieg, konzentrierte sie sich auf die schmutzigen Dielen unter ihren Füßen, das Knirschen der Glasscherben, das Platschen ihrer Füße in einer Pfütze, die zermatschte Seite aus einem alten Pornoheft, das Klappern einer weggeworfenen Sprühdose mit grüner Farbe.

Dann war sie wieder im Erdgeschoss und schrieb einen Namen an die Wand der Mühle.

(»… Emma, hast du mich verstanden? Hast …«)

Sie trat zurück, um ihr Werk zu bewundern.

(»… hast du gehört, was ich gesagt habe? Du musst …«)

Zwischen die Dutzende oder vielleicht sogar Hunderte von Namen hatte Emma in sauberen Druckbuchstaben *Sammy Went* geschrieben.

Tut mir leid, dachte sie. Nichts Persönliches. Nur wegen des therapeutischen Effekts.

(»… du lieber Gott, komm wieder runter …«)

Shelley Falkners fleischige Hände legten sich auf Emmas Schultern. Shelley drehte Emma um, wollte ihr in die Augen sehen.

»Hast du mich verstanden, Em? Hast du gehört, was ich gesagt habe?«

Emma streckte die Hand aus und tippte auf das linke Glas von Shelleys Brille.

»Du bist schön. Das weißt du, oder Shell? Darf ich mal deine Brille aufsetzen?«

»Ach du Scheiße. Du bist voll drauf, oder? Ah, perfekt. Absolut perfekt.«

Während Emmas Blick sich von den Gläsern wieder auf das Gesicht dahinter fokussierte, sah sie, dass Shelley blass geworden war. Ihr Mund hatte sich sorgenvoll verzerrt, und sie starrte sie mit großen Augen an. Sie sah gar nicht mehr aus wie Shelley.

»Hör mal, Em. Du musst dich zusammenreißen.«

»Was ist los?«

»Hier ist jemand.«

»Was? Wer?«

»Weiß nicht«, sagte Shelley ernst. »Ich hab draußen am Besucherzentrum Schritte gehört.«

Emma grinste. »Du bist auf 'nem Trip.«

»Nein, ich schwör's.«

»Das bildest du dir ein«, sagte Emma. »Das liegt an den Pilzen. Die sind wirklich …«

Sie erstarrte, als hinten am Fenster ein Schatten vorbeizog. Die Scheibe war gesprungen, schmutzig und von Efeu überwuchert, aber einen kurzen, erschreckenden Moment lang hatte sie die Umrisse einer Person erkannt.

Wer auch immer es war, er war weitergeschlichen, bevor Shelley Zeit gehabt hatte, sich umzudrehen und zu gucken.

»Was ist?«, fragte Shelley.

»Ich glaube, ich hab jemanden gesehen.«

Die Tür der Getreidemühle schrammte über den

Schmutz, als sie stolpernd nach draußen rannten. Emma schaute rasch in die Richtung, in der sie den Schatten gesehen hatte. Dort war niemand.

Es konnte an den Pilzen liegen, aber Emma spürte die Angst noch in den Knochen.

»Ich glaube, ich will nach Hause«, sagte Shelley.

»Ich auch.«

Schritt für Schritt verwandelten sich die Blätter unter ihren Füßen wieder in trockene Erde, dann dichtes Gras, das graue Pflaster des Gehwegs und schließlich den von Schlaglöchern übersäten Asphalt der Cromdale Street. Emma wusste sofort, dass etwas nicht stimmte. Zu viele Nachbarn waren draußen auf dem Rasen und vor den Türen, schauten sie an, als sie vorbeigingen. Roy Filly starrte aus dem geöffneten Garagentor und rauchte eine seiner stinkenden Zigarren. Loraine Vorhees saß im Schaukelstuhl auf ihrer Veranda, eine Tasse Tee in der einen Hand, einen Minifoxterrier in der anderen. Pam Grady, Verschwörungstheoretikerin und Gerüchten zufolge langjährige Lesbe, stand am Bordstein, stemmte die Hände in die Hüfte und schaute … wie? Neugierig? Nein, besorgt.

Wussten sie, dass Emma high war?

Die eigenartige Energie auf der Straße verdichtete sich, je weiter sie sich ihrem Zuhause näherten. Als sie über die Kuppe kamen und auf das Haus der Familie Went herunterschauten, sah Emma das Cabrio ihres Vaters halb in der Einfahrt, halb auf dem Rasen stehen. Die Fahrertür war offen.

Sie ging schneller. Hier stimmte etwas nicht. Etwas Schlimmes war passiert.

Shelley sagte etwas, aber Emma hörte sie nicht. Sie rannte bereits. Ihr Rucksack bremste sie, weshalb sie ihn abwarf und auf dem Gehweg liegen ließ.

Etwas Schlimmes war passiert.

Als sie das Haus erreichte, schwand die Erinnerung an das, was sie an die Wand der Getreidemühle geschrieben hatte, so schnell und unweigerlich wie Wasser bei Ebbe.

Melbourne, Australien

– Jetzt –

In den turbulenteren Phasen meines Lebens hatte es mich immer ans Wasser gezogen. Als mein Hund Shadow gestorben war, war ich mit dem Fahrrad rüber zum Orel Lake gefahren und hatte ganze drei Stunden dort am Ufer gesessen. Ich war erst wieder nach Hause gekommen, als ich mich ausgeheult hatte und vor Kälte zitterte. Als meine Mutter gestorben war, hatte ich alleine im Wagen gesessen und einen Nachmittag lang auf die Bass Strait gestarrt.

Amy war wütend auf mich gewesen, als ich endlich wieder ins Krankenhaus kam, aber Dean hatte es verstanden. Er wusste, dass Gewässer eine eigenartige Macht besitzen und je größer das Problem, umso größer musste auch das Gewässer sein.

Der Schmerz über das Ende einer dreimonatigen Beziehung zum Beispiel ließ sich schon mit einer Wassermenge lindern, wie sie in eine Badewanne passt. Mit einer schlichten Dusche konnte man eine kreative Blockade kurieren. Aber die richtig schlimmen Sachen, die großen Probleme, wie der Tod der eigenen Mutter oder wenn man sein ganzes Leben für eine Lüge hält, verlangen nach ausgedehnteren Wassermassen voller Energie. Also fuhr ich zu den Dights Falls, einem geräuschvollen Stauwehr am Yarra River.

Ich parkte den Wagen und folgte einem schmalen Schotterweg ins Buschland. Kiefernnadeln knackten unter meinen Füßen. Obwohl ich den Fluss durch die Bäume noch nicht sehen konnte, hörte ich bereits die tosenden Stromschnellen und spürte die vom Sprühnebel feuchte Luft.

Die Bäume wurden immer spärlicher, je näher ich dem Fluss kam, bis sie schließlich ganz verschwanden und einer offenen Landschaft Raum gaben, umwerfend und tosend. Ich stand länger als beabsichtigt dort über den Stromschnellen und fragte mich, welche Türen ich bei meiner nächsten Verabredung mit James Finn öffnen wollte. Er hatte sich bereit erklärt, mit mir Mittagessen zu gehen, und ich war nicht im Geringsten darauf vorbereitet. Ich hatte das Gefühl, mental aus dem Gleichgewicht zu sein; ein kleiner Schubs des eigenartigen amerikanischen Steuerberaters würde genügen, um mich ins Wanken zu bringen. Aber blieb mir überhaupt eine andere Wahl, als ihn zu Ende anzuhören?

Ein einsamer Angler saß auf einem vorstehenden Felsen am gegenüberliegenden Ufer. Plötzlich stand er auf, holte aufgeregt seine Leine ein. Als er sah, dass nichts daran hing, warf er enttäuscht die Angel aus und setzte sich wieder, wartete.

James saß vor einer Tasse Tee an einem der Tische im hinteren Teil des Cafés und las. Er wirkte genauso kühl und hölzern wie bei unserer ersten Begegnung.

»Ich freue mich, dass Sie da sind«, sagte er, als er mich sah.

Ach, echt?, hätte Dean angemerkt, der der Gelegenheit nicht hätte widerstehen können. Der Gedanke an meinen Stiefvater schmerzte mich. Was würde er davon halten, dass ich seiner lieben verstorbenen Frau hinterherschnüffelte, weil ich sie der Kindesentführung verdächtigte.

Ich bestellte einen Kaffee, und wir schauten verlegen in die Speisekarten, obwohl mir ganz und gar nicht nach essen war.

»Claire will nicht, dass ich Kaffee trinke«, sagte James. »Das ist meine Frau. Sie weiß, wie aufgekratzt ich davon werde. Daher der Tee.«

»Ist sie nicht mit Ihnen hier?«

»Sie hält zu Hause die Stellung.«

Ich schlug die Speisekarte auf und tat, als würde ich sie lesen, klappte sie dann wieder zu.

»Ich denke, ich sollte Ihnen ehrlich sagen, nur weil ich hier bin, bedeutet das noch lange nicht, dass ich Ihnen glaube.«

»In Ordnung.«

»Ich will sagen, auf meiner Geburtsurkunde steht der Name meiner Mutter. Und ich denke, mir wäre aufgefallen, wenn sie mit amerikanischem Akzent gesprochen hätte.«

»Trotzdem sind Sie hier«, sagte er ausdruckslos. »Und nur fürs Protokoll: Akzente lassen sich genauso leicht fälschen wie Geburtsurkunden.«

»Warum machen Sie das?«

»Das habe ich Ihnen doch gesagt«, sagte er. »Ich glaube, Sie sind …«

»Sammy Went, ich weiß. Aber warum interessieren Sie sich so für sie? Was ist Ihr Interesse daran, meine ich. Das Ganze ist fast dreißig Jahre her. Arbeiten Sie nebenher als Privatdetektiv?«

»Freizeitdetektiv trifft es wohl eher«, sagte er. Er trommelte unruhig mit den Fingern auf dem Tisch. Bis jetzt hatte er zuversichtlich, überlegt und vielleicht sogar eine Spur roboterhaft gewirkt. Jetzt plötzlich schien er verlegen, nervös und beinahe *menschlich*. »Wie gesagt, ich kenne die Familie Went. Als es passiert ist, habe ich in Manson gelebt. Sammys Verschwinden ist mir irgendwie … im Gedächtnis haften geblieben.«

Mein Kaffee kam.

»Wie haben Sie mich gefunden?«, fragte ich.

»Lassen Sie es mich Ihnen zeigen.« Er nahm einen kleinen Rucksack vom Sitz neben sich und zog eine Aktenmappe heraus. Sie war beschriftet: *Leamy, Kimberly.*

Er schlug die Mappe auf und reichte mir ein Bild von einem Gesicht mit gespenstisch hohlen Augen und einem irgendwie vertrauten Ausdruck. Es war kein Foto und auch keine Zeichnung, sondern etwas dazwischen: der Entwurf eines Phantombildzeichners vom Gesicht einer

Frau mit dunklen Haaren, einer langen Nase und fest aufeinandergepressten, leblosen Lippen. Ganz unten stand: *Sammy Went, prognostiziertes Aussehen im Alter von 25 bis 30 Jahren.*

»Ich habe ein Phantombild in Auftrag geben«, sagte James. »Auf Grundlage von Sammys Aussehen und der Familiengeschichte kann man davon ausgehen, dass sie heute ungefähr so aussieht.«

Das Phantombild ähnelte mir entfernt, aber hätte ich ein Verbrechen begangen und würde ausschließlich anhand des Bildes von der Polizei gesucht, hätte ich mir mit meiner Flucht nach Neuseeland getrost Zeit lassen können.

»Ich habe das Bild durch ein Dutzend Gesichtserkennungsprogramme laufen lassen, es online mit einer Million Bildern verglichen und knapp über siebentausend Treffer erhalten. Ich habe mir jeden einzelnen angesehen, die Liste auf ungefähr neunhundert Namen verkürzt und mich anschließend mit diesen dann genauer beschäftigt.«

»Das muss doch ewig gedauert haben.«

»Meine Mutter hat immer gesagt, ich hätte die Geduld Hiobs«, meinte er. »Die Skizze passte zu einem Foto auf Facebook, auf dem Sie getagged wurden, und dadurch habe ich herausgefunden, wo Sie unterrichten. Ich habe erst überlegt, Ihnen eine E-Mail zu schicken, aber ich hatte schon so ein Gefühl. Eine Ahnung.«

»Das ist ein ganz schön weiter Weg nur aufgrund einer Ahnung«, sagte ich. »Und das Bild hier kann wohl kaum als Beweis dienen. Sie haben es selbst gesagt: Sie hatten neunhundert Gesichter auf Ihrer Liste. Und selbst wenn stimmt, was Sie sagen, müsste ich mich dann nicht an irgendwas erinnern?«

»Vielleicht tun Sie's ja«, erwiderte er. »Haben Sie schon mal was von der Theorie des autonomen Verfalls gehört?«

»Nein.«

»Wenn eine Erinnerung entsteht, schafft das Gehirn einen neurochemischen Pfad, um diese, wenn nötig, wieder aufzurufen. Stellen Sie sich ihn wie eine lange rote Schnur vor, die in Ihrem Bewusstsein beginnt und sich durch Ihren Verstand zieht. Wenn Sie eine bestimmte Erinnerung wieder aufrufen möchten, ziehen Sie an der Schnur, und sie kommt Ihnen ins Gedächtnis zurück.«

Um dies zu demonstrieren, hob und senkte er den Teebeutel in seiner Tasse. »Ganz einfach. Und einleuchtend. Aber die Theorie des autonomen Verfalls besagt auch, dass die Schnur immer dünner wird, wenn eine bestimmte Erinnerung über einen langen Zeitraum nicht aufgerufen wird, und schließlich …«

Er zog den Teebeutel aus seiner Tasse und riss den Faden entzwei. Der Beutel tauchte im milchigen Tee unter. »Dann reißt die Schnur, und die Erinnerung treibt im Gehirn umher, ungebunden, unverankert. Vielleicht glauben Sie, sich nicht daran erinnern zu können, wie Sie als kleines Mädchen in Kentucky gelebt haben. Trotzdem könnte das kleine Mädchen noch immer irgendwo da oben sein, in Ihren Gedanken. Vielleicht hat sie einen Weg gefunden, zu Ihnen durchzudringen. Vielleicht sind Sie deshalb hier.«

Ich stellte mir Sammy Went inmitten einer riesigen schwarzen Leere vor, in der sich alle verlorenen Erinnerungen befanden. Um die Taille hatte sie eine rote Schnur gebunden, deren anderes Ende lose hinunterhing. Sie zog und zog an der Schnur, aber jedes Mal hielt sie nur wieder das leere Ende in der Hand, wie der Angler an den Dights Falls.

»Deshalb bin ich nicht hier«, sagte ich.

Er nickte, tippte zweimal auf die Aktenmappe. »Ich weiß. Sie sind hier, weil Sie Beweise sehen wollen. Den rauchenden Colt. Darf ich zuerst auf die Toilette gehen?«

In seiner Abwesenheit starrte ich den Namen auf der Aktenmappe an. Er hatte sie deutlich sichtbar auf dem Tisch liegen lassen. Wollte er, dass ich selbst darin las? Wenn er recht hatte und sie wirklich einen eindeutigen Beweis enthielt, dann wäre Leugnen keine zulässige Option mehr.

Trotzdem ignorierte ich die Mappe erst einmal und schnüffelte an seinem Kindle herum. Meiner Erfahrung nach warf ein Bücherregal – ein digitales ebenso wie ein herkömmliches – ein recht deutliches Licht auf die Person, die es bestückte.

James hatte hauptsächlich Sachbücher in seinem digitalen Regal; einige über Geschichte, manche über Kriege, hauptsächlich aber True Crime. Einige Titel kannte ich – *The Stranger Beside Me* von Ann Rule, *Mitternacht im Garten von Gut und Böse* von John Berendt und natürlich *Kaltblütig* von Truman Capote –, aber da waren noch sehr viel mehr, die ich nicht kannte. Es waren Bücher über politische Anschläge, Verbrechen in Zusammenhang mit der Mafia, Morde an Prominenten, ungelöste Fälle, Serienmörder und, welch Überraschung: Kindesentführungen.

Eigenartigerweise entspannte ich mich beim Anblick von so viel Düsternis. James' Bücherregal wies ihn als Freizeitdetektiv mit makabrem Sinn für Verbrechen aus.

Es sei denn …

Schnell suchte ich Sammy Wents Namen, fragte mich, ob er vielleicht insgeheim selbst Krimiautor war. Sein unbeholfenes, schrulliges Verhalten passte jedenfalls dazu. Vielleicht schrieb er ein Buch über Sammy Went, und ich war sein drittes Kapitel.

Als James von der Toilette zurückkehrte, holte er tief Luft, dann erst setzte er sich. »Sind Sie bereit?«

Er öffnete den Rucksack. Darin befanden sich Polizeiberichte, Karten und Akten. Als er im Rucksack kramte, zog er einen Stapel Unterlagen heraus, um Platz zu schaffen. Ganz oben darauf befand sich eine Liste mit der Überschrift *Sexualstraftäter in Manson und den umliegenden Bezirken*. Ungefähr ein Drittel der Namen waren durchgestrichen, was wohl bedeutete, dass James diese als Verdächtige ausgeschlossen hatte. Andere waren unterstrichen oder eingekreist.

Der Rucksack beunruhigte mich. Es ging hier nicht nur um die makabre Neugier eines Freizeitdetektivs, auch sah das alles nicht nach den Recherchen eines Schriftstellers aus. Was ich hier vor mir hatte, war eine waschechte Obsession.

Er zog ein einseitiges Dokument aus der Akte und reichte es mir. Ganz oben auf der Seite fand sich ein kleines blaues Logo mit dem Untertitel *Me-Genes*.

»Was ist ›*Me-Genes*‹?«

»Das ist ein Unternehmen für Genomforschung und Biotechnologie hier in Melbourne. Man schickt eine DNA-Probe ein, zahlt eine Gebühr und bekommt ein Ergebnis. Für einen kleinen Aufpreis bekommt man die Ergebnisse schneller.«

Das Dokument war insgesamt in drei Spalten unterteilt, jeweils mit der Überschrift *Marker*, *Sample A* und *Sample B*. Jede Spalte enthielt mehrere Zahlen- und Buchstabenkombinationen, von denen einige miteinander übereinstimmten. Ich hatte das Gefühl, ich würde einen Abschluss in Genomforschung brauchen, um es lesen zu können.

Der Teil, auf den es ankam, der Teil, der mir den Magen zuschnürte, stand in großen fetten Buchstaben ganz unten rechts: *Wahrscheinlichkeit einer Verwandtschaft: 98,4 Prozent.*

»Sie sind *Sample B*«, sagte James.

Als ich allmählich begriff, was ich da vor mir hatte, wurde mir heiß, und mein ganzer Körper bebte vor Wut.

»Sie … Sie haben meine DNA testen lassen? Wie zum Teufel sind Sie überhaupt an eine Probe gekommen?«

»Bei unserem ersten Treffen haben Sie Mineralwasser getrunken.«

»Verdammt noch mal, das ist illegal!«

»Genau genommen nicht«, sagte er. »Ich brauchte Gewissheit. Deshalb bin ich hier.«

Ich stürmte aus dem Café, marschierte über die Straße und sprang in den Wagen. Ließ den Motor an. Beim Blick in den Rückspiegel entdeckte ich James. Er war nach draußen gekommen, hatte die Hände in die Taschen seiner Jeans geschoben und beobachtete mich. Seine knallgelben Sneaker stachen an dem grauen Nachmittag grell ins Auge. Über uns Gewitterwolken.

»Verdammt noch mal.« Ich machte den Motor wieder aus, stieg aus dem Wagen und ging zu ihm. »Wer ist Sample A?«

»Kim, hören Sie …«

»Da steht, ich bin verwandt mit Sample A«, sagte ich. »Wer ist das?«

»Claire hat mich davor gewarnt, Sie zu überfallen. Ich wollte Sie nicht verschrecken.«

»Wer ist Sample A?«

»Das bin ich«, sagte er. »In Wirklichkeit heiße ich Stuart Went. Ich bin dein Bruder.«

Manson, Kentucky

– Damals –

Chester Ellis, der vierundsechzigjährige Sheriff von Manson, saß an seinem Schreibtisch und las den *Manson Leader.* In dem Provinzblatt wurde über die Höhepunkte des Tractor Day berichtet, das bahnbrechende neue Christian History Museum mit einer Fotostrecke präsentiert, und außerdem gab es eine ausführliche Zusammenfassung sämtlicher Spiele der Manson Warriors – die wie üblich eine demoralisierende Niederlage gegen die Coleman Bears erlitten hatten.

Es sah mal wieder nach einem ruhigen Tag in Manson aus. Einem ruhigen Tag in einem ruhigen Monat in einem ruhigen Jahr.

Er blätterte langsam die Seiten eine nach der anderen um und überflog die Überschriften auf der Suche nach Interessantem. *Sparen leicht gemacht: neues Projekt zur Senkung des Stromverbrauchs; Neues Vereinsheim für Leichtathleten in Manson; Neuer Ansatz im Umgang mit einem alten Problem: Elterninformationsabend zur Suchterkennung.*

Schließlich kam er zu den Kleinanzeigen und fand seine eigene ganz unten in der zweiten Spalte: *Berufstätiger und athletischer Afroamerikaner mit christlichen Werten sucht Frau für Freundschaft und/oder Beziehung.*

Ellis hatte seine Frau vor einundzwanzig Jahren an einen Hirntumor verloren, aber da er zwei Söhne zu versorgen hatte, war er gar nicht auf die Idee gekommen, sich mit Frauen zu verabreden. Jetzt waren seine Söhne erwachsen, hatten selbst Partnerinnen, und Ellis brauchte … was? Er war nicht auf der Suche nach einer leidenschaftlichen Affäre. Nicht mal auf der Suche nach Liebe, auch wenn es schön wäre, sollte sich das ergeben. Eigentlich wünschte er sich einfach nur jemanden, mit dem er sein Leben teilen konnte.

Natürlich war die Anzeige größtenteils Blödsinn. Zu Collegezeiten hätte man ihn möglicherweise als »athletisch« bezeichnen können, aber inzwischen hatte sich sämtliche Muskelmasse in Fett verwandelt. Die »christlichen Werte« waren auch nur halb wahr. Amelia Turner – die sich um die Kleinanzeigen kümmerte und freitags beim *Leader* am Empfang saß – hatte ihn zu der Floskel überredet.

Sicher, Ellis glaubte an Gott und gab sich die allergrößte Mühe, nicht zu oft zu fluchen oder andere zu hassen, aber das Christentum stellte in Manson ein ziemlich breites Spektrum dar. Er befand sich eher zurückhaltend auf der Seite derer, die einfach ihren Nächsten liebten. Ihnen gegenüber standen Menschen, von denen er hoffte, dass sie sich nicht angesprochen fühlten: die Leute von der Church of the Light Within.

Die Pfingstkirchler – die man um Gottes willen nicht als Sekte bezeichnen durfte – huldigten ihrem Gott, indem sie mit Giftschlangen und Skorpionen hantierten. Wenn man den Gerüchten glauben durfte, schluckten die Light Withiners sogar Strychnin und verständigten sich untereinander in Geheimsprache, tranken Blut – laut Tom Kirker, wenn er in Cubby's Bar saß und ein paar Whiskey zu viel intus hatte – und huldigten dem Teufel.

Einer von Ellis' Deputys klopfte an die Tür. »Tut mir leid, dich stören zu müssen, Sheriff. Hast du mal eine Sekunde?«

»Komm rein, Mann. Was gibt's?«

John Beecher als *Mann* zu bezeichnen war ein bisschen übertrieben. Ellis war sicher, dass er eines Tages zu einem heranreifen würde, aber derzeit war er noch ein blasser, praktisch unbehaarter Neunzehnjähriger, der immer, wenn er nervös war – also eigentlich ständig –, knallrot anlief, wie ein Liebesapfel. »Gerade kam ein Anruf von Jack Went. Von Went Drugs. Seine Tochter ist verschwunden.«

»Seine Tochter?« Ellis schaute auf die Uhr. Es war kurz nach vier Uhr nachmittags. »Wahrscheinlich kommt sie nur ein bisschen später aus der Schule.«

»Nein, die kleine.« Beecher sah auf seinem Notizblock nach. »Sammy Went. Zwei Jahre alt. Wurde vor ungefähr zwei Stunden zum letzten Mal gesehen.«

»Oha. Hol Herm und Louis.«

»Sind schon unterwegs, Sheriff. Hab gedacht, du

würdest es gerne wissen.« Er schaute auf die aufgeschlagene Zeitung. »Schon Zuschriften auf die Anzeige bekommen?«

Ellis schob den *Leader* in die oberste Schublade seines Schreibtischs. »Weißt du noch, wo wir das Buch hingepackt haben, Beech? Das Handbuch, in dem steht, was man an einem Tatort machen muss? Herm und Louis könnten es vielleicht brauchen.«

Beech schüttelte den Kopf.

»Es heißt ›Tatort‹ irgendwas. ›Tatortanalyse‹ oder ›Spurensicherung am Tatort‹ ... Da ist auch ein Kapitel über Vermisste drin; welche Fragen man stellen muss, Anweisungen, Vorschläge, so was.«

»Oh ja, so eine Art Anleitung, oder? Ich bin sicher, ich hab's auf dem Klo gesehen, Sheriff.«

Das konnte gut sein.

Ellis' Söhne waren beide erwachsen, aber er erinnerte sich noch, wie klein und zerbrechlich sie früher gewesen waren. Jack und Molly Went mussten wahnsinnig sein vor Angst.

»Ach, wenn ich's mir recht überlege, vergiss das Buch. Gib mir einfach die Adresse der Wents. Ich fahr selbst hin.«

Die Cromdale Street war breit und grün. Bis auf eine Ausnahme waren alle Häuser in einem großzügigen Kolonialstil erbaut. Nummer neun stach heraus: das Haus der Familie Eckles. Als er vorbeifuhr, nahm Ellis den Fuß vom Gas. Er erinnerte sich nur zu gut: an den schiefen Briefkasten und das *Betreten-verboten*-Schild am Zaun, das lächerlich verkehrt wirkte – niemand, der alle Tassen im Schrank hatte, würde ein solches Grundstück freiwillig betreten. Der Garten war zwar gepflegt – Travis, der jüngste Sohn, kümmerte sich darum –, aber das Haus war billig gebaut und heruntergekommen. Angenommen, jemand würde tatsächlich in den Garten gehen und durch die klappernde alte Fliegengittertür ins Haus eintreten – was dann?

Das Einzige von Wert waren die Messingurne mit der Asche von Jeff Eckles und seine Veteranenrente, die seit seinem Tod einmal monatlich überwiesen wurde.

Ellis fuhr weiter die Straße entlang.

Seine Deputys waren vor ihm eingetroffen und hatten ihren Wagen mit eingeschaltetem Warnlicht stehen lassen, so dass das Haus von Jack und Molly Went in der schwindenden Nachmittagssonne jetzt rot und blau leuchtete. Ellis hielt neben Jacks Cabrio und ging über den Gartenweg zur Haustür.

»Sheriff«, kam eine leise Stimme von der Veranda. Eine zarte Gestalt zeigte sich. Emma Went kam ihm mit düsterem Gesichtsausdruck entgegen. »Sie ist fort, Sheriff. In ein paar Stunden geht die Sonne unter, dann wird es kalt. Mom kann sich nicht mal mehr erinnern, ob sie einen Pulli anhatte.«

Ihr Ton war niedergeschlagener, als der einer Dreizehnjährigen eigentlich klingen durfte. Ihre Bewegungen hatten etwas Fahriges, Zombiehaftes. Ellis vermutete, dass es am Schock lag.

Er legte ihr eine Hand auf die Schulter. »Wir unterhalten uns drin.«

Emma führte Ellis ins Wohnzimmer, wo Molly Went zusammengesunken auf dem großen roten Sofa saß. Sie war eine gutaussehende Frau, auch jetzt noch; die Haare hatte sie zu einem unordentlichen Pferdeschwanz gebunden, und ihre Augen waren aufgequollen und feucht. Ein pummeliges acht- oder neunjähriges Kind hockte auf ihrem Schoß. Mollys Arme wanden sich um seine, und alle paar Sekunden drückte sie ihn wie einen Stressball. Der Junge schien sich unwohl dabei zu fühlen, war aber klug genug, es sich weiter von seiner Mutter gefallen zu lassen.

Die Deputys Herm und Louis guckten betreten. Der jüngere, athletische Herm ging auf und ab, während der ältere, ruhigere Louis auf der Stelle stehen blieb, sich dabei leicht vor- und zurückwiegte. Beide schienen erleichtert, den Sheriff zu sehen.

»Herm, such die Straße ab.« Ellis versuchte, seiner Stimme einen Befehlston zu geben. »Frag rum, ob jemand was Ungewöhnliches gesehen oder gehört hat. Irgendwas. Kein Detail ist zu trivial. Schau in den Gärten nach, wenn sie dich lassen, und sag mir, wer's dir nicht erlauben will. Louis, stell einen Suchtrupp zusammen. Wir müssen die Straße überprüfen, die Abwasserkanäle, den Wald …«

»Oh Gott, den Wald«, sagte Jack Went. Er stand am Fenster auf der anderen Seite des Raums und zog eine weiße Gardine beiseite, um hinauszusehen. »Sie glauben doch nicht, dass sie so weit gegangen sein könnte, oder?«

»Sie ist nirgendwo hinge*gangen*, Jack«, sagte Molly und drückte den Jungen auf ihrem Schoss so fest, dass er kurz aufstöhnte. »Sie wurde entführt. Jemand ist in unser Haus gekommen und hat sie entführt.«

»Das wissen wir nicht, Molly. Bitte werde nicht hysterisch. Das ist das Letzte, was wir jetzt gebrauchen können. Wir müssen die Ruhe bewahren. Es ist erst …«

»*Hysterisch,* Jack? Im Ernst? Unser kleines Mädchen ist verschwunden!«

Bevor er Herm und Louis entließ, ging Ellis noch mit ihnen hinaus in den Flur. »Lasst die Familie Eckles erstmal aus. Ich sehe nachher selbst dort nach, wenn ich hier fertig bin.«

»Aber nicht alleine, mach das nicht«, sagte Herm.

»Mir wird nichts passieren. Geht jetzt, los.«

Die Deputys zogen zielstrebig von dannen, und Ellis richtete seine Aufmerksamkeit erneut auf Molly und Jack. »Wieso denken Sie, dass sie entführt wurde, Molly?«

»Ihr Fenster stand offen. Sperrangelweit offen.«

»Das hat nichts zu bedeuten«, sagte Jack. »Du lässt doch ständig das Fenster offen.«

»Aber dieses Mal nicht, Jack. Das weiß ich.«

»Sie sprechen von dem Fenster in Sammys Zimmer?«, fragte Ellis.

»Manchmal lasse ich es offen, damit ein bisschen Luft reinkommt. Da ist kein Fliegengitter davor, aber es ist zu hoch, als dass Sammy drankäme. Sonst würde ich nie ... Auf jeden Fall hab ich's dieses Mal zugemacht. Ich erinnere mich ganz genau, wie ich es zugemacht habe.«

»Wann haben Sie Sammy das letzte Mal gesehen?«

»Ungefähr um eins«, sagte Molly. »Normalerweise lasse ich sie nicht mehr so spät am Tag noch einen Mittagsschlaf machen, dann bleibt sie nur die ganze Nacht auf, aber sie war unruhig und quengelig, und ich hab einfach gedacht ... Ich hab das Fenster zugemacht. Ich weiß genau, dass ich es zugemacht habe.«

»Ist das Fenster abschließbar?«, fragte Ellis.

Sie schüttelte den Kopf.

»Die Verriegelung ist kaputt«, ergänzte Jack. »Schon eine ganze Weile, aber ich hatte es nicht eilig, es zu reparieren, weil es ja oben im ersten Stock ist, und na ja, Sie wissen schon, wir sind hier in Manson. Ist nicht unbedingt eine Einbrecherhochburg.«

Ellis nickte. »Und als Sie wiederkamen, um nach ihr zu sehen, war sie weg. Stimmt das, Mrs Went?«

»Ich bin um halb drei nachsehen gekommen. Da war ihr Bett leer, und das Fenster stand sperrangelweit offen.«

Jack ging auf und ab. »Schauen Sie, Sheriff. Ich will mich hier nicht als Arschloch aufführen, aber sie lässt wirklich ständig das Fenster offen.«

»Um Himmels willen, Jack.«

»Tut mir leid, Molly, aber so ist es nun mal. Ich will nicht, dass der Eindruck entsteht, dass dieses gottverdammte offene Fenster irgendeinen entscheidenden Hinweis liefert, wo's doch am wahrscheinlichsten ist, dass du's selbst offen gelassen hast. Das Fenster ist im ersten Stock, wenn sie also tatsächlich entführt wurde, dann vom größten Menschen der Welt.«

»Hast du schon mal was von einer Leiter gehört, Jack?«

Jack warf die Hände in die Höhe. »Wahrscheinlich ist sie runterspaziert und nach draußen. Vielleicht, ich weiß nicht, vielleicht hat sie einen Vogel gesehen oder die Katze von Grace King, dann ist sie hinter ihr her und hat sich verlaufen ...«

Molly verdrehte die Augen. Der kleine Junge in ihren Armen kuschelte sich enger an seine Mutter.

Ellis lächelte den Jungen an. »Und wie heißt du, Kleiner?«

»Stuart Alexander Went, Sir«, sagte er.

»Wir nennen ihn Stu«, sagte Molly.

»Also Stu, hast du eine Ahnung, wo deine kleine Schwester sich verstecken könnte? Gibt es irgendwo in der Nachbarschaft einen Platz, an dem sie am liebsten spielt?«

Stu schüttelte den Kopf. »Weiß nicht. Tut mir leid.«

»Sie ist nicht irgendwo da draußen und spielt«, sagte Molly kalt. »Sie hat keinen Vogel gesehen und auch nicht die Katze von Grace King, und sie ist nicht alleine losspaziert. Jemand ist durchs Fenster geklettert und hat sie entführt.«

»Um wie viel Uhr kommst du aus der Schule nach

Hause, Stu?«, fragte Ellis. »Er war heute gar nicht dort«, sagte Molly. »Er erholt sich noch von einer Erkältung. Ich fand, ein weiterer Tag zu Hause würde ihm guttun.«

»Hast du heute irgendwas Merkwürdiges gesehen, Stu?«, fragte Ellis. »Oder gehört? Ein Geräusch? Irgendwas?«

Der Junge sah seine Mutter an, dann schüttelte er den Kopf. »Ich hab den ganzen Tag *Zelda* gespielt.«

»Was ist *Zelda*?«

»Das ist eins von seinen Nintendo-Spielen«, sagte Jack.

Ellis spürte Emmas Blicke im Rücken, aber als er sich zu ihr umdrehte, betrachtete sie ihre Füße.

»Was ist mit dir, Emma? Hast du eine Idee, wo deine Schwester sein könnte?«

Sie schüttelte den Kopf.

»Ist dir auf dem Nachhauseweg von der Schule was Ungewöhnliches aufgefallen? Irgendwas?«

»Nein, nichts – glaube ich.«

Sie sah aus, als wollte sie etwas sagen.

»Bist du sicher? Selbst das kleinste Detail könnte sich als hilfreich erweisen.«

»Ich hab's Ihnen doch schon gesagt; ich hab nichts gesehen.«

Ellis nickte und wandte sich wieder Sammys Eltern zu.

»Darf ich bitte das Zimmer sehen?«

Sammys Zimmer war ein magisches Chaos aus Hellrosa und Lila. Eine große Spielzeugtruhe in der Ecke quoll über vor Kuscheltieren. An einer Wand hingen gerahmte Bilder von Sammys Familie, ein paar kindliche Zeichnungen, ein riesiges Rosa S mit Silberglitzer verziert und zwei Filmplakate: *Liebling, ich habe die Kinder geschrumpft* und *Arielle, die Meerjungfrau.*

Auf dem Bett lagen noch mehr Spielsachen – ein paar Puppen und weitere Kuscheltiere. Auf dem zerwühlten, ungemachten Bett zeichnete sich undeutlich der Umriss eines kleinen Körpers ab. Ellis' Magen verkrampfte.

Er ging zum Fenster. Es war groß genug, sodass ein Kind durchgepasst hätte, aber viel zu hoch für eine Zweijährige. Selbst wenn Sammy ans Fensterbrett gekommen wäre, sie hätte sich nie daran hochziehen können. Außerdem ging es auf der anderen Seite knapp vier Meter runter. Da im Garten kein regloser Körper eines kleinen Mädchens lag, durfte man getrost davon ausgehen, dass Sammy nicht durchs Fenster verschwunden war – zumindest nicht alleine und ohne fremde Hilfe. »Also das Fenster war offen, als Sie reingekommen sind?«

»Sperrangelweit«, sagte Molly. »Ich hab draußen unter dem Fenster nach Fußabdrücken oder Spuren von einer Leiter gesucht, aber nichts gefunden.«

Jack warf Molly einen Blick zu.

Ellis kehrte dem Fenster den Rücken zu und sah sich in dem Raum um, schaute auch durch die Zimmertür und in den Flur dahinter. »Die Tür war zu, als Sie Sammy schlafen gelegt haben?«

»Nein«, sagte Jack. »Wir machen die Tür nie zu.

Sammy kommt nicht an die Klinke und mag es nicht, eingesperrt zu sein. Stimmt's, Molly?«

Molly hielt den Blick auf Ellis gerichtet. »Sie war ganz besonders quengelig, also hab ich …«

»Du hast die Tür zugemacht?«, fragte Jack. »Sie kann's nicht leiden, wenn du das machst.«

»Du warst nicht hier, du bist nie hier.«

»Was soll das heißen?«

»Wo warst du, als ich im Drugstore angerufen habe?«

»Können wir das bitte später besprechen?«

Ellis wandte sich zu dem Fenster um und sah hinaus. Von hier aus hatte man einen direkten Blick rüber zum Haus der Eckles. Langsam ging der Nachmittag in den Abend über, und die sich allmählich über Manson senkende Dunkelheit lastete schwer.

Statt durch einen Riegel wurde das Gartentor mit einem Stück Schnur geöffnet und geschlossen. Ellis nahm es ab und stieß das Tor auf, sodass es unheimlich und horrorfilmartig quietschte. Das *Betreten-verboten*-Schild klapperte laut. Er schaute zum Haus der Eckles weiter hinten im Garten und ging darauf zu.

Vor ein paar Jahren war Ellis schon einmal durch diesen Garten gegangen, damals flankiert von sieben bewaffneten Deputys. Sie waren gekommen, um Patrick Eckles wegen schwerer Körperverletzung zu verhaften. Patrick hatte Roger Albom in Cubby's Bar einen Billardstock über den Kopf gezogen, wobei niemand so genau wusste, warum eigentlich.

Auf der Veranda sprang das Licht an und brachte eine kaputte Fliegengittertür und ein staubiges altes Sofa zum Vorschein.

Als die Haustür aufging, ließ irgendein Urinstinkt Ellis an seine .45er im Holster greifen. Er wollte die Pistole nicht ziehen; er wollte sich nur vergewissern, dass sie da war. Und es konnte auch nicht schaden, wenn wer auch immer an die Tür kam, ebenfalls wusste, dass er eine hatte.

Ellis spähte in das dunkle Haus. Eine kleine Frau trat hinaus ins Licht, eine Dose Bier in der einen Hand, eine Zigarette in der anderen.

»n'Abend, Mrs Eckles. Kann ich Sie kurz sprechen?«

Ava Eckles war eine unauffällige Frau mit zotteligen blonden Haaren, drahtigen Armen und einem dicken, vorstehenden Bauch. Sie trug schwarze Leggings und ein altes, ausgeleiertes rosa T-Shirt, auf dem Ellis gerade so noch den Schriftzug *2 % Engel, 98 % Schlampe* entziffern konnte.

»Hab mir schon gedacht, dass jemand vorbeikommt«, sagte Ava, zog an ihrer Zigarette. »Hab gesehen, dass ihr an allen Türen geklingelt habt. Nur bei uns war bis jetzt noch keiner.«

»Ich muss Ihnen ein paar Fragen stellen wegen Sammy Went. Das ist die Tochter von Jack und Molly Went von schräg gegenüber – kennen Sie die?«

Statt zu antworten, schnippte sie den Zigarettenstummel in den Garten und zündete sich eine neue an.

»Sammy wird vermisst, Mrs Eckles. Haben Sie heute

Nachmittag etwas Ungewöhnliches gesehen oder gehört?«

Sie verschränkte die Arme vor der Brust. »Hier sehe ich höchstens im Fernsehen mal was Ungewöhnliches, Sheriff, sonst nirgends.«

»Sind Ihnen irgendwelche Autos oder Leute aufgefallen, die Sie nicht kennen?«

Sie zog an ihrer Zigarette und schüttelte den Kopf.

»Und Sie waren den ganzen Tag hier zu Hause?«

»Sehe ich aus wie eine, die noch ein anderes Zuhause hat?«

»Was ist mit Ihrem Sohn? Travis?«

»Was soll mit dem sein?«

»Hat er heute Nachmittag irgendwas Ungewöhnliches gesehen oder gehört?«

»Das müssen Sie ihn schon selbst fragen.«

»Würde ich gerne«, sagte Ellis. »Ist er da?«

»Der ist arbeiten.«

»Arbeitet er noch bei der Reinigungsfirma?«

»Ist ehrliche Arbeit.«

»Hab nichts dagegen gesagt.«

Ava machte einen Schritt auf ihn zu. Sie war einen Kopf kleiner als Ellis, strahlte aber eine Unberechenbarkeit aus, die ihn nervös machte.

»Sie haben meine Familie wohl auf dem Kieker, Sheriff?«

»Ich ...«

»Kaum wird ein kleines Mädchen vermisst, gehen Sie davon aus, dass einer von den Eckles dahintersteckt.

Genügt Ihnen anscheinend nicht, dass Sie einen meiner Söhne eingesperrt haben, jetzt wollen Sie den anderen auch noch drankriegen.«

»Wir fragen alle, die in der Straße wohnen, ob …«

»Ich denke, es wird Zeit, dass Sie gehen, Sheriff. Wenn Sie noch länger hier rumstehen, rutscht mir vielleicht was raus, das man höflicherweise lieber nicht sagt.«

»Und was mag das sein, Mrs Eckles?«

Sie lächelte. Ihre Zähne waren klein und gelb. »Na ja, zum Beispiel könnte ich sagen, dass ich gar nicht weiß, was mich mehr stört: dass ein Bulle vor meiner Tür steht oder ein Nigger.«

Ellis stieß hörbar Luft aus. Darauf war er nicht gefasst gewesen. Wut und Scham stiegen in ihm auf, aber er unterdrückte beides. »Eine Frage noch, Mrs Eckles. Der Transporter, den Ihr Sohn fährt. Ist da eine Leiter drin?«

Melbourne, Australien

– Jetzt –

Hinter Deans Jeep und Amys Jazz war noch Platz in der Auffahrt, aber ich parkte trotzdem auf der Straße, für den Fall, dass ich schnell würde abhauen müssen. Dean lebte noch immer in demselben geräumigen Haus, das er sich mit meiner Mutter geteilt hatte. Es war in schweren Braun- und Rottönen gestrichen, aber heute hatte ein feiner Sprühregen es in Grau gehüllt.

Der einzige Weg, wie ich glaubte, in der Sache vorankommen zu können, war, bei unserem gemeinsamen Sonntagabendessen alles auf den Tisch zu packen. Höchstwahrscheinlich hatte Dean keine Ahnung von Sammy Went, und die Geschichte würde seine Erinnerungen an meine Mutter beschädigen. Aber auf der Fahrt hatte ich beschlossen, dass dies nicht mein Problem sein durfte; das alles passierte schließlich *mit* mir und nicht *wegen* mir.

Dean begrüßte mich mit einer herzlichen Umarmung gleich an der Haustür. Wie gewöhnlich hielt er mich drei Sekunden zu lange fest. »Oh Gott, Kimmy. Du bist so dünn. Isst du auch genug? Komm rein, raus aus der Kälte.«

Er war groß und schlank und gekleidet wie ein typischer Sitcom-Dad aus den Neunzigern: weißes kurzärmeliges Hemd in die blaue Jeans gesteckt, dazu weiße Turnschuhe und ein brauner Blazer. Der Blazer hatte sogar Flicken auf den Ellbogen. Er führte mich durch die Tür ins Haus. Scout, Deans dreizehnjährige Katze und engste Vertraute, kam angeschlichen, um mich zu begrüßen. Oder um mich abschätzig zu mustern; schwer zu sagen.

Amy, ihr Verlobter Wayne und meine Nichte Lisa saßen im Wohnzimmer an einem knisternden Feuer. Amy sprang fast vom Sofa, als sie mich sah. Mit einem traurigen Lächeln kam sie zu mir und packte mich an beiden Schultern. »Alles okay?«

»Alles super«, sagte ich.

»Nichts Neues in der Sache?«

Ich zuckte zusammen. »Nein.«

»Welcher Sache?«, fragte Dean und kam mit zwei Gläsern Rotwein, reichte mir eins davon.

»Ach, nichts.« Ich trank das Glas mit einem einzigen Schluck zur Hälfte aus. »Hi, Wayne.«

»Hallo, Kimberly.« Amys Verlobter war die einzige Person auf der Welt, die mich bei meinem vollständigen Namen rief. Er sah nicht schlecht aus – hätte sogar ganz gut aussehen können, wenn er etwas mehr Persönlichkeit gehabt hätte.

Dean setzte sich aufs Sofa, trank Wein, strich die

Beine seiner Jeans glatt, stand wieder auf, kümmerte sich um das Feuer. Er blieb nie lange irgendwo sitzen.

»Isst du Walnüsse, Kimmy?«, fragte er. »Da sind nämlich Moleküle drin, die Krebszellen am Wachstum hindern. Ich möchte, dass du täglich ein Kilo Walnüsse isst. Im Ernst.«

»Ein Kilo?«

Wieder verschwand er. Wenig später kam er mit einem Riesensack voller Walnüsse zurück. Er reichte ihn mir, zwinkerte und sagte: »Vom Bauernmarkt.«

Alle fürchten sich vor Krebs, aber Deans Angst grenzte schon ans Irrationale. Seit die Krankheit ihm seine Frau genommen hatte, war er überzeugt, dass sie nur darauf wartete, uns alle dahinzuraffen. Dabei hatte er gar keine so große Angst, selbst Krebs zu bekommen – er trank ein bisschen zu viel, und obwohl er es niemals zugegeben hätte, rochen seine Klamotten hin und wieder nach Zigaretten –, aber er hatte entsetzliche Angst, dass die Krankheit wiederkommen und sich eines seiner Mädchen holen könnte.

Er zog den Kaminrost beiseite und stocherte mit einem eisernen Schürhaken an einem brennenden Holzscheit herum, der zu glühend roter Asche zerfiel. »Hey, Wayne, würdest du mir noch ein bisschen Holz fürs Feuer holen? Liegt in dem kleinen Korb hinten auf der Terrasse.«

Wayne nickte höflich und ging hinaus.

»Und, Kimmy? Wie ist das Leben?«, fragte Dean.

»Wie immer«, log ich.

Amy warf mir einen Blick zu. Sie schien vor Sorge fast zu platzen. Glücklicherweise war Dean zu sehr mit dem Feuer beschäftigt, um es mitzubekommen. »Weißt du, ich war gestern im Einkaufszentrum, und da hat jemand Haustierporträts gemacht, und da hab ich an dich gedacht. Der hat ein Riesengeschäft gemacht. Ich wollte schon mit Scout hinfahren, aber dann hab ich die Preisliste gesehen. Vierzig Dollar für drei Abzüge, und dann sind die noch nicht mal gerahmt. Ist das zu glauben?«

»Sie wird keine Fotos von Haustieren schießen«, sagte Amy. »Dafür ist sie viel zu talentiert.«

»Ich hab ja nicht gesagt, dass sie außerdem nichts anderes mehr machen soll. Aber das wäre doch eine gute Möglichkeit, um mit der Fotografie noch ein bisschen was dazuzuverdienen. Sie hat eine Kamera für fünftausend Dollar im Schrank, die nur Staub ansammelt. Weißt du, Schatz, ich wünschte, du würdest Lisa nicht erlauben, so viel Cola zu trinken. Hast du eine Ahnung, was Aspartam in einem Körper anrichtet, der noch mitten im Wachstum steckt?«

Lisa stand an dem Wohnzimmertischchen und badete gerade ihre Hände in Waynes Cola light, dann leckte sie sich die Finger ab. Mit großen Augen sah sie zu den Erwachsenen herüber.

Wayne kam mit langen Holzscheiten im Arm zurück ins Wohnzimmer. »Wo willst du die hinhaben, Dean?«

»Dreimal darfst du raten, Wayne.«

Dean hatte einen Nudelauflauf mit Thunfisch gemacht, der nach Nostalgie roch und schmeckte. Er schenkte mir Wein nach, und ich musste dem Drang widerstehen, ihn einfach hinunterzustürzen. Lisa saß im Wohnzimmer, schaute fern und wollte sich nicht zu den Erwachsenen an den Tisch setzen. Amy und Wayne saßen mir gegenüber: Erstere starrte mich traurig an, während Letzterer Cricketergebnisse auf seinem Smartphone checkte.

»Wärst du lieber alleine oder mit deinem ärgsten Feind auf einer einsamen Insel?«, fragte Dean. Das war sein Ding. Er stellte immer Fragen beim Essen, die zum Nachdenken anregen sollten, um »interessante Gespräche anzustoßen, Philosophie an den Esstisch zu bringen und sich ein bisschen über den Alltag zu erheben«.

Wenn dein Leben ein Film wäre, fragte er um Beispiel, *welchen Titel würdest du ihm geben? Welches Gesetz würdest du nicht brechen, um einen deiner Lieben zu retten? Was sind die drei interessantesten Dinge an dir und warum?*

Selten wiederholte er eine Frage, und er hatte stets eine gut durchdachte Antwort parat. Mir gefiel diese eigensinnige Schrulle, aber Amy nicht. »Komm schon, Dad. Du weißt, dass ich mein Essen nicht genießen kann, wenn ich mir dabei das Hirn zermartern muss.«

Mich überkam eine Erinnerung: Ich saß bei Mutter im Hospiz, in dem Zimmer mit der gelben Tapete, in dem es immer leicht nach Scheiße stank, was wir alle stillschweigend ignorierten. Amy hatte Sandwiches mitgebracht, und wir aßen sie um das Bett herum. Dean hatte Instantkaffee am Automaten im Gang gekauft, den Fernseher ausgemacht – es hatte sowieso niemand hingesehen – und gefragt: »Wenn ihr jeder einzelnen Person auf dem Planeten eine Nachricht senden könntet, wie würde sie lauten?«

»Das macht er jeden Abend«, hatte meine Mutter gesagt. Sie brach ihr Sandwich in Stücke, statt es zu essen. »Gestern Abend haben wir eine große Peperonipizza bestellt, und als er den Karton aufklappt, fragt er: ›Was würdest du in deinem Leben ändern, wenn du wüsstest, dass du niemals stirbst?‹ Ich meine, was soll ich mit der Frage anfangen, bitte schön?«

Bevor sie krank wurde, war meine Mutter eine starke, kompakte Frau mit stechend blauen Augen gewesen. Im Hospiz war alles an ihr geschrumpft und vergilbt, außer ihren Augen. Sie blieben bis zum Schluss genauso blau.

Hatte sie mir die Wahrheit sagen wollen?, fragte ich mich. Hatte ihr dies die letzten Monate schwerer gemacht, als sie hätten sein müssen? Vielleicht war es in Wirklichkeit sogar das Geheimnis gewesen, das sie umgebracht hatte. Vielleicht hatte sich der Zwang, ein so großes und schlimmes Geheimnis bewahren zu müssen, schließlich manifestiert als …

»Also, ich würde mich mit meinem schlimmsten Feind aussetzen lassen«, sagte Dean, und die Erinnerung verflog. »Weil schlechte Gesellschaft besser ist als keine Gesellschaft, und sollte die Lage zwischen uns zu angespannt werden, hätte ich wenigstens jemanden zum Verspeisen.«

Amy sah mich über den Tisch hinweg an. »Weißt du noch, wie wir als Kinder immer dachten, Dad sei so ein starker stiller Typ? Die Zeiten vermisse ich.«

»Apropos schlechte Gesellschaft, was ist denn los mit dir?«, fragte Dean.

Amy hatte den ganzen Abend schon schlechte Laune. Sie hatte kaum ein Wort gesagt, und wenn doch, dann hatte es sich um eine knappe, spitze Bemerkung gehandelt. Wäre ich so gewesen, wäre es niemandem aufgefallen, aber wenn Amy derart zurückhaltend war, galt dies als beunruhigendes Alarmsignal.

»Hm? Ach, alles bestens«, sagte sie.

»Die ganze Woche ist sie schon so«, brummte Wayne, der immer noch auf sein Handy starrte.

Dean beugte sich auf die Ellbogen gestützt vor und musterte Amy.

»Was ist los, Liebling?«

Amy schaute mich mit einem Ausdruck an, der gleichzeitig *Sag's ihm* und *Kein Wort* zu bedeuten schien.

»Na schön«, sagte Dean. »Vergesst meine wunderbar nachdenklich stimmenden intellektuellen Gesprächsthemen. Lasst uns über das Wetter reden. Oder die Benzinpreise? Oder Politik?«

»Lasst uns über Esmé Durand reden«, sagte Amy.

»Wer ist denn Esmé Durand?«, fragte Dean.

»Kannst du dich an meine alte Highschoolfreundin Fiona Durand erinnern?«

Dean musste kurz nachdenken. »War Fiona die, die ins Bett gemacht hat?«

»Das war Michelle. Fiona war die Rothaarige: zierlich und wahnsinnig süß. Sie war bei Mums Beerdigung.«

»War das die, die nach eurem Debütantinnenball zu spät nach Hause kam und meinen ganzen Käse aufgegessen hat?«

»Das war Natalie. Das Entscheidende aber ist, Fionas Mutter Esmé ist jetzt Single. Ihr Mann ist mit einer Frau von der Arbeit abgehauen – der ist im Finanzwesen tätig oder so, und sie war seine Chefin, anscheinend auch noch zehn Jahre älter.«

»Schöner Skandal«, sagte Dean und schenkte sich Wein nach.

»Na egal, also jetzt ist sie Single.«

»Und?«

»*Und* sie ist Single. Außerdem ist sie hübsch, und ich denke, ihr beiden würdet euch gut verstehen.«

»Ach so, danke für das Angebot, Amy, aber ich bin nicht drauf angewiesen, dass mir meine Tochter Dates organisiert.«

»Na ja, irgendjemand muss es ja machen.«

Er wurde still. »Eigentlich bin ich noch nicht so weit, dass ich nach so was Ausschau halten würde.«

»Es sind jetzt vier Jahre vergangen, Dad. Willst du für immer alleine bleiben?«

Ihr Tonfall war hitzig und ernst. Dean guckte wie ein erschrockenes Mäuschen, das versuchte, einer Falle zu

entkommen. »Mir geht's gut, wirklich. Ich muss nur …
Es ist nicht einfach so …«

»Mum hätte gewollt, dass du wieder jemanden findest.«

»Lass gut sein, Amy«, sagte ich. »Er hat gesagt, er ist noch nicht so weit.«

Ihre Augen wurden rot und feucht.

»Was ist denn in dich gefahren?«, fragte Dean. Sein Tonfall war jetzt ebenfalls sehr viel ernster – und, wenn ich richtig vermutete, auch leicht verärgert. »Warum weinst du?«

»Gar nichts ist *in mich gefahren*«, fauchte sie zurück und tupfte sich die Augen mit ihrer Serviette ab. »Ich will nur nicht, dass du einsam bist.«

»Ich bin nicht einsam. Ich hab doch euch – und Lisa und Scout.«

Amy weinte noch mehr. Wayne saß daneben und betrachtete sie mit erschrockenem, ängstlichem Gesichtsausdruck.

»Liebling …« Dean wollte aufstehen, aber Amy machte eine abwehrende Handbewegung.

»Mir geht's gut.«

»Dir geht's alles andere als gut. Das ist doch offensichtlich. Was ist denn? Hab ich was falsch gemacht? Rede mit mir.«

»Es geht nicht um dich.«

»Worum geht es denn dann?«

Sie nahm die Serviette gerade lange genug von den Augen, um mich kurz anzusehen. Dann sagte sie verächtlich und verzweifelt: »Es geht um Sammy Went, verdammt noch mal.«

»… Sammy Went?«

Amy drehte sich zu mir um. Dean drehte sich zu mir um. Sogar Wayne drehte sich zu mir um und zwinkerte sprachlos. Jetzt oder nie.

»Sammy Went ist …« Ich brauchte einen Augenblick, um mich zu sammeln. »Ich hatte Besuch von einem Mann. Einem Ermittler.«

»Warte mal …« Dean hatte Mühe mitzukommen. »Die Polizei war bei dir?«

»Nein, nicht die Polizei. Ein Steuerberater. Er ermittelt in einem Vermisstenfall. Einem alten. Aus dem Jahr 1990. Damals ist ein kleines Mädchen verschwunden. Sie hieß …«

Ich erstarrte, als ich Deans angespanntes und bleiches Gesicht sah. Er presste seine Serviette so fest zusammen, dass seine Fingerknöchel weiß wurden. Die Erkenntnis traf mich in ihrer ganzen entsetzlichen Klarheit: *Er weiß es.*

Er hatte den Namen schon einmal gehört. Vielleicht auch schon eine ganze Weile lang nicht mehr, vielleicht sogar seit Jahren nicht, aber er hatte die ganze Zeit über damit gerechnet, ihn doch irgendwann wieder zu hören. Sie hatte es ihm erzählt. Sie hatte es ihm erzählt, aber mir nicht.

Diese neue Information fühlte sich an wie ein Schlag in die Magengrube, und kurz war ich sicher, dass ich den halb verdauten Nudelauflauf auf den Esstisch spucken würde. Wie in *Der Exorzist.* Stattdessen aber schwankte ich nach vorne und stützte mich am Tisch ab.

Dean kam um den Tisch geeilt, warf seine Serviette zu Boden.

»Nein«, sagte ich. »Komm mir nicht zu nahe.«

Amy schaute von mir zu Dean, dann wieder zu mir. »Kim ...«

In meinem Kopf drehte sich alles. Bei dem Versuch, mich zu stabilisieren, warf ich mein halb leeres Weinglas vom Tisch. Meine Knie gaben nach.

Wäre Wayne nicht gewesen, wäre ich umgekippt. Schnell schob er einen Arm unter meinen und hielt mich dadurch in der Senkrechten.

»Was weißt du?«, fragte ich Dean.

Amy schaute immer noch zwischen uns beiden hin und her, als würde sie die traurigste Tischtennispartie der Welt verfolgen. »Wovon redest du, Kim? Er weiß nicht ...«

»Mach langsam, Kim, bitte«, sagte Dean. »Wir müssen ganz langsam machen und dann über die Sache reden.«

»Wie lange schon?«

Aber ich ließ ihm keine Chance zu antworten. Jetzt war ich sicher, dass ich mich übergeben würde. Ich stieß mich vom Tisch ab und stürzte ins Bad.

Neben der Kloschüssel kniend betrachtete ich die Überreste von Deans Nudelauflauf und fragte mich, ob es das letzte Sonntagessen der Leamys gewesen war. Ich versuchte aufzustehen, aber ein Schwindelanfall zwang mich wieder auf die Badezimmerfliesen. Es klopfte an der Tür. Dean.

»Ich komme rein, okay?«

Der Drang zu kotzen war stärker als der Wunsch, ihm ein Nein entgegenzuschleudern. Sekunden später spürte ich seine große Hand auf meinem Rücken.

»Hier, trink das.« Er drückte mir ein Glas Cola in die Hand. Ich trank davon, gab es ihm wieder. In meinem Kopf hämmerte es.

»Als deine Mutter krank wurde, haben wir alle zusammen darüber gesprochen, wie wir die Krankheit besiegen.« Er lehnte sich an die Wand und rutschte runter, sodass er neben mir saß. »Als klar wurde, dass wir sie nicht besiegen würden, haben wir darüber gesprochen, was als Nächstes kommen würde.«

Ich wischte mir mit ein paar Blatt Toilettenpapier den Mund, dann zog ich die Spülung.

»Das musst du verstehen, Kimmy – wahrscheinlich klingt das ziemlich düster –, aber ich wollte mit ihr sterben, und das hab ich ihr auch gesagt. Aber sie hat mir das Versprechen abgenommen, so lange wie irgend möglich zu leben und keiner von den Männern zu werden, die nur wenige Monate nach dem Tod ihrer Frauen an einem gebrochenen Herzen zugrunde gehen. Das war ihr sehr wichtig. Und weißt du warum?«

»Wegen uns«, flüsterte ich. »Sie wollte sicher sein, dass sich jemand um Amy und mich kümmert.«

»Bingo. Sie wollte nie etwas anderes, als dass ihre

Mädchen sicher, gesund und glücklich sind. Ganz zum Schluss, als die Schwestern im Hospiz die Medikamente immer höher dosieren mussten und wir die Vorzeichen erkannten, haben wir über …«

»… Sammy Went geredet?«

»Ich musste es ihr versprechen, Kimmy. Sie wollte, dass das Geheimnis mit ihr stirbt.«

In seinen Augen standen Tränen, und für einen kurzen Moment wich die Wut aus mir. Ich hatte Dean nur ein einziges Mal weinen sehen, und zwar als mein Hund Shadow starb. Shadow – benannt nach *Shadow the Sheepdog*, mein Lieblingsbuch von Enid Blyton – hatte ein vergrößertes Herz gehabt. Der Tierarzt hatte uns erklärt, das Gütigste, was wir tun konnten, sei ihn einzuschläfern. Dean hatte die Aufgabe übernommen, ihn in dem alten Datsun auf die letzte Fahrt mitzunehmen. Als er mit dem leeren Halsband in den Händen nach Hause kam, liefen ihm Tränen übers Gesicht.

Wir blieben schweigend sitzen. Ich betrachtete die mattgrünen Badezimmerfliesen. Die Fugen waren grau und rau. Ich stellte mir vor, wie Dean die Fliesen verlegt hatte, eine nach der anderen, auf den Knien. Meine Mutter hatte ihm bestimmt ein Sandwich gebracht und darauf bestanden, dass er mittags eine Pause machte.

»Weißt du, was ich sehe, wenn ich an die Vergangenheit denke?«, fragte er. »Einen tiefen, weiten Ozean. Erinnerungen sind wie Fische. Wenn ich durchs flache Wasser wate, kann ich nach ihnen greifen und, wenn ich will, sogar einen herausziehen. Ich kann die Erinnerung in Händen halten, sie betrachten und dann wieder ins Wasser werfen und davonschwimmen lassen.«

Er starrte die Badezimmerwand an, und die Tränen liefen ihm jetzt ungehemmt übers Gesicht. »Aber je tiefer man sich hineinwagt, umso dunkler wird das Wasser. Schon bald kann man die eigenen Füße nicht mehr sehen. Und die Fische auch nicht. Aber man kann spüren, wie sie um einen herumschwimmen, an den Beinen entlangstreifen. Die Fische gehören da draußen hin, ins Tiefe. Es sind … Haie, Kimmy. Haie und Ungeheuer. Davon sollte man die Finger lassen. Verstehst du, was ich sagen will?«

Schweigend rappelte ich mich auf und war froh, mein Gleichgewicht wiederzufinden. Ich stieg über Deans lange Beine und ließ ihn auf dem Boden sitzen. Ich schloss die Tür hinter mir, ging nach unten und hinaus in die kalte Nacht.

Hinaus in den Ozean.

Manson, Kentucky

– Damals –

»Sammy ... Sammy ... Sammy!«

Hunderte von Menschen riefen ihren Namen. Die Reihe der freiwilligen Helfer zog sich vom Kanal, durch den Wald in einer Zickzacklinie bis zur Feuerschneise. Sie gingen langsam, in jeweils etwas über einem Meter Abstand, hielten die Augen gesenkt, suchten im Gestrüpp und riefen ihren Namen.

»Sammy! *Sammy!*«

Auf ein Dutzend Sucher kam jeweils ein Cop. Travis wusste, dass es in Manson nicht so viele Polizisten gab – als ein Eckles hatte er guten Grund so was zu wissen –; er vermutete, dass man zusätzliche Beamte aus Coleman oder Redwater angefordert hatte.

Auf dem Wasser war noch mehr los. Travis hörte auf zu suchen und ging zu dem Aussichtspunkt, von dem aus man über den See blicken konnte. Er zählte sieben Boote auf dem Wasser und noch mehr Taucher. Die Taucher zogen jeweils eine kleine bunte Boje hinter sich her.

Sosehr die Sucher im Wald beteten, das kleine Mädchen zu finden, so sehr beteten die Männer im Wasser wahrscheinlich, sie nicht zu finden, dachte Travis.

Ein grauenhafter Gedanke kam ihm: *Das kleine Mädchen ist tot.*

Wenn sie ihren kleinen Körper aus dem See ziehen würden, würde Jacks Herz brechen, und *das* wiederum würde Travis' Herz brechen.

Sich unter die Suchenden zu mischen war eine gute Tarnung – anscheinend war die halbe Stadt herbeigeeilt, um zu helfen –, denn Travis hatte eine Mission: Er wollte Jack sehen. Der Drugstore war geschlossen, und Travis bezweifelte, dass er so schnell wieder aufmachen würde. Jack anzurufen traute er sich nicht. Selbst unter alltäglichen Umständen würde es Travis nicht im Traum einfallen, Jack zu Hause anzurufen und zu riskieren, sich von Jacks Frau erwischen zu lassen. Und jetzt schon gleich gar nicht.

Er lief die Reihe der Suchenden ab, hielt nach bekannten Gesichtern Ausschau. Es war fast Mittag, aber über Nacht hatte sich ein unheimlicher Nebel hereingewälzt und wollte sich einfach nicht verziehen.

Travis entdeckte Fran Hapscomb, die apfelförmige Frau, die bei Canning Gas & Go arbeitete. Travis fuhr einmal pro Woche mit seinem Transporter dort tanken, und Fran war immer für einen Plausch zu haben. Sie wusste genau wie alle anderen, dass Travis ein Eckles war, aber sie hielt ihn trotzdem für einen von den *Guten*. Das bedeutete natürlich, dass sie seinen Bruder, seine Mutter und die ganze Brut an Vettern für die *Schlechten* hielt, aber hey, sie war auch nur ein Mensch.

Travis winkte ihr zu. Sie winkte zurück und grinste. Als ihr dann aber wieder einfiel, dass sie den Waldboden nach einer vermissten Zweijährigen absuchte, machte sie eine angemessen besorgte Miene.

»Hallo, Travis«, grüßte sie in traurigem, zu ihrem Gesichtsausdruck passendem Ton. »Ist das nicht tragisch? Man hört immer nur, dass so was in der Stadt passiert, aber doch nicht in Manson …« Kopfschüttelnd schaute sie Richtung Wald, und beide lauschten sie den Rufen der Freiwilligen.

»Hast du Jack gesehen?«, fragte Travis.

»Jack? Du meinst Jack Listi aus der Eisenwarenhandlung? Oh, der würde sich nicht hier in die Wildnis wagen mit seinem kaputten Bein – auch wenn ich sicher bin, dass er gerne helfen würde. Weißt du, er behauptet immer, das Hinken kommt von einer alten Footballverletzung, aber wenn du mich fragst, hat er die Gicht. Aus zuverlässiger Quelle weiß ich, dass er zwei Kästen Bier die Woche leert, und er wohnt alleine da draußen auf der Farm. Wenn er's also nicht an die Kühe verfüttert …«

»Nein, nicht Jack Listi, Jack Went. Sammys Dad.«

Farbe stieg ihr in die Wangen. »Ach so, Jack *Went*, natürlich. Der war vorhin noch unten auf dem Parkplatz am See, hat Vorräte an die Suchenden verteilt. Hat mir die hier gegeben.« Sie schwenkte eine Flasche Wasser in Travis' Richtung, dann presste sie sie wie einen geheimen Schatz an ihre Brust. »Kennst du Jack

Went?«, fragte sie ihn in, wie er fand, leicht argwöhnischem Ton.

»Nein«, sagte er. »Na ja, ja und nein. Wir sind Nachbarn.« Nachbarn, die Sex miteinander haben, dachte Travis und spürte, wie sich seine Lippen zu einem Lächeln verzogen.

Plötzlich strahlte sie. »Wohnst du nicht in der Straße, in der Sammy entführt wurde? Hast du was gesehen? Das muss kurz danach ein ganz schöner Zirkus gewesen sein.« Sie beugte sich vor, scharf auf *Insiderinformationen.*

»Pam Grady wohnt nur ein paar Häuser weiter von den Wents«, sagte Travis und senkte dabei dramatisch die Stimme. »An dem Nachmittag, an dem es passiert ist, hat sie einen großen blonden Mann in einer dunklen Limousine gesehen. Er hat draußen vor dem Haus von Jack und Molly geparkt und es die ganze Zeit beobachtet.«

»Oh mein Gott.«

»Pam sagt, er hatte eine dunkle Brille auf. Aber das Eigenartige war, dass er gar nicht ausgesehen hat wie einer, der ein kleines Mädchen entführen will. Er hat sogar einen teuren Anzug getragen.«

»Einen Anzug?«

»Pam denkt – und das bleibt unter uns –, dass er für die Regierung gearbeitet hat.«

»Nein!«

Travis nickte und tippte sich mit dem Zeigefinger an die Nasenspitze.

Natürlich spielte er mit Fran, aber alles, was er ihr erzählte, stimmte – theoretisch. Pam Grady hatte wirklich behauptet, sie habe an dem Nachmittag, an dem Sammy verschwunden war, einen großen blonden Mann in einer dunklen Limousine gegenüber von Jacks Haus gesehen. Aber Pam Grady behauptete auch, die Mondlandung sei nur vorgetäuscht gewesen und George Bush würde Manson heimlich mit Chemikalien besprühen, was man an den weißen Kondensstreifen sehen konnte, die die Flugzeuge hinter sich herzogen. Außerdem, woher wollte Pam wissen, dass der Blonde groß war, wenn er doch die ganze Zeit in seinem Wagen gesessen hatte?

Aber Fran tat, als hätte Travis ihr ein wunderbares Geschenk gemacht, und er wusste, dass sie den Rest des Tages von dem Tratsch zehren würde.

Er verabschiedete sich und ging weiter, entfernte sich von dem Gebiet, in dem gesucht wurde. Der Weg war zertrampelt, nass und matschig.

»Sammy … Sammy … Sammy!«, ertönten die Rufe über die gesamte Reihe hinweg. Travis kam der Gedanke, dass bis gestern überhaupt nur eine Handvoll Menschen von der Existenz dieses Kindes gewusst hatte.

»Sammy … Sammy!«

Im Gehen suchte er das Gestrüpp mit Blicken ab, rechnete fast damit, eine winzige, blutige Hand hinter einem Baumstamm zu finden oder eine Leiche, die ihn mit weit aufgerissenen Augen anstarrte.

Stoff für Albträume, dachte er und dann: Oh bitte

lieber Gott, lass mich bloß nicht derjenige sein, der sie findet.

Sollte Travis *Eckles* das tote Mädchen finden ... Junge, Junge, dann würde Fran Hapscomb jede Menge Futter bekommen.

War wohl doch keiner von den Guten, würde sie sagen. Und nicht nur sie. Er hatte die Schlagzeile im *Manson Leader* praktisch schon vor Augen: *Eckles jun. findet Leiche – Zufall?*

Ein mobiler Arbeitsplatz war am nördlichen Ende des Parkplatzes eingerichtet worden. Ein langer silberfarbener Trailer mit der Aufschrift *CHURCH OF THE LIGHT WITHIN* in großen weißen Buchstaben (die Ts hatten jeweils die Form eines Kruzifixes) war eigens hergeschleppt worden. Travis bezweifelte, dass sie Jack gefragt hatten, bevor sie hergekommen waren.

Ein großes Vordach war neben dem Trailer aufgespannt, und darunter hockte eine Handvoll langärmelige Fundis um einen Klapptisch herum. Auf dem Tisch standen drei Reihen mit Wasserflaschen, kleine Snacktüten Kartoffelchips, ungefähr ein Dutzend Peanutbutter-&-Jelly-Sandwiches (jeweils einzeln verpackt) und ein Stapel Farbfotokopien, alle mit demselben Foto von Sammy Went.

Auf dem Bild sah sie aus wie ein Engel, ganz und gar in Weiß gekleidet. Sie hatte Jacks Augen: leuchtend blau und tief wie winzige Planeten.

Ein kleines grünblaues Copy-Hut-Logo war am unteren Rand jeder Kopie abgebildet. Zweifellos hatten sie dafür Rabatt bekommen. Jede Werbung ist gute Werbung, dachte Travis zynisch.

Und wo er schon mal dabei war, erschien es ihm auch auf makabre Weise überflüssig, Fotos von Sammy an die freiwillig Suchenden zu verteilen. Gab es denn da draußen mehr als nur ein vermisstes Kind? Er stellte sich vor, wie einer der Freiwilligen um einen heruntergestürzten Ast herum ging und ein zitterndes, verängstigtes kleines Mädchen fand. Er würde das fotokopierte Bild von Sammy zücken, es mit dem Aussehen des kleinen Mädchens auf dem Waldboden vergleichen und laut ausrufen: *Falscher Alarm, die ist es nicht.*

Eine mausgraue Frau löste sich aus der Gruppe unter dem Vordach und kam auf Travis zu, eine Wasserflasche in der einen Hand, einen Plastikbehälter mit Sandwiches in der anderen. Er erkannte sie als Becky Creech. Ihr großer Bruder war der Chef von The Light Within.

»Hallo«, sagte sie. »Du bist Travis Eckles, nicht wahr?«

Er war durch den Anblick von Beckys knöchellangem hellblauem Rock so irritiert, dass er sich gar nicht wunderte, woher sie wusste, wer er war. Für eine Fundifrau sah sie gar nicht mal so schlecht aus, obwohl sich das unter dem vielen Stoff schwer feststellen ließ. Ihre Haare waren hinter zwei perfekte Ohren zurückgebunden – Travis hatte schon immer was für hübsche Ohren übriggehabt, bei beiden Geschlechtern –, aber ihr Lächeln wirkte bemüht.

»Falls du was tun möchtest, wir brauchen jemanden, der dem Suchtrupp Sandwiches bringt«, sagte sie. »Bald ist Mittagspause, und am besten bleiben alle auf ihren Positionen.«

Sie hielt die Box mit den Sandwiches hoch, und Travis fiel eine kleine schartige Narbe zwischen Daumen und Zeigefinger auf. Ein Schlangenbiss. Wenn man auf den Straßen von Manson einem Fundi begegnete, konnte man mit ziemlich hoher Wahrscheinlichkeit davon ausgehen, dass er oder sie den einen oder anderen Schlangenbiss hatte.

»Alles klar da drüben?«, ertönte eine laute Stimme. Reverend Dale Creech war gerade aus dem Trailer gestiegen und kam auf sie zu. Dale war groß und gutaussehend, hatte ein starkes Kinn und dichtes dunkles Haar. Travis wusste, dass er verrückt sein musste – das waren alle Fundis –, aber irgendwas an Dales Lächeln beruhigte ihn.

»Travis Eckles«, sagte Becky. »Das ist mein Bruder, Dale.«

Sie schüttelten sich die Hände. Dales Hände waren weich.

»Schön, Sie kennenzulernen, Mr Eckles«, sagte Dale. »Auch wenn ich wünschte, die Umstände wären andere. Möge Gott uns helfen, das kleine Mädchen zu finden.«

»Amen«, sagte Becky.

Freiwillige und Schaulustige – wobei Travis vermutete, dass es zwischen den beiden einige Überschneidungen gab – standen in mehreren kleinen Trauben auf dem Parkplatz, unterhielten sich ernst und im Flüsterton. Travis hoffte, Jacks Gesicht unter ihnen zu entdecken, aber Fehlanzeige. Doch er sah sein rotes Cabrio am See parken.

Travis ging zu dem Wagen. Jack hatte das Verdeck offen gelassen. Stuart, sein neunjähriger Sohn, saß auf dem Rücksitz und spielte Gameboy.

»Hi Stuart«, sagte Travis.

Der Junge blickte mit traurigen, gefühlvollen Augen auf, und wieder kehrte der grauenhafte Gedanke zurück: *Die kleine Schwester dieses Jungen ist tot.*

»Ich bin Travis, ich wohne die Straße rauf. Kannst du dich an mich erinnern?«

Der Junge nickte. »Die suchen meine Schwester.«

»Ich weiß.«

»Ich wollte auch mit suchen helfen, aber Dad sagt, ich bin noch zu klein.«

»Dein Dad ist ein kluger Mann«, sagte Travis.

»Travis?« Jack kam vom See herüber.

Er sah schrecklich aus. Sein Gesicht wirkte hager und blass, und obwohl das unmöglich war, schien er in den vergangenen vierundzwanzig Stunden zehn Kilo abgenommen zu haben. Sein gelbes Hemd war schief geknöpft, sodass ein klaffendes Loch entstand, das Travis an ein eigenartiges, labbriges Maul erinnerte.

»Jack, hi. Oh Gott«, sagte Travis. Er verspürte den beinahe überwältigenden Drang, die Arme auszustrecken und ihn zu küssen, scheiß auf die Zeugen. Er wollte seinen Kopf in den Armen wiegen und ihm sagen, dass alles wieder gut werden würde. Stattdessen blieb er steif da stehen, ließ die Schultern hängen.

»Was machst du hier?«, fragte Jack.

»Ich hab mir Sorgen um dich gemacht.«

Jack warf einen Blick auf Stuart, der sich jetzt wieder auf seinen Gameboy konzentrierte. Dann fuhr er sich mit der Hand durchs Haar und seufzte. »Fahr lieber nach Hause, Travis.«

»Ich will helfen.«

»Du kannst helfen, indem du von hier verschwindest.«

»Kann ich dich später noch sehen? Nur reden. Egal, was du willst.«

Travis streckte die Hand aus und berührte Jack am Unterarm. In diesem Augenblick schaute Kathryn Goodman – die für den *Manson Leader* schrieb – herüber. Sie stand bei einer Gruppe von Freiwilligen, notierte sich Namen und Aussagen und kaute auf einem Bleistift. Ihr Blick sprang von Jack zu Travis und wieder zurück.

Travis stellte sich erneut eine Überschrift vor: *Heiße Liebesaffäre zwischen Eckles jun. und Vater des vermissten Mädchens.*

Jack machte sich los und trat einen Schritt zurück. »Ich muss jetzt wieder zurück zu den anderen.«

Travis vergewisserte sich, dass Kathryn Goodman sich wieder zu den Freiwilligen umgedreht hatte. »Ich will für dich da sein, Jack«, sagte er.

Jack zuckte zusammen, dann machte er eine abwehrende Handbewegung in Travis' Richtung und wandte sich an seinen Sohn: »Stu, komm was essen.«

Jack half Stuart aus dem Wagen, und zusammen gingen sie ohne ein weiteres Wort davon.

Als Travis schließlich zu seinem Transporter zurückkehrte, den er auf dem Seitenstreifen des Highways kurz vor der Abfahrt zum See geparkt hatte, begann der Nebel sich zu lichten. Doch die Bedingungen, unter denen die Suche stattfand, wurden nicht besser: Graue Gewitterwolken wälzten sich am Horizont heran, und schon bald würde es einen heftigen Wolkenbruch geben.

Vor Travis' Transporter stand Sheriff Chester Ellis und starrte durch die Heckscheibe; er schirmte die Augen mit den Händen ab, um besser hineinschauen zu können. Es gab dort außer Putzmitteln und -geräten nichts zu sehen, doch Travis wurde trotzdem nervös. Cops hatten immer diese Wirkung auf ihn. Aber vermutlich wäre selbst der gesetzestreueste Bürger beunruhigt gewesen, wenn er den Sheriff von Manson – keinen Deputy oder Streifenpolizisten, sondern den *Sheriff* – dabei erwischen würde, wie er sich heimlich seinen Kram anschaute.

»Kann ich Ihnen helfen, Sheriff?«, fragte Travis, als er nahe genug herangekommen war.

Verdattert drehte Ellis sich um. »Travis«, sagte er. »Travis, hi.«

»Sieht aus, als hätten Sie gerade den Dyson Cyclonic

Vacuum Unit bewundert. Nicht so gut wie der gute alte Suckduck, wenn Sie mich fragen. Das Ding ist praktisch ein Roboter.«

»Oh, ah …«

»Oder wollten Sie sich den Lagger Max Pipe Cleaner ansehen? Der arbeitet mit optimierter Hydromechanik, und auch wenn ich nicht genau weiß, was eine optimierte Hydromechanik ist, ist mir noch kein Rohr begegnet, das ich damit nicht frei bekommen hätte. Aber da hinten durch das Fenster können Sie nicht viel gesehen haben. Lassen Sie mich Ihnen helfen.« Er ging zur Seitentür und zog sie auf.

Ich hab nichts zu verbergen, alter Mann, dachte er, aber eine entsetzliche Sekunde lang stellte er sich vor, dass Sammy Wents toter Körper auf die Straße rollte. Gott sei Dank war der Transporter nur voller Ausrüstung – Schläuche, Düsen, Staubsauger und Putzmittel. Hier gab es keine Leichen.

Ellis machte ein ernstes Gesicht. »Tut mir leid, Kleiner. Ich hab wohl ein bisschen rumgeschnüffelt.«

»Schon in Ordnung, Sheriff«, sagte Travis. »Ich bin's gewohnt. Und ich weiß, dass die Lage in Manson gerade verdammt angespannt ist.«

»Das kann man wohl sagen«, sagte Ellis. »Hat deine Mom erwähnt, dass ich bei euch vorbeigekommen bin?«

Travis nickte. »Klang nicht gerade, als hätte sie Sie herzlich empfangen.«

Ellis zuckte mit den Schultern. »Eher nicht.«

»Sheriff, ich will nicht unhöflich sein oder so, aber haben Sie auf mich gewartet?«

»Ich wollte zurück zur Wache, da hab ich deinen Transporter gesehen und gedacht, ich bleib mal stehen und wechsle ein paar Worte, falls du hier bist.« Er zog seine Hose hoch – er trug die kackbraune Uniform des Manson Sheriff's Department – und holte nachdenklich tief Luft. »Es gibt da ein paar Fragen, die ich dir stellen möchte, und ich dachte, wann, wenn nicht jetzt.«

»Geht es um Sammy Went?«

Er nickte knapp. »Ja, Kleiner, ich fürchte schon. Weißt du, was wir in so einem Fall machen, Travis?«

Er zuckte mit den Schultern.

»Wenn so was passiert, geht die Polizei von Tür zu Tür und hofft, Informationen zu bekommen. Manchmal bringt es was. Vielleicht hat jemand was Ungewöhnliches gesehen oder einen Schrei gehört. Kannst du mir folgen?«

Er nickte.

»Meine Deputys sind an dem Abend nach Sammys Verschwinden durchs ganze Viertel gegangen. Sie haben alle gefragt, ob ihnen was Ungewöhnliches aufgefallen ist, und einige – na ja, eigentlich sogar die meisten – haben deinen Namen erwähnt.«

Das nenn ich mal eine Überraschung, dachte Travis. In Manson passiert was Schlimmes, und sofort wird ein Eckles beschuldigt.

»Die Leute haben ausgesagt, dass du sehr viel Zeit

vor dem Haus der Wents verbracht hast«, fuhr Ellis fort. »Zu allen möglichen Tages- und Nachtzeiten, haben sie gesagt, auch dass du manchmal spätabends an den Fenstern vorbeigehst und reinschaust. Ein paar haben gesagt, du hättest dort ge*lauert.*«

»Gelauert?« Plötzlich fühlte sich Travis' Mund trockener an als ein Handtuch frisch von der Leine. Natürlich ging er zu jeder Tages- und Nachtzeit am Haus der Wents vorbei; natürlich lauerte er dort. Aber das hatte wenig mit Sammy zu tun und sehr viel mit ihrem Vater. »Wissen Sie, dass Pam Grady gesagt hat, sie hätte einen großen blonden Mann in einer dunklen Limousine auf der gegenüberliegenden Straßenseite parken sehen?«

Ellis hob eine Hand und ließ Travis verstummen. »Ich will ehrlich zu dir sein, Kleiner. Ich gebe genauso viel auf das, was deine Nachbarn über dich sagen, wie auf Pam Gradys Men-in-Black-Theorie – das heißt gar nichts. Ist nun mal so, dass die Leute immer schnell dabei sind, mit dem Finger auf einen Schuldigen zu zeigen. Verdammt, ich glaube, sie *müssen* einfach einen finden. Und wenn's einer von euch ist, dann umso besser.«

»Ja«, sagte Travis. »Ist mir auch schon aufgefallen.«

»Der Witz ist aber, dass ich meinen Job schlecht machen würde, wenn ich nicht jeder Spur nachgehen würde, egal wie unwahrscheinlich sie auch ist. Also frage ich dich: Was hast du am Dienstagnachmittag zwischen eins und halb drei gemacht, als Sammy verschwunden ist?«

Ihrem Vater einen geblasen, dachte Travis. »Gearbeitet«, sagte er.

Ellis notierte Travis' Antwort auf einem taschengroßen Notizblock.

»Für die Reinigungsfirma, ja? Und wo?«

»Die Firma, für die ich arbeite, hat Kunden in ganz Manson.«

»Und wo warst du am Dienstag?«

»Dienstag war ich im Manson Business Park«, sagte Travis.

»Bei welcher Firma genau?«

»Clinical Cleaning hat Verträge mit ganz vielen Unternehmen dort.«

»Aber bei welchem hast du am Dienstag sauber gemacht?«

»Ähm …«

»Ich bin sicher, deine Firma führt ein Auftragsbuch, oder? Ich kann ja direkt dort nachfragen, wenn's dir schwerfällt, dich zu erinnern.«

»Nein«, sagte Travis. »Ich war bei Miller & A.«

»Miller & A.?«

»Miller & Associates. Das sind Wirtschaftsprüfer.«

»Und da warst du zwischen halb zwei und zwei. Super, dann ruf ich da an.«

»Warten Sie, tut mir leid, zwischen halb zwei und zwei war ich weg.«

»Wo?«

»Mittagessen.«

»Hast du dir was mitgenommen, oder bist du wohin gegangen?«

»Weiß nicht mehr.«

»Das weißt du nicht mehr?«

Travis schluckte einen unsichtbaren Kloß im Hals herunter. Ellis zog erneut die Hose hoch und sagte: »Wie schon gesagt, ich mach nur meinen Job.«

»Ich glaub, ich hab mir einen Burger geholt.«

»Wo?«

»Hm?«

»Wo hast du dir den Burger geholt?«

»... bei Wendy.«

»Wendy. Gut. Ich fahr vorbei und lass mir das bestätigen und nehm mir vielleicht auch gleich noch einen Frosty mit, wenn ich schon mal da bin.« Er schrieb was in seinen Notizblock, schaute auf. »Und wer hat dir das Veilchen verpasst?«

Travis brauchte einen Augenblick, bis er's kapierte. »Ach so, ja, das blaue Auge. Ist nichts. Bin gegen eine Tür gerannt. Blöd, ich weiß.«

Ellis schaute Travis lange an – zumindest kam es ihm sehr lange vor. Schließlich klappte er den Notizblock zu und schob ihn in seine Brusttasche. »Mehr brauche ich nicht, Kleiner. Danke für deine Mitarbeit.«

»Gern. Jederzeit. Darf ich jetzt fahren?«

»Warum solltest du nicht dürfen?«

Travis machte die Schiebetür zu, stieg in den Transporter und fuhr in anständigem, gesetzestreuem Tempo auf den Highway.

Travis' Mutter lag ausgestreckt auf dem Sofa und schaute fern. Sie war noch nicht eingedöst, aber kurz davor. Obwohl es noch vor zwei Uhr am Nachmittag war, hatte sie die Jalousien bereits heruntergelassen. Travis machte sich nicht die Mühe, sie noch mal hochzuziehen. Dieses Haus war eines, in dem es besser dunkel blieb.

»Was gibt's Neues, mein Zuckerschatz?«, fragte seine Mutter.

Travis stellte erstaunt fest, dass sie sich noch in der Anfangsphase ihrer Trunkenheit befand. Normalerweise lag die charmante, lebensfrohe Ava Eckles um zwei Uhr nachmittags bereits besoffen unter dem Tisch, verdrängt von der traurigen, verzweifelten Ava Eckles – die *wie-konnte-euer-Vater-uns-einfach-so-im-Stich-lassen* Ava Eckles. Als hätte Travis' Vater bei seinem Tod mehr mitzureden gehabt als John Lennon in der Frage, ob er hinterrücks erschossen werden wollte.

»Hi, Mom.«

»Haben die sie schon gefunden?«

»Hm?«

»Das kleine Mädchen?«, fragte sie. »Wolltest du nicht hinfahren und bei der Suche helfen?«

»Ach so, ja. Nein. Gibt nichts Neues.«

»Niemals finden sie die lebendig wieder. Wie lange ist es jetzt her, drei Tage? Kannst du dir vorstellen, wie die inzwischen aussieht, voller Matsch, käseweiß und von Käfern angefressen? Morgen wird es noch schlimmer werden und dann am nächsten Tag erst. Da fällt ihr das Fleisch von den Knochen, und ihre Klamotten faulen weg. Wenn er ihr überhaupt noch Klamotten am Leib gelassen hat.«

»Wer?«, fragte Travis.

»Ach, du weißt schon, wer auch immer. Der Irre, der sie entführt hat.« Sie hielt inne, um an ihrer Zigarette zu ziehen, den Blick starr auf den Fernseher gerichtet. Es lief eine Soap. *The Bold and the Beautiful* oder *Days of Our Lives* oder *The Young and the Restless.* Alles derselbe Quatsch.

»War nur eine Frage der Zeit, wenn du mich fragst.«

»Was war nur eine Frage der Zeit?«

»Bis Manson zum Rest der Welt aufschließt, was Vergewaltigung und Mord angeht.« Sie zog erneut an ihrer Zigarette und bekam einen Hustenanfall. »Was, wenn die ein ganzes Jahr brauchen, bis sie sie finden? Dann sind nur noch Staub und Knochen von ihr übrig.«

Sie griff zwischen ihre Beine und zog eine frische Dose Bier aus der Kühlbox.

Wenn Ava Eckles gut in etwas war, dann darin, sich zu betrinken. Während der wenigen wachen Stunden, die sie nüchtern verbrachte, schlich sie mit zusammengekniffenen Augen und quälenden Kopfschmerzen von Raum zu Raum und bereitete sich auf den bevorstehenden Tag vor. Sie leerte den Aschenbecher und legte ein paar Zeitschriften auf den Wohnzimmertisch, daneben ein Sandwich, eine Tüte Kartoffelchips und ein frisches Päckchen Zigaretten. Und am allerwichtigsten: Sie stellte eine frisch aufgefüllte Kühlbox mit Bier vor das Sofa.

Der Kühlschrank befand sich keine vier Meter vom Sofa entfernt, aber nach dem sechsten oder siebten Bier kamen ihr diese vier Meter wie fünfzig vor und nach dem dreizehnten und vierzehnten wie hundert. Wenn sie die Kühlbox direkt neben sich hatte, konnte sie den Stecker aus dem Telefon ziehen, es sich mit ihren Zeitschriften bequem machen und sich bis zur Besinnungslosigkeit besaufen.

Praktisch eine Expertin im Selbstabschießen, dachte Travis. Kein Wunder, sie hat ja auch eine Menge Übung darin.

Ava war nicht immer schon ein White-Trash-Klischee gewesen. Sie hatte von jeher ein aufbrausendes Temperament, so viel stand fest, aber mit den Fäusten zu denken hatte sie erst mit dem Saufen begonnen – nach dem Tod von Travis' Vater. Als der Helikopter abstürzte, war Travis erst dreizehn Jahre alt gewesen. Seither lebte Ava von der Witwenrente und rechtfertigte alles mit ihrem Schicksal.

Travis hatte den Tod seines Vaters einigermaßen gut verkraftet, aber Patrick war nie darüber hinweggekommen, und Ava schien es eilig zu haben, ihrem Mann ins Grab zu folgen.

»Wieso bist du nicht bei der Arbeit?«, fragte sie. »Haben sie dich gefeuert? Wenn ich am Monatsersten keine Miete von dir bekomme, setz ich dich auf die Straße, das weißt du.«

»Die haben mich nicht gefeuert«, sagte er. »Mir war heute nur nicht nach sauber machen.« Er setzte sich zu ihr aufs Sofa. »Darf ich eins haben?« Ein Bier würde seine Nerven beruhigen, die seit dem Gespräch mit Sheriff Ellis flatterten.

»Kommt drauf an. Kannst du's bezahlen?«

»Komm schon, Mom.«

»Leihen und Borgen macht Kummer und Sorgen«, sagte sie. Das war einer ihrer Lieblingssprüche. »Außerdem berechne ich dir nur meine Unkosten. Ich mach keinen Profit.«

Travis fand einen Dollar in seiner Brieftasche und warf ihn auf das Wohnzimmertischchen.

»Ich hab kein Wechselgeld«, sagte sie.

»Schon gut. Behalt den Rest.«

Er öffnete eine Dose Bier und trank sie in einem Zug aus. Sofort war er beschwipst. Er fand noch einen Dollar in seiner Brieftasche, legte ihn ebenfalls auf das Wohnzimmertischchen und nahm sich eine zweite Dose aus der Kühlbox. Diese trank er in kleineren Schlucken.

Ein angenehmer Nebel machte sich in seinem Kopf breit und ließ seine Sorgen verblassen, doch dann hörte er das vertraute Quietschen des Gartentors.

»Geh, sieh nach, wer das ist«, fauchte Ava.

Seufzend stand Travis auf und ging ans Fenster. Er hob die Jalousie und spähte in den hellen grauen Tag. Als der Mann die Verandastufen hochstieg und er ihn richtig sehen konnte, wäre er beinahe vornüber an die Scheibe gekippt.

»Verfluchte Scheiße«, sagte er.

»Pass auf, was du sagst«, ermahnte ihn seine Mutter und öffnete eine frische Dose. »Wer ist es denn?«

»Patrick«, sagte er in ungläubigem Tonfall. »Patrick ist wieder da.«

Hartford County, Connecticut

– Jetzt –

Die 787 senkte sich von einem strahlend blauen Himmel herab, landete sanft und rollte langsam zum Terminal. Die amerikanische Flagge tanzte und flatterte an einem Fahnenmast neben der Gangway.

Als ich die Gepäckausgabe erreichte, schaltete ich mein Handy wieder ein. Sechs verpasste Anrufe von Amy und eine SMS von Dean: *Wo bist du?* Sie hatten keine Ahnung, dass ich das Land verlassen hatte. Deans Worte hallten mir noch im Ohr: *Je tiefer man sich hineinwagt, umso dunkler wird das Wasser*. Selbst wenn Dean die ganze Geschichte kannte – was ich bezweifelte –, würde er nicht mit mir über den Ozean segeln. Nicht wenn es bedeuten würde, den Ruf meiner Mutter zu ruinieren.

Müde und wütend schaltete ich mein Handy wieder aus.

Stuart und seine Frau warteten draußen hinter dem Zoll auf mich. Claire war eine zierliche, hübsche Frau. Sie stürmte auf mich zu, schlang die Arme um mich und drückte mich. Normalerweise würde mich eine solche unvermittelte Intimität beunruhigen, aber Claire hatte etwas sehr Warmes und Aufrichtiges, weshalb ich sie sofort ins Herz schloss. Vielleicht brauchte ich auch einfach eine Umarmung.

»Es ist so schön, dich endlich kennenzulernen«, sagte sie. »Diese ganze Sache ist so *wow*, weißt du? Ich hoffe, es macht dir nichts aus, dass ich mich selbst eingeladen habe mitzukommen.«

»Natürlich nicht.«

»Dein Akzent«, sagte sie. »Ich steh total drauf.«

Stuart gab mir förmlich die Hand und nahm meinen Koffer. »Ich kann noch gar nicht glauben, dass du hier bist«, sagte er.

»Ich auch nicht.«

»Mir war gar nicht wohl dabei, wie wir uns verabschiedet haben. Takt zählt nicht unbedingt zu meinen Stärken.«

»Das kann ich bestätigen«, sagte Claire.

Stuart und Claire lebten in Grundy, eine Stunde mit dem Auto vom Flughafen entfernt. Grundy, erklärte mir Claire, war eine Pendlergemeinde; die meisten arbeiteten in New York und in Stamford, und es wimmelte nur so von Collegestudenten. Abgesehen davon redeten wir auf der Fahrt nicht viel. Es war meine erste Reise in die Vereinigten Staaten, trotzdem empfand ich eine tiefe Nostalgie für die Landschaft, die Fastfoodrestaurants und irgendwie auch für den Geruch hier. Wahrscheinlich ist das so, wenn man mit amerikanischem Fernsehen aufgewachsen ist. Wir nahmen die landschaftlich schönere Strecke in die Stadt, sodass wir an der Quelle des Pequannock River vorbeikamen. Stuart erklärte mir, *Pequannock* sei ein Wort der amerikanischen Ureinwohner – *Paugussetts*, um genau zu sein – und bedeutete »gebrochener Boden« oder auch »Ort des Massakers«.

Ihr Zuhause war ein kleiner Bungalow im kalifornischen Stil, kurz vor der Stadtgrenze. Er erinnerte mich an eine Weihnachtskarte. Das Gästezimmer wirkte warm und gemütlich. Ich war erschöpft von dem langen Flug und wollte eigentlich nichts lieber als ins Bett und in einen tiefen, traumlosen Schlaf sinken. Aber ich war fest entschlossen, meinen Jetlag schnellstmöglich zu überwinden und gleich am ersten Abend einen ordentlichen Schlafrhythmus zu beginnen, sodass ich mich zwang, wach zu bleiben.

Stuart holte was zu essen vom Chinesen, und wir aßen gemeinsam an einem kleinen Tisch in der Küche. Nachdem wir ausreichend lange Smalltalk betrieben hatten, platzte ich heraus: »Ich habe mit meinem Stiefvater gesprochen.«

»Über Sammy?«, fragte Stuart und ließ seine Essstäbchen fallen.

»Über alles.«

»Was hat er gesagt?«

»Er wusste es.«

Stuart sah aus, als wollte er aufspringen. »Was soll das heißen, er wusste es? Was hat er gewusst? Kim, willst du sagen, dass er's bestätigt hat?«

»Langsam Stu«, sagte Claire.

»Er hat es nicht bestätigt, aber er hat es auch nicht geleugnet«, erklärte ich. »Ich glaube nicht, dass er viel weiß – und wenn doch, wird er's mir nicht sagen.«

Claire nahm meine Hand. »Oh Gott, Kim, das muss sehr schwierig gewesen sein.«

Ich nickte. »War's auch. Deshalb bin ich hier.« Ich sah Stuart direkt in die Augen, keine leichte Aufgabe für mich. »Ich muss wissen, warum die Frau, die mich großgezogen hat, vor achtundzwanzig Jahren bei euch zu Hause eingestiegen ist und dir deine Schwester genommen hat.«

»Das möchte ich auch wissen, Kim.« Einen Augenblick lang sah er aus, als wollte er weinen. »Unser erstes Ziel ist Martha in West Virginia. Dort lebt unsere – Verzeihung, *meine* – Schwester. Zumindest hat sie dort gelebt, als ich das letzte Mal mit ihr gesprochen habe. Wir sehen einander nur selten, aber ich bin sicher, dass sie dich kennenlernen möchte.«

»Mir war nicht klar, dass du eine Schwester hast.«

»Ich habe sogar zwei«, sagte er mit hochgezogenen Augenbrauen.

Ich dachte an Amy.

»Von Martha aus fahren wir direkt weiter nach Kentucky«, sagte Stuart. »Dann besuchen wir Manson. Meine Mutter kriegt bestimmt einen Herzinfarkt, wenn wir bei ihr vor der Tür stehen.«

»Was ist mit deinem Vater?«, fragte ich.

Stuart und Claire tauschten betretene Blicke. Stuart

stierte auf seine Nudeln. »Dad lebt jetzt in Wyoming. Ich hab angerufen und eine Nachricht auf Band gesprochen, aber ich bin nicht sicher, ob es überhaupt noch die richtige Nummer war. Weißt du, manchmal schweißen Tragödien Familien noch enger zusammen. Aber bei uns war es das Gegenteil.«

Ich begegnete seinem Blick. Hoffnung lag darin, und das machte mir Sorgen. Hoffte er, ich könnte das Band sein, das seine Familie wieder enger zusammenbrachte?

»Alles in allem habt ihr fünfzehn Stunden Autofahrt vor euch«, sagte Claire. »Bis ihr in Manson seid, habt ihr die Nase voll voneinander.«

»Kommst du nicht mit?«, fragte ich Claire.

»Auch wenn ich so einen richtigen Roadtrip echt liebe – ich bleibe besser hier und halte die Stellung. Ich denke, es ist wichtig, dass ihr beiden euch kennenlernt.«

Auch das machte mir Sorgen. Claire war so ein herzlicher Mensch und hatte bislang als ein wunderbarer Puffer fungiert. Die Vorstellung, so viel Zeit mit jemandem zu verbringen – ganz besonders mit jemandem, den ich gerade erst kennengelernt hatte –, ließ den introvertierten Teil in mir nervös werden. Für Stuart war ich seine lange verloren geglaubte kleine Schwester, aber für mich war er immer noch ein Fremder.

»An wie viel von dem Geschehen damals kannst du dich eigentlich erinnern?«, fragte ich Stuart.

»An nicht viel.«

Er presste die Lippen fest aufeinander, und ich hatte

das beunruhigende Gefühl, dass er mir etwas vorenthielt. Anfangs hatte ich ihn als Idioten abgestempelt, dann als sorgenvollen Menschen mit trauriger Lebensgeschichte und zwanghaftem Gemüt, aber weder das eine noch das andere traf die ganze Wahrheit. Der Ausdruck *Spitze des Eisbergs* war für Stuart Went erfunden worden. »Das Meiste, was ich über den Fall weiß, habe ich erst später erfahren«, sagte er. »Durch Gespräche mit meinen Eltern oder indem ich Polizeiberichte gelesen habe.«

»Gab es Verdächtigte?«, fragte ich und löffelte Reis in meine Schale.

»Die meisten hatten Travis Eckles im Verdacht.« Er stolperte über den Namen, zögerte, dann fuhr er fort. »Travis wohnte mehr oder weniger schräg gegenüber von uns in derselben Straße und kam aus einer ziemlich heruntergekommenen Familie. Andere glaubten, Mom hätte es getan. Dass sie vielleicht rot gesehen, Sammy geschüttelt oder geschlagen und aus Versehen umgebracht hatte.«

»Wie kamen die denn auf so was?«

»Meistens werden zuerst die Eltern verdächtigt, und das anscheinend auch aus gutem Grund«, erklärte Stuart. »Meiner Mutter ist tatsächlich hin und wieder der Kragen geplatzt, genauso wie allen Eltern, aber sie hat uns nie geschlagen.«

»Lebt sie noch in Manson?«

»Und sie wird auch in Manson sterben«, sagte Claire mit leichtem Augenrollen.

»Obwohl die Leute dort ihr unterstellt haben, sie hätte ihr eigenes Kind getötet?«

»Mom würde niemals ihre Kirche verlassen«, sagte Stuart. »Sie ist … Ich wurde mehr oder weniger als Pfingstkirchler erzogen. Mom war immer sehr aktiv in der Church of the Light Within. Dad nicht so.«

»Was ist das für eine Kirche?«

Stuart sah Claire an, die fragend eine Augenbraue hob. Ich war immer schon fasziniert und frustriert, wenn ich Paare sah, die auf diese Weise telepathisch kommunizierten. »Hast du's ihr nicht gesagt?«, fragte Claire.

Er setzte sich aufrechter hin und fragte: »Hast du schon mal was von Leuten gehört, die mit Schlangen hantieren?«

»Nein.«

»In manchen Kirchen gibt es Giftschlangen, weil die Gläubigen denken, dass Gott sie schützen wird.«

»Warte mal … deine Mutter war in so einer Kirche und hat mit Giftschlangen hantiert?«

»Sie hat nicht«, sagte Stuart, »sie tut es immer noch. Wir sprechen nicht mehr viel darüber, aber soweit ich weiß, gehört sie immer noch ihrer Kirche an.«

»Und du bist damit aufgewachsen?«

»Ja und nein«, sagte er. »Wir hatten nie Schlangen zu Hause. Das ist alles immer in der Kirche passiert. Mom wollte uns bekehren, und Dad wollte uns so fern wie möglich davon halten.«

»Ist er nicht gläubig?«

»Er ist in der Light Within aufgewachsen, hat sich aber mit zunehmendem Alter immer weiter davon entfernt. Mom fing wegen ihm und seiner Familie mit dem Schlangenhantieren an, so schwer das auch zu glauben sein mag.«

»Klingt nicht nach einer guten Umgebung für ein Kind.«

Er zuckte mit den Schultern. »Ich denke, Dad hat wohl immer geglaubt, sie würde irgendwann zur Vernunft kommen, und Mom hat dasselbe von ihm gedacht.«

»Aber da ist ein Trick dabei, oder?«, fragte ich. »Bei den Schlangen? Die hantieren nicht wirklich mit echten Giftschlangen, oder?«

»Da gibt's keinen Trick. Manchmal sind die Schlangen vielleicht ein bisschen träge – wahrscheinlich unterernährt –, aber sie werden nicht betäubt oder unschädlich gemacht. Das würde gegen das Prinzip verstoßen.«

»Wird denn manchmal jemand gebissen?«

»Na klar, ständig. Wer lange genug dabei ist, wurde auch schon mal gebissen. Einige sind sogar dran gestorben.«

»Stuart hat seinen Onkel Clyde wegen eines Schlangenbisses verloren«, sagte Claire.

Stuart nickte und sagte: »Er war kein richtiger Onkel, wir haben ihn nur so genannt. Aber ja, anscheinend hat Clyde immer eine ganze Handvoll Klapperschlangen gepackt und sie sich fest an die Brust gedrückt. Eines Abends wurde er gebissen. Genau hier, in die Schulter. Er wollte sich nicht behandeln lassen, und zwei Tage später ist er an den Folgen gestorben. Das muss ein entsetzlicher Tod gewesen sein: Ein Klapperschlangenbiss zerstört Nerven, Gewebe, sogar Knochen.«

»Wieso wollte er sich nicht behandeln lassen?«

»Weil er keine Behandlung brauchte. Gott würde ihn retten. Ich denke, Gott hatte an dem Tag wohl mit hungernden Kindern in Afrika zu tun.«

Vage kam mir der Schattenmann aus meinem Albtraum in den Sinn. »Aber wieso Schlangen?«

Er seufzte – so wie jemand, der dieselbe Frage zum hundertsten Mal gestellt bekommt. »Weil die spinnen, Kim. Und weil in der Bibel steht: *Da aber Paulus einen Haufen Reiser zusammenraffte, und legte sie aufs Feuer, kam eine Otter von der Hitze hervor und fuhr Paulus an seine Hand. Da aber die Leutlein sahen das Tier an seiner Hand hangen, sprachen sie untereinander: Dieser Mensch muss ein Mörder sein, den die Rache nicht leben lässt, ob er gleich dem Meer entgangen ist.*«

Mir lief es kalt über den Rücken.

»Er aber schlenkerte das Tier ins Feuer, und ihm widerfuhr nicht Übles. Sie aber warteten, wenn er schwellen würde oder tot niederfallen. Da sie aber lange warteten und sahen, dass ihm nichts Ungeheures widerfuhr, wurden sie anderes Sinnes und sprachen, er wäre ein Gott.«

Was erwartet mich in Manson?, fragte ich mich.

Am nächsten Morgen wollten wir früh los, deshalb ging Stuart zeitig zu Bett. Ich blieb auf und trank noch ein paar Gläser Wein mit Claire. Wegen meines Jetlags hätte ich mir keine Sorgen machen müssen; Claire leistete mir ausgezeichnete Gesellschaft und hielt mich wach. Durch ihre Sanftheit ergänzte sie Stuart mit seinen Ecken und Kanten perfekt.

»Darf ich dich was fragen, Claire?«, sagte ich, nachdem ich mir ein bisschen Mut angetrunken hatte. »Was würde Stuart davon halten, wenn ich alleine losfahre?«

»Warum willst du denn nicht, dass er mitkommt?«

»Das ist alles so überwältigend, das kannst du dir sicher vorstellen. Ich würde lieber selbst das Tempo bestimmen.«

Claire dachte einen Augenblick nach. »Darf ich dir was zeigen?«

Sie führte mich durch die Hintertür hinaus in den Garten. Am Rande ihres Grundstücks befand sich ein großer Schuppen. Claire schloss ihn auf und ließ die Tür aufschlagen. Dahinter lag Dunkelheit. »Der Lichtschalter ist links.«

»Was ist hier drin?«

»Mein Mann möchte nicht, dass du es siehst«, sagte sie. »Aber ich denke, du solltest.«

Neugierig und ein bisschen aufgeregt trat ich ein und suchte den Lichtschalter. Flackernd sprang das Licht an, und das Innere des Schuppens wurde zunächst viel zu grell erleuchtet. Nur dass es dort nicht aussah wie in einem Schuppen; es sah aus wie in einer

Einsatzzentrale der Polizei. Hinten an der Wand hingen eine Reihe von Whiteboards, jeweils mit verschiedenen Namen und Notizen in unterschiedlichen Markerfarben. Außerdem namentlich beschriftete Fotos, versehen mit Informationen, in welcher Verbindung sie zu Sammy Went standen.

Als ich den Blick von links nach rechts über die Gesichter schweifen ließ, las ich: *Deborah Shoshlefski, Angestellte bei Went Drugs, Sammys ehemalige Babysitterin, Alibi Fragezeichen; George Gregson-Rull, 1997 wegen Mordes und möglicher Vergewaltigung an Melissa Jennings und Rachel Kirby festgenommen, beide vier Jahre alt, Verbindung zu Sammy Fragezeichen, Alibi Fragezeichen; Ava Eckles, Nachbarin, Alibi Fragezeichen …*

Die Liste setzte sich fort, aber mein Blick wanderte vorbei an den Fotos zu einer Karte von Manson an der Wand. Darauf waren Suchgebiete und Fußwege eingezeichnet. Ein Gebiet war rot eingekreist und als *Getreidemühle* gekennzeichnet.

Mir wurde das alles zu viel. »Wieso zeigst du mir das?«

Claire blieb im Eingang stehen und zog ihre übergroße Strickjacke fester über der Brust zusammen. Sie sprach leise und in wohlüberlegten Sätzen. »Um dir vorsichtig etwas klar zu machen, Kim. Du beschäftigst dich jetzt seit knapp drei Wochen damit. Stuart schon sein ganzes Leben.«

Das einzige Fenster in dem Raum war mit Dutzenden von Fotos von Sammy Went beklebt. Das einzige Foto von Sammy, das ich bis jetzt gesehen hatte, war das, welches Stuart mir in Australien gezeigt hatte. Plötzlich war sie hier in unterschiedlichen Altersstufen und aus unterschiedlichen Perspektiven zu sehen. Sammy Went als neugeborenes Baby; ihr erstes Weihnachten; im Urlaub an den Cumberland Falls; schlafend in den Armen ihrer Mutter. Alle meine lange verloren geglaubten Fotos waren plötzlich da.

Das bin ich, dachte ich.

Traurig lächelnd nahm Claire meine Hand. Eins stand fest, sie hatte eine echte Mutterseele. Ich musste an Amy denken.

»Du warst nie weit weg von ihm«, sagte sie. »Selbst in den glücklichsten Zeiten war immer eine gewisse Traurigkeit in ihm, weil Sammy eigentlich hätte da sein sollen. Dich zu finden war seine Lebensaufgabe. Nimm ihn mit. Du wirst ihn brauchen – ich denke, das weißt du auch. Aber noch mehr als du ihn brauchst, braucht er dich.«

Manson, Kentucky

– Damals –

Jack Went dachte an die kleinen Dinge: Sammys zerbissene und einsame Zahnbürste am Waschbecken im Badezimmer, ein halb aufgegessenes Peanutbutter-&-Jelly-Sandwich auf ihrem Hochstuhl in der Küche, ihre *winzigen* Gummistiefel neben der Haustür.

Nach einer erfolglosen Suche am See und in den umgebenden Wäldern war er jetzt auf dem Weg nach Hause. Sammy stand die vierte Nacht fern ihrer Eltern bevor.

Er dachte noch immer an die kleinen Dinge, als ein blauer Pick-up mit rasendem Tempo in die Glendale Street einbog, ihn schnitt und um ein Haar gegen die Mauer einer Vorschule hätte schlittern lassen.

Er trat fest auf die Bremse und spürte, wie heißer Zorn in ihm aufstieg. Aber Wut war besser als die Angst, die ihn sonst den ganzen Tag lang in ihren Klauen hatte. Mit Wut konnte er etwas anfangen. Er konnte aussteigen, den Geruch von frisch verbranntem Gummi einatmen und den Fahrer des Pick-ups windelweich prügeln.

Als er aus dem Wagen stieg und die Straße überquerte, wo der blaue Pick-up jetzt mit laufendem Motor wartete, ballte er die Hände zu Fäusten und hörte seinen Herzschlag laut trommelnd in den Ohren. Sein Kreislauf wurde von Adrenalin überschwemmt.

»Was zum Teufel soll das?«, schrie er. »Legst du's drauf an, jemanden zu überfahren …«

Er hielt inne, als die Tür des Pick-ups aufgestoßen wurde und er sah, wer am Steuer saß. Eine kleine, kompakte Frau Mitte vierzig, in einer sauberen weißen Bluse und mit stark geschminkten Augen. Mit ihren knapp ein Meter sechzig musste sie vom Fahrersitz hinunterspringen, wobei sie die Arme ausbreitete, um das Gleichgewicht nicht zu verlieren. Sie landete mit einem gequälten Stöhnen und kam Jack mit weit aufgerissenen Augen entgegen. Sie blinzelte nicht, wie ein Fisch. »Tut mir wahnsinnig leid. Oh Gott, alles in Ordnung bei Ihnen?«

Jack holte tief Luft. Und schwieg ein paar Sekunden lang. Er musste sich darauf konzentrieren, die urwüchsige brachiale Gewalt in sich zu unterdrücken. Wenn er zu schnell etwas sagte, würde es möglicherweise als Schrei aus ihm herauskommen. »Alles in Ordnung.«

»Ich weiß nicht, was passiert ist. Der Wagen ist gemietet, und ich bin es nicht gewohnt, so was Großes zu fahren. Ich bin wohl ein bisschen übermütig geworden. Oh Gott, haben Sie sich verletzt?«

Sie sprach mit Akzent, englisch oder irisch, hätte Jack getippt. Er bekam ein schmales Lächeln hin. »Ist ja niemand zu Schaden gekommen. Das ist die Hauptsache.«

»Gott sei Dank! Ich hab immer noch Herzrasen. Sind Sie sicher, dass Sie nicht verletzt sind?« Sie hielt inne, musterte Jacks Gesicht. »Warten Sie mal, ich kenne Sie doch!«

»Das glaube ich nicht«, sagte Jack.

»Ich hab Sie in den Nachrichten gesehen. Das sind Sie doch. Sie sind der Vater von dem kleinen Mädchen, oder?«

Er nickte und schenkte ihr einen irgendwie traurigen Blick, der ihm schon jetzt wie einstudiert vorkam.

Die Frau trat einen Schritt zurück, als hätte sie einen Geist gesehen. Sie drehte sich zu ihrem Pick-up um, dann sah sie wieder Jack an. »Also wenn Sie sicher sind, dass Ihnen nichts passiert ist …«

»Alles in Ordnung«, sagte er zum zweiten Mal und ging zu seinem Wagen zurück. Er stieg ein, fuhr vom Bordstein herunter und weiter die Glendale entlang. Der blaue Pick-up blieb am Straßenrand stehen. Die Frau sah ihm hinterher.

Als Jack durch die Haustür trat, schlug die gesamte emotionale Last über ihm zusammen. Er hatte nicht geschlafen, und es kam ihm vor, als würde sein Körper in alle Einzelteile zerfallen. Während er die Diele durchquerte, stellte er sich vor, dass Teile von ihm abfielen – ein Ohr, ein paar Finger, sein linker Arm.

Er hörte jemanden in der Küche klappern und fragte sich: Kann das wirklich meine Frau sein?

Seit Sammys Verschwinden hatte Molly nichts anderes getan als geweint und gebetet – beides gehörte zu den sinnlosesten Verhaltensweisen in einer solchen Notsituation. Sollte seine Frau jetzt tatsächlich lange genug mit dem Weinen und Beten aufgehört haben, um den Kindern etwas zu essen zu machen, wäre dies eine entscheidende Verbesserung. Essen war wenigstens greifbar und real.

Aber wahrscheinlich war es eher Emma, die bei der Zubereitung ihrer berühmten Grillkäsesandwiches einen Riesenradau in der Küche veranstaltete. Mit ihren gerade mal dreizehn Jahren machte sich seine Tochter gar nicht schlecht in der Küche. Sie hatte mütterliche Aufgaben gegenüber Stu übernommen, achtete darauf, dass er sich wusch und ordentlich aß, und wenn er nachts schlecht träumte, ging Emma in sein Zimmer und legte sich zu ihm ins Bett.

Aber Jack fand weder Molly noch Emma in der Küche. Hätte er seinen neunjährigen Sohn in einer *Kiss-the-Cook*-Schürze entdeckt, hätte er sich weniger gewundert als über den Anblick der Person, die jetzt mit einem Küchenhandtuch über der Schulter zwischen Herdplatte und Ofen hin und her flitzte.

»... Mom?«

Sandy Went leckte sich etwas Rotes vom Finger, schloss die Augen und nickte leicht. Sie schien zufrieden mit dem Geschmack.

»Habt ihr Knoblauch? Richtigen Knoblauch, meine ich, nicht das Zeug aus der Tube.«

»Was machst du hier, Mom?«

»Was zu essen für deine Familie.« Sie kam mit ausgebreiteten Armen auf ihn zu. Jack rührte sich nicht. »Ich werde morgens kommen und Frühstück machen, mich um die Kinder kümmern, das Mittagessen vorbereiten und anschließend in den Laden fahren.«

Der Zorn, der sich geregt hatte, als ihn der Pick-up von der Straße abgedrängt hatte, kochte erneut in ihm hoch, kroch durch seinen Körper und ließ seinen Kiefer verkrampfen. »Ich hab den Drugstore geschlossen.«

»Unsinn«, sagte sie. »Meinst du, ich bin zu alt, um mich noch mal in den alten weißen Kittel zu werfen?«

»Wir kommen schon klar«, sagte Jack durch zusammengepresste Lippen.

»Ach, Schatz, ihr kommt überhaupt nicht klar. Du musst dich auf die Suche nach Sammy konzentrieren. In der Zwischenzeit geht das Leben aber weiter. Ich kümmere mich erstmal um den ganzen Kleinkram hier, Jackie. Dann musst du das nicht machen.«

»Niemand hat dich darum gebeten.«

»Wir sind eine Familie«, sagte Sandy. »So macht man das in einer Familie. Und außerdem irrst du dich. Molly hat mich angerufen. Sie hat gesagt, du betest nicht.«

Der Zorn verdichtete sich in seinem Nacken und an den Schultern. Seine Frau war seiner Mutter näher, als er ihr je sein würde. So sicher wie Jack sich von der

Church of the Light Within gelöst hatte, so sehr hatte Molly sich hineinbegeben. »Ich muss nach den Kindern sehen.«

Im Wohnzimmer lief die Disneyversion von *Robin Hood*. Ein paar Jahre lang war dies Stus Lieblingsfilm gewesen, in den vergangenen vierundzwanzig Stunden aber war er zur Obsession geworden. Er ließ ihn praktisch in einer Endlosschleife laufen, die Qualität der VHS-Kassette wurde mit jedem Abspielen schlechter. Jack wusste nicht, was Stu an dem Film so sehr liebte, aber er vermutete, dass er ihn ständig wieder von vorn sehen wollte, eben weil er bereits wusste, wie er ausging.

Es klingelte an der Tür.

»Was denn jetzt?«, flüsterte Jack. In den vergangenen zweiundsiebzig Stunden waren ständig Leute gekommen und hatten unzählige Gedanken, Gebete und Aufläufe abgegeben.

Jack ging an die Tür. Ein Mann mit einem entfernt vertrauten Gesicht stand davor, die Hände in die Taschen seiner Jeans mit Gummizug geschoben. Er war dick, hatte ein zartes Ziegenbärtchen am Kinn und trug einen weißen Filzhut.

Während Jacks Gehirn sein Aussehen registrierte – als würde er aus der prallen Sonne in eine Dunkelkammer laufen –, erkannte er ihn ganz allmählich. *Wäre er zwanzig Jahre jünger, ungefähr hundert Pfund leichter und würde man ihm den albernen Hut vom Kopf nehmen, würde er aussehen wie …*

»Buddy?«

»Hi, Jack«, sagte er.

»Oh Gott, Buddy Burns. Wie lange ist das her?«

»Zwanzig Jahre, oder jedenfalls fast«, sagte Buddy Burns. »Ich hab dich hin und wieder in der Stadt gesehen, mich aber nie getraut, Hallo zu sagen.«

»Du hast dich nicht getraut? Wieso denn nicht?« Buddy nahm die Hände aus den Taschen und faltete sie vor seinem dicken Bauch. »Es hat mir keine Ruhe gelassen, wie wir auseinander sind, Jack. Eigentlich wollte ich dir das sagen, aber mein Stolz stand mir immer im Weg. Als ich das jetzt aber mit der kleinen Sammy gehört habe, habe ich …«

»Komm doch rein«, sagte Jack. »Willst du ein Bier?«

Buddy zuckte zusammen.

»Tut mir leid, kein Alkohol. Wie wär's mit einer Cola?«

Bevor Jack zum letzten Mal nach der Kirche nach Hause gefahren war und sich mit jeder Meile, die er in seinem alten Ford zurücklegte, leichter gefühlt hatte, war Buddy Burns sein bester Freund gewesen. Unzertrennlich waren sie gewesen. Sie waren gemeinsam jagen, angeln, wandern gegangen oder hatten einfach hinten auf Buddys altem Pick-up gesessen und geredet. Stundenlang. Über Gott, das Leben, den Tod, die Liebe, das Universum, die Evolution.

Seitens der Kirche war es nicht ausdrücklich verboten, Alkohol zu trinken, aber es wurde auf keinen Fall gerne gesehen. Trotzdem hatte Buddy immer wieder eine Kühltasche mit Bier vollgepackt und der Freundschaft dadurch noch ein Element von jugendlicher Rebellion verliehen.

Am letzten Abend, an dem sie miteinander gesprochen hatten, hatten sie am See geparkt. Buddy und er hatten sich geküsst, und das nicht zum ersten Mal. Der einzige Unterschied war nur, dass Jack diesmal Buddy, als es immer leidenschaftlicher zuging, den Vorschlag gemacht hatte, gemeinsam aus der Kirche auszutreten. »Wir treten aus. Fahren zusammen in den Süden und fangen von vorne an, leben unseren Glauben auf unsere Weise.«

Ganz plötzlich war Buddy abgekühlt, hatte Jack als Schwuchtel beschimpft, ihn einfach stehen und die sechs Meilen alleine zu Fuß in die Stadt zurückgehen lassen.

»Fünf Kinder?«

»Ja, Sir«, sagte Buddy und nickte stolz. »Halbe Sachen mach ich nicht.«

»Wirklich nicht.«

Sie saßen zusammen auf dem niedrigen Holzbänkchen im Garten.

»Molly spricht in den höchsten Tönen von deiner Frau«, sagte Jack.

»Die beiden verstehen sich gut.«

Jack trank von seiner Coke und schaute zum Haus hinauf. In Sammys Zimmer brannte Licht. Er konnte Molly nicht sehen, aber er wusste, dass sie dort war, zusammengekauert zwischen den Spielsachen auf dem Boden lag, weinte oder betete oder beides zugleich.

»Wie geht es ihr?«, fragte Jack und staunte dabei über sich selbst.

»Meiner Frau?«

»Nein, meiner. Du musst sie doch im Gottesdienst sehen.«

Buddy nickte verlegen. Er zog seinen Hut ab, drehte ihn in den Händen, setzte ihn wieder auf. »Sie spricht zu Gott, und soweit ich das beurteilen kann, spricht Gott auch zu ihr. Mehr dürfen wir alle nicht hoffen.«

Eine kalte Brise hob an und ließ die Blätter hinten am Zaun rascheln, und Jack dachte an Sammy. *Frierst du, meine Kleine, wo auch immer du bist?*

»Was hast du für mich, Buddy?«

»Wie meinst du das, Jack?«

»Wir haben seit Jahrzehnten nicht mehr miteinander gesprochen. Du bist doch nicht nur vorbeigekommen, um Gedanken und Gebete mit mir zu teilen – so dankbar ich dir dafür auch wäre.«

Buddy stand auf und trat von einem Fuß auf den anderen, wie ein Kind, das herumdruckst, bevor es seinen Eltern sein Zeugnis überreicht.

»Du liebe Zeit, Jack, jetzt wo du's erwähnst, da ist was, das ich … Na ja, ich weiß nicht genau, wie ich dir das sagen soll, und ich hoffe, du verstehst, dass auf keinen Fall rauskommen darf, dass du's von mir hast …«

»Was denn, Buddy?«

»Ehrlich, Jack, du musst mir versprechen, dass die

Quelle vertraulich bleibt. Wenn meine Frau das rausbekommt, oder die Kirche …«

»Buddy Burns«, ertönte die schrille Stimme von Jacks Mutter. Sandy kam durch den Garten, trocknete sich die Hände an ihrer Schürze ab. »Hätte ich gewusst, dass du vorbeikommst, hätte ich mehr zu essen gemacht.«

Buddy blinzelte plötzlich, und Jack sah etwas Eigenartiges in seinem Gesicht. Zunächst hätte er es vielleicht als Erstaunen gedeutet, aber das war es nicht. Buddy Burns wirkte *erschrocken*.

»Hi, Sandy«, sagte er und hob mit zitternder Hand seinen Hut. »Ist schon okay, meine Frau macht was für mich und die Mädchen, wenn ich nach Hause komme. Apropos, ich sollte lieber los.«

»Einen Augenblick, Buddy«, sagte Jack, dann wandte er sich an seine Mutter. »Lässt du uns kurz alleine, Mom?«

Sandy Went verengte den Blick, schaute von Jack zu Buddy und wieder zurück. Dann lächelte sie. »Natürlich. Aber macht nicht zu lange, sonst wird das Essen kalt.«

Jack wartete, bis seine Mutter wieder im Haus war, dann sprach er weiter. »Was wolltest du sagen?«

Aber es war zu spät. Buddy hatte Angst bekommen. »Ein anderes Mal, Jack.«

Jack blieb noch kurz im Garten sitzen, sah Buddy durch den Garten ins Haus gehen. In diesen Mann war ich mal verliebt gewesen, dachte er.

Keine zehn Sekunden nachdem Buddy gegangen war, tauchte Emma auf. Sie trug einen rosa Gummihandschuh und hielt den anderen in der Hand. »Telefon für dich, Dad.«

Er sprang so schnell von der Bank, dass er beinahe vorwärts umgekippt wäre. »Was Neues?«

Sie schüttelte den Kopf. »Klingt nicht so.«

»Wer ist es?«

»Hat er nicht gesagt. Aber, Dad ...« Sie hielt inne, um noch einmal ins Haus zu schauen, dann flüsterte sie: »Es klang, als würde er weinen.«

Noch bevor er die Stimme hörte, wusste er, dass es Travis war.

»Ich weiß, ich weiß«, sagte Travis. »Erspar mir den Vortrag. Ich würde nicht anrufen, wenn es nicht wichtig wäre.«

Emma hatte recht: Travis klang ziemlich verzweifelt, seine Stimme krächzend und verweint. Jack würde ihm den Vortrag trotzdem nicht ersparen. »Was denkst du dir dabei?«, sagte er leise. »Ruf mich nicht zu Hause an. Punkt. Und dann auch noch mitten in diese ...«

Seine Mutter steckte den Kopf zur Tür herein. Jack hatte den Anruf oben im Schlafzimmer entgegengenommen, um ungestört zu sein, aber offensichtlich war das nicht möglich.

»Alles in Ordnung, Schatz?«, fragte sie.

»Alles in Ordnung, Mom.«

Sie blieb noch einen Augenblick stehen, schaute fragend, trat anschließend laut seufzend zurück in den Flur und schloss die Tür.

Am anderen Ende der Leitung hörte er Geplauder, Gelächter und Musik. »Wo bist du?«

»Cubby's«, sagte er.

Er konnte sich Travis in Cubby's Bar vorstellen, wie er an dem verkratzten Münzfernsprecher vor den Toiletten stand und nervös das Telefonkabel mit den Fingern verknotete.

»Sheriff Ellis glaubt, dass ich es war, Jack.«

»Dass du was warst?«

»Dass ich Sammy entführt hab.«

Jack beeilte sich hinterherzukommen. »Was? Nein, niemals.«

»Doch, Jack. Er hat hier rumgeschnüffelt und Fragen gestellt.«

»Du lieber Himmel, Travis, er stellt allen Fragen. Er ermittelt, mehr nicht.«

»Er hat mich gefragt, wo ich war, als sie verschwunden ist.«

Jack holte tief und nervös Luft. »Und was hast du gesagt?«

»Nichts. Aber damit hab ich's nur noch schlimmer gemacht.«

»Was willst du von mir, Travis?«

Travis schwieg, und Jack dachte eine ganze lange Weile, dass er vielleicht aufgelegt hatte. Dann sagte er aber: »Ich will gar nichts von dir, Jack. Ich hab angerufen, um dich zu warnen.«

»Mich zu warnen? Wovor?«

»Wenn ich Ellis gesagt habe, was ich ihm sagen werde, kommen möglicherweise die Cops zu dir und stellen dir ein paar unangenehme Fragen. Ich will nicht, dass du unvorbereitet bist.« Er trank einen Schluck, Bier vermutlich. »Tut mir leid Jack, aber ich muss Ellis von uns erzählen.«

Plötzlich wurden alle Geräusche in Jacks Welt gedämpft, als hätte jemand seinen Kopf unter Wasser gedrückt. »... was hast du gesagt?«

Als Jack dreizehn war, war er mit Freunden zu Paw's Bluff gewandert, ein Felsvorsprung im Elkfish Canyon, der zehn Meter weit über den unberührten – und eiskalten – Lake Merri ragte. Dank einer lebensgefährlichen Mischung aus Hormonen, Gruppenzwang und ein paar Schluck Kochbrandy, den er aus der Küche seiner Mutter hatte mitgehen lassen, hatte Jack den Mut gefunden herunterzuspringen.

Der Sprung an sich war aufregend gewesen, aber danach hatte ihn das eisige Novemberwasser von allen Seiten wie mit Tausenden winzigen Stahlzähnen attackiert. Schlimmer noch aber war, dass von einem Augenblick auf den anderen sämtlicher Sauerstoff aus seinem Körper gewichen war.

Bis dahin hatte er nie etwas Vergleichbares erlebt. Travis' Drohung – oder handelte es sich um eine *Entscheidung* – nahm Jack den Atem, und er merkte, wie er in flachen Zügen nach Luft schnappte, sich ermahnte, ruhiger zu werden, zu entspannen und bis zehn zu zählen. Er musste die Kontrolle über seinen Körper und die Situation wiedererlangen.

»Reiner Selbsterhalt, mehr nicht«, sagte Travis. »Ellis wird immer wieder zu mir kommen, bis ich ihm ein Alibi liefere. Du weißt doch, wo ich war, als deine Tochter verschwunden ist, Jack.«

Jack schloss die Augen, während die Erinnerung auf ihn hereinströmte: Travis auf Knien, wie er Jack mit Mund und Händen fest umschlossen hielt. Jack biss sich auf die Unterlippe, um ihn nicht anzuschreien. »Wie viel hast du getrunken?«

»Du bist nicht mein Vater, Jack.«

Plötzlich kehrte der Ton in Jacks Welt zurück. Er konnte das in Ordnung bringen. Er musste es in Ordnung bringen. »Bleib, wo du bist.«

Erleichtert sah er Travis' Transporter auf dem Parkplatz vor Cubby's Bar parken und war noch erleichterter, als er Travis mit einem Bier in der Hand vorne am Steuer entdeckte.

Jack stieg aus dem Wagen und klopfte auf der Beifahrerseite ans Fenster – halb rechnete er damit, dass Travis sein Bier verstecken würde. Aber er machte sich nicht die Mühe. Er trank die Dose aus, nahm eine neue aus der Kühlbox auf dem Sitz neben sich und beugte sich rüber, um die Tür zu öffnen.

Jack stieg ein. Ein Haufen leerer Dosen auf dem Boden. Jack zählte sie. »Vier?«

»Fünf mit der hier.« Travis ließ die neue Dose aufknacken, als wollte er einen Punkt hinter den Satz setzen. Er kramte in der Kühlbox und stellte fest, dass sie leer war. »Verdammt, das war die letzte. Wir können sie uns teilen.«

Jack ließ das Fenster runter, um ein bisschen frische Luft hereinzulassen.

»Nein danke.«

Travis sank tiefer auf dem Sitz, legte eine Hand aufs Lenkrad. Dann schaute er rüber zu Cubby's. »Wollen wir reingehen und was trinken?«

»Nein, Travis.«

»Hätte mich auch gewundert.« Er drehte die Bierdose in der Hand, zerdrückte sie zwischen Daumen und Zeigefinger. »Ich weiß nicht, wieso du hergekommen bist, Jack.«

»Wir müssen reden.«

»Da gibt es nichts zu reden. Mir bleibt nur eine Möglichkeit. Wenn ich nicht die Wahrheit sage ...«

»Das wirst du nicht tun, Travis.«

»Und wenn die mich nach Greenwood schicken, was dann? Willst du, dass ich ende wie mein Bruder?«

Eine zutiefst erschreckende Frage kam Jack in den Sinn: Wie weit bin ich bereit zu gehen, um das Geheimnis zu wahren? Gibt es eine Überwachungskamera auf dem Parkplatz? Hat schon jemand meinen Wagen erkannt?

»Sag was, um Himmels willen«, sagte Travis. Er wirkte verzweifelt, aber Jack sah etwas, das ihn hoffen ließ.

Die Entscheidung ist noch nicht gefallen, merkte er. Er will, dass ich es ihm ausrede.

»Travis, wenn es so weit kommt und Ellis offiziell Anzeige erstattet, dann werde ich aussagen. Und alles erklären. Ich lasse nicht zu, dass dir was Schlimmes passiert. Das verspreche ich.«

»Bist du es nicht leid, dich zu verstecken, Jack? Bist du's nicht leid, dagegen anzukämpfen? Willst du nicht endlich anfangen zu *leben*?«

»Was glaubst du, wie lange wir es in einer Stadt wie dieser aushalten würden?«

»Wir könnten wegziehen, zusammen sein, ganz offen und ...«

»Meine Tochter ist verschwunden, Travis.«

»Ich weiß. Scheiße. Ich meine, danach. Wenn ihr sie gefunden habt.«

»Das will ich nicht«, sagte Jack. »Und das habe ich dir auch immer klipp und klar gesagt.«

»Allerdings, das hast du. Und auch, was du stattdessen von mir willst.« Er kippte den Rest seines Biers, zerdrückte die Dose und ließ sie auf den Boden des Transporters fallen. »Willst du nach hinten gehen, oder sollen wir's gleich hier vorne machen?«

»Du lieber Gott, halt den Mund.« Jack sah sich um.

»Das ist es doch, was du von mir willst«, sagte Travis.

»Du benimmst dich kindisch. Mach doch, dann erzähl es Ellis. Ich werde alles leugnen, und was glaubst du wohl, wem die Leute glauben werden? Dem verheirateten Apotheker, Vater von drei Kindern, oder einem Eckles?«

»Und wem wird deine Frau glauben? Was denkst du?«

Plötzlich wurde Jack sich des Gewichts seines Eherings bewusst.

Ein Bus hielt oben am Parkplatz. In weißen Buchstaben stand auf die Seite geschrieben: *Der Saufbus*. Darunter, etwas kleiner: *Die berühmte Kneipentour durch Kentucky*. Eine Gruppe von ungefähr einem Dutzend lärmender Männer, von denen Jack annahm, dass sie einen Junggesellenabschied feierten, stieg aus dem Bus und sammelte sich grölend vor dem Eingang der Bar. Jack vermutete, dass dies nicht ihr erster Halt war.

Travis legte eine Hand auf Jacks Bein. Er wollte sie wegschlagen. Wollte den Jungen erwürgen. In seinem Bauch loderte erneut Zorn auf. Aber stattdessen küsste er Travis, und Travis küsste ihn.

Sekunden später waren sie ein einziges Wirrwarr aus Armen und Beinen. Travis knöpfte Jacks Jeans auf, schob seine Hand unter den Bund seiner Unterhose und …

»Uarrgh!«

Jack erstarrte. »Was war das?«

Er schaute nach links. Einer der Männer war auf sie zuspaziert, stützte sich auf einen schwarzen Pick-up und kotzte. Seine dürren Beine zitterten wie die eines neugeborenen Fohlens.

»Uarrgh«, ächzte der Mann und spuckte. Dann berappelte er sich, drehte sich um und entdeckte Travis und Jack im Transporter. Breit grinsend kam er auf sie zu. »Lasst euch nicht stören«, sagte er und hielt inne, um zu hicksen und sich mit der Hand Kotze vom Kinn zu wischen. »Wer bin ich, dass ich der Jugend im Weg stehen möchte …?«

Jetzt erst sah er sie richtig: zwei Männer in einem Transporter, nicht ein Mann und eine Frau. Im Kopf zählte er eins und eins zusammen und verzog das Gesicht zu einer Grimasse. »Oha, Schwuchteln«, brummte er und ging über den Platz zu Cubby's.

Jack packte den Türgriff.

»Nicht«, sagte Travis. »Der ist mit dem Saufbus gekommen. Der ist nicht von hier. Er hat uns nicht erkannt.«

Aber es war zu spät. Jack war schon aus dem Wagen gesprungen und folgte jetzt dem dünnen Mann über den Parkplatz.

»Hey, warte mal eine Sekunde, mein Freund«, rief Jack. »Was du … Das war nicht das, wonach es ausgesehen hat …«

Der dünne Mann drehte sich um, guckte glasig. Er lachte. »Hey, mein Freund, jedem das seine.«

»Nein, ich meine …«

»Jack.« Jetzt stieg auch Travis aus dem Transporter. »Lass es gut sein. Der Mann will nur wieder in die Kneipe und weitertrinken, hab ich recht, mein Freund?«

»Jetzt hab ich auch wieder Platz«, sagte der dünne Mann und tätschelte sich den Bauch.

Ein paar andere von der Junggesellenparty entdeckten ihren dünnen Freund.

»Alles klar da drüben, Don?«, rief einer von ihnen. Er war ein großer Mann mit breiten Schultern und kräftigem Oberkörper.

Der dünne – Don – winkte ihnen zu. »Alles fit im Schritt, Jungs. Betonung liegt auf *im Schritt.*« Er fing an zu lachen, stützte die Hände auf die Knie und schüttelte sich vor Vergnügen. An Jack gewandt sagte er: »Kapiert? *Im Schritt?*«

Jack trat näher auf ihn zu.

Der dünne Don hob die Hände, als wollte er sich scherzhaft ergeben. »Ich will mich nicht mit Ihnen über den Boden wälzen, Mister«, flötete er. »Hab eine Frau zu Hause, der das gar nicht gefallen würde.«

»Jack, hör auf.« Travis hatte ihn eingeholt und packte ihn fest am Arm. »Lass es gut sein.«

Jetzt kamen die Freunde des dünnen Don über den Parkplatz auf sie zu. Na gut, dachte Jack. Der Zorn hatte ihn gepackt. Vielleicht würde er später erklären müssen, was er hier machte, wenn er sich mit gebrochener Nase und blutverschmiert nach Hause schleppte, aber vorläufig war dies noch eine weit entfernte Sorge. Er wollte sich prügeln. Wollte den Schmerz vertreiben und die Panik, die Angst und den Hass. Die Kirche und Molly und seine Mutter und Buddy und Travis und Sammy. *Sammy, wo bist du? Wo zum Teufel bist du? Komm verdammt noch mal sofort nach Hause, hast du gehört? Komm jetzt SOFORT zurück!*

Er stieß Travis beiseite, so dass der rückwärtsstolperte, mit den Armen wedelte, um nicht das Gleichgewicht zu verlieren. Einen Augenblick dachte Jack, er würde umfallen, aber er fing sich in letzter Sekunde wieder.

»Jack, du machst einen Fehler«, sagte Travis entschieden nüchtern – was beeindruckend war in Anbetracht der zahlreichen Biere, die er in der vergangenen Stunde getrunken hatte.

Die beiden Männer von der Junggesellenparty trafen ein. Der mit dem kräftigen Oberkörper schlug dem dünnen Don eine Hand auf die Schulter und fragte: »Was ist hier los?«

»Bin in ein Rendezvous reingeplatzt«, erklärte der dünne Don.

»Das ist nicht das, wonach ...« Jack trat einen Schritt auf den dünnen Don zu, aber der mit dem kräftigen Oberkörper stellte sich ihm in den Weg. Der Dritte – ein ansatzweise gutaussehender, intellektuell wirkender Typ – schaute aus großen Augen zu, begriff noch nicht ganz, was los war.

»Gibt's ein Problem?«, fragte der Kräftige.

Jack bekam einen knallroten Hals.

»Kein Problem«, sagte Travis und schob sich zwischen die beiden Männer. »Gar kein Problem. Nur ein Missverständnis, mehr nicht.«

Der Kräftige sah kurz Travis an, dann richtete er seinen Blick auf Jack. Er schüttelte den Kopf, drehte sich um und machte Anstalten zu gehen, brummte: »Schwanzlutscher.«

»Was hast du gesagt?«, rief Jack – nur dass er es eigentlich gar nicht war. Die Worte hatten nach Jack geklungen und waren auch aus Jacks Mund gekommen, aber tatsächlich hatte da etwas anderes gesprochen: etwas Dunkles und Wütendes. Der Zorn.

Das ist der Teufel, dachte er vage.

Der Kräftige drehte sich um. »Lauf schnell zurück zu deinem Toy Boy, bevor ich mich vergesse. Nicht dass es dir später leidtut.«

Jack merkte, wie sich seine Lippen zu einem vermutlich bedrohlich wirkenden Grinsen verzogen.

»Vorsichtig jetzt«, sagte der dünne Don und pikte dem Kräftigen spielerisch in die Seite. »Anscheinend steht der Kerl drauf. Was für uns eine Prügelei ist, halten die für *Liebe.*«

Der Kräftige musterte Jack von oben bis unten, spuckte aus und ließ dann seine Fingerknöchel knacken. »Na schön. Dann bringen wir's hinter uns. So wie du aussiehst, wird's nicht lange dauern.«

Der dünne Don sprang von einem Fuß auf den anderen und lachte wie eine Hyäne, die ihre Beute umkreist.

Inzwischen waren noch einige weitere Männer von der Junggesellenparty aus der Tür gekommen. Sie standen an dem Bus herum, lachten und sangen. Einige schauten rüber zu Jack. Ihnen war's egal. Je mehr, desto besser.

»Jack, bitte«, sagte Travis.

Aber Jack marschierte bereits auf den Kräftigen zu, ließ seine Halswirbel knacken, erst links herum, dann rechts. Und jetzt kam auch der Kräftige auf Jack zu, die Hände zu Fäusten geballt.

Ungefähr sechs oder sieben Junggesellen überquerten den Parkplatz: Verstärkung für den Kräftigen. In diesem Moment wusste Jack, dass er den Kampf verlieren würde. Selbst wenn es ihm gelingen sollte, ein paar gute Schläge anzubringen – und er war sicher, dass er das hinbekommen würde –, war es unmöglich, gegen so viele zu gewinnen, betrunken oder nicht.

Aber das war egal.

Mach nicht lange rum, lass den Tanz mit der Anschubserei, sagte sich Jack. Schlag ihnen gleich auf die Fresse.

Er wirbelte auf einem Bein herum, hob die Faust und …

»Ich kenn dich doch.« Das war der Dritte, der einigermaßen gut und einigermaßen intellektuell aussah. »Ja, ja, wartet mal. Ich kenne den Mann.«

»Du kennst mich nicht«, sagte Jack.

»Doch, bestimmt. Ich hab dich heute Morgen beim Frühstück im Fernsehen gesehen. Ich kenne dich. Ich kenne den Mann.« Er drehte sich zu den anderen um, die gerade eingetroffen waren. »Ich hab ihn heute Morgen im Fernsehen gesehen. Seine Tochter wurde entführt. Hab ich recht?«

Der Gesichtsausdruck des Kräftigen wurde weicher. »Was erzählt er da?«

»Nichts«, sagte Jack.

»Ach ja, das hab ich auch gesehen«, sagte einer von

den anderen Junggesellen. Ein kleiner, stämmiger Mann mit einem dichten braunen Vollbart, aber ohne Haare auf dem Kopf. »Ha, Mann, das ist vielleicht ein Mist. Ich hab selbst vier Kinder und … ach du Scheiße.«

»Ein vermisstes Kind, hm?«, brummte der Kräftige kleinlaut. »Hör mal, mein Freund, warum lassen wir's nicht einfach gut sein?«

»Weiß die Mutter von der Kleinen, dass du hier bist?«, fragte der dünne Don. Jack konnte die Kotze in seinem Atem kriechen.

Alle Blicke waren auf Jack gerichtet. Er wusste, wonach es ausgesehen hatte. Nein, nicht wonach es ausgesehen hatte. Er wusste, was es gewesen *war.*

»Nein«, sagte Jack. »Weiß sie nicht. Und mir wär's recht, wenn das so bleiben würde.«

Geplapper unter den Junggesellen. Ein paar glotzten verwirrt in die Gegend, andere grinsten süffisant.

»Nur um das mal festzuhalten, es war nicht das, wonach es ausgesehen hat«, sagte Jack. Er richtete seine Worte an den Kräftigen. Anscheinend war er der Anführer des Rudels. »Wie dein Kumpel gesagt hat, wird meine kleine Tochter vermisst und … und …« Er drehte sich zu Travis um. »Und ich glaube, dass dieser Mann etwas damit zu tun hat.«

Travis fiel innerlich in sich zusammen, wunderte sich aber kein bisschen. Als hätte er insgeheim damit gerechnet, von Jack verraten zu werden.

»Ich bin hergekommen, um ihn zur Rede zu stellen«, sagte Jack.

Der Kräftige schaute Travis über Jacks Schulter hinweg an, dann seine Freunde.

Der dünne Don fragte Travis: »Ist das wahr?«

»Ich geh jetzt.« Travis wollte zum Transporter zurück.

Der dünne Don lief ihm nach. »Bist du irgendwie pervers?«, fauchte er. »Machst du mit kleinen Mädchen rum, ist das so?«

»Ich will keinen Ärger«, sagte Travis. Er schaute Jack mit einem Blick voller verletzter Liebe an.

Der dünne Don zerrte Travis hinten am Overall, zog ihn zurück. Travis drehte sich um und stieß ihn weg, aber der dünne Don sprang von einem Fuß auf den anderen, lachte erneut sein Hyänenlachen.

Travis trat einige Schritte auf Jack zu. Dann noch ein paar. »Was soll ich getan haben, Jack? Sag es mir, und ich gestehe es sofort.«

Jack sah den Kräftigen an, der ratlos wirkte.

Halt dich zurück, Travis, dachte Jack. Zwing mich nicht, es zu tun.

»Du hast mich auf die eine Art benutzt, Jack. Du kannst mich genauso gut auch auf die andere benutzen.«

Er war jetzt nah genug, um zu flüstern, stand weniger als einen halben Meter von Jack entfernt.

Die Junggesellen schlossen den Kreis enger, waren heiß auf eine Show.

»Und was willst du machen, Mister?«, fragte der dünne Don.

Der Kräftige legte dem dünnen Don eine Hand auf die Schulter, wollte ihn beruhigen. »Schalt einen Gang runter, Don.«

»Das ist eine gute Frage«, sagte Travis. »Was willst du jetzt machen, *Mister*?«

»Verschwinde«, sagte Jack.

»Was wirst du tun, Jack?«

»Ver-schwinde.«

»Du kannst nicht beides haben. Du kannst *mich* nicht auf beide Arten haben. Du kannst mich nicht hassen und lieben ...«

Jack schlug ihm ins Gesicht. Travis schleuderte keuchend nach hinten. Seine Nase blutete – vermutlich war sie gebrochen. Er fiel auf ein Knie, wie um Jack einen Heiratsantrag zu machen, und fing das Blut mit der Hand auf, sah es durch seine Finger rinnen. Zwei Zähne waren ausgeschlagen.

Kraftlos und kaum noch in der Lage, sich aufrecht zu halten, sagte Travis: »Ich hätte wirklich nicht gedacht, dass du's tust.«

Jack schlug noch einmal zu.

Es war schon nach Mitternacht, als Jack nach Hause kam. Er machte kein Licht. Er kannte sich gut genug aus. Stattdessen ging er ins Wohnzimmer, ließ sich aufs Sofa fallen und weinte.

Auf der Treppe hörte er Schritte. Molly tauchte im Flur auf, eine schmale Silhouette in einem weißen Nachthemd. Wie ein Gespenst, dachte er.

»Jack?«

»Hab ich dich geweckt?«

»Ich schlafe nicht mehr.« Sie schaltete das Licht ein und riss die Augen auf, als sie ihn auf dem Sofa sah. »Was ist mit dir passiert?«

»Schon okay«, sagte er, obwohl es das nicht war. »Ist nicht mein Blut.«

»Hat das was mit Sammy zu tun?«

Er schüttelte den Kopf.

Sie hätte einen Wutanfall bekommen, Erklärungen verlangen und aus der Bibel zitieren können. Stattdessen ging sie zu ihm. Sie wischte seine Tränen weg, setzte sich neben ihn auf die Sofalehne und nahm seinen Kopf in die Hände.

»Ich habe einen Fehler gemacht, Molly«, sagte er und lehnte sich an seine Frau. Sie roch vertraut. Ihre Haut war weich, viel weicher als die von Travis. Sachte strich sie ihm über das Haar, zum ersten Mal seit Jahren.

»Willst du drüber reden?«, fragte sie.

»Eigentlich nicht«, sagte er.

Molly drängte ihn nicht weiter.

Irgendwo in Pennsylvania

– Jetzt –

Ich ließ das Beifahrerfenster ein Stück runter, um frische Luft in das Wageninnere zu lassen.

»Ich hab mit den Nachforschungen begonnen, als das Internet noch in den Kinderschuhen steckte«, sagte Stuart. »Damals hatten wir noch keinen Anschluss im Haus, also musste ich immer in die Bibliothek der Highschool gehen. Ich habe Informationen über andere vermisste Kinder und verurteilte Kindsmörder gesucht, die vielleicht etwas damit zu tun gehabt haben könnten.«

Wir fuhren eine ganze Weile auf dem Highway. Hinter den weißen Eichen und den Spitzahornbäumen, die die Straße säumten, erstreckten sich endlose Felder, und hin und wieder sah man ein einsames Farmhaus. Die Welt da draußen schien weit zu sein – jedenfalls weiter als meine gemütliche kleine Ecke von Melbourne. Als die Sonne am Horizont aufstieg und immer mehr Land zum Vorschein brachte, kam es mir vor, als würden wir aufgesogen. Als würden wir weniger *über* Land fahren als mitten *hinein*.

»Damals gab es noch eine Zeitbegrenzung für die Internetnutzung«, fuhr er fort. »Ich arbeitete also fieberhaft in meinem dreißigminütigen Zeitfenster, druckte sämtliche Informationen aus, die ich finden konnte. Wenn meine Zeit um war, sammelte ich das ganze Material ein, schleppte es heimlich im Rucksack nach Hause und hoffte, dass meine Eltern es niemals finden würden.«

»Wäre das denn so schlimm gewesen?«, fragte ich. »Scheint mir unter den gegebenen Umständen eigentlich ganz normal.«

Er zuckte mit den Schultern. »Wahrscheinlich hätten sie mich zum Psychologen geschickt.«

Wäre vielleicht gar keine so schlechte Idee gewesen, dachte ich.

»Dann hast du also seit der Highschool nachgeforscht?«

»Am College hab ich mal eine Zeit lang versucht, das Ganze zu vergessen, indem ich jede Menge Gras geraucht hab, aber das hat eigentlich nur kurz geholfen. Ich war süchtig. Nach der Recherche, meine ich, nicht nach dem Gras. Und wenn ich ehrlich bin, bin ich es immer noch. Einmal losgelassen war der … Drang, Zwang oder was auch immer nicht mehr zu unterdrücken. Man bekommt die Zahnpasta nun mal nicht wieder in die Tube zurück. Dann hab ich Claire kennengelernt, und sie hat mir geholfen, mit meiner Obsession auf gesunde Weise umzugehen … größtenteils jedenfalls.«

»Klingt nach Liebe.«

»Ohne sie hätte ich dich niemals gefunden.« So lebhaft und emotional hatte ich ihn noch nie erlebt, und zum ersten Mal verspürte ich großes Mitgefühl für ihn.

Hätte ich Amy verloren, hätte ich vielleicht genauso gehandelt, dachte ich.

»Wie ist Emma damit klargekommen?«, fragte ich.

»Sie hat dich beerdigt.«

»Mich ... äh ... was?«

»Sie hat eine Holzkiste mit alten Spielsachen und Büchern von dir vollgestopft und sie hinten im Garten vergraben. Sie hat die ganze Familie eingeladen. Aber ich bin nicht hingegangen.«

»Warum nicht?«

»Für mich wäre das wie Aufgeben gewesen.«

Ich stellte mir vor, wie Emma Went um ihre kleine Schwester trauerte, während ich auf einem anderen Kontinent gerade mit dem Fahrrad über die Oliver Street radelte, im Wohnzimmer mit Amy fern sah, mit Dean spazieren ging oder mir von meiner Mutter die Haare bürsten ließ.

»Hast du je daran gedacht, es mir nicht zu sagen?«, fragte ich. »Nicht nur meinetwillen, sondern auch deiner eigenen Familie zu Liebe? Wenn sie eine Möglichkeit gefunden haben loszulassen, dann ...«

»Hast du mal ›Enoch Arden‹ gelesen?«, fiel er mir ins Wort.

»Nein.«

»Das ist ein englisches Gedicht aus dem neunzehnten Jahrhundert. Wir haben es an der Highschool durchgenommen. Es handelt von einem Seemann namens Enoch Arden, der Schiffbruch erleidet und zehn Jahre alleine auf einer einsamen Insel lebt. Als er endlich wieder nach Hause zurückkehrt, bleibt er erstmal draußen stehen und schaut durchs Fenster. Er sieht, dass seine Frau wieder geheiratet hat. Sie ist glücklich, hat es geschafft, die Vergangenheit loszulassen. Enoch sieht das und beschließt, nicht einzutreten, weil er weiß, dass es seiner Frau ohne ihn besser geht. Dann wandert er davon und stirbt an einem gebrochenen Herzen.«

Meine Hände zitterten.

»Mr Baily hat uns die Aufgabe gegeben, einen Aufsatz darüber zu schreiben«, sagte er. »Wir sollten erklären, warum Enoch diese Entscheidung getroffen hat, und sagen, ob es die richtige war.«

»War es denn die richtige, was denkst du?«

Er lachte. »Natürlich nicht. Wäre ich Enoch Arden gewesen, hätte ich keine Sekunde lang gezögert. Ich hätte die Haustür eingetreten und mich mit dem neuen Ehemann geprügelt. Vielleicht bin ich ja egoistisch. Was denkst du?«

»Über Enoch Arden?«

»Über … das Problem. Wünschst du, ich hätte es dir nicht gesagt?«

»Darüber beraten die Geschworenen noch«, sagte ich. »Eigentlich bilde ich mir ja ein, eher zu denjenigen zu gehören, die lieber die Wahrheit wissen wollen, auch wenn sie unbequem ist. Aber wenn ich ehrlich bin, hab ich Angst.«

»Wovor denn?«

»Vor dem, was das alles in meiner Familie anrichtet. Amy und Dean waren die einzigen Konstanten in meinem Leben, die einzigen Beziehungen, die ich je dauerhaft hatte.«

Stuart verstummte. Er beugte sich zum Radio vor, schaltete es ein. Ich hielt dies für das Zeichen, dass das Gespräch beendet war. Das melodische Brummen des Motors und das gedämpfte Geplapper beruhigten mein unruhiges Gehirn.

Wir folgten dem breiten, landschaftlich schönen Highway durch Pennsylvania bis runter nach West Virginia, umfuhren ländliche Orte, passierten ausgedehntes Farmland, Wildnis, Maisfelder und Tabakplantagen. Wir sprachen nicht viel, aber je länger wir so dahinfuhren, umso weniger unangenehm wurde das Schweigen. Allmählich hatte ich das Gefühl, dass wir unseren Rhythmus gefunden hatten.

Nachdem wir lange genug unterwegs waren, dass sich ein perfekter Abdruck meines Hinterns auf dem Beifahrersitz befand, trafen wir in Martha, West Virginia, ein. Eine ärmliche Stadt, überall leerstehende Häuser, halb zerfallene Gebäude und rostige Wellblechschuppen. Wir hielten um zirka zwanzig Uhr am Big Wind Motor Inn – einem furchtbar unschön anzusehenden fünfstöckigen Riesenklotz von einem Gebäude. Wir hatten jeweils ein Zimmer gebucht und verabredet, nach dem Frühstück gemeinsam zu Emma zu fahren.

Mein Zimmer war ein normales Einzelzimmer. Das Bett war weich, und die Heizung funktionierte. Ich ließ mir viel Zeit unter der Dusche und verbrachte diese größtenteils damit, auf den Fliesen zu sitzen und zuzuschauen, wie sich mein Bauchnabel mit Wasser füllte. Anschließend setzte ich mich aufs Bett und zappte durch die Fernsehkanäle, schaute Lokalnachrichten und kam mir vor wie eine Fremde in einem fremden Land – was ich ja auch war.

Mein Handy klingelte. Dean rief an. Ich stellte auf lautlos und betrachtete seinen Namen auf dem Display. Ein scharfes Bild kam mir in den Sinn: Dean, wie er niedergeschlagen auf sein Handy schaute, sich mit der Hand über das Gesicht fuhr und ihm Tränen in die Augen stiegen. Seufzend ging ich dran.

»Hallo, Dean.«

»Gott sei Dank«, sagte er. »Ich hatte schon keine Lust mehr, dir auf die Mailbox zu sprechen.«

»Tut mir leid. Ich hatte viel zu tun.«

»Wo bist du? Als ich dich nicht erreichen konnte, bin ich zu dir gefahren. Die Nachbarin, die große Dicke, hat gesagt, dass sie dich schon eine ganze Weile nicht mehr gesehen hat. Also hab ich bei der Arbeit angerufen, und dein Chef hat gesagt, dass du dir ein paar Wochen freigenommen hast.«

»Ich hab mal ein bisschen Zeit gebraucht.«

»Amy dreht völlig durch«, sagte Dean. »Ich verstehe

ja, dass du nicht drangehst, wenn *ich* anrufe, aber du musst deine Schwester doch nicht bestrafen für …«

»Was hast du ihr erzählt?«

»Worüber?«

»Über Sammy Went, über wen denn sonst?«

»Ich hab ihr gar nichts erzählt, Kim. Aber glaub bloß nicht, sie hätte nicht gefragt.«

»Ich muss Schluss machen, Dean.«

»Warte mal, Kimmy, ich verstehe ja, dass du ein bisschen Abstand brauchst. Nimm dir so viel wie nötig. Aber bitte sag mir, dass du nicht in die Staaten fliegen willst.«

»Nein, hab ich nicht vor«, sagte ich. »Ich bin schon da.«

Stille am anderen Ende der Leitung. »Kim, fahr nicht nach Manson.«

»Warum nicht?«

»Es gibt Dinge, die du nicht weißt.«

»Zum Beispiel?«

»… ich kann nicht. Ich hab's versprochen.«

»Sag Amy, dass ich sie lieb habe.«

»Kim, warte …«

Ich legte auf und schaltete das Handy aus, fand eine Flasche Wein in der Minibar und drehte die Lautstärke am Fernseher hoch. Der Lärm sollte die Gedanken übertönen, die mir durch den Kopf brüllten. Viel half es nicht, aber der Wein schon.

Einige Stunden später schlief ich ein, in Gedanken bei meiner Familie. Meiner alten und meiner neuen.

Riesige Plastikadler standen auf beiden Seiten eines großen Holzschilds über dem Eingang zum Trailer Park. Darauf stand: *Elsewhere Park*. Die Adler waren mit Stars and Stripes bemalt.

Stuart fuhr langsam durch den ausgedehnten Park, wobei er geschickt eine Reihe von Sackgassen mied. Als er mir erzählt hatte, dass Emma in einem Trailer Park lebte, hatte ich mir kaputte Wohnwagen, ungepflegten Rasen und leer vor sich hin stierende alte Menschen in Schaukelstühlen vorgestellt, außerdem angekettete kläffende Köter. Aber Elsewhere besaß das malerische Flair eines Sommerferienlagers.

Kinder spielten Fußball oder fuhren auf Rädern herum. Leute gingen mit ihren Hunden spazieren. Wir mussten zweimal nach dem Weg fragen, stießen aber jedes Mal auf freundliche Gesichter.

»Bleibt am besten hier auf der Straße, bis ihr an ein knallrotes Fleetwood kommt«, sagte ein Mann. Er lehnte sich mit dem Ellbogen ans Fenster und stopfte wie eine Figur aus einem Tolkien-Roman Tabak in eine Pfeife. »Da wohnt Kate Fenton, aber wer weiß, wie's endet, wenn ihre Scheidung durch ist. Egal, wenn ihr bei Kates Fleetwood seid, fahrt ihr links und haltet Ausschau nach einem eierschalenfarbenen Bungalow. Das ist der vom alten Nigel Ryan, und der wird euch bestimmt zuwinken, wenn ihr vorbeifahrt. Danach nehmt ihr die …«

Emma wohnte in einem Mobilheim am Ende einer Sackgasse. Ein großes beigefarbenes Fleetwood mit dunkelrotem Streifen unter dem gedeckten Dach. Am

Ende der Straße ging es bergab bis zu einem flachen Flüsschen. Alles in allem schien es gar kein so schlechter Ort zu sein, um ein paar Kinder großzuziehen. Emma hatte drei Jungs im Teenageralter.

Die Auffahrt war frei, aber Stuart parkte den Prius trotzdem auf der Straße in Fahrtrichtung Ausgang. Ich lächelte in mich hinein, empfand das mir vertraute Manöver als beruhigend.

»Planst du eine schnelle Flucht?«, fragte ich.

»Bei Emma weiß man nie«, sagte Stuart ohne jeden Anflug von Humor.

Die Haustür von Emmas Haus stand weit offen, die Fliegengittertür war verschlossen. Stuart stieg vor mir die Stufen hinauf und klingelte. Wenig später tauchte eine dünne Frau auf. Sie wirkte grau und verzerrt hinter dem Fliegengitter.

»Ja?«, sagte sie.

»Ich bin's, Em«, sagte Stuart zu der Silhouette hinter der Tür. »Stuart.«

»Stu?« Sie zog die Tür mit einer Hand auf und nahm mit der anderen die Zigarette aus dem Mund. Sie strahlte. »Verfluchte Scheiße, was machst du denn hier?«

Emma war einundvierzig, sah aber aus wie fünfzig. Ihr gebleichtes blondes Haar war locker zu einem Pferdeschwanz gebunden, ihr Gesicht sonnengebräunt und ledern. Sie trug ein übergroßes Polohemd mit Burger-King-Logo.

»Ich war in der Gegend«, sagte Stuart.

»Von wegen. Komm her.«

Sie schnippte ihre Zigarette zu Boden, trat sie mit der Socke aus und umarmte ihren jüngeren Bruder. Die Hände fest auf Stuarts Schultern, trat sie einen halben Schritt zurück, um ihn zu betrachten.

»Ganz schön lange her, Pippikack.«

Stuart schüttelte den Kopf und drehte sich zu mir um. »So hat sie mich immer genannt, als ich klein war. Reizend, oder?«

Emma grinste durch kleine, schiefe Zähne. »Und wen hast du da mitgebracht? Willst du uns nicht vorstellen? Dann ist Claire wohl aus dem Rennen.«

Stuart lief rot an. »Claire und ich sind nach wie vor verheiratet. Das ist … Sie heißt …« Er hielt inne, suchte nach Worten.

»Spuck's aus, Pippikack«, sagte Emma. Ihr Grinsen verschwand, als sie seinen ernsten Gesichtsausdruck sah.

»Em … das ist Sammy.«

Sie zuckte kurz zusammen. Schüttelte meine Hand. »Schön, dich kennenzulernen, Sammy. Wir hatten mal eine Schwester, die so hieß. Wahrscheinlich hat Stu dir das schon erzählt.«

»Nein, Em, das *ist* Sammy.«

Es folgte eine bleischwere Stille. Emma schaute von mir zu Stuart und wieder zurück. »Das ist nicht witzig.«

»Soll auch nicht witzig sein. Das ist sie. Ich hab sie gefunden. Ich hab sie endlich gefunden.«

»Fick dich.« Die Worte huschten ihr im Flüsterton über die Lippen. »Fick dich, Stu.« Tränen stiegen ihr in die Augen.

Jetzt weinte auch Stuart, was mich erschrak. So viel Emotion hätte ich ihm draußen vor der Tür, wo ihn alle sehen konnten, gar nicht zugetraut. Man konnte sich leicht vorstellen, dass er alleine zu Hause ins Kissen flennte oder unter einer heißen Dusche, aber doch nicht vor der Tür eines Trailers im Elsewhere Park.

Emma packte mich an den Schultern, und kurz dachte ich, sie würde mich anfallen. Sie wirkte so wild und lebendig. »Ist das wahr? Bist du meine kleine Schwester?«

Ich stand da blinzelte. »Kann sein … wahrscheinlich …«, stammelte ich. »Ich weiß es nicht, *ja.*«

»Aber dein Akzent?«

»Australien.«

»Oh Gott.« Ihre Knie gaben nach. Sie sank auf die Schwelle und schluchzte. Ich kniete mich neben sie und merkte, dass auch ich jetzt weinte.

»Schon okay«, flüsterte ich, weil man das nun mal so sagt, wenn jemand weint.

»Schon gut. Ich dachte, du bist tot«, sagte sie. »All die Jahre und … leck mich am Arsch.«

»Schsch«, sagte ich und schlang meinen Arm um ihre Schultern. Wir blieben eine Weile so sitzen, mir kam es stundenlang vor, aber wahrscheinlich war es kaum länger als eine Minute – dann steckte einer ihrer Söhne panisch den Kopf hinter der Fliegengittertür hervor.

»Mom? Was ist denn los?«

Emma wischte sich die Augen und rappelte sich auf.

Sie hielt meinen Arm mit einer Hand fest umklammert, als hätte sie Angst, mich loszulassen. »Alles gut, mein Schatz. Mir geht's gut. Mir geht's sogar sehr gut.«

»Warum weinen denn alle?«, fragte der Junge.

Emma lachte. »Das sind Freudentränen, Charlie. Komm her, ich stell dir deine Tante vor.«

Manson, Kentucky
– Damals –

Als er das Dienstgebäude des Sheriffs von Manson betrat, kam er sich vor, als würde er dem Teufel in die Arschritze kriechen. Über Nacht war die Heizung kaputtgegangen, was gar nicht so schlimm gewesen wäre, hätte der Fehler nicht darin bestanden, dass sie sich nicht mehr ausschalten ließ. Obwohl alle Fenster offen standen, war es immer noch heiß wie in einer Sauna.

Auf dem Weg in sein Büro zog Ellis sein Unterhemd aus und rieb sich den Schlaf aus den brennenden, müden Augen. Er hatte in den vergangenen achtundvierzig Stunden gerade mal vier Stunden geschlafen. Und das war erst der Anfang von Ellis' Problemen.

Seit dem Verschwinden des Mädchens waren fünf Tage vergangen. Fünf Tage, in denen sie gesucht, organisiert, sich die Hirne zermartert und weiß Gott nichts unversucht gelassen hatten. Fünf Tage, in denen sie sich immer und immer wieder hatten entschuldigen müssen, bislang nicht weitergekommen zu sein.

Deputy Beecher kam mit tellergroßen Schweißflecken unter den Achseln und dunklen Ringen unter den Augen aus dem Pausenraum. »Ich hab Barry angerufen, Sheriff. Er hat einen Job drüben in Redwater und kann frühestens heute Mittag nach der Heizung sehen.

»Siehst aus wie eine Leiche, Beech«, sagte Ellis. »Warst du überhaupt zu Hause?«

»Hab mich ein paar Stunden in der Zelle aufs Ohr gehauen. Weißt du, ist schon komisch, früher fand ich's immer total unheimlich da drin. Aber jetzt kommt mir die Aussicht, mich da einzuschließen und auf die Liege mit dem Kissen zu legen, gar nicht so schlecht vor.«

»Da hast du recht.«

»Also, was ist mit der Heizung?«, fragte Beecher.

»Na ja, ich denke, alles in allem ist die kaputte Heizung nicht unser größtes Problem.«

»Wenn die Pressekonferenz nicht wäre, würde ich dir da sogar recht geben, Sheriff.«

»Oh ... *Ach du Scheiße*. Das ist heute, oder?«

»Louis findet, wir sollten die ganzen Stühle raus auf den Rasen stellen, dann können die Reporter wenigstens wo sitzen, ohne sich dumm und dämlich zu schwitzen.«

»Gut«, sagte Ellis. »Sei so gut und besorg mir Aspirin, Beech.«

»Hast du Kopfschmerzen, Chef?«

»Noch nicht.« Aber er war ziemlich sicher, dass er am Ende des Tages welche haben würde. Die Ermittlungen waren gar nicht so sehr das, was ihm Schmerzen bereitete, als die ganze Politik, die am Rande betrieben werden musste.

Alle hatten irgendein Problem und erwarteten, dass Ellis es für sie löste – aber jede Lösung schien ein neues Problem nach sich zu ziehen.

Die Pressekonferenz war das beste Beispiel. Eigentlich eine übersichtliche Aufgabe, die sich leicht abhaken ließ, aber jetzt drohte sie aus dem Ruder zu laufen. Eine kaputte Heizung genügte, damit sich jeder Maulwurfshügel zu einem unüberwindlichen Berg auswuchs. Und wenn das Wetter nicht hielt? Wie würden die Medien darauf reagieren?

Polizei von Manson geht im Regen unter.

Und es war ja auch nicht nur die verfluchte Heizung. Amelia Turner vom *Manson Leader* hatte spät am vorangegangenen Abend noch auf der Wache angerufen und um einen »besonderen Gefallen« gebeten. Sie brauchte zwei reservierte Plätze bei der Pressekonferenz, und zwar ganz vorne: einen für sich selbst und einen für ihre sechzehnjährige Tochter Beth, eine angehende Fotografin.

Besondere Gefälligkeiten waren ja schön und gut, aber Ellis erwartete Medienvertreter aus sämtlichen Bezirken in der Umgebung – vielleicht sogar ein paar bekannte Gesichter von NBC oder CNN. Und wenn Amelia Turner ihre Plätze in der ersten Reihe nicht bekam? Würde sie ihren Kollegen vom *Leader* stecken, dass Ellis nicht einmal ausreichend Autorität besaß, um zwei Sitzplätze freizuhalten?

Oder schlimmer noch, würde sie das mit der Kontaktanzeige ausplaudern? *Athletischer Afroamerikaner …*

Oh Mann.

Das noch größere und allergrößte Problem war aber natürlich, dass er den Medien gar nichts zu sagen hatte. Es gab keine Neuigkeiten und keine Hinweise. Die Pressekonferenz sollte vor allem dazu dienen, die Öffentlichkeit um Mithilfe zu bitten, aber die Reporter würden etwas haben wollen, irgendwas. Er stellte sich vor, wie er den Löwenkäfig zur Fütterungszeit betrat, ohne mehr mitzubringen als das Fleisch auf den eigenen Knochen.

Er stellte sich die Schlagzeilen des morgigen Tages vor – nicht nur im *Leader*, sondern im ganzen Staat: *Unfähiger Sheriff ohne Hinweise; Wurde schlampig ermittelt?; Verregnete Presskonferenz.*

»Da ist noch was, Chef«, sagte Beecher. »Gestern Abend hat Clara Yi aus dem Gefängnis drüben in Greenwood angerufen.«

»Ja?«

»Patrick Eckles ist draußen.«

Er hatte gehört, dass Patrick vorzeitig entlassen werden sollte. Begriffe wie *vorbildlicher Strafgefangener, gute Führung* und *nachweislich rehabilitiert* waren gefallen, und es war nur eine Frage der Zeit gewesen, bis er nach Hause kommen würde. »Wann?«

»Am Mittwoch«, sagte er. »Einen Tag nachdem Sammy entführt wurde. Was natürlich aus Patricks Sicht ein super Timing ist.«

Und wie das ein super Timing war. In Greenwood hinter Schloss und Riegel zu sitzen war das beste Alibi, das er sich erhoffen durfte. Eine Woche früher, und alle würden jetzt nicht auf seinen kleinen Bruder, sondern auf ihn mit dem Finger zeigen.

»Kommt mir vor wie gestern, dass ich dem Jungen Handschellen angelegt hab«, sagte Ellis. »Ist eine ganz schön schnelle Entlassung.«

»Vielleicht hat er ja Gott gefunden«, sagte Beecher.

Ellis schnaubte und ging in sein Büro. Das Telefon blinkte: siebzehn Nachrichten auf Band. Er schenkte sich einen Kaffee ein, setzte sich an den Schreibtisch und hörte sie sich an.

Die erste stammte von einem Deputy drüben in Coleman. Das Coleman Police Department hatte ihnen Personal zur Verstärkung geschickt und geholfen, Hinweisen außerhalb der Stadt nachzugehen. Eine Nanosekunde lang dachte Ellis, dass sie vielleicht etwas haben könnten, was er den gierigen Medien zum Fraß vorwerfen könnte. Aber der Deputy aus Coleman wusste auch nichts Neues. Wer auch immer behauptet hatte, keine Nachrichten seien gute Nachrichten, kann mir verdammt noch mal gestohlen bleiben, dachte er und drückte auf den Knopf, um die nächste Nachricht abzuhören.

Piep.

Sie stammte von Doris Wong, einem Tratschweib aus der Gegend, die irgendwie an Ellis' Durchwahl gekommen war. »Kann sein, dass ich Ihren Job für Sie erledigt habe, Chester«, lautete Doris Wongs Nachricht. »Hier in der Straße ist gerade ein mittelgroßer Schwarzer mit tiefsitzender weiter Hose vorbeigelaufen. Der hat verdammt *verdächtig* ausgesehen.«

Piep.

Die darauffolgenden Nachrichten stammten ebenfalls von Doris Wong, die noch zweimal zurückgerufen hatte, um kleine, offensichtlich bedeutende Details zu ergänzen. »Ach, ich hab ganz vergessen, dazu zu sagen, dass der *Täter* eine Basecap aufhatte. Blau war sie, und er hat sie mit dem Schirm nach vorne getragen. Manche tragen sie ja verkehrt herum, aber der nicht.«

Piep.

»Ich bin's noch mal, Chester. Also, seit meinem ersten Anruf sind jetzt fast fünfzehn Minuten vergangen, und ich schaue immer noch aus dem Fenster und frage mich, warum Sie noch keinen Streifenwagen geschickt und mich abgeholt haben, damit ich einem Phantombildzeichner meine Beschreibung durchgeben kann, solange mir das Bild noch frisch im Ge...«

Piep.

»Oh, äh, hi, hallo.« Eine Frauenstimme, freundlich aufgekratzt. Ellis wusste nicht, wo er sie hinstecken sollte. »Ich komme mir ganz schön komisch vor. Tut mir leid. Ich heiße Sue Beady, und äh, na ja, also, ich bin ungefähr ein Meter sechzig groß und wiege an einem guten Tag knapp siebzig Kilo, bald habe ich Geburtstag und werde dreiundfünfzig. Ist mir egal, wer das weiß, ist kein Geheimnis. Äh, was noch? Tut mir leid. Ganz schön komisch ist das. Normalerweise mach ich so was nicht.«

Ellis klemmte sich den Hörer zwischen Schulter und Wange und suchte einen Stift, der funktionierte. Er schrieb den Namen der Frau mitsamt ihren Maßen auf. Er wusste nicht genau, warum, aber beim Ermitteln kam es auf Details an, und das waren welche.

»Ich hab sandfarbene Haare, braune Augen und, du liebe Zeit, ich weiß, aber der Rest sollte eine Überraschung bleiben, denke ich.« Sie lachte. Ein wunderschönes Lachen. »Scheibenkleister, ich hab nicht mal ... Jetzt beschreibe ich mich schon, dabei haben Sie wahrscheinlich gar keine Ahnung, warum ich überhaupt anrufe. Ich hab Ihre Anzeige im *Leader* gelesen. *Athletisch. Christliche Werte*. Und so weiter.«

Er ließ den Stift fallen und packte den Hörer mit beiden Händen, presste ihn sich ans Ohr. Hitze stieg ihm in die Wangen.

»Na ja, also, ich geh nicht unbedingt jeden Sonntag in die Kirche«, fuhr Sue Beady fort. »Aber ich halte mich an die Zehn Gebote und versuche, möglichst selten dagegen zu verstoßen. Vater und Mutter ehren hab ich nicht so gut hinbekommen, aber anscheinend hat der liebe Gott Frank und Carla Beady auch nicht gekannt, so viel kann ich Ihnen verraten – mögen sie in Frieden ruhen. Egal, also, wenn Sie Lust haben, mit einer ein Meter sechzig großen, siebzig Kilo schweren Fremden essen zu gehen, dann rufen Sie mich doch mal an.« Sie gab ihre Nummer durch. »Und wenn nicht, dann verspreche ich, nicht böse zu sein. Jetzt wünsche ich erstmal einen schönen Tag.«

Piep.

Es gab noch mehr Nachrichten, aber nichts von Bedeutung, und wenn, hätte Ellis nicht mal richtig hingehört. Sue Beadys sanfte, schöne Stimme klang ihm noch in den Ohren.

Die Pressekonferenz sollte um zehn Uhr vormittags beginnen. Um Viertel nach neun wimmelte es auf dem Rasen vor der Wache bereits von Reportern, Nachrichtensprechern, Kameraleuten, Fotografen und jeder Menge anderer Menschen, die dort umhereilten und ihren jeweiligen Aufgaben nachgingen.

Der Parkplatz quoll über vor Ü-Wagen, mit dem jeweils eigenen Logo beschriftet: CNN, NBC, STKV, WKYP, GRMTV und so weiter. Immer mehr Transporter trafen ein, hielten auf dem Rasen und parkten auf den Gehwegen – scheiß auf die Verkehrsregeln. Die Schlange reichte bis zur Francis Avenue und noch um die Ecke dort.

Außerdem war die halbe Stadt erschienen. Ellis hatte nicht mit so vielen Schaulustigen gerechnet, aber er konnte es verstehen. Das kleine Mädchen stand inzwischen stellvertretend für alle Kinder in Manson, und was ihr widerfahren war – was auch immer das war –, symbolisierte jetzt alles *Böse*. Serienkiller und Sexualverbrecher. Verbrechen, wie sie nur an fernen Orten wie Frankfort, New York und Detroit verübt wurden.

Jetzt war das *Böse* bis nach Manson gekommen.

Während Ellis vorne auf den Stufen stand und die Menschen scharenweise herbeiströmen sah, schob sich Deputy Beecher neben ihn und sagte: »Wir haben auf keinen Fall genug Stühle für so viele Hintern, Chef.«

»Schon gut, Beech. Die können auch stehen.«

Beecher hatte einige Klappstühle in Reihen aufgestellt und dabei sogar an zwei kleine *Reserviert*-Schilder für Amelia Turner und ihre Tochter in der ersten Reihe gedacht. Es gab kein Podest, aber alles in allem hatte Beecher seine Sache gar nicht schlecht gemacht.

»Gute Arbeit, Beech«, sagte Ellis.

Beecher wurde kirschrot. »Als Hochzeitsplaner wäre ich der Hammer.«

»Ist noch nicht zu spät für einen Berufswechsel«, sagte Ellis und meinte es tatsächlich ein bisschen ernst.

Sammys Familie – Jack und Molly Went, ihre große Tochter Emma und der neunjährige Stu – traf kurz vor zehn Uhr ein. Die Presse stürzte sich sofort auf sie.

Die Wents wirkten farblos, schwarz-weiße Gestalten in einer bunten Landschaft von Reportern. Mollys Gesicht war schlaff und ausgetrocknet, und Jack sah aus, als hätte er seit Tagen nichts mehr gegessen, außerdem hatte er …

Einen Verband?!, dachte Ellis. Jack Went hatte die rechte Hand verbunden?

Als könnte sie Ellis' Gedanken lesen, schob Molly ihre Hand unter Jacks Arm und hielt seine Hand, versteckte sie vor den Blicken.

Traurig gingen sie gemeinsam weiter, aber eigentlich bot der kleine Stu den schlimmsten Anblick. Er wirkte zerbrechlich und blass; ein lebendiger Körper, aus dem der Geist vollständig entwichen war.

Ellis musste sich zusammenreißen, um nicht zu weinen. Wenn Sammy all das verkörperte, was passieren konnte, sobald das Böse Einzug in Manson hielt, dann stand Stu Went sinnbildlich für Ellis' Schuld und Versagen. Die Kindheit des Jungen versickerte gerade wie warmes Badewasser im Abfluss. Er musste den Stöpsel finden. Er brauchte Hoffnung – sie alle brauchten Hoffnung –, aber Ellis konnte ihnen keine geben.

Seine Hände fingen an zu zittern, also steckte er sie in die Hosentasche und fand einen gefalteten Zettel mit den Notizen, die er sich für seine Rede bei der Pressekonferenz gemacht hatte. Er nahm den Zettel heraus, faltete ihn auf. Kaum eine halbe Seite hatte er handschriftlich vollgeschrieben. Die ganze leere Fläche darunter erschien ihm jetzt wie ein Vorwurf.

»Wird Zeit, Chef«, sagte Beecher.

Die Pressekonferenz kam ihm eher vor wie ein Standgericht. Da er keine Hinweise oder Antworten zu bieten hatte, vermochte Ellis auch niemandem weiszumachen, dass er als Sheriff in der Lage war, Sammy Went zu finden. Es gab jede Menge schwierige Fragen, aber diejenige, die ihn am empfindlichsten traf, stellte Amelia Turner. Von ihrem reservierten Platz in der ersten Reihe aus, bewaffnet mit einem silbernen Aufnahmegerät, das sie wie eine Pistole auf ihn gerichtet hielt, hatte sie gefragt: »Trauen Sie sich zu, den Fall aufzuklären, Sheriff?«

Er hatte irgendeine Antwort gestammelt, aber er konnte sich kaum dran erinnern. Wahrscheinlich würde er sie morgen in aller Ausführlichkeit im *Leader* nachlesen können.

Er kehrte in sein Büro zurück und ließ sich auf den Stuhl fallen. Dabei kam er sich vor wie ein verstaubtes altes Werkzeug in einem Schuppen. Er schaute auf den Notizblock auf seinem Tisch. Sue Beadys Telefonnummer hatte er sauber an den oberen Rand einer frischen Seite notiert. Natürlich war jetzt nicht die richtige Zeit, um sich mit einer Frau zu verabreden, aber er hatte ein paar düstere Tage hinter sich. Er brauchte Licht. Also gab er mit klammen Fingern die Nummer in sein Handy ein und bekam anschließend ihren Anrufbeantworter ans Ohr.

»Oh, ja, hi, hallo«, sagte er. »Hier spricht Chester Ellis. Sie haben angerufen und eine Nachricht hinterlassen, und, äh, ich hab sie bekommen, und jetzt spreche ich Ihnen aufs Band.« Er hielt inne, schlug sich die flache Hand an die Stirn. »In Redwater gibt's einen schicken Italiener, Barracuda heißt er. Na ja, ich weiß nicht, ob er schick ist, wenn ich mir das recht überlege, aber die machen tolle Pizza. Wenn Sie vielleicht mal Zeit hätten, würde ich Ihr Angebot gerne annehmen. Rufen Sie mich doch zurück, wenn Sie mögen. Meine Nummer im Büro haben Sie ja. Oder Sie rufen mich zu Hause an. Die Nummer ist …«

Sie nahm ab. »Chester, sind Sie das?«

»Ja, Ma'am.«

»Wie wär's mit Sonntag?«

»Ma'am?«

»Für ein Essen in dem schicken Pizzarestaurant«, sagte sie. »Oder geht Ihnen das zu schnell?«

Ellis holte tief Luft. »Nein, nein, geht mir gar nicht zu schnell.«

»Gut. Aber nur unter einer Bedingung.«

»Und die wäre?«

»Sagen Sie nicht Ma'am zu mir.«

Ellis grinste. »Abgemacht.«

Sekunden später, nachdem Ellis aufgelegt hatte, kam Beecher in das Büro und wischte sich den Schweiß von der Stirn. »Vielleicht haben wir was, Chef.«

Ellis bog auf das Nordende des Parkplatzes am See ein, wo die Suche nach Sammy weiter anhielt. Einige Freiwillige plauderten unter dem Vordach am Trailer der Light Within. Die Kirche hatte hier seit Sammys Verschwinden Anwesenheit demonstriert. Mochten zwar Spinner sein, aber Ellis war froh um jede Hilfe, die er bekam.

Sie parkten. Ellis und Beecher stiegen aus und gingen Deputy Louis begrüßen.

»Habt ihr was gefunden, Louis?«, fragte Ellis.

»Kann sein, Chef. Eine Taucherin hat an Willow's Point was entdeckt. Kann auch nichts sein, aber ich dachte, Sie sollten sich das mal direkt von ihr anhören.«

Er führte sie zur Bootsrampe, wo eine kleine Frau ihre Taucherausrüstung auf die Ladefläche eines Pickup hievte. Ihr Neoprenanzug hing über dem Seitenspiegel des Trucks und war tropfnass. Während sie von der Rampe zum Truck und wieder zurück ging, biss sie immer wieder hungrig in ein Sandwich.

»Officer Beaumont, das sind Sheriff Ellis und Deputy Beecher«, sagte Louis. »Beaumont ist eine Kollegin aus Coleman, und sie kennt sich mit dem Tauchen aus, deshalb hat sie uns bei der Suche im See geholfen.«

»Wir werden den Kollegen in Coleman eine Million Gefälligkeiten schuldig sein, wenn das alles überstanden ist.«

»Nicht der Rede wert«, sagte sie. »Nennen Sie mich Terry.«

»Was haben Sie gefunden, Terry?«

»Ich war im Wasser draußen vor Willow's Point. Eine Leiche im Lake Merri finden zu wollen ist ähnlich Erfolg versprechend wie die Suche nach einem Jungfernhäutchen im Bordell.«

Beecher unterdrückte ein Lachen.

»Willow's Point ist weit entfernt von jeder Zufahrtsstraße – keine ideale Stelle, um eine Leiche loszuwerden, es sei denn, man möchte sie über sechs bis sieben Meilen auf dem Rücken schleppen.«

»Oder man hat ein Boot«, sagte Beecher.

»Auf jeden Fall wird der See an der Stelle deutlich schmaler, und es gibt eine Menge zerklüfteter Felsen, an denen man hängen bleiben kann. Wenn das kleine

Mädchen im Wasser liegt und die Fische noch was an ihr dran gelassen haben, dann dachte ich, wäre Willow's Point wohl ein guter Ort, um zu suchen.«

»Und haben Sie was gefunden?«, fragte Ellis.

»Im Wasser nicht. Aber am Wasser vielleicht. Zu dieser Jahreszeit gibt es viel Schlick, und die Sicht war nicht gut, also musste ich häufig hochkommen und meine Maske sauber wischen. Dabei ist mir ein Mann aufgefallen, der mich vom Ufer aus beobachtet hat.« Sie warf einen Riemen über ihre Ausrüstung und ging auf die andere Seite des Trucks, um ihn festzuzurren. »Er sah nicht aus wie ein Jäger oder Wanderer, und er hatte auch keine Angelausrüstung dabei, mein Boot war das einzige auf dem Wasser, und wie schon gesagt, die Gegend ist weit entfernt von irgendwelchen Zufahrtstraßen. Ich dachte also sofort, dass das ein bisschen … komisch ist. Dann hat er mir gewunken, als wollte er mit mir sprechen, wissen Sie?«

»Und haben Sie mit ihm gesprochen?«

Terry knallte die hintere Ladeklappe hoch, verriegelte sie und nickte. »Ich bin auf fünf oder sechs Meter an ihn herangeschwommen, näher ging es nicht. Normalerweise tauche ich mit Partner, aber Daves Frau steht kurz vor der Geburt ihres dritten Kindes, deshalb lässt sie ihn nicht aus dem Haus, außer um Schokokuchen im Supermarkt zu besorgen. Also blieb ich auf Abstand. Nur für alle Fälle, wissen Sie? Ich fand den Typen da mitten im Nirgendwo ein bisschen unheimlich. Als ich nah genug war, fragte er, ob ich zu dem Suchtrupp gehöre und das kleine vermisste Mädchen suchen würde. Als ich das bestätigt habe, wollte er wissen, ob wir schon was gefunden haben.«

Ellis wartete. »Und das war's?«

»Erinnern Sie sich an Virginia Schorbus?«, fragte Terry.

»Der Name sagt mir was.«

»Virginia Schorbus ist, du liebe Güte, das muss '81 oder '82 gewesen sein, da ist sie aus Redwater verschwunden. War ein großer Fall damals. Ein Kumpel von mir hat daran gearbeitet und mir erzählt, da wäre immer so ein Typ gewesen, der Fragen gestellt hat und bei der Suche helfen wollte. Einmal hat er den Eltern des Opfers sogar einen selbstgemachten Hackbraten gebracht. Damals hat sich niemand was dabei gedacht, aber ein paar Monate später wurde Virginias Leiche verbuddelt bei ihm im Garten gefunden.«

»Oh«, sagte Beecher. »Da läuft's mir ja kalt den Rücken runter. Warum hat er das gemacht?«

»Vielleicht um über den Fortgang der Ermittlungen auf dem Laufenden zu bleiben«, sagte Terry. »Oder er ist in so eine Art Machtrausch verfallen. Auf jeden Fall hatte ich das im Kopf, als mir dieser Mann da am See Fragen gestellt hat. Ich hab also gerufen und ihn gefragt, wie er heißt. Ohne ein weiteres Wort hat er sich umgedreht und ist im Wald verschwunden. Fast als hätte *ich* ihm einen Schrecken eingejagt.«

»Wie lange ist das her?«, fragte Ellis.

»Kann noch nicht länger als zwanzig oder dreißig

Minuten her sein. Ich bin direkt danach zurückgekommen.«

»Konnten Sie sein Gesicht sehen?«

»Ich hab draußen auf dem See keine Brille auf«, sagte sie. »Meine Taucherbrille ist mit Sehstärke, ob sie's glauben oder nicht. Aber er hatte dunkle Haare. Vielleicht war er Ende dreißig oder Anfang vierzig. Sicher kann ich das nicht sagen.«

»Könnten Sie ihn einem Phantombildzeichner beschreiben?«

»Ich kann's versuchen«, sagte sie.

»Würden Sie uns auf der Karte zeigen, wo Sie ihn gesehen haben?«

Beecher breitete eine Karte auf der Haube von Terrys Truck aus. Ellis und er hielten jeweils eine Ecke fest, damit sie nicht weggeweht wurde, während Terry die Stelle mit einem kleinen roten Kreuzchen markierte.

»Was meinst du, Beech?«, fragte Ellis. »Lust auf einen Spaziergang?«

Noch bevor er antworten konnte, ertönte ein schrilles Pfeifen aus dem Wald. Vögel stoben aus den Bäumen auf. Der Pfiff dauerte fünf oder sechs Sekunden, gefolgt von einer Reihe kurzer Huptöne.

»Was zum Teufel ist das denn?«, fragte Beecher.

Ellis schaute zu den Bäumen hoch. »Da hat jemand was gefunden.«

Ellis, Beecher, Louis und eine Reihe von Freiwilligen rannten in den Wald, duckten sich unter hochaufragenden Bäumen hindurch. Sie stampften durch den Gestank modernder Vegetation, feuchter Erde, Holzfeuer und Regen. Alle dreißig bis vierzig Sekunden ertönte erneut die Pfeife, und Ellis korrigierte dementsprechend die Richtung.

Ungefähr eine Viertelmeile vom See entfernt stand Harry Barr. Er war nicht nur ein Light Withiner, sondern auch Disponent bei der Easy-Time Towing Company und nach allem, was Ellis gehört hatte, angehender Romanautor. Er trug die Haare zu einem langen Zopf geflochten. Als er sie sah, ließ er die Pfeife fallen, die er um den Hals trug. Seine Wangen waren rot, so kräftig hatte er hineingeblasen.

»Hier drüben«, rief er. Er hatte die Stelle mit einem kleinen gelben Fähnchen markiert, aber Ellis konnte nicht sehen, was Harry gefunden hatte. »Hier direkt an dem Busch.«

Als sie bis auf sechs Meter an Harry herangekommen waren, bat Ellis Louis, die Freiwilligen zurückzuhalten. Beecher und er näherten sich vorsichtig. Das Gras um das Fähnchen herum war feucht und zertrampelt.

»Ich fürchte, das sind Stiefelabdrücke, Sheriff.«

Ellis kniete neben den Fähnchen und suchte den Waldboden ab. Unter dem Busch lag ein Kuscheltier, ein Gorilla. Er war triefnass, voller Schmutz und Dreck.

»Glauben Sie, das ist ihrer, Sheriff?«, fragte Harry.

»Wir zeigen ihn der Familie, mal sehen, ob die ihn identifizieren können«, sagte er, aber sein Bauchgefühl sagte ihm bereits, dass er Sammy gehört hatte. Es musste ihrer sein. Sie war hier gewesen. Sie war genau *hier* gewesen.

Ellis stand ächzend auf und sah sich um. Die alten Virginia-Kiefern ringsum nahmen ihnen teilweise die Sonne. »Keine Zweijährige kann so weit alleine von zu Hause weg spazieren. Jemand muss sie fortgebracht haben. Und den Gorilla hat sie unterwegs verloren.«

Die einzige logische Erklärung, die ihm einfiel, warum jemand ein Mädchen hierher verschleppen wollte, war, um sie zu ermorden. Er war sicher, dass Beecher und vermutlich auch Harry genau dasselbe dachten, aber alle drei waren schlau genug, es nicht laut auszusprechen. Wer auch immer mit Sammy hier gewesen war, hatte Abgeschiedenheit gesucht, und Ellis hatte eine Idee, wo er sie gefunden haben könnte.

Die zerklüftete Silhouette der Getreidemühle erhob sich vor ihnen. Ein deprimierender Ort, voller scharfer Kanten, Graffiti und Scherben. Sie näherten sich ihr von Süden aus. Zwanzig Meter vor der Mühle befand sich ein niedriges graues Gebäude mit verbarrikadierten Fenstern. In abblätternden weißen Buchstaben stand über dem Eingang geschrieben: *BESUCHERZENTRUM*. Nur dass die beiden Rs und Us längst verschwunden und nur noch ihre verblichenen Umrisse zu erkennen waren. Ellis sah, dass das Schloss aufgebrochen worden war. Jemand hatte mit etwas Schwerem darauf geschlagen, einem Stein oder einem Stemmeisen.

Das Holz ringsum war nach innen gesplittert, hatte einen schartigen Stern ergeben.

»Kinder vielleicht«, sagte Beecher.

»Kann sein«, erwiderte Ellis. Er drückte sanft gegen die Tür, die daraufhin mit einem Quietschen aufging. Licht kroch durch die verbarrikadierten Fenster, warf gelbe Strahlen in den leeren Raum. Die gesamte Einrichtung war entfernt worden, auf dem Boden waren nur noch blasse weiße Abdrücke zu sehen.

»Was hältst du davon?«, fragte Beecher. Er hatte mehrere Scherben- und Dreckhäufchen hinter der Tür gefunden, als hätte jemand sie zusammengefegt. »Jugendliche machen normalerweise doch nicht sauber, oder?«

Ellis nahm das Licht seiner Taschenlampe, um sich anzusehen, was ganz hinten an der Wand lehnte. Eine große Armeereisetasche. Daneben ein ausgerollter Schlafsack, ein aufblasbares Kissen, eine Propanlampe und eine große Plastikkanne halb voll mit Wasser. »Hier hat jemand geschlafen.«

»Der Typ, den die Taucherin gesehen hat?«

»Schwer zu sagen.«

Ellis leuchtete mit dem Strahl seiner Taschenlampe auf die Tasche, und ihm kam ein schrecklicher Gedanke: *Da würde ein Kleinkind reinpassen.*

Er klemmte sich die Lampe unter den Arm, zog langsam den Reißverschluss der Tasche auf und betete, nicht in die leblosen Augen eines toten Kindes blicken zu müssen. Gott sei Dank war kein totes Kind in der

Tasche. Stattdessen eine Wolldecke, Streichhölzer, ein Dutzend Dosen Thunfisch und eine braune Papiertüte. Darin befanden sich Comics – *X-Men, Batman, Wonder Woman.*

»Soll ich's über Funk melden?«, fragte Beecher. »Durchgeben, dass wir vielleicht die Spurensicherung brauchen?«

»Nein«, sagte Ellis. »Wir lassen alles genau so, wie es war. Vielleicht kommt derjenige, dem das alles gehört, noch mal wieder, um es zu holen. Ruf Herm und Louis an. Sag ihnen, ich will, dass sie das Haus hier im Blick behalten.«

Während Beecher Herm und Louis zum Observieren beorderte, ging Ellis rüber zur Mühle. Er stieß die Tür auf und blieb kurz hinter der Schwelle im Eingang stehen. Vor ihm ragten Konstruktionen auf, die zu verstaubten alten Förderbändern und Flaschenzügen gehörten. Das nackte Gerüst des halb eingestürzten ersten Stockwerks rückte in seinen Blick.

Der Betonboden war teilweise nass, voller kaputter Flaschen, benutzter Kondome und einem klatschnassen Pornoheft. Es stank nach Pisse.

Er stieg die Treppenstufen hinauf. Sie knarrten und ächzten unter seinem beträchtlichen Gewicht. Er sah sich schon ins Erdgeschoss stürzen, begraben unter Schutt und Trümmern. Zum Glück schaffte er es aber unverletzt in den ersten Stock.

Die Fenster oben wurden von Ranken geknebelt. Das wenige Licht, das sie durchließen, warf Dschungelbeleuchtung wie auf einer Mottoparty in den Raum. Abgesehen von Schutt und Abfall war hier nichts.

Auf dem Weg nach unten fiel ihm auf, dass eine Wand vollgeschrieben war. Er ließ die Taschenlampe über das Meer der dort hingekritzelten Namen wandern: *Stephen Rumbold, Catherine Dixon, Margie Foss, Ellia Fleming, Patricia Carrasco, Jerry Baker, Robert Ammerman, Trinity Hinkle, Karen Garland …*

Beecher tauchte im Eingang auf. »Sie sind unterwegs, Chef. Hast du noch was gefunden?«

Ellis zeigte mit dem Strahl seiner Taschenlampe auf die Wand. »Was hältst du davon, Beech?«

Beecher trat in die Mühle und stellte sich zu Ellis vor die Wand. Er betrachtete die Namen. »Ah, das ist so ein Aberglaube, Sheriff.«

»Was heißt das?«

»Du schreibst den Namen deines Feindes an die Wand, dann stirbt er innerhalb der nächsten vierundzwanzig Stunden.«

»Woher weißt du das?«

»Hat mir mein kleiner Bruder erzählt. Der kommt manchmal mit seinen Freunden her.«

»Weiß dein Bruder auch, was das hier ist?« Er leuchtete auf das Pornoheft.

Beecher gluckste.

Ellis trat näher an die Wand heran. Seine Beine taugten nicht mehr viel, und sein Gehör war auch dabei, sich zu verabschieden, aber er hatte den Scharfblick eines jungen Mannes. »Sieh dir das mal an, Beech.«

»Was denn, Chef?«

Statt einer Antwort strahlte Ellis nur einen einzigen Namen unter Hunderten von anderen an: *Sammy Went*.

Martha, West Virginia

– Jetzt –

Wir saßen zusammen im Wohnzimmer von Emmas Mobilheim, um einen künstlichen Kamin herum, unter dem sich eine Gasheizung verbarg. An sämtlichen Wänden im Haus hingen Fotos, aber Sammy Went entdeckte ich auf keinem davon.

Emmas Jungs – Charlie, zwölf, Harry, fünfzehn, und Jack, achtzehn – saßen Schulter an Schulter auf einem Sofa und musterten mich wie ein Bewerbungskomitee. Alle drei waren gutaussehende Jungs. Emma hielt die ältesten beiden bereits für alt genug, um Alkohol zu trinken, und sie teilten sich eine Dose Pabst. Charlie trank Schokomilch.

»Ich habe einen DNA-Test machen lassen: Wir stimmen überein«, sagte Stuart. Er saß in einem Sessel am Fenster. »Die Chronologie stimmt auch, Kims Kindheitsfotos passen zu denen von Sammy, und im Prinzip hat ihr Stiefvater es auch schon bestätigt.«

»Was heißt, *im Prinzip*?«, fragte Emma. Sie saß neben mir, hielt noch immer meinen Arm und rauchte.

»Er hat es nicht abgestritten«, sagte ich. »Dean,

mein Stiefvater, hat meine Mutter erst kennengelernt, als ich schon zwei war. Aber irgendwann muss sie sich ihm anvertraut haben … ihm gesagt haben, dass ich … nicht ihr leibliches Kind bin.«

»War sie diejenige, die … du weißt schon, die Entführerin?«

»Das wissen wir nicht«, sagte ich.

»Was hat sie gesagt, als du sie zur Rede gestellt hast?«

»Ich hab sie nicht zur Rede gestellt. Ich meine, ich konnte nicht. Sie ist vor vier Jahren gestorben.«

Emma legte die Stirn in Falten. »Oh Mann, das ist aber auch scheiße.«

In Wahrheit war ich mir gar nicht sicher, ob ich sie zur Rede gestellt hätte, wäre sie noch am Leben gewesen. Deans Heimlichtuerei war schon genug, um mir das Herz zu brechen, aber zumindest hatte er einen Grund zu lügen, so lahm dieser auch sein mochte. Er versuchte nur, seine Frau zu schützen und sein Versprechen zu halten. Carol Leamy aber hatte mich wissentlich einer anderen Familie entrissen. Es hätte mir wirklich enorm viel abverlangt, ihr diese Frage zu stellen, und ich hätte die Antwort vermutlich nicht verkraftet. Wäre sie noch am Leben gewesen, als Stuart mich ansprach, hätte ich ihn vielleicht niemals zurückgerufen.

»Hast du mit den Bullen gesprochen?«, fragte Emma. »Beim FBI gibt's doch auch noch eine Akte über Sammy, oder? Wenn das stimmt, was du sagst, dann werden die das wissen wollen.«

»Wir haben noch niemanden kontaktiert«, sagte Stuart.

»Warum nicht?«

Er sah mich an. »Weil Kim das Tempo bestimmt. Wobei mir einfällt, Jungs, vorläufig bitte kein Wort zu irgendjemandem, okay?«

Als hätten sie es einstudiert, drehten sich Jack, Harry und Charlie simultan mit lustlosem Gesichtsausdruck und ratlos geöffneten Mündern zu Stuart um.

»Ich meine, erzählt euren Freunden in der Schule nichts davon, und bitte auch nicht twittern oder so, okay?«

Emma wandte sich an Kim. »Hast du dir überlegt, eine Presseerklärung rauszugeben?«, fragte sie.

»Eine Presseerklärung … nein.«

»Liebes«, sagte sie. »Ich kann mir nicht mal ansatzweise vorstellen, was du durchmachst, und auch nicht, was dieser ganze Mist bereits angerichtet hat, aber eins muss dir klar sein: Du bist nicht die Einzige, die Fragen hat. Und damit meine ich nicht nur die Cops. Das ist eine *Story.* Davon werden alle was abhaben wollen, und wenn du schlau bist, behältst du das im Kopf. Die werden dir die Sache ruckzuck entreißen, wenn du die Fäden nicht in der Hand hältst.«

Kontrolle ist eine Illusion, dachte ich.

Sie ließ meinen Arm los, sah mir in die Augen und nahm erneut meinen Arm. »Wir müssen ja nicht jetzt drüber nachdenken, aber es wäre ein Fehler, es gar nicht zu tun. Hast du gehört?«

»Mh-hm«, sagte ich.

»Was denkst du, was passiert ist?«, fragte sie.

Stuart antwortete für mich. »Ihre Entführerin kam in die Stadt, vielleicht hat sie jemanden in Manson besucht und Sammy irgendwo mit Mom oder Dad zusammen gesehen. Auf dem Spielplatz in der Wilton Street vielleicht oder beim Einkaufen bei Home Foods. Vielleicht hatte sie zuvor ein Kind verloren, oder es gibt eine andere Vorgeschichte, zum Beispiel irgendwelche psychischen Erkrankungen in der Familie ...«

»Ich hab Kim gefragt.«

Beide wandten sich an mich. Mein Mund fühlte sich trocken an, und das Bier machte es nicht besser. »Ich weiß nicht. Das klingt wahrscheinlich naiv, aber die Mutter, die ich gekannt habe, war absolut nicht der Typ, der zu so etwas fähig wäre.«

»Aber schon der Typ, der dich dein ganzes Leben lang belügt«, sagte Emma. »Ich meine, du weißt doch gar nicht so genau, was für ein Typ sie war.« Sie wandte sich an ihren Bruder: »Wie war das noch mal: Gab es Zeugenaussagen, die zum Zeitpunkt der Entführung eine Frau in der Nähe unseres Hauses gesehen haben?«

Stuart schüttelte den Kopf. »Keine weiblichen Verdächtigen. Abgesehen von Mom.«

»Fährst du noch häufig nach Manson?«, fragte ich Emma.

»Mit neunzehn bin ich Manson entkommen und seitdem höchstens ein halbes Dutzend Mal zurückgekehrt. So nennt man das in Manson. Man zieht nicht weg, man *entkommt*. Das war …« Sie hielt inne, zählte an den Fingern um ihre Zigarette herum etwas ab. »Sechs Jahre nachdem es passiert ist. Ich bin mit Karl Asbrock nach Cincinnati gegangen, der ist auch aus Manson. Jacks Daddy.«

Die Waschmaschine stand im Nebenraum. Immer wenn sie in den Schleudergang schaltete, wackelte das ganze Mobilheim.

»Das mit mir und Karl hat nicht funktioniert. Nach der Scheidung hab ich mich wohl eine Weile lang gehen lassen. Hab mich im College eingeschrieben, dann aber wieder abgebrochen und Ron kennengelernt – das ist mein *aktueller* Mann. Und gleich noch zwei kleine Teufel produziert.« Sie zeigte auf die Jungs auf dem Sofa.

Die Nachmittagssonne strömte durch das Fenster, beleuchtete Hunderte kleiner Staubpartikel in der Luft.

»Ron ist nicht oft zu Hause«, sagte sie und zündete sich noch eine Zigarette an. »Er fährt LKW. Ich find's voll scheiße. Aber wahrscheinlich ist es das Geheimnis unserer Langzeitbeziehung. Die Liebe wächst mit der Entfernung, hab ich recht?«

»Und du arbeitest jetzt bei Burger King?«, fragte Stuart. Ich hörte keine Herablassung in seiner Stimme, aber Emma offenbar schon.

»Wir können ja nicht alle *Steuerberater* sein.« Sie sprach es mit demselben spitzen Ton aus, mit dem sie vermutlich auch Weltraumforscher, Hirnchirurg oder König von England gesagt hätte.

Stuart hob abwehrend die Hand. »Was hab ich denn gesagt?«

Emma fuhr an mich gerichtet fort: »Ich arbeite nur die Frühschicht. Ron verdient gutes Geld mit dem Fahren, aber wenn ich nicht auch ein bisschen arbeiten würde, würde ich verrückt werden.«

Ich trank mein Bier aus. Emma stand auf, um mir ein neues zu holen, ohne überhaupt zu fragen, ob ich noch eins wollte. Das gefiel mir sehr.

Sie setzte sich wieder neben mich, öffnete ihr eigenes Bier und grinste. »Also, wie zum Teufel ist es dir so ergangen?« Sie schwenkte ihr Bier leicht und rülpste leise. »Wo bist du aufgewachsen? Was bist du von Beruf? Bist du verheiratet? Hast du Kinder? Anscheinend wurdest du in kein Kellerverlies gesperrt und musstest auch nicht dein Leben lang Fischköpfe essen.«

»Ha. Nein.«

»Na, dann setz mich mal ins Bild, Mädchen.«

Angeschwipst nach meinen anderthalb Dosen Pabst berichtete ich ihr von sämtlichen Höhepunkten meines Lebens bis zu der Stelle, an der Stuart ins Spiel kam. Es dauerte nicht sehr lange. Ich erzählte ihr von meiner Kindheit und Jugend in Australien, von meiner Mutter, von Dean und von Amy.

Beim Tod meiner Mutter seufzte sie schwer. Als ich ihr erzählte, dass ich nicht verheiratet war und auch keine Kinder hatte, zuckte sie nur mit den Schultern. »Wird sowieso überbewertet.«

»Oh Mann, schönen Dank auch, Mom«, sagte Jack,

ihr Ältester, mit einem schiefen Grinsen. Statt einer Antwort rülpste Emma noch einmal, was ihre Söhne allesamt zum Lachen brachte.

Es klingelte an der Tür.

»Das wird die Pizza sein«, sagte Emma. »Sag, Sammy – Verzeihung, *Kim* –, kannst du das vielleicht übernehmen? Ich bin heute noch nicht zum Geldautomaten gekommen.«

Stuart warf Emma einen missbilligenden Blick zu.

»Schon gut«, sagte ich. »Ich mach das.«

Wir redeten stundenlang. Zum Pizzaessen gingen wir in die Küche, und schon bald war es draußen vollkommen dunkel. Elsewhere legte sich allmählich schlafen, in einem Trailer nach dem anderen ging das Licht aus. Die Kinder schlichen davon, um auf ihre Bildschirme zu starren, und Stuart legte sich in Jacks Zimmer schlafen, zweifellos erschöpft nach dem emotionalen Ausbruch vor Emmas Haustür.

Dann saßen nur noch Emma und ich am Küchentisch. Die Pizzakartons waren leer, und wir hatten jede bereits fünf Bier intus. Aus dem Nachbartrailer drang Heavy Metal herüber. Hunde bellten, Grillen zirpten, und ein leichter Wind strich über die Fliegengittertür.

Wie sich herausstellte, hatten Emma und ich eine Menge gemeinsam: Wir hassten es beide, wenn Leute ihre Fingerknöchel knacken ließen, hatten eine starke Aversion gegen Füße und liebten Romane von Gillian Flynn. Beide hatten wir uns in jungen Jahren Tattoos stechen lassen und bereuten es inzwischen. Meins war eine Eule mit glühend roten Augen auf der Unterseite meines rechten Arms, ihres der Name ihres ersten Mannes in einem roten Herz auf ihrer rechten Brust.

Mehrmals an dem Abend wünschte ich, Amy wäre bei uns. Mein Handy speicherte noch immer ihre und Deans nicht angenommene Anrufe, und es fiel mir immer schwerer, sie zu ignorieren.

Ein paar Minuten vor Mitternacht sagte Emma: »Also, ich bin jetzt jedenfalls blau genug. Das steht schon mal fest.«

»Blau genug wofür?«

Sie erhob sich und wäre in ihrem Suff beinahe vornübergekippt, fing sich aber in letzter Sekunde wieder. »Blau genug, um dir was zu zeigen, das ich dir nüchtern nicht zeigen würde. Zumindest nicht in dieser frühen Phase unserer ... *Beziehung.*«

Emma holte zwei Taschenlampen unter der Spüle hervor, gab mir eine und ging leise bis ans Ende der Sackgasse voraus.

»Wohin gehen wir?« Ich schaltete meine Taschenlampe ein und zog den Reißverschluss meines Parkas hoch. Die Luft war kalt, und ein leichter Nebel legte sich über den Trailer Park.

»Wenn ich es dir erzählen würde, würdest du's mir eh nicht glauben«, sagte Emma. Sie trat über eine verrostete Schutzplanke und ging einen grasbewachsenen Hang hinter der Sackgasse hinunter.

Ich folgte dem Licht ihrer Taschenlampe durch kniehohes Gras, und so gelangten wir wenig später an einen schmalen Strom.

»Da unten können wir rübergehen«, sagte sie, als wir an einer tückischen Brücke aus großen flachen Steinen standen, die jeweils im Abstand von etwas über einem halben Meter ins Wasser gesetzt worden waren. »Beim dritten Stein musst du aufpassen. Der ist wacklig und total glitschig. Warte, bis ich drüben bin, dann leuchte ich dir.«

Lachend, betrunken und ganz schön verwirrt leuchtete ich Emma auf ihrem Weg über die Steine. Ich machte mir Sorgen, dass sie wegen des vielen Biers ins Wasser fallen könnte, aber anscheinend hatte der Alkohol den gegenteiligen Effekt; er verlieh ihr genügend Selbstvertrauen, um jeden Stein geschickt zu nehmen.

Als sie sicher auf der anderen Seite angekommen war, nahm sie die Füße zusammen, streckte die Arme aus und verneigte sich. Ich klemmte mir die Taschenlampe unter einen Arm und klatschte begeistert.

»Danke, danke«, sagte sie. »Jetzt bist du dran.«

Sie ließ den Strahl der Taschenlampe über den Steinpfad sinken, und Sekunden später hatte ich schon die Hälfte der Strecke über den Fluss zurückgelegt. Ich zitterte vor Vergnügen und Angst. »Na, ich hoffe, die Mühe lohnt sich.«

Als Emma nicht antwortete, richtete ich meine Lampe auf sie und sah, dass sie die Stirn in Falten gelegt hatte. Schützend hielt sie sich die Hand über die Augen. »Pass auf mit dem Ding.«

»’tschuldigung«, sagte ich.

»Hier lang«, sagte Emma. »Vorsichtig, es ist steil.«

Wir stiegen eine Böschung hinauf und gingen über eine grasbewachsene Hügelkuppe. Auf der einen Seite war Elsewhere: Hunderte rechteckiger schwarzer Umrisse, einige mit Licht. Auf der anderen Seite ein ausgedehntes Industriegebiet: Fabriken mit hohen Schornsteinen, die weißen Rauch in die Luft bliesen. Wegen der Schornsteine roch es nach Gas.

»Ist es noch weit?«, fragte ich laut in den Wind. Die Kälte wirkte ernüchternd auf mich, und ich war nicht sicher, ob das gut war.

»Nicht mehr weit. Gleich da vorn. Da, siehst du?«

Wir kamen zu einem noch kleinen Kirschbaum, der sich gegen den Wind stemmte. Neben dem Baum stand ein Klappstuhl, ringsherum leere Bierdosen und Zigarettenkippen.

»Was ist das hier?«

»Das, meine lange verloren geglaubte Schwester, ist dein Grab.«

Ich leuchtete mit dem Licht in ihr Gesicht, um mich zu vergewissern, dass sie keine Witze riss, aber das wäre nicht nötig gewesen. Ich erkannte es auch an der Angespanntheit in ihrer Stimme. Als ich die Lampe wieder auf den Kirschbaum richtete, fiel mir ein regennasses Stofftier in einem Glaskasten darunter auf – ein Gorilla.

»Ich hab online was über Trauerarbeit gelesen«, sagte Emma. »Ich hab immer dieses ganze Zeug im Netz gelesen, um irgendwie eine Möglichkeit zu finden, darüber hinwegzukommen.« Sie sah zu den blinkenden Fabriklichtern rüber. »Und da war auch ein Artikel dabei, wie man ohne Tote trauert. Da wurde eine Beerdigung vorgeschlagen, wo man ein paar Sachen der Person in eine Kiste steckt und vergräbt. Also hab ich das gemacht. Kam mir irgendwie albern vor, aber … ich weiß nicht. Ich glaube schon, dass es irgendwie geholfen hat.«

Neben meinem eigenen Grab kniend leuchtete ich den Gorilla an – pitschnass und mit Wasser vollgesogen, ein Auge fehlte. Am liebsten hätte ich ihn fotografiert. Als ich die Hand ausstreckte und den Glaskasten berührte, stieg eine ungeheure Traurigkeit in mir auf. Wäre ich alleine gewesen, hätte ich ihr nachgegeben und hätte in den Wind geschluchzt.

»War das ihr Gorilla?«, fragte ich. »Ich meine, meiner. Sammys?«

Emma nickte und zündete sich eine Zigarette an. »Ich hab gespart und ihn dir zu deinem ersten Geburtstag gekauft. Du hast das Ding überall mit hingeschleppt bis … Über ein Jahr lang hat er in der Asservatenkammer verbracht. Scheiße, tut mir leid. Geht schon wieder los.« Sie weinte. Sie kippte den Rest von ihrem Bier herunter, zerdrückte die Dose und ließ sie zu den anderen fallen. Sie setzte sich ins Gras neben mich. »Kannst du dich denn an *irgendwas* erinnern?«

»Ich glaube nicht.«

Sie war nicht zufrieden mit meiner Antwort.

»Ich wünschte, ich könnte, Emma. Ich wünschte, ich könnte mich an dich erinnern. Und an Stuart.«

»Na ja, ist ja nicht so, dass du was dafür kannst.«

»Ich weiß. Aber ich hab ein schlechtes Gewissen, weil ich mein Leben gelebt habe, während ihr mich gesucht habt, du und Stuart.«

»Ich hab dich nicht gesucht«, sagte sie. »Am Anfang schon, aber dann hab ich dich begraben, um dich getrauert. Fast zwanzig Jahre lang hab ich versucht zu vergessen, dass du je existiert hast.« Sie schnippte ihre Zigarette weg, und sie flog den Hang hinunter und landete unten im Fluss. Kurz glühte sie auf, dann erlosch sie. »Ich bin diejenige, die sich entschuldigen muss. Ich hab dich aufgegeben, Sammy. *Kim*. Was auch immer. Stuart nicht. Wir haben uns ein paarmal ganz schön gestritten deshalb. Ich hab ihm vorgeworfen, er würde es einfach nicht wahrhaben wollen. Und er hat behauptet, ich sei eine schlechte Schwester. Wahrscheinlich hatte er recht.«

Sie kramte in ihrer Tasche und fand ihren Schlüssel. Einer von zahlreichen Schlüsselanhängern war ein klitzekleines Schweizer Messer. Sie zog die Klinge heraus, öffnete damit den Glaskasten und gab mir den Gorilla. »Den solltest du haben. Theoretisch gehört er immer noch dir.«

Emma rappelte sich auf und ging wortlos zurück zum Fluss.

Die Jungs schliefen alle zusammen in Harrys Zimmer, und so nahm ich Charlies. Ich war zu erschöpft, um mich daran zu stören, dass meine Füße aus dem Bett hinausragten. Am Kopfende war ein Nachtlicht befestigt, das sich langsam drehte, Sterne und Planeten in hohem Bogen an die Decke projizierte.

Während ich eindöste, hörte ich Emma noch aufgeregt telefonieren und hin und wieder eine weitere Dose Pabst zischend öffnen, außerdem das Knacken ihres Feuerzeugs. Den Kuschelgorilla hielt ich fester im Arm, als ich zugeben mochte.

In jener Nacht träumte ich erneut von dem Schattenmann.

Ich wachte auf mit einem Pochen hinter den Augen. Sonnenlicht drang durchs Fenster. Ich hatte vergessen, Charlies Nachtlicht auszuschalten, aber jetzt im hellen Morgenlicht waren die Planeten und Sterne kaum noch an der Zimmerdecke zu erkennen.

Ich stieg aus dem Bett, zog mich an und fand Stuart nervös wartend in der Küche. Es war früh, aber Elsewhere draußen schien hellwach und lebendig.

»Morgen«, sagte ich. »Was gibt's?«

Ich merkte sofort, dass etwas nicht stimmte. Er ging am Fenster auf und ab und blieb gelegentlich stehen, um den Vorhang zurückzuziehen und hinauszuspähen.

»Tut mir leid, Kim.«

»Was tut dir leid? Was ist denn los?«

Er zog noch einmal den Vorhang zurück, zuckte aber angesichts dessen, was er draußen sah, zusammen und schloss den Vorhang rasch wieder. »Sie hat sie angerufen. Emma hat sie angerufen. Verdammt noch mal.«

»Wen hat sie angerufen?« Ich war bereits unterwegs zu dem anderen Fenster. Zog den gelben Vorhang mit dem ausgefransten Saum zurück, um herauszuschauen. Das Erste, was ich sah, war ein kräftiger Mann Mitte fünfzig in einem hellblauen Parka und mit einer Fernsehkamera auf der Schulter.

Ich reckte den Hals und sah eine gut gekleidete Frau Mitte dreißig am Ende von Emmas Auffahrt. Sie zitterte in der frühmorgendlichen Kälte und versuchte verzweifelt, ihre Frisur im Wind glattzustreichen.

Auf der Straße weiter hinten befanden sich noch mehr Medienmenschen: Sie parkten Ü-Wagen, bereiteten Aufnahmegeräte vor und stellten Kamerastative auf.

Mein erster Gedanke war, dass über Nacht etwas Dramatisches in dem Trailer Park geschehen sein musste, das solches Medieninteresse geweckt hatte – vielleicht ein Mord. Eine Mikrosekunde später, als der rationale Teil meines Gehirns aufholte, fielen mir Amy und Dean ein, Lisa und Wayne und dass Kontrolle wirklich reine Illusion ist.

Ich würde mein eigenes Tempo nicht bestimmen können. Es war mir aus der Hand genommen. Ich fühlte mich wie ein alter Strickpulli, der sich Reihe für Reihe, Masche für Masche auflöst. Jemand hatte den Faden genommen und war damit losgelaufen.

Nein, nicht jemand, dachte ich. Emma.

Sie stand in einem hübschen pinken T-Shirt und in einer engen schwarzen Jeans draußen auf der Straße und ließ sich von einer Reporterin Mitte fünfzig mit auffallend weißer Mähne interviewen.

»Sie sind alle da«, sagte Stuart vom anderen Fenster aus. »Sie hat alle angerufen.«

Manson, Kentucky

– Damals –

Auf der Heimfahrt nach der Pressekonferenz sagte niemand ein Wort. Die Atmosphäre im Taurus ihrer Mutter war angespannt. Vom Rücksitz aus betrachtete Emma die Hände ihres Vaters am Lenkrad. Er hatte den Verband von seiner rechten Hand entfernt. Die Fingerknöchel darunter waren aufgeschürft und blutig, und sie hatte eine ungefähre Vorstellung, wie das passiert war.

Jack fuhr langsam. Ein Raser war er nie gewesen – besonders nicht, wenn die Kinder mit im Wagen saßen –, aber heute trat er noch weniger aufs Gas als sonst. Er hatte es nicht eilig, nach Hause zu kommen, dachte Emma. Ihr ging es genauso. Zwei Tanten aus der Familie ihrer Mutter waren am gestrigen Abend noch spät bei ihnen eingefallen, und für den Vormittag hatte sich eine dritte mit Emmas Cousin Todd angekündigt. Anne, Pauline und Tillie. Ihr Dad nannte sie »Draculas Bräute«. Emma stimmte ihm zu – allerdings durften Vampire ein Haus nur auf Einladung betreten. Manson zog am Fenster vorbei, Häuser, Parks, Geschäfte, Seen, Furchen, Gräben, Felder, Abwasserkanäle.

Sammy kann dort überall sein, dachte Emma. Die Pressekonferenz hatte sie nicht gerade zuversichtlicher gestimmt. Die Polizei hatte nichts in der Hand. Und auch Emma hatte nichts – außer den wunden Fingerknöchel ihres Vaters.

»Hey, Dad, kannst du bitte mal anhalten?«, bat sie und beugte sich vor.

»Ist dir schlecht, Schatz?«, fragte Molly.

»Nein, ich will bloß ein bisschen spazieren gehen, wenn das okay ist?«

Jack sah Molly an, dann in den Rückspiegel.

»Alles in Ordnung, Em?«

»Nicht so richtig«, sagte sie.

»Mh-hm. Blöde Frage.«

Er blinkte und fuhr rechts an den Straßenrand.

Molly drehte sich auf ihrem Sitz zu ihrer Tochter um.

»Bleib nicht zu lange weg«, sagte sie.

»Mach ich nicht.«

»Ich mein's ernst, Emma. Sei bitte lange vor Einbruch der Dunkelheit zu Hause. Versprich es.«

»Ich verspreche es.«

Stu tippte Emma an den Arm und fragte: »Darf ich mitkommen?«

»Heute nicht, Buddy«, sagte Emma und stieg aus dem Wagen. Sie fühlte sich sofort leichter, als sie die Tür zumachte und die anderen wegfahren sah.

Es war ein klarer blauer Vormittag. Ihre abgewetzten Chucks klatschten auf den Asphalt. Sie ging zu dem Betonkanal, dann ungefähr eine Viertelmeile daran entlang. Hin und wieder drehte sie sich um, schaute in die überwucherten Gärten in der Grattan Street, richtete den Blick aber größtenteils auf den Boden direkt vor sich.

Sie hatte eine Zigarette in der Tasche, aber keine große Lust, sie zu rauchen. Sie hatte mit dem Rauchen angefangen, um ein bisschen mehr Finsternis in ihr Leben zu bringen, aber jetzt besaß sie mehr davon, als sie verkraften konnte.

Sie stieg die Böschung an der Lytton Street hinauf und auf Shelley Falkners Haus zu. Ein Haus, das sie früher als ihr zweites Zuhause bezeichnet hatte. Aber jetzt kam es ihr vor, als sei sie seit Jahren nicht mehr dort gewesen. In Wirklichkeit waren erst zwei Wochen seit ihrem letzten Besuch vergangen, doch das war in der Zeit vor der großen Finsternis gewesen. Sie war nur vierzehn Tage jünger gewesen, damals. Es kam ihr vor wie vierzig Jahre.

Shelley wohnte in einer Zweizimmerwohnung in der Elgin Avenue, direkt gegenüber von Canning Gas & Go. Shelleys Running Gag war, dass ihre Wohnung fast dreieinhalb Mal in Emmas Haus passen würde; wenn man den Garten und den Vorgarten mitrechnete, sogar sechs Mal.

Emma klopfte. Mrs Falkner – *Wie oft muss ich dir noch sagen, dass du Nicky zu mir sagen sollst?* – kam an die Tür und starrte Emma einen Augenblick lang sprachlos an.

»Oh Emma!« Sie schlang die Arme um Emmas

Schultern und zog sie mütterlich an sich. Mrs Falkner war groß und breit, genau wie ihre Tochter.

»Ich rufe Shelley«, sagte sie und drehte sich um. »Shelley! SHELLEY!«

Shelley kam durch den Flur, hielt inne, als sie Emma an der Tür sah, und ging dann mit kleinen, langsamen Schritten auf sie zu. »Em, du lieber Gott. Alles okay?«

Emma versuchte zu nicken und Shelley zu sagen, ja, alles okay. Stattdessen aber brach sie in Tränen aus. Es war das erste Mal seit Sammys Verschwinden, dass sie richtig weinte, und jetzt waren alle Schleusen geöffnet.

»Tut mir leid«, flüsterte Emma. »Deshalb … deshalb bin ich nicht hergekommen.«

»Sei still«, sagte Shelley und zog Emma in ihre Arme.

»Wir haben für dich und deine Familie gebetet«, sagte Mrs Falkner. »Wenn es etwas gibt, das wir tun können … Brauchen deine Eltern irgendwas? Oder du? Ich weiß nicht, was das für eine Welt ist, in der wir leben, wenn …«

»Ich mach das schon, Mom«, sagte Shelley.

Shelleys Zimmer war genauso unaufgeräumt, wie man es von einer Dreizehnjährigen erwartet, aber die Unordnung hatte etwas Gemütliches, Nestartiges. An den Wänden hing schlechte Kunst. Anders ließ sich das nicht beschreiben. Riesige mit Ölfarbe bemalte Leinwände, auf denen Augäpfel und Totenschädel zu sehen waren, ein Pferd, das den Planeten betrachtet, während ihm eine Träne über die lange weiße Nase läuft.

Man hätte meinen sollen, sie stammten von Shelley –

sie strahlten jedenfalls etwas teenagerhaft Grüblerisches aus. Die Wirklichkeit war aber noch trauriger. Es handelte sich um Werke ihres Vaters, einem frustrierten Künstler, der sein Leben in stiller Verzweiflung als Angestellter eines kalifornischen Reisebüros fristete.

Shelley wusste, dass es schlechte Kunst war, aber sie hatte die Bilder nicht aufgehängt, um sich darüber lustig zu machen. Familie war Familie, im Guten wie im Schlechten.

»Im Prinzip bin ich an der Schule jetzt ein Star«, sagte Shelley und zog die Knie zum Kinn hoch. »Natürlich nur wegen dir, aber du kennst mich ja: Ich nehm das mit.«

Sie setzten sich zusammen auf den Boden. Emma schaute sich um und dachte an die vielen Male, die sie hier gemeinsam übernachtet hatten, die langen Nachmittage, an denen sie geredet hatten, gelernt, getratscht, Seancen abgehalten. Das Kind im Innern ist tot, dachte sie.

»Die wollen nur den Tratsch hören, mehr nicht«, sagte Shelley mit einem Anflug von Verkrampftheit in der Stimme. »Wenn Sammy wieder nach Hause kommt, wird alles wieder normal sein. Dann schubsen und ärgern die mich alle wieder.«

Emma lächelte Shelley zuliebe. »Was für einen Tratsch hast du denen denn erzählt?«

»Ich hab ja gar keinen.«

»Hör mal, tut mir leid, dass ich dich nicht zurückgerufen hab, ich hab …«

»Stopp. Nach allem, was du durchgemacht hast – und immer noch durchmachst –, du lieber Himmel, Em, ich will …«

»Nicht«, sagte Emma, als sie merkte, dass Shelley hinter ihrer Brille feuchte Augen bekam. »Gleich fang ich wieder an.«

»Oh bitte, das sind nur Allergien. Ich bin dein emotionaler Fels.«

Emma streckte die Hand aus, und Shelley nahm sie. »Was sagen die noch in der Schule?«, fragte Emma.

Shelley zögerte und schob sich mit dem Zeigefinger die Brille höher auf die Nase. »Ach, du weißt doch, was die reden, Em. Die Manson High ist wie ein Hotdogstand: lauter Arschlöcher mit großen Klappen.«

»Was reden die, Shell?«

Shelley holte tief Luft. »Dass deine Mutter Sammy dem Teufel geopfert hat. Ich sag's ja. Arschlöcher mit großen Klappen.«

Emma wunderte sich nicht, dass die Kinder in der Schule die Kirche ihrer Mutter dafür verantwortlich machten. Tatsächlich waren die Light Withiners vollkommen irre, aber durch die Gerüchteküche war das, woran sie glaubten, immer wieder übertrieben und ausgeschmückt worden. Die Leute behaupteten, sie würden Blut trinken, dem Satan huldigen und Tiere opfern – und offensichtlich auch Kinder.

Das heißt aber noch nicht, dass deine Mom unschuldig ist, wisperte eine gemeine Schlange in ihrem Kopf. *Weißt du noch, wie wütend sie auf Sammy war, als sie dachte, außer ihnen wäre niemand im Haus.* Emma schüttelte den Kopf, versuchte den Gedanken zum Schweigen zu bringen, aber die Stimme sprach hartnäckig weiter. *Sammy kam zur Welt, und deine Mutter wurde immer düsterer, und deine Familie fiel auseinander, und wäre nicht alles einfacher gewesen, wenn es Sammy nie gegeben hätte? Meinst du nicht, dass deine Mutter das auch wusste?*

Shelley sah sie einen Augenblick lang an. »Gibt es was Neues?«

Emma schüttelte den Kopf, schwieg eine Weile, dann sagte sie das, weswegen sie eigentlich hergekommen war. »Shell, du musst mir einen Gefallen tun.«

»Jeden, den du willst.«

»Es wird geredet über Travis Eckles. Hast du was gehört?«

»Klar. Wer nicht deine Mutter verdächtigt, verdächtigt Travis. Wieso?«

Emma zuckte mit den Schultern. »Er hat gestern Abend bei uns zu Hause angerufen.«

»Travis?«

»Ich bin drangegangen. Er hat nicht gesagt, wer er war, und als ich ihn gefragt habe, hat er's mir nicht gesagt, aber ich hab seine Stimme erkannt. Ich bin fast sicher, dass er geweint hat.«

»Geweint? Was wollte er denn?«

»Mit meinem Dad reden. Ich weiß nicht, was er gesagt hat, aber nach dem Telefonat ist Dad weg … und du darfst niemandem was davon erzählen, okay?«

Shelley schwor und hob zwei Finger. »Pfadfinderehrenwort.«

»Dad ist spät nach Hause gekommen, und seine Hände haben geblutet und waren aufgeschürft, als hätte er sich geprügelt.«

»Du lieber Gott, was ist passiert?«

»Keine Ahnung. Dad sagt nichts, und ich hab noch nicht den Mut gefunden, ihn zu fragen.«

»Meinst du, das hat was mit Sammy zu tun?«

»Bestimmt, oder? Dad muss was rausbekommen haben über das, was passiert ist.«

»Wenn dein Dad Beweise gefunden hätte, hätten sich doch die Bullen längst draufgestürzt.«

»Um das rauszubekommen, brauche ich deine Hilfe«, sagte Emma. »Ich muss wohin, aber ich denke, ich sollte lieber nicht alleine gehen. Kommst du mit?«

»Na klar, immer«, sagte Shelley. »Wohin?«

Sie standen draußen vor der Cromdale Street 9, vor den verstopften Regenrinnen, dem zerschlissenen Fliegengitter, dem unkrautüberwucherten Rasen und dem Betreten-verboten-Schild.

Shelley hatte ihre Doc Martens an – falls sie zutreten musste. »Bist du sicher, dass das eine gute Idee ist?«

Aber Emma zog bereits die Schlaufe von dem Pfosten, mit der das Gartentor geschlossen wurde, woraufhin dieses quietschend aufschlug und Emma, flankiert von Shelley, das Grundstück der Familie Eckles betrat. Sie marschierten über den Rasen, stiegen die morschen

Stufen vor der Tür hinauf und stellten sich vor die Haustür. Ohne zu zögern – jetzt gab es kein Zurück –, hob Emma die Hand, um zu klopfen, aber noch bevor sie dazu kam …

»Habt ihr euch verlaufen?«

Ava Eckles saß auf einem abgewetzten braunen Sofa auf der Veranda und rauchte. Bleich, verschlafen und mit ihren gelben Augen und den abgemagerten Ärmchen sah sie aus wie der Tod.

Vielleicht waren Emmas Tanten nicht die einzigen Vampire in Manson.

»Oh, hallo, Mrs Eckles.«

Ava sah Emma aus zusammengekniffenen Augen an. »Ich kenne dich.«

»Ich wohne die Straße runter. Ich bin Emma Went. Das ist Shelley.«

»Emma Went.« Der Name schien einen schlechten Geschmack in ihrem Mund zu hinterlassen. »Was willst du hier auf meinem Grundstück, *Emma Went?*«

»Mit Travis reden«, sagte sie. »Ist er zu Hause?«

Avas Zähne setzten sich gelb von ihren blassen Lippen ab. »Mh-hm.«

»Dürfen wir zu ihm?«

»Wieso?«

»Wir wollen ihm nur ein paar Fragen stellen.«

»Zum Beispiel: *Hast du meine kleine Schwester umgebracht?* Solche Fragen?«

Emma tauschte einen Blick mit Shelley, die viel kleiner wirkte als sonst. Sie hatte sich mit ihrer imposanten besten Freundin immer sicher gefühlt, aber im Umgang mit den Eckles ging selbst Riesen der Mut abhanden.

»Nein«, sagte Emma, aber das war gelogen.

»Hör zu, niemand hat es verdient, jemanden zu verlieren – schon gar kein Kind. Aber alle behaupten, mein Junge steckt hinter dem, was der kleinen Samantha passiert ist, und das ist auch nicht richtig.«

»*Sammy*«, korrigierte Emma. »Sie heißt Sammy.«

»Kleine, es ist mir scheißegal, wie sie heißt. Und wenn du wirklich glaubst, dass mein Junge in der Lage wäre, deine Schwester in den Wald zu locken und ihr den Bauch aufzuschlitzen oder was ihr euch sonst so vorstellt, hältst du's dann für eine gute Idee hierherzukommen? In die Höhle des Löwen?«

Shelley schob ihre Brille höher auf die Nase und fragte: »Glauben Sie, dass es so war, Mrs Eckles?«

Ava zuckte mit den Schultern. »Ist doch egal, was wir hier auf dieser Seite vom Zaun denken.«

»Ich dachte, ich hätte eine Stimme gehört.« Ein großer schlanker Mann tauchte hinter der rostigen Fliegengittertür auf. Er hatte zarte feminine Züge und trug das pechschwarze Haar kurz geschnitten. Emma erkannte ihn erst nicht. »Mom, verschreckst du schon wieder die Zeugen Jehovas?«

»Wir sind keine Zeugen Jehovas«, sagte Emma. »Ich bin …«

»Die Tochter von Jack Went, ich weiß. Tut mir leid, war ein Witz. Anscheinend ein schlechter. Ich bin Patrick.«

Er streckte seine Hand aus; seine Finger waren warm und steif. Er roch frisch und gewaschen, und sein Hemd steckte in einer schwarzen Jeans. »Kommt doch rein. Ich setz Kaffee auf.«

»Oh ja, geht nur rein«, sagte Ava Eckles und machte schmatzende Geräusche am Filter ihrer Zigarette. »Rein in die Höhle des Löwen.«

Patrick Eckles hielt die Haustür auf. »Entschuldigt bitte meine Mutter. Ich versichere euch, dass sie viel lauter bellt, als sie beißt. Womit ich nicht sagen will, dass sie gar nicht beißt, aber ihr versteht schon, was ich meine.«

Emma und Shelley erwiderten nichts, sondern traten stumm ins Haus.

Nachdem er sie durch einen schwach beleuchteten und engen Flur geführt hatte, lud Patrick Emma und Shelley ein, sich an den Küchentisch zu setzen. Emmas Vorstellung davon, wie ein ehemaliger Sträfling aussah, sich benahm und wie er redete, wurde bei dieser Begegnung mit Patrick auf den Kopf gestellt. Er sprach in ganzen Sätzen und war vollkommen frei von selbstgestochenen Totenschädeltattoos.

Saubere Teller stapelten sich auf dem Abtropfgitter, und in der Küche roch es nach Bodenreiniger mit Zitrusduft. Patrick ging quer durch den Raum, nahm drei Kaffeebecher aus dem Schrank und hielt sie Emma zur Inspektion vor die Nase.

»Hast du eine Vorliebe für einen bestimmten?«, fragte er.

Vorne auf dem ersten Becher stand *Weltbester Ange-*

stellter, auf dem zweiten *Ich kündige mein Abo, ich will keine schlechten Nachrichten mehr* und auf dem dritten *Von Kaffee muss ich kacken.*

Emma ließ ein amüsiertes Lächeln aufblitzen. »Jetzt bin ich aber gespannt.«

»Ich nehm den Kack-Becher«, sagte Shelley, woraufhin Patrick den Kopf in den Nacken warf und laut lachte.

Er schenkte frischen Kaffee ein, gab Sahne dazu und reichte Emma den *Weltbesten Angestellten.*

»Also, Patrick, seit wann bist du wieder ...« Emma konnte sich nicht entscheiden zwischen *zu Hause* und *draußen.*

Patrick kam ihr zu Hilfe. »Seit Mittwoch. Zwei Jahre vor der Zeit, herzlichen Dank auch. Da könnt ihr mal sehen, liebe Mädchen, wenn man immer schön bitte und danke sagt und seinem Zellengenossen kein Messer zwischen die Rippen jagt, ist das Gefängnis eigentlich gar nicht so schlecht.«

Emma und Shelley tauschten nervöse Blicke.

»Noch ein schlechter Scherz«, sagte Patrick. »In Wirklichkeit kann ich ein Messer nicht mal von einem Käsehobel unterscheiden.«

»Das glauben wir dir jetzt mal«, sagte Shelley.

»Hat mir echt leidgetan, als ich gehört hab, was mit deiner kleinen Schwester passiert ist«, sagte er ernst zu Emma. »Ich weiß, wie es ist, wenn ein Familienmitglied fehlt. Egal, wo man hingeht, es ist immer, als hätte man was vergessen. Gibt es denn inzwischen Hinweise?«

Emma zuckte mit den Schultern. »Ein paar.«

Das war gelogen. Sheriff Ellis hatte bei der Pressekonferenz eigentlich keinen Zweifel daran gelassen, dass er nichts hatte, aber das musste Patrick ja nicht wissen. Natürlich würde er bald selbst draufkommen, wenn er die Abendnachrichten im Fernsehen sah.

»Versteh mich nicht falsch«, sagte Patrick. »Aber was wollt ihr hier?«

»Mit Travis sprechen«, sagte Shelley. »Ist er zu Hause?«

Er machte plötzlich ein sehr ernstes Gesicht, durchquerte erneut den Raum und zog die Küchentür zu. Als er wieder an den Tisch zurückkehrte, sprach er leise und sehr deutlich. »Mein kleiner Bruder hat nichts zu tun mit dem, was passiert ist.«

»Wer hat denn behauptet, dass er was damit zu tun hat?«

»Halb Manson«, sagte Patrick. »Der Sheriff auch. Aber das liegt eher an seinem Nachnamen als an irgendwelchen Beweisen. Ich bin sicher, wenn sich herumspricht, dass ich wieder in der Stadt bin, werden ein paar Leute glauben, dass ich dahinterstecke.«

Emma trank langsam ihren Kaffee. Er war heiß. Gut. Sie dachte daran, dass heißer Kaffee auch als Waffe verwendbar war. »Wieso sagst du das?«

»Ich bin ein Eckles«, sagte er. »Und noch besser, ein ehemaliger Sträfling.«

Shelley stand auf und nahm sich mehr Zucker.

»Wo ist dein Bruder?«

»Oben.«

»Können wir mit ihm sprechen?«, fragte Emma.

»Er ruht sich aus. Leckt seine Wunden.«

»Was für Wunden?«

Er stützte die Ellbogen auf den Tisch, beugte sich vor und sah Emma direkt in die Augen. »Blaues Auge, aufgeplatzte Lippe, gebrochener Kiefer, zwei ausgeschlagene Zähne.«

»... war das mein Dad?«

Patrick ließ sich langsam auf seinen Stuhl herunter und trank seinen Kaffee. »Warum sollte dein Dad so was tun?«

»Weil er rausbekommen hat, dass Travis was mit Sammys Verschwinden zu tun hatte.«

»Hat er das behauptet?«

»Musste er nicht«, sagte Emma. »Warum sollte er sich sonst mit Travis prügeln?«

»Aus Liebe«, sagte Patrick. »Wie so oft in diesen Fällen ging es um Liebe.«

Manson, Kentucky

– Jetzt –

Über die Anhöhe hinweg lag plötzlich Manson unter uns, eine gescheckte Stadtlandschaft unter schleimgrauem Himmel. Im Zentrum stand ein beeindruckender weißer Wasserturm mit riesigen roten Buchstaben darauf. Ich konnte die Worte noch nicht richtig entziffern, aber Stuart kannte sie auswendig: *»Willkommen in Manson. Ein kleines Stück vom Himmel.«*

Die Stadt war auf beiden Seiten dicht bewaldet. Hinter den Wäldern lag eine ausgedehnte Ansammlung sattgrüner Hügel und Täler. Auf dem Weg in die Stadt fuhren wir an einem riesigen Straßenschild vorbei auf dem stand: *Jesus ist unser Herr.*

West Virginia hatte auf dem Weg nach Kentucky als Druckausgleichskammer fungiert. Kentucky dagegen war ein eigenartig verlockendes neues Land der endlosen Wildnis, gigantischer Essensportionen, der Countrymusik und der christlichen Radiosender. In der Luft lag eine nervöse Energie, die sich zu verdichten schien, je näher wir Manson kamen, und ich bekam das Bild eines Hummers nicht mehr aus dem Kopf, der in einem

Topf sitzt und darauf wartet, dass das Wasser langsam zu sieden beginnt.

»Wir haben es geschafft«, sagte Stuart.

»Scheint dich zu wundern.«

»Nachdem, was bei Emma los war, dachte ich, dass du die ganze Reise abbrichst.«

»Ich hab's mir überlegt. Weniger wegen mir als wegen meiner Schwester. Wegen Amy, meine ich.«

Stuart sah aus, als würde er zum ersten Mal überhaupt darüber nachdenken, welche Auswirkungen das alles auf *meine* Familie haben könnte. Und jetzt, da er daran gedacht hatte – hatte er ein schlechtes Gewissen? Bedauerte er es? War er neugierig? Mir fiel unser Gespräch über »Enoch Arden« wieder ein, und ich dachte, wohl eher nicht.

»Du hast das gut gemacht da«, sagte Stuart. »Mit den ganzen Reportern. Das kann nicht leicht gewesen sein.«

»War es auch nicht«, sagte ich. »Aber ich bin praktisch auf halber Strecke zwischen zwei Inseln vom Kreuzfahrtschiff gefallen, und Wassertreten hilft mir im Moment nicht weiter – wenn du verstehst, was ich meine?«

Er nickte. »Du musst schwimmen.«

»Genau. Ich muss auf ein Ziel zuschwimmen.«

Kurz nach zwei Uhr nachmittags buchten wir zwei Zimmer in einem Hotel ungefähr eine halbe Meile außerhalb des Stadtzentrums. Das Manson Comfort

Inn war erstaunlich teuer, bot aber eine spektakuläre Aussicht auf die umgebende Landschaft.

Als wir von der Rezeption in unsere Zimmer gingen, die sich an entgegengesetzten Enden des Hotels befanden, fragte Stuart, ob ich etwas dagegen hätte, wenn er am Nachmittag alleine wegginge.

»Natürlich nicht«, sagte ich. »Wo willst du hin?«

»Mom besuchen.« Er zog verlegen an seinem Ohrläppchen. »Ich hab mir überlegt, dass ich lieber erstmal alleine hingehe. Tut mir leid, wenn das eigenartig ist oder so, aber jetzt, wo die Geschichte in den Nachrichten ist, und mit dem ganzen Wahnsinn, der dadurch losgetreten wurde, ich … ich glaube einfach, dass es keine tolle Idee wäre, sie mit dir zu überfallen.«

Natürlich machte es mir nichts aus. Tatsächlich war ich sogar erleichtert, dass Stuart beschlossen hatte, sozusagen das Gelände erstmal alleine zu erkunden. Es war mir falsch erschienen, einfach so und ohne Vorwarnung bei Emma aufzutauchen. Außerdem wollte ich ein bisschen Zeit für mich allein.

Ich setzte mich aufs Bett und nahm mein Handy, um die Mailbox abzuhören. Über sechzehn Nachrichten. Die erste stammte von einem Produktionsassistenten mit ansprechend gedehntem Südstaatenakzent. Nachdem er erklärt hatte, wer er war und für wen er arbeitete – Phil Wride, KLTV *Action News* –, bat er mich, ihn zurückzurufen und über die Möglichkeit einer »finanziell lohnenswerten Exklusivitätsregelung« zu sprechen.

Finanziell lohnenswert, dachte ich, und mir fiel wieder ein, dass ich bei Emma die Pizza bezahlen musste. *Hatte sie deshalb die Presse verständigt?*

Die nächste Nachricht stammte von einem Cop. »Tag auch, Ms Leamy. Hier spricht Detective Mark Burkhart von der Manson Police. Ich dachte, wenn Sie sich vielleicht die Zeit nehmen könnten, um auf ein Gespräch in der Wache vorbeizuschauen. Anscheinend wissen von WKYP bis CNN und Fox alle, wer Sie sind, es wäre allmählich an der Zeit, dass ich es auch erfahre.«

Er gab eine Nummer durch, unter der er erreichbar war, aber ich hatte es nicht eilig zurückzurufen.

Die dritte Nachricht stammte von Amy. »Kim, wo bist du? Wir müssen ...«

Ich hielt das Handy auf Abstand zu meinem Ohr. Wahrscheinlich hatte sich die Presse zu Hause in Australien auch schon bei ihr und Dean gemeldet, um ein paar O-Töne zu bekommen. Vielleicht hatte sich auch schon die Polizei eingeschaltet. Ich wusste, dass sie verzweifelt meine Stimme hören wollte. Und dass alles okay war und wir, egal was auch geschah – für immer und ewig –, Schwestern bleiben würden. Indem ich ihre Anrufe abwies, ließ ich ihre Ängste Wirklichkeit werden. *Wären wir nicht miteinander verwandt, würde ich dich wahrscheinlich nie zu sehen bekommen,* hatte sie vor einer Million Jahren im Garten ihres Hauses zu mir gesagt.

Aber ich konnte nicht. Noch nicht. Ich schaltete mein Handy aus, ohne weitere Nachrichten abzuhören, und legte es zur Bibel in die Nachttischschublade.

Ich fand ein Bier in der Minibar und schaltete – vielleicht unklugerweise – den Fernseher ein.

Ich zappte durch die Sender, suchte etwas Warmes und Tröstliches wie eine Sitcom, blieb dann aber an einer alten Folge *Antiques Roadshow* hängen. Ein schon etwas älterer Brite hatte gerade erfahren, dass seine alte Vase an die zweitausend Pfund wert war. Dabei zeigte er ähnlich großen Enthusiasmus wie jemand, der eine besonders gut gegarte Ofenkartoffel bewundert.

Das Bier dämpfte den Lärm in meinem Kopf, bis die *Antiques Roadshow* von Werbung unterbrochen wurde und die Worte *WKYP NEWS UPDATE*, untermalt von einer unheilvollen Melodie, von rechts nach links über den Bildschirm wanderten. Die Schrift verschwand, und es kam ein Mann im Anzug mit ernster Miene ins Bild. »Hier sind die *WKYP NEWS* mit den neuesten Meldungen, ich bin Richard Looker«, sagte er und schob dabei ein paar Blätter zusammen. »Und das sind die Sieben-Uhr-Nachrichten: Bei einer Messerstecherei in Lexington wurde ein Erwachsener getötet und ein Jugendlicher verletzt; die Polizei schließt bei dem Brand in einer Fabrik in Clark County Brandstiftung nicht aus; und möglicherweise wurde ein Rätsel gelöst, das eine Familie seit beinahe drei Jahrzehnten quält. Hier ist Beth Turner.«

Schnitt, jetzt erschien eine Frau mit auftoupierten dunklen Haaren. Ich hatte sie vor einigen Stunden draußen vor Emmas Trailer gesehen. »Danke, Richard. Wie sich einige Zuschauer vielleicht erinnern, verschwand die zweijährige Sammy Went 1990 aus dem Haus ihrer Eltern in Manson. Der Fall blieb ungelöst. Bis heute. Immer mehr Beweise lassen vermuten, dass es sich bei Kimberly Leamy aus Melbourne, Australien, um Sammy Went handelt. Ms Leamy war bisher noch zu keiner Stellungnahme bereit.«

In den vergangenen Wochen hatte ich eine Reihe von surrealen Momenten erlebt, aber dieser musste der bislang eigenartigste sein; erstens den eigenen Namen in den Nachrichten zu hören und dann das eigene Gesicht auf dem Bildschirm zu sehen, wie ich vor Emmas Trailer an einer Traube von Reportern vorbei zu Stuarts wartendem Wagen eilte.

»Sind Sie Sammy Went?«, rief eine Stimme hinter den Kameras.

»Nein ...«, sagte ich. »Kein Kommentar.«

Beth Turner trat näher an die Kamera heran und sagte: »Während die örtliche Polizei zur Stunde noch an einem Statement arbeitet, hat Sammys Schwester Emma Went-Finkel gesagt, sie sei davon überzeugt, ihre lange verloren geglaubte Schwester endlich gefunden zu haben.«

Plötzlich war Emma auf dem Bildschirm zu sehen, wie sie in ihrem hübschen pinken Hemd und der engen schwarzen Jeans ohne jede Spur von einem Kater in Elsewhere vor der Kamera stand. »Ich würde lügen, würde ich behaupten, dass ich mich je vollkommen damit abgefunden habe«, sagte Emma. »Ich bin erleichtert, erschöpft, verwirrt ...« Ihr Blick sprang zwischen der Kamera und dem WKYP-Mikro, das man ihr vor die Nase hielt, hin und her. »Es war eine ganz schöne Berg- und Talfahrt, aber jetzt bin ich glücklich, meine kleine Schwester wiederzuhaben …«

Ich schaltete den Fernseher aus und starrte mein Spiegelbild auf dem schwarzen Bildschirm an. Mein Gesicht hatte sich verändert. Der Unterschied war ein sehr feiner, und ich war sicher, dass er nur mir auffiel, aber er war dennoch zu erkennen. Meine Augen wirkten eingefallener als sonst, meine Wangen hohler. Folge einer Mischung aus Stress, Raststättenessen und Schlafmangel, sagte ich mir. Aber das war nur ein Teil der Wahrheit. Ich war dabei, mich zu *verändern*; allmählich wurde ich nicht nur innerlich, sondern auch äußerlich Sammy Went.

Werde ich eine ganz andere Person? Oder zwei halbe – nicht ganz Kim Leamy, aber auch nicht ganz Sammy Went, sondern irgendwas dazwischen? So wie Stuarts Phantomzeichnung?

Stuart war noch beim Essen. Er starrte aus dem Fenster auf die blinkenden Lichter von Manson.

»Wie geht es deiner Mutter?«, fragte ich.

»Sie hat es bereits gewusst. Heute Morgen hat sie einen Anruf von einem Reporter bekommen. Emma wird sie auch angerufen haben, vermute ich. Ich hab sie gefragt, wie es ihr geht, und halb erwartet, angeschrien zu werden, ich solle den Wagen holen, damit sie dich sofort kennenlernen kann.«

»Aber so war's nicht?«

»Nein, so war's nicht«, sagte Stuart. »Mom kann manchmal ziemlich kalt sein. Als gäbe es da einen Schalter. Sie behält sehr viel für sich.«

»Da fällt der Apfel wohl nicht weit vom Stamm«, sagte ich mit einem trockenen, beschwipsten Lächeln.

»Sprichst du jetzt von dir oder von mir?«

»Touché.«

»Ich denke, das liegt in der Familie«, sagte er. »Emma ist die Ausnahme. Sie schreit ihre Gefühle lauthals raus, sobald sie denkt, dass jemand zuhört. Die sozialen Medien wurden für Menschen wie meine Schwester erfunden.«

Ich machte den Kellner auf mich aufmerksam und bestellte noch eine Runde Getränke für den Tisch. Stuart hob die Augenbrauen. Obwohl er nichts sagte, fand er eindeutig, dass ich zu viel trank – und an amerikanischen Maßstäben gemessen hatte er damit auch nicht ganz Unrecht.

»Ich hab Claire angerufen«, sagte er.

»Wie geht es ihr?«

»Sie macht sich Sorgen«, sagte er. »Auf CNN lief ein kurzer Beitrag, und der ist schon im Netz. Sie hat gefragt, wie es dir geht.«

»Und was hast du ihr gesagt?«

»Dass ich dich gar nicht richtig gefragt habe. Das hat ihr nicht gefallen.«

Ich lachte.

»Dad hat angerufen«, sagte er.

»Er hat was? Was hat er gesagt? Wird er nach Manson kommen, was meinst du?«

»Ich hab gesagt, er hat angerufen, ich hab nicht gesagt, dass ich drangegangen bin.« Stuart seufzte verlegen. »Er hat eine Nachricht hinterlassen. Ich werde ihn nach dem Essen zurückrufen. Ich brauche nur noch ein paar mehr von denen hier.«

Er zeigte auf seinen Scotch & Soda. Vielleicht machte er sich gar keine Sorgen wegen *meines* Alkoholkonsums.

»Deine Familie ist …« Ich war ganz schön beschwipst, und mir war so zuversichtlich und eigenartig kindisch zumute, also beendete ich meinen Gedanken: »… zersplittert, oder?«

Er nickte. »Du hast's erfasst.«

»Denkst du, deine Familie wäre noch zusammen, wenn das alles nicht passiert wäre?«

»Nein«, sagte er ausdruckslos. »Die Wents haben sich lange vor deinem Verschwinden auseinanderbewegt.«

Es wurde still in dem Restaurant. Gerade waren keine Kellner unterwegs, und außer mir und Stuart saß nur noch eine Handvoll anderer Gäste im Saal.

»Ich hab immer geglaubt, wenn ich dich endlich finde, würde das die Familie wieder zusammenbringen. Ich dachte, wir wären nicht vollständig, weil ein Teil fehlt, also hab ich mir vorgestellt, dass ich alles wieder in Ordnung bringe, indem ich dieses Teil finde und zurückbringe. Aber so funktioniert das nicht im Leben, oder? Emma rennt zur Presse, und Mom ist … na ja, Mom ist Mom.«

»Ich bin der fehlende Teil«, sagte ich und bewegte den Gedanken im Kopf. »Auf eigenartige, irgendwie abstrakte Art hab ich mich auch immer so gefühlt. Ich habe immer den Rest des Puzzles gesucht und gedacht, wenn ich es finde, dann ist alles in Ordnung. Wir sind uns in vielerlei Hinsicht ähnlich.«

»Ist mir auch schon aufgefallen«, sagte Stuart. »Hey, Kim?«

»Ja.«

»Wie geht's dir?«

Ich lächelte. »Du kannst Claire sagen, dass es mir gut geht.«

Um vier Uhr morgens wachte ich klatschnass in meinem Hotelzimmer auf. Auch das Bettzeug war feucht, und einen kurzen, benommenen Augenblick lang fragte ich mich, ob es in mein Zimmer hineinregnete. Oder ob ich vielleicht den Thermostat zu hoch gestellt und die Bettwäsche durchgeschwitzt hatte. Aber es war nicht heiß im Zimmer, und der Thermostat stand auf angenehmen zwanzig Grad.

Als mir beißender Uringestank in die Nase stieg, begriff ich es plötzlich. Zum ersten Mal seit meiner Kindheit hatte ich wieder ins Bett gemacht.

Manson, Kentucky

– Damals –

Travis wachte auf, hörte Stimmen im Haus. Mädchenstimmen, auch wenn das keinen Sinn ergab. Wahrscheinlich war es nur der Fernseher, aber er beschloss trotzdem aufzustehen. Vorsichtig schob er sich vom Bett, zog die Unterhose vom Vortag an und schlurfte zum Spiegel an seiner Zimmertür.

Der Mann im Spiegel sah wirklich schlimm aus. Sein rechtes Auge war vollkommen zugeschwollen. An seinen Nasenlöchern klebten angetrocknete Klümpchen von Blut, und dort, wo seine aufgeplatzte Lippe genäht worden war, hingen Fusseln und irgendwas Gelbes. Jack hatte keine halben Sachen gemacht, so viel stand fest. Das Schlimmste und das Einzige, was Dr. Redmond nicht wieder zusammenflicken konnte – *damit müssen Sie zum Zahnarzt gehen, Travis, vielleicht ist er ja dumm genug zu glauben, dass Sie die Treppe runtergefallen sind, ich jedenfalls bin es bestimmt nicht* –, waren die beiden Zähne, die am Zahnfleisch abgebrochen waren.

Seit seinem Besuch bei Dr. Redmond hatte er seine

Geschichte verfeinert. Geprügelte Ehefrauen erzählten immer, dass sie die Treppe runtergefallen waren, wenn die Polizei vor der Haustür stand.

Bin ich das?, fragte er sich und pflückte einen Fussel von seiner genähten Lippe. *Eine geprügelte Ehefrau?*

Nein, dass ich überfallen wurde, ist die bessere Lüge. Wenn Sheriff Ellis vorbeikam, würde Travis ihm erzählen, dass ihn drei Kerle mit Skimasken vor Cubby's Bar angefallen hatten. Das Ganze wäre natürlich sinnlos, wenn auch nur einer der Typen aus dem *Saufbus* den Mund aufmachte, und tatsächlich würde er sich wundern, wenn sie alle die Klappe hielten – vorausgesetzt, es war nicht schon längst rausgekommen.

Du bist ein Idiot, wenn du denkst, dass die Sache nicht rauskommt, sagte er zu seinem Spiegelbild. Gut möglich, dass es längst die Runde macht und die Leute die falschen Schlüsse ziehen: Jack Went hat rausbekommen, wer das kleine Mädchen entführt hat, und hat väterliche Gerechtigkeit walten lassen.

»Wenn die wüssten«, sagte er laut.

Das vertraute Quietschen des Gartentors zog ihn ans Fenster.

Angst durchzuckte ihn, als er sah, wer es war: Emma Went und ihre bullige Freundin Shelley. Sie waren gerade dabei zu gehen.

Er eilte hinaus in den Flur und hätte fast seinen Bruder umgerannt, der die Treppe heraufkam.

»Ich wollte zu dir und mit dir reden«, sagte Patrick. »Was wollte Emma Went denn hier?«

Patrick legte die Stirn in Falten. »Dein Verband löst sich. Hast du dran rumgemacht?«

»Was wollte sie, Pat?«

»Das Pflaster muss auch erneuert werden. Komm.«

Patrick führte ihn ins Badezimmer. Travis setzte sich auf den Badewannenrand, während sein Bruder ihm das Pflaster von der Nase schälte und in den Mülleimer warf. Es war rot und klebrig. Er träufelte etwas Wundbenzin auf einen Wattebausch und säuberte Travis' Gesicht.

»Tut's weh?«, wollte Patrick wissen.

»Wie Sau.«

»Hast du schon die Medikamente geholt, die dir Redmond aufgeschrieben hat?«

»Noch nicht«, sagte Travis.

Patrick klebte Travis sanft, aber präzise ein neues Pflaster auf die Nase. »Eins kann ich dir sagen, Kleiner: Fällt mir schwer, dich so zu sehen. Wenn ich nicht inzwischen ein anderer wäre, hätte ich das alte Dreckschwein aus dem Haus gezerrt und ihm die Scheiße zu den Ohren rausgeprügelt.«

»So alt ist er gar nicht«, sagte Travis. »Und als du dich das letzte Mal geprügelt hast, hat das ja auch nicht grade was gebracht.«

Sein großer Bruder verstummte. Komisch, ihn wieder zu Hause zu haben. Travis liebte ihn wie verrückt, und mit Ava war es auch viel einfacher, wenn er da war, aber er war irgendwie ganz anders. Das Gefängnis hatte ihn verändert, und zwar nicht so, wie Travis es erwartet hatte. Er hätte es vielleicht verstanden, wäre Patrick als gebrochener Mann nach Hause gekommen; wenn er von Albträumen geschüttelt nachts aufwachen, Angstzustände erleiden und ungeschützte Orte draußen im Freien meiden würde. Stattdessen aber ging Patrick aufrecht und stolz. Er hatte mit dem Rauchen aufgehört und trank kaum noch. Hatte ihn das Gefängnis wirklich zu einem *besseren* Menschen gemacht?

»Es war auch nicht allein Jacks Schuld«, sagte Travis.

»Lass mich raten: Du hast es drauf angelegt?« Er setzte sich neben Travis auf den Rand. »Emma wollte wissen, was passiert ist. Genauso wie alle anderen in Manson hat sie gedacht, es sei bei dem Streit um Sammy gegangen.«

Was sich auf dem Parkplatz vor Cubby's Bar abgespielt hatte, als *Streit* zu bezeichnen, war reine Fiktion. Jack hatte Travis geschlagen, und Travis hatte es zugelassen. Also warum hasste er Jack nicht?

»Was hast du ihr gesagt?«, fragte Travis. Als Patrick zögerte, fragte er ihn erneut. »Pat, was hast du ihr gesagt?«

»Die Wahrheit.«

Die beiden schlichten Worte schlugen ein wie Granaten.

»Hast du nicht«, sagte Travis in flehentlichem Ton. »Wer gibt dir das Recht dazu, Pat? Sag, dass das gelogen ist, sag ...«

»Du wirst verdächtigt, ein Kind entführt zu haben,

und Jack Went ist dein einziges Alibi. Es wird Zeit, dass du aufhörst, ihn zu schützen, und anfängst, dich um dich selbst zu kümmern.«

»Das tue ich ja«, sagte Travis. »Nicht nur Jacks Leben wird sich verändern, meins auch – und deins. Und Mom, Scheiße, kannst du dir vorstellen, was die sagt, wenn sie mitbekommt, was ich bin?«

»Nicht *was* du bist, Travis. *Wer* du bist. Und glaub mir, Mom bekommt mehr mit, als sie durchblicken lässt.«

»Du hattest kein Recht. Du hattest ...«

»Ich hab dir nie gesagt, was passiert ist an dem Abend in der Bar, als ich Roger Albom den Billardstock über den Schädel gezogen hab, oder?«

Travis verstummte. Er schüttelte den Kopf. Er hatte seinen Bruder ein paarmal deshalb gelöchert, aber Patrick war immer ausgewichen, hatte darauf beharrt, es sei nicht mehr gewesen als eine dumme Kneipenschlägerei.

»Ich hab mit ein paar Freunden Billard gespielt«, sagte Patrick. »Roger Albom und ein paar Mädchen waren nach uns dran gewesen. Als ich ihm den Stock geben wollte, hat er ihn nicht genommen. Er hat gesagt: ›Nein danke. Vielleicht liegen die schwulen Gene ja in der Familie.‹«

»... dann bin ich schuld, dass du gesessen hast?«

»Natürlich nicht«, sagte Patrick. »Was ich getan hab, war ganz allein meine Entscheidung. Und ehrlich gesagt hat's auch gar nicht direkt daran gelegen, was

Roger gesagt hat. Eher weil er für die ganze Scheiße steht, mit der du dich rumschlagen musst, nur weil du du selbst bist.« Patrick erhob sich vom Wannenrand und legte Travis eine Hand auf die Schulter. »Ich bin mal eine Weile weg, Kleiner. Bis später.«

»Okay«, sagte Travis. »Bis später.«

Nachdem Patrick zur Tür hinaus war und Travis das Gartentor quietschen und wieder zuschlagen gehört hatte, schlich er durchs Haus. Er fühlte sich kaputt und deprimiert. Seine Mutter war im Wohnzimmer weggedämmert, eine Dose Bier in der linken Hand, die Fernbedienung in der rechten.

Die macht's richtig, verpennt den ganzen Tag, dachte Travis. Auf dem Weg zurück ins Bett ging er an Patricks Zimmer vorbei. Die Tür stand leicht offen. Er wäre weitergegangen, hätte er nicht etwas entdeckt, das ihn hatte innehalten lassen. Er stieß die Tür auf und trat ein: Das Ding auf dem Nachttisch konnte unmöglich das sein, wofür er es hielt.

Patricks Zimmer war genau so, wie er es an dem Tag, an dem er von den Deputys des Sheriffs abgeführt worden war, hinterlassen hatte. Ein Einzelbett stand vor einem riesigen Sex-Pistols-Poster, eine Ecke war verknickt. Um das Poster herum klebten kleine Bandfotos an der Wand, ausgeschnitten aus verschiedenen Zeitschriften, The Ramones, Dead Kennedys, Circle Jerks, Black Flag. Innen an der Tür hing ein verrostetes gelbes Schild mit der Aufschrift *SPERRGEBIET*, vermutlich hatte er es von einer Baustelle gestohlen.

Das Einzige, was neu war – und das Einzige, was Travis hereingelockt hatte –, war die Bibel dort.

Er nahm sie in die Hand. Sie war abgenutzt und zerlesen. Eine handschriftliche Widmung auf dem Deckblatt innen lautete: *Patrick, du hältst in Händen das Geschenk, das niemals aufhört zu schenken. In Liebe. B.*

»Wer ist B?«, fragte er sich laut und ließ die Bibel auf einer mit einem dicken Briefumschlag markierten Seite aufklappen. Ein Satz war unterstrichen: *So tut nun Buße und bekehrt euch, dass eure Sünden vertilgt werden.*

Er öffnete den Umschlag. Darin befanden sich zahlreiche Briefe, alle von derselben Person geschrieben.

Becky Creech?

Er hatte Becky erst gestern mit ihrem Bruder Dale bei der Suche nach Sammy Went gesehen. Sie hatte Travis' Namen gekannt.

Er setzte sich auf das Bett und faltete den ersten Brief auseinander. Er war datiert auf den 7. Oktober 1987.

Lieber Patrick,
ich hoffe, Du hast nichts dagegen, dass ich Dir ins Gefängnis schreibe. Du kennst mich nicht, aber wenn ich mich nicht verrechnet habe, sind wir ungefähr gleich alt, und hätten mich meine Eltern nicht zu Hause unterrichtet, hätten wir bestimmt ein paar Jahre lang dieselbe Klasse der Manson High besucht.
Ich schreibe Dir im Namen der Church of the

Light Within. Von außen betrachtet kann die Light Within radikal erscheinen und, wenn wir ehrlich sind, sogar verrückt! Aber tatsächlich finden sich dort lauter freundliche, ehrliche, gottesfürchtige Menschen, die nur Teil von etwas Größerem sein wollen. Wenn Du jemals daran gedacht hast, Teil von etwas Größerem sein zu wollen, oder auch einfach nur reden willst, dann schreib mir.
Liebe Grüße, Becky Creech

PS: Ich lege ein Foto bei.

Er sah im Umschlag nach dem Foto, aber es war nicht mehr da.

Wollte Becky Creech meinen Bruder bekehren?, fragte Travis sich. Und noch schlimmer, war es ihr gelungen?

Er nahm den nächsten Brief, datiert auf den 3. November 1987.

Lieber Patrick,
ich habe mich sehr gefreut, dass Du zurückgeschrieben hast, und danke Dir für das Kompliment – ich freue mich, dass Dir das Foto gefällt. Vielleicht kannst Du mir auch eins schicken?
Lass mich versuchen, ein paar Deiner Fragen zu beantworten.
Ja, wir hantieren mit Giftschlangen. Nein, wir

essen nicht ihre Herzen und trinken auch nicht ihr Blut. Nein, wir huldigen nicht heimlich dem Teufel (das ist mein Lieblingsgerücht, ha ha!). Ja, manchmal wird jemand gebissen.
Wenn Gott von Dir verlangt, eine Schlange anzufassen, gibt es zwei Gründe, weshalb Du gebissen wirst. Erstens, damit Gott Dich von deinem Leid erlöst. Zweitens, damit Gott Dich in den Himmel heimholen kann. Vielleicht stirbst Du durch einen Schlangenbiss, durch Krebs, bei einem Autounfall oder einem Flugzeugabsturz oder vielleicht auch einfach an Altersschwäche. Wie auch immer es passiert, wir glauben, dass jeder eine Verabredung mit dem Tod hat und uns dieser zu Gott führt. »Der Tod bringt uns zurück zu Gott.« Das hat mir immer gefallen.
Jetzt habe ich auch ein paar Fragen an Dich: Wurdest du in Manson geboren? Was hast Du gemacht seit dem Ende der Highschool bis jetzt? (Lass nichts aus!) Wie ist es im Gefängnis?
Die letzte Frage ist wohl eine schwierige, vielleicht kannst Du sie in zwei Teilen beantworten. Im ersten würde es um all das Praktische gehen, wie das Essen, Deine Zelle, die anderen Insassen, was Du in Deiner Freizeit machst – stellt ihr wirklich Autokennzeichen her, oder ist das nur ein Gerücht?
Teil zwei wäre dann, wie es Dir damit geht. Ich kenne mich ein bisschen aus mit dem Gefühl,

gefangen zu sein. Meine Mauern sind nicht aus Beton, und ich schlafe auch in keiner Zelle mit vergitterten Fenstern. Meine Mauern bestehen aus Schuld. Wow, das klingt ganz schön dramatisch, oder?
Ich möchte, dass Du weißt, dass ich nicht über Dich urteile, Patrick, und dass ich es auch niemals tun werde. Du bist dort, weil Du gesündigt hast, aber sündigen ist menschlich. Wenn man als Pfingstkirchlerin aufwächst, muss man sich ständig anhören, wie unwürdig man der Liebe Gottes ist. Erst kürzlich habe ich begonnen zu verstehen, was das bedeutet. Wenn wir keine Sünde im Herzen hätten, wozu dann das alles? Dann wäre es doch viel zu einfach, Gott zu verehren, oder?
Ein Jugendpastor (der witzige Dave Flenderson, der auch so aussieht) hat mir einmal gesagt, dass moralisches Verhalten Opfer verlangt. Darauf läuft alles hinaus. Kann sein, dass ich Erin Taylor gerne angeschrien hätte, weil sie mich letzte Woche auf dem Parkplatz vom Supermarkt eine »Scheißfundi« und dann das Wort mit F genannt hat, und Du hast dem Mann den Billardstock über den Kopf gezogen, und das ist okay. Eigentlich ist es sogar normal, so was zu wollen, aber nur indem wir es nicht tun, erweisen wir uns Gottes Liebe als würdig.
Liebe Grüße,
Becky

Travis blätterte weiter und fand einen Brief datiert auf den 3. März 1988.

Lieber Patrick,
ich will Dir von Clementine erzählen. Sie ist eine zweijährige Waldklapperschlange. Mit ein bisschen Glück kann eine Klapperschlange draußen in der Wildnis zwanzig Jahre alt werden. In unserer Kirche ist eine Zweijährige aber praktisch schon eine ältere Dame. Im Durchschnitt leben die Schlangen bei uns zehn Monate. Häufig werden sie vom Stress sogar noch schneller dahingerafft.
Clementine ist ein launisches altes Ding und bekannt dafür, dass sie hin und wieder ein Kirchenmitglied beißt. NIEMALS zuvor aber hat sie die Hand gebissen, die sie füttert. Bis zu dem Tag, an dem sie es eben doch tat. Meine Hand.
Lass mich Dir ein paar Dinge dazu erklären. Unsere Kirche befindet sich auf einem riesigen Gelände kurz vor der Stadtgrenze; es gehört unserer Familie. Das Grundstück ist bewaldet, abgesehen von einer Lichtung, auf der die Kirche steht, und einer unbefestigten Straße, die dort hinführt. Wenn ich sage, das Land ist größtenteils bewaldet, dann meine ich richtig dicht. Würde man unser Grundstück von oben betrachten, würde man vierzig Hektar Grün und sonst nicht viel mehr erkennen.

Dreimal die Woche finden Light-Within-Gottesdienste statt – dienstagabends, freitagabends und sonntagnachmittags. Am ersten Sonntag des Monats muss ich dort bleiben und die Schlangen füttern, die allesamt an der Baumgrenze in einem großen Gehege leben. Das gehört zu den Aufgaben, für die ich zuständig bin.
Ja, ich bin sechsundzwanzig und bekomme immer noch Aufgaben.
Das Schlangengehege ist eigentlich eher eine Art Schuppen. Ein kleiner, fensterloser Betonschuppen mit einer schrecklich niedrigen Decke (das heißt, ich stoße mir jedes Mal den Kopf!). Und wegen der brummenden Wärmelampen ist es auch immer sengend heiß da drin.
Neben den Terrarien halten wir Mäuse in kleinen Plastikbehältern, in die wir Löcher bohren. Als mein Vater noch das Sagen hatte, haben wir gefrorene gekauft, was nicht ganz so blutig war. Aber als mein Bruder Dale (inzwischen Reverend Creech, woran ich mich noch gewöhnen muss) die Leitung des »Familienunternehmens« übernommen hat, fing er an, sie selbst zu züchten, um Geld zu sparen. Er sagt, der Trick besteht darin, ihnen keine Namen zu geben.
Die Schlangen füttern ist einfach. Man öffnet den Deckel des Terrariums, lässt eine Maus reinfallen, macht den Deckel wieder zu, und immer so weiter, bis man alle Terrarien durchhat. An dem Tag,

an dem ich gebissen wurde, dachte ich an andere Dinge – ich hab mit mir selbst gesprochen, vor mich hin gesummt. Ich war abgelenkt. Dann kam ich an Clementines Terrarium – und zack! – biss sie mir in die Hand. Fest. Richtig tief ins Fleisch. Als hätte sie auf mich gewartet.
Meine Hand blutete stark, aber wir haben einen Erste-Hilfe-Koffer in der Kirche, und da sind auch ein paar Röhrchen Schlangenserum drin. Wobei Du das lieber für Dich behältst: Die meisten Schlangenhantierer wollen nicht, dass bekannt wird, dass sie Schlangenserum greifbar haben, denn verflixt, wenn Gott über uns wacht, brauchen wir doch eigentlich keins, oder? Wie sich herausstellte, brauchte auch ich keins. Ich weiß nicht, wie viel Du über Schlangen weißt, aber es gibt so etwas wie einen trockenen Biss (bei dem kein Gift freigesetzt wird), und so einen hatte Clementine mir verpasst. Trockene Bisse tun höllisch weh, aber man stirbt nicht daran. Und jetzt wird es wirklich verrückt, also bleib dran.
Dass Clementine in ihrem Käfig so auf mich losging, hat mich an Dich erinnert. Es kam mir vor wie (entschuldige das hochgestochene Wort) eine Metapher. Der Biss stand stellvertretend für das, was in Cubby's Bar passiert ist, und die Haut zwischen meinem Daumen und meinem Zeigefinger war Roger Alboms Schädel. Clementines Ter-

rarium war Deine Gefängniszelle, und ihr Leben war Dein Strafmaß. Verflixt, selbst ihr flaches, breites Gesicht erinnerte mich an Dich (nichts für ungut, ich denke, Clementine ist ein Fuchs!).
Plötzlich konnte ich den Gedanken nicht mehr ertragen, dass Clementine eingesperrt war. Also packte ich sie in einen Jutesack, nahm sie nach draußen und ging mit ihr in den Wald. Ich wollte sie nicht zu nah an der Kirche freilassen. Wenn Dale merkte, dass sie nicht mehr da war, würde er losgehen und sie suchen (was er übrigens auch tatsächlich gemacht hat, aber vergebens).
Ich ging tief in den Wald mit ihr hinein und fand ein ruhiges Plätzchen, wo die Sonne durch die Amberbäume schien. Ich stellte den Sack auf den Boden, zog ihn auf und trat einen Schritt zurück. Sicher hätte ich sie auch selbst aus dem Sack holen können, aber ich wollte ihr die Entscheidung überlassen.
Sie schien nicht wegzuwollen. Ein paarmal streckte sie den Kopf aus dem Sack (kannst Du Dir vorstellen, nach zwei Jahren in einem gläsernen Terrarium plötzlich einen riesigen amerikanischen Wald zu entdecken!), verkroch sich aber jedes Mal wieder darin.
Ich wartete.
Fast eine Stunde später, als die Sonne bereits unterging, es frischer wurde und meine Mutter zum Küchenfenster hinausschauen und sich fragen

würde, warum ich noch nicht zu Hause war, traf Clementine ihre Entscheidung. Sie schob ihre vordere Hälfte aus dem Sack. Einen Augenblick lang genoss sie die untergehende Sonne, und ich hätte schwören können, dass ich sie lächeln sah.
Dann war sie raus aus dem Sack und schlitterte ins Unterholz. Sie drehte sich nicht noch einmal um. Eine Zeit lang sah ich ihr hinterher, dann ging ich zurück zur Kirche. Erst da merkte ich, dass ich weinte. Und ich weine auch jetzt, da ich die Geschichte für Dich aufschreibe.
Clementine ist keine »wilde Schlange«, aber ich denke, sie wird alleine klarkommen, und ich muss Dir sagen, Patrick, es war ein ziemlich gutes Gefühl, ausnahmsweise einmal etwas freizulassen.
Clementine hat die Welt angefallen, die sie gefangen hielt. Wie sie ihr Leben draußen verbringen möchte, ist ihre Entscheidung, aber ich bete, dass sie es mit Vergebung im Herzen fortsetzen wird.
Und dasselbe Gebet spreche ich für Dich, Patrick.
In Liebe, B.

Fieberhaft blätterte Travis weiter durch die Briefe. War sein Bruder zum Fundi geworden? Würde er demnächst mit Schlangen hantieren und Gift trinken oder was zum Teufel auch immer die da draußen trieben?

Er pflückte einen weiteren Brief unten aus dem Stapel. Er war datiert auf den 1. Februar 1989.

Liebster Patrick,
ich will Dir nur kurz sagen, wie aufgeregt/nervös/freudig/ängstlich ich vor unserem »Sonderbesuch« bin. Nach all den Hindernissen, die wir überwinden mussten, um vierzig Minuten allein sein zu dürfen, hatte ich insgeheim schon befürchtet, der Tag würde niemals kommen.
Ich kann nicht behaupten, dass ich eine Granate im Bett sein werde, aber ich kann Dir versichern, dass ich bereit bin, Liebster. Ich kann sagen, dass meine Liebe zu Dir tief und wahr, rein und vollkommen ist. Ich bin bereit, von Dir erkannt zu werden. Ganz und gar.
In Liebe und Vorfreude, B.

Es gab einen letzten Brief, datiert auf den 10. Dezember 1989.

Du hast gesagt, es würde leichter werden, Patrick. Aber mit jedem Tag wird es schwerer. Manchmal bete ich, dass mein Licht erlischt. Dann fällt mir wieder ein, dass du mein Licht bist. Du bist das Licht in meinem Herzen und das Licht am Ende des Tunnels. Aber ich weiß nicht, wie lange ich noch überleben kann. Komm nach Hause, Patrick. Komm nach Hause und bring mich weg von diesem Ort. Komm nach Hause und rette mich vor diesen Menschen.
In all meiner Liebe, B.

Travis sah wieder und wieder in den Briefen nach, fand aber keine Antworten auf die vielen Fragen, die ihm jetzt durch den Kopf schossen. Was genau war zwischen diesem Brief und dem letzten geschehen. Vor wem musste Becky Creech gerettet werden? Was war das für eine Beziehung?

Ein Eckles und eine Creech? Fast war es zum Lachen.

Es gab nur einen weiteren Hinweis – wenn man es so nennen wollte –, eine Bibelstelle hastig mit Füller an den unteren Rand des letzten Briefs notiert: *Die Sonne wird sich verfinstern und der Mond seinen Schein verlieren; und die Sterne werden vom Himmel fallen, und die Kräfte der Himmel werden ins Wanken kommen.*

Manson, Kentucky

– Jetzt –

Ich wachte vor Morgengrauen von einem Traum über einen Obstbaum auf, der einen langen Schatten auf einen frisch gemähten Rasen warf. Obwohl nichts an dem Traum darauf hinwies, wusste ich, dass der Baum bei Sammy Went im Garten stand. Vögel zwitscherten irgendwo in der Ferne, und einen Augenblick lang fühlte ich mich sicher.

Ich hatte in der vorangegangenen Nacht kaum geschlafen und war erschöpft, desorientiert. Nachdem ich um drei Uhr morgens mein Bettzeug in der Wanne gewaschen hatte, hatte ich das *Bitte-nicht-stören*-Schild an die Tür gehängt. Nie hatte ich es damit ernster gemeint. Ich hatte mich auf das steife moderne Sofa gelegt und mich ganz klein und beschämt zusammengekauert. Der Schlaf kam und ging. Jedes Mal wenn ich aufwachte, fasste ich auf das Sofa und stellte erleichtert fest, dass es trocken war.

Ich hatte tatsächlich ins Bett gemacht. Hatte ich beim Essen zu viel getrunken, oder war der Auslöser ein tiefgründiger?

Mit dreizehn hatte ich meine erste Periode vor meiner Mutter versteckt: nicht weil es mir peinlich gewesen wäre oder ich mich geschämt hätte – wobei ich sicher bin, dass auch das mit hineinspielte –, sondern aus Angst, dass es sie traurig machen würde. Ich wollte nicht, dass sie merkte, dass ich zur Frau wurde, weil ich selbst Angst davor hatte, eine zu werden. Und jetzt fürchtete ich mich davor, wieder zum Kind zu werden.

Ich zog mich an und ging mit einem Kaffee auf den Balkon meines Hotelzimmers und genoss den Blick auf die Wälder. Sie waren tief und grenzenlos.

Während ich Gewässer als beruhigend empfinde, scheinen undurchdringliche Wälder den gegenteiligen Effekt zu haben. Sie waren dunkel und voller Ungeheuer, mächtig und wild, brutal und urwüchsig. Sie erfüllten mich mit dem plötzlichen Bedürfnis, sie zu … fotografieren?

Ich hatte meine eingestaubte Canon SLP größtenteils instinktiv eingepackt und gar nicht damit gerechnet, sie zu benutzen. Aber jetzt holte ich sie aus meinem Rucksack, schaltete sie ein und nahm einen Ausschnitt der Wildnis ins Visier. Durch das Objektiv meiner Kamera betrachtet wirkte die Bergkette weniger unheilvoll.

Als Sammy verschwand, hatte Molly Went Tage, Monate und Jahre auf genau den Wald gestarrt, den ich jetzt ablichtete, und sich gefragt, ob ihr kleines Mädchen wohl dort draußen war. Aber Sammy hatte gar nicht halb vergraben im Wald gelegen, aufgedunsen und faulend, mit tiefen Wunden am Hals, wo der *böse*

Mann sie verletzt hatte. Stattdessen war sie nach Australien verschleppt worden, wo man sie gehegt und gepflegt, geliebt, unterrichtet, ernährt, gekleidet und hundert Dinge mehr getan hatte.

Es war ein gutes Gefühl, wieder Aufnahmen zu machen. Die Canon filterte meine Realität und gewährte mir auf gewisse Weise ein kleines bisschen Kontrolle darüber. Ich fragte mich, ob es das war, was mich ursprünglich zur Fotografie gebracht hatte. Mit der Kamera um den Hals fühlte ich mich bereit, es mit Manson aufzunehmen.

Den Wasserturm im Blick, ging ich in die Stadt, blieb hier und da stehen, um Bilder zu machen. Ein langer Betonkanal lief unter dem Highway hindurch, ein breiter Strom trübes Wasser floss darin. *Klick*. Eine tote Krähe am Straßenrand. *Klick*. Ein Chopper mit einem besonders hohen Lenker raste vorbei, darauf eine dicke Frau Mitte sechzig. *Klick*.

Möglicherweise war es naiv gewesen zu glauben, dass ich Flashbacks haben würde, wenn ich endlich nach Manson käme; dass ein bestimmter Baum oder Fluss oder eine Straßenecke oder ein Hügel eine verdrängte Erinnerung wachrufen könnte und ich plötzlich wieder in die Zeit hineinversetzt werden würde, als ich zwei Jahre alt war. Nichts an Manson würde derart einfach werden. Es gab keinen plötzlichen Anfall von Nostalgie oder die Erkenntnis, dass dies der Ort war, wo ich hingehörte.

Vielleicht waren diese Erinnerungen – die im Gemüt eines Kleinkindes ohnehin höchstens halb ausgeprägt sind – einfach zu tief vergraben, um noch zugänglich zu sein, und die Schnur, von der Stuart gesprochen hatte, war inzwischen gerissen, konnte nie wieder repariert werden. Sammy war da, hatte die rote Schnur um ihre Taille gebunden, zog und zerrte aus der Dunkelheit daran, doch jedes Mal wieder hielt sie die Schnur nur leer in den Händen.

Oder vielleicht war es auch die Stadt selbst. Manson hatte sich in den vergangenen achtundzwanzig Jahren sehr verändert. Das hatte etwas Trauriges. Die Zeit lief weiter, und ich konnte mithalten oder stehen bleiben, aber ich konnte niemals in ihr zurückgehen. Das Leben, das ich als Sammy Went geführt hätte, als jemand, der in Manson geboren und aufgewachsen war, existierte nicht.

Was hast du denn erwartet hier zu finden?, fragte ich mich.

Ich lief die nächste Stunde ziellos durch die Straßen und machte Fotos, wobei ich in der geschäftigen Innenstadt startete und mich von dort in die äußeren Bezirke vorwagte, wo die Abstände zwischen den Häusern und die Rasenflächen immer größer wurden.

Zufällig geriet ich in die Cromdale Street. Es wäre schön gewesen, sich vorzustellen, dass göttliche Vorsehung mich dorthin geführt hatte – eine unsichtbare Hand mich in die richtige Richtung geschoben hatte. Wahrscheinlicher aber war, dass es sich um einen reinen Zufall handelte. Ich erkannte den Straßennamen aus den Artikeln, die ich über Sammy Went gelesen hatte. Ich wusste, dass sie aus einem Haus in der Cromdale Street entführt worden war, aber nicht, aus welchem. Als ich die Straße rauf und runter lief, versuchte ich auf Teufel komm raus, eine Erinnerung zu generieren – oder wenn schon keine Erinnerung, dann wenigstens ein Gefühl. Ich hätte mich auch schon mit einer *Ahnung* begnügt. Aber nichts.

Das Haus Nummer neun fiel mir auf, und beim dritten Durchlaufen der Straße blieb ich davor stehen und schaute über den alten Maschendrahtzaun. Es war das einzige Haus in der Cromdale Street, das aussah, als hätte es sich in den vergangenen dreißig Jahren nicht verändert. Das baufällige Gebäude war halb verbarrikadiert, ein Stück von der Straße zurückgesetzt, der Garten davor überwuchert und voller Gestrüpp. Die Häuser links und rechts daneben wirkten gepflegt und relativ modern, nur Nummer neun sah aus wie eine düstere Zeitkapsel.

Ich wischte Schmutz und Dreck vom Briefkasten und fand den Namen *Eckles*. Gerade als ich ein Foto machen wollte, entdeckte ich die alte Frau. Sie saß auf den Stufen vor dem Haus, so still, dass sie vollkommen mit ihrer Umgebung verschmolz. Ihre Haut war steif und gelblich, erinnerte an eine Schaufensterpuppe, die zu lange in der Sonne gestanden hat. Sie starrte mich an. Mir lief es kalt über den Rücken. Ich ließ die Canon sinken und ging weiter.

Nachdem ich wieder in der Innenstadt angekommen war, machte ich eine Pause, um einen Kaffee zu trinken und die Bilder anzusehen, die ich bis dahin geschossen hatte. Das Café hatte gerade geöffnet, aber ich musste erst warten, bis die Chefin alle Lichter eingeschaltet hatte und an den Tresen kam, um mich zu bedienen. Als es so weit war, blieb sie stocksteif stehen und blinzelte mich ein paarmal hinter ihren großen Brillengläsern an, doch dann grinste sie.

»Tut mir leid«, sagte sie. »Was darf es sein?«

Die an der Wand über ihr aushängende Liste des Angebotenen überwältigte mich durch die Vielfalt der Auswahl. »Kann ich einfach einen schwarzen Kaffee haben?«

»Na klar«, sagte die Frau und starrte mich noch ein paar Sekunden länger an. Dann machte sie sich daran, meinen Kaffee zuzubereiten. Sie war groß und stämmig, Mitte vierzig, und ihre geduckte Körperhaltung ließ vermuten, dass sie ihr Leben lang mit ihrer Größe zu kämpfen gehabt hatte. Ich war nicht ganz so groß wie sie, aber doch größer als der Durchschnitt, deshalb wusste ich ein kleines bisschen, wie sie sich fühlen musste.

Als sie mit meinem Kaffee zum Tresen zurückkehrte, schob die große Frau ihre Brille mit dem Zeigefinger höher auf die Nase und sagte: »Ich weiß, wer Sie sind.«

»Ach?«

»Ich hab Sie in den Nachrichten gesehen«, sagte sie. »Aber ich kann mich auch an Sie erinnern, noch von früher. Von vorher. Ich war mit Emma befreundet. Wie geht's ihr?«

»Ich weiß es nicht«, sagte ich ehrlich und stülpte rasch einen Plastikdeckel auf meinen Kaffeebecher, um so schnell wie möglich zu verschwinden.

»Was kostet der?«

»Geht aufs Haus«, sagte sie. »Willkommen zu Hause, Sammy.«

War ich zu Hause? War ich Sammy?

Ich trank meinen Kaffee und ging auf dem Seitenstreifen des Highways zurück zum Hotel. Es war noch früh, deshalb herrschte kaum Verkehr. Meine Canon schlenkerte beim Gehen hin und her, kam mir jetzt eigenartig schwer vor.

Ich gelangte an ein staubiges, altes Holzschild mit der Aufschrift *Getreidemühle & Besucherzentrum, 1/4 Meile*. Auf derselben Strecke war ich in die Stadt gegangen, doch auf dem Hinweg war es mir nicht aufgefallen. Unter dem Schriftzug war ein Pfeil, der zu einer alten Schotterstraße in den Wald hineinwies. Bäume beugten sich über die Einfahrt und hätten beinahe die Sicht auf die Straße versperrt. Was ich sehen konnte, war schmal und kniehoch von Gras überwuchert.

Im Leben hätte ich nicht erklären können, weshalb ich mich plötzlich entschied, dem Hinweisschild zu folgen. Vielleicht lenkte mich doch eine unsichtbare Hand.

Die Straße wurde etwas breiter, je tiefer ich in den Wald hineingelangte, aber eine beeindruckende Wand aus Bäumen auf beiden Seiten dämpfte den Lärm des

Highways, sodass ich das Gefühl hatte, von der Welt abgeschlossen zu sein. Die Luft war erfüllt vom Geruch nach feuchter Erde und Kiefernnadeln, und eine leichte Brise wisperte zwischen den Bäumen, sodass mir ganz mulmig wurde.

Ich halte mich gerne für jemanden, der sich in der freien Natur wohl fühlt. In meiner Jugend bin ich viel gewandert und geschwommen. Aber Australien kam mir jetzt sehr weit weg vor. Dort hatten wir den Busch, der ebenso gelb wie grün war. Man musste zwar damit rechnen, auf jedes nur erdenkliche gefährliche Lebewesen zu treffen, aber das war mir vertraut. Hier allerdings war kein Busch, sondern Wald. Und Wälder waren unheimliche Orte, die ich nur aus Märchen kannte. Dort wurden Kinder von ihren Eltern ausgesetzt und von Hexen gefangen gehalten.

Dean irrt sich, wenn er behauptet, die Vergangenheit sei ein Ozean, dachte ich. Sie ist ein dunkler Wald voller Ungeheuer.

Je weiter ich zwischen den Bäumen umherging, desto mehr fühlte ich mich von ihnen verschluckt; aber dennoch machte ich nicht kehrt. Ich gelangte an eine prächtige alte Hängebrücke. Offensichtlich war sie ursprünglich für Autos erbaut worden, aber nach den Graffiti und dem Zerfallszustand zu urteilen war das lange her. Die Bretter bogen sich und ächzten, als ich darüber ging.

Auf der anderen Seite der Brücke und zwanzig Meter weiter die Straße entlang stand ich endlich vor …

Nichts.

Falls hier jemals eine Getreidemühle gewesen sein sollte, war sie längst verschwunden. Stattdessen gab es nur eine kahle rechteckige Fläche. Die Geräusche des Waldes verstummten, als ich mich dort hinstellte. Die Erde unter meinen Füßen war schwarz. Hier war seit Jahren nichts gewachsen. Es kam mir vor, als würden Geister mich beobachten.

Das ist ein böser Ort, dachte ich und packte meine Kamera, machte ein paar Aufnahmen. Tote Erde. *Klick*. Umgestürzte Bäume. *Klick*. Unheimliches Licht, das zwischen den Ästen über mir durchsickerte. *Klick*.

Etwas war anders.

Das Gefühl von Kontrolle, das ich beim Fotografieren der Berge gehabt hatte, war verschwunden. Der Filter war verschwunden, und durch die Linse meiner Canon betrachtet wirkte meine Umgebung auf mich jetzt genauso unheilvoll wie in der Realität.

Ich schaltete die Kamera aus und ging rasch zurück zur Hängebrücke.

Ich bin gekommen, um es mit Manson aufzunehmen, dachte ich. Aber Manson hat gewonnen.

Manson, Kentucky

– Damals –

Emma hielt den Kopf, so lange sie konnte, unter das Badewasser, versuchte die Geräusche draußen abzublocken. Das Licht der untergehenden Sonne verwandelte die weiße Milchglasscheibe des Badezimmerfensters in eine graue. Wieder ging ein Tag zu Ende.

Bei Tageslicht war es nicht schwer, sich vorzustellen, dass Sammy einfach nur irgendwo spielte – auf den Schaukeln im Atlas Park vielleicht oder am See. Nachts machte sich ihre Abwesenheit stärker bemerkbar. Kinder in ihrem Alter waren normalerweise nach Einbruch der Dunkelheit nicht draußen. Sie badeten, schauten Zeichentrickfilme und wurden ins Bett gebracht.

Emma stieg aus dem Wasser, trocknete sich ab und zog einen übergroßen Frotteemantel ihrer Mutter über, wobei sie darauf achtete, den Gürtel festzuziehen – seit seiner Ankunft hatte sie ihren Cousin Todd mindestens ein Dutzend Mal dabei erwischt, wie er ihr auf den Busen gestarrt hatte.

Die Bräute Draculas brüteten im Wohnzimmer über alten Fotoalben.

»Komm, setz dich zu uns, Emma«, sagte Tillie. Sie war die jüngste Tante. »Wir schwelgen in Erinnerungen.«

»Später vielleicht«, sagte Emma. »Wo sind denn alle?«

»Dein Bruder ist im Keller und spielt Videospiele mit Todd«, sagte Pauline, die älteste Tante. »Deine Mutter ruht sich aus, und dein Vater ist spurlos verschwunden.«

»Dad ist nicht verschwunden. Er sucht Sammy.«

Die Tanten schauten einander an. Ohne Zweifel hatten sie ihre eigenen Theorien entwickelt, warum Jack mit aufgeschürften Händen spät nachts nach Hause gekommen war, aber sie hatten ja keine Ahnung. Die Köpfe würden ihnen explodieren, wenn sie auch nur ahnten, dass Jack und Travis Eckles …

Was?, dachte Emma. Verliebt waren?

Als Emma aus dem Zimmer ging, rief Pauline ihr hinterher: »Stampf nicht so laut nach oben. Lass deine Mutter schlafen.«

Das Elternschlafzimmer war leer. Die Tür zu Sammys Zimmer war geschlossen, unter dem Spalt sah man Licht. Emma klopfte.

»Was?«, sagte ihre Mutter hinter der Tür.

»Ich bin's, Mom. Darf ich reinkommen?«

»Ja, na klar.«

Sammys Zimmer sah genau so aus, wie sie es verlassen hatte, nur aufgeräumter. Aus der großen Spielzeugtruhe quollen Plüschtiere; ein Meer aus pinken und lilafarbenen Pastelltönen. Die gerahmten Familienporträts schienen jetzt größere Bedeutung zu haben. Molly hatte eins von der Wand genommen und drehte es in ihren Händen.

»Tut mir leid, dass ich so kurz angebunden reagiert hab«, sagte sie. »Ich dachte, es wäre eine meiner Schwestern.«

»Hast du geschlafen?«

»Mich versteckt, das trifft es eher.«

»Hast du was dagegen, wenn ich mich eine Weile mit dir verstecke?«

Molly lächelte traurig. Ihre Haut war fleckig und trocken. Sie rutschte ein Stück weiter auf dem Bett, um Emma Platz zu machen.

»Hier riecht's nach Chemikalien.«

»Hab den Teppich sauber gemacht«, sagte Molly. »Ich will, dass alles perfekt ist, wenn sie nach Hause kommt. Dasselbe hab ich auch gemacht, als ich mit dir schwanger war, weißt du? Ich hab das ganze Haus sauber gemacht, von oben bis unten.«

Emma schaute auf das Foto, das ihre Mutter in den Händen hielt. Ihr Vater hatte es aufgenommen. Es zeigte Molly und die Kinder vor einem Häuschen an den Cumberland Falls Marshmallows über einem Feuer rösten. Molly hatte Sammy auf dem Arm, die sich freudig strahlend die Finger leckte, dabei von der Kamera wegschaute.

»Erinnerst du dich noch an den Ausflug?«, fragte Molly. »Das war erst letztes Jahr, ungefähr um diese Zeit, aber es scheint jetzt eine Million Jahre her zu sein. Wir waren alle so glücklich.«

Emma erinnerte sich sehr gut an den Ausflug, aber glücklich war damals niemand gewesen. Sammy bekam gerade Zähne und war quengelig gewesen, was ihre Mutter unerträglich angestrengt hatte. Kurz bevor Jack sie gerufen und das Bild gemacht hatte, war Molly auf und ab gegangen, hatte Sammy wild geschüttelt und Sachen gesagt wie: »Was willst du von mir?« und »Ich kann dir nicht helfen« und »Nimm sie mir ab, Jack, sie macht mich wahnsinnig«. Das Foto zeigte einen Moment, aber nicht die ganze Geschichte.

Erinnerte ihre Mutter sich an den schlechten Dingen vorbei, fragte Emma sich, oder blendete sie diese vollkommen aus?

Molly fuhr mit dem Finger über Sammys Gesicht und lächelte. Ihre Lippen wirkten kränklich und blass. »Kennst du Matthäus 19:14?«

»Sag's mir noch mal«, bat Emma.

»Jesus sprach: *Lasset die Kindlein zu mir kommen und wehret ihnen nicht, denn solcher ist das Reich Gottes.*«

Molly drückte sich das Foto an die Brust.

»Meinst du, dass Sammy dort ist?«, fragte Emma. »Im Himmel?«

Ihre Mutter sah sie lange an, sagte aber nichts. Stattdessen legte sie ihren Kopf in Emmas Schoss, schloss die Augen und zuckte nur kurz zusammen, als Emma ihr über die Haare strich. Sie wollte ihrer Mutter sagen, was sie über ihren Vater und Travis erfahren hatte, aber es würde lange dauern, bis sie die Worte dafür fand. Sie blieben die nächste Stunde still und schweigend auf dem Bett sitzen. Es war die längste Zeit, die sie seit Sammys Geburt miteinander verbracht hatten. Und sie hätten noch sehr viel länger so verharren können, wäre Tillie nicht ins Zimmer geplatzt.

»Molly, ein Anruf für dich«, sagte sie keuchend, weil sie die Treppe hinaufgerannt war. »Der Sheriff. Anscheinend gibt es was Neues.«

Sheriff Ellis stand in dem feuchtkalten Vorraum der Wache. Unter seinen Achseln hatten sich große Schweißflecken gebildet, und er hatte dunkle Ringe unter den Augen. Neuerdings wirkten alle in Manson erschöpft.

»Molly, Emma, hallo. Danke, dass Sie gekommen sind«, sagte er. »Wo ist Jack?«

»Ich konnte ihn nicht erreichen«, sagte Molly. »Worum geht es, Sheriff?«

»Folgen Sie mir.«

Er führte Emma und ihre Mutter in den Besprechungsraum, einem großen Raum mit einer gurgelnden Kaffeemaschine in der Ecke. Über ihnen summte eine Neonröhre. Auf einem langen Tisch stand ein Karton mit der Aufschrift *BEWEISE*.

»Setzen Sie sich«, sagte Ellis. Er blieb stehen, während Emma und Molly sich auf den harten Plastikstühlen niederließen. »Wie Sie wissen, haben wir den Wald systematisch durchsucht. Und einer der Freiwilligen hat etwas gefunden. Wir würden gerne von Ihnen wissen, ob es Sammy gehört hat.«

Er öffnete die Asservatenkiste und nahm eine Plastiktüte heraus. Darin lag abgenutzt und schmutzig Sammys Kuschelgorilla. Emma brauchte einen Augenblick, um zu begreifen, dass das, was sie sah, Wirklichkeit war. Emma hatte ihrer Schwester den Gorilla zum ersten Geburtstag geschenkt, und Sammy hatte ihn überallhin mitgenommen, wohin auch immer sie ging. Es ergab keinen Sinn, dass er hier lag, ohne Sammy.

Ein schrecklicher und schrecklich kindischer Gedanke kam ihr: *Jetzt ist Sammy wirklich alleine*.

Emma rechnete damit, dass ihre Mutter in Tränen ausbrach – oder noch schlimmer, sich auf die Knie fallen ließ und betete. Aber sie tat weder das eine noch das andere. Sie nahm die Tüte und starrte mit versteinerter Miene den Gorilla an. »Der ist schmutzig. Ich muss ihn waschen. Das ist nicht gesund für ein Kind.«

»Mom.«

»Gehört der Ihrer Tochter?«, fragte Ellis.

»Das ist ihrer«, sagte Emma.

Er griff nach dem Gorilla. Mollys Finger klammerten sich kurz daran fest, dann ließ sie ihn sich wegnehmen. Sie folgte dem Gorilla mit Blicken, bis er wieder sicher in der Asservatenkiste verstaut war. »Ich werde mich darum kümmern, dass sie ihn so schnell wie möglich zurückbekommen, Molly. Darauf haben Sie mein Wort.«

»Was bedeutet das?«, fragte Molly. »Ist sie da draußen im Wald? Ist Sammy da draußen?«

»Es gibt noch mehr«, sagte Ellis. »Das Kuscheltier

wurde nicht weit von der alten Getreidemühle gefunden. Wir haben sie durchsucht und Hinweise dafür gefunden, dass dort jemand übernachtet hat.«

»Übernachtet?«

Eine verschwommene Erinnerung waberte wie ein schlechter Geruch zurück in Emmas Gedächtnis. Sie war noch nicht vollständig erkennbar, aber sie hatte etwas mit der Mühle zu tun. Emma war dort gewesen an dem Tag, an dem Sammy verschwunden war, aber aufgrund einer Mischung aus Schrecken und Psilocybin konnte sie sich nicht besonders gut daran erinnern.

»Wir glauben, dass, wer auch immer Sammy entführt hat, sie dort über Nacht versteckt hielt. Vielleicht sogar länger.«

»Warum?«

»Das wissen wir nicht. Die Mühle ist abgelegen. Man ist dort ungestört. Vielleicht wurde sie dorthin gebracht, damit sie sicher ist und nicht gefunden wird, bis eine Lösegeldforderung gestellt wurde.«

»Sie müssen mich nicht künstlich schonen, Sheriff«, sagte Molly. »Hätte jemand Lösegeld verlangen wollen, wäre das längst geschehen. Wenn sie an einen abgeschiedenen Ort gebracht wurde, dann aus einem ganz anderen Grund.«

Emma zuckte zusammen. Es war ihr gelungen, bestimmte Szenarien erfolgreich zu verdrängen. Ob sie die Augen vor der Wirklichkeit verschloss oder einfach blind hoffte, Emma glaubte ganz fest daran, dass, wer auch immer Sammy jetzt hatte – *und jemand hatte sie, denn sie war nicht alleine in den Wald spaziert und hatte sich verlaufen* –, sich gut um sie kümmern würde. Aber das war kindisch und dumm. Was war an jenem Tag mit Shelley in der Mühle geschehen?

Magic Mushrooms … Riesenameisen …

»Jedenfalls«, sagte Ellis und räusperte sich verlegen, »werden wir der Presse dieses Detail vorenthalten. Wir hoffen, dass, wer auch immer sich dort aufgehalten hat, noch einmal zurückkehrt, um seine Sachen zu holen, und wir denjenigen dann verhören können.«

»Wer auch immer Sammy entführt hat, ist inzwischen durch das halbe Land auf und davon«, sagte Molly. »Entweder mit Sammy oder …«

»Mom, hör auf.«

»Haben Sie überhaupt irgendetwas?«, fragte Molly. »Irgendwelche Spuren? Verdächtige? Irgendetwas?«

»Vielleicht haben wir einen Verdächtigen«, sagte er. »Eine Taucherin hat in der Nähe von Willow's Point einen Mann gesehen.«

»Was für einen Mann?«, fragte Molly.

Ellis ging zu dem Tisch in der Ecke, auf dem sich Berichte, Akten, Fotos und Notizblöcke stapelten. Wenn ein chaotischer Schreibtisch auf einen chaotischen Geist schließen ließ, dann stehe Gott Sammy bei. Ellis fand eine Phantombildskizze und legte sie ihnen vor. Das gezeichnete Gesicht hätte Hunderten von Menschen in Manson gehören können. Es war weder dick noch dünn; es gab keine charakteristischen Narben oder Tattoos; der Mann hatte dunkle Stoppeln oder einen kurz geschnittenen Bart, dazu ausdruckslose schwarze Augen.

Waren diese Augen das Letzte, was meine Schwester gesehen hat?, fragte Emma sich.

»Wer ist das?«, fragte Molly.

»Das wissen wir noch nicht, aber wir werden es herausbekommen. Wir haben eine Kopie dieser Skizze an alle Polizeiwachen und Nachrichtensender von hier bis Redwater geschickt. Es gibt noch Hoffnung, Molly. Aber da ist noch etwas.«

Molly fuhr sich mit den Fingern durch die Haare und machte ein Geräusch, das nach einer Mischung aus einem Seufzen und einem Wimmern klang. »Was?«

»Das klingt vielleicht ein bisschen verrückt«, sagte Ellis, »aber es gibt da so einen Mythos im Zusammenhang mit der Getreidemühle, ich weiß nicht, ob Sie davon gehört haben. Wenn man jemandes Namen an eine bestimmte Wand dort schreibt, dann wird die Person innerhalb von vierundzwanzig Stunden sterben. Jedenfalls wird das behauptet.«

Die übelriechende Erinnerung nahm allmählich Formen an, und plötzlich wusste Emma ganz genau, was Ellis sagen würde. *Ein schwarzer Filzstift, der sich über die Wand bewegt. Einen Namen schreibt. Sammys Namen schreibt. Shelleys erschrockene, weit aufgerissene Augen. Die Gestalt am Fenster.*

»Jemand hat Sammys Namen an die Wand geschrieben«, sagte er.

»Was? *Sammys* Namen?«, sagte Molly. »Das ist doch absurd.«

Ellis griff in seine Asservatenkiste, zog ein Polaroidfoto heraus und schob es über den Tisch, sodass sie es sehen konnten. Es zeigte Sammys Namen, genau so wie Emma ihn an die schmutzige Wand geschrieben hatte. Ihr wurde schlecht. War sie denn bescheuert gewesen?

»Das ist ein Hirngespinst«, sagte Emma. »Das ist nicht real. Menschen, die dort Namen hinschreiben, wollen nicht *wirklich*, dass die Person stirbt. Das ist blöder Kinderkram.«

»Wahrscheinlich hat sich jemand einen schlechten Scherz erlaubt«, sagte Molly. »Und den Namen dorthin geschrieben, nachdem Sammy verschwunden war. Teenager wahrscheinlich.«

»Das hab ich auch gedacht«, sagte Ellis. »Aber es hat definitiv jemand dort übernachtet, und wir haben Sammys Kuscheltier im näheren Umkreis gefunden. Wir müssen die Sache ernst nehmen. Können Sie sich vorstellen, wer das geschrieben haben könnte?«

»Sammy ist zwei«, sagte Molly. »Sie hat nicht viele Feinde.«

»Erkennen Sie die Handschrift?«

Molly nahm das Polaroidfoto in die Hand und betrachtete es einen Augenblick, dann schüttelte sie den Kopf. »Nein.«

Auf dem Weg zurück zum Wagen kaute Molly an ihren Fingernägeln. Emma hatte das noch nie bei ihr gesehen. Dann setzten sie sich in den Taurus, aber

Molly ließ den Motor nicht an. »Sag mir nur warum, Emma?«

»... was?«

»Sag mir warum, dann müssen wir nie wieder darüber sprechen.«

»Mom, ich weiß nicht ...«

»Glaubst du, ich erkenne die Handschrift meiner eigenen Tochter nicht?«

Plötzlich war Emma sehr kalt. »Das sollte ein Witz sein.«

»Bitte lüg mich nicht an, Emma. Nicht bei so was. Belüg mich über alles andere, aber nicht über das.«

»Ich war high«, sagte sie. »An dem Tag, an dem Sammy verschwunden ist, haben Shelley und ich die Schule geschwänzt und Magic Mushrooms im Wald gegessen.«

»Oh Gott.« Es war Jahre her, seit Emma das letzte Mal gehört hatte, wie ihre Mutter den Namen des Herrn missbrauchte.

»Ich war high, und das war dumm. Deshalb hab ich's dahin geschrieben. Es tut mir leid.«

Aber das war nicht die ganze Wahrheit, oder? Wenn Leute high waren, aßen sie zu viel und guckten bescheuerte Filme und sagten Sachen wie: *Wenn man Essen essen kann, wieso kann man Trinken nicht trinken?* Aber sie wünschten sich nicht, dass ihre Schwester niemals geboren worden wäre, und ganz bestimmt wünschten sie ihr nicht den Tod.

»Wirst du's der Polizei sagen?«

»Nein.«

»Wirst du's Dad sagen?«

»Nenn mir einen Grund, warum ich das nicht tun sollte.«

Emma fing an zu weinen. »Weil es ihm das Herz brechen würde.«

»Ich verstehe nicht, warum du so bist, Emma«, sagte Molly. »Was ist dein Problem? Was stimmt nicht mit dir?«

»Was ist *dein* Problem, Mom? Was stimmt nicht mit *dir*?«

»Hier geht es nicht um mich.«

»Doch, das tut es, und zwar schon lange. Ich weiß nicht, ob du deprimiert bist oder eine Midlife-Crisis hast, und ich weiß nicht, wann wir alle stillschweigend übereingekommen sind, es zu ignorieren, aber du hast dich verändert.«

»Ihr habt meinen Glauben nie respektiert.«

»Das hat nichts mit der Kirche zu tun, Mom. Es ist Sammy. Du hast dich verändert, als sie geboren wurde. Du hast Wehen bekommen und bist als jemand anders aus dem Krankenhaus zurückgekommen.«

Emma wartete darauf, dass ihre Mutter einen Wutanfall bekam oder die Bibel zitierte. Sie wartete auf einen Streit, aber der Streit kam nicht. Stattdessen ließ Molly den Motor an, drehte das Radio lauter und fuhr ohne ein weiteres Wort nach Hause.

Manson, Kentucky

– Jetzt –

Stuart frühstückte gerade im Hotel, als ich völlig erschlagen von meinem Spaziergang zurückkam. Seine Augen wurden größer, sobald er mich sah – ich musste schrecklich aussehen, da ich in der vorangegangenen Nacht kaum geschlafen hatte –, aber er entschied, mich nicht darauf anzusprechen, und ich war ihm dankbar dafür. Stattdessen winkte er die Kellnerin herbei und bestellte Kaffee für mich.

»Gestern Abend hat meine Großmutter angerufen«, sagte er und verzichtete somit auf höfliche Floskeln wie *Guten Morgen* und *Wie hast du geschlafen?*. »Sie will dich kennenlernen.«

»Okay«, sagte ich.

»Und Mom hat gestern noch spätabends angerufen«, sagte er vorsichtig. »Was hältst du davon, sie heute alleine zu besuchen?«

»Willst du nicht mitkommen?«

»Sie hat mich gebeten, nicht mitzukommen, wenn ihr euch seht.«

»Warum?«

Er zuckte mit den Schultern. »Vielleicht hat sie mit Emma gesprochen. Wir haben uns am Telefon gestritten. Das Gespräch begann damit, dass sie mir vorwarf, ich sei ein Kontrollfreak, und endete damit, dass ich ihr sagte, sie könne mich mal kreuzweise.« Er rieb sich den Schlaf aus den Augen. »Willkommen in der Familie, sollte ich wohl sagen.«

Als die Kellnerin mit dem Kaffee kam, vermied ich es, sie anzusehen. Ich hatte das Gefühl, sämtliche Hotelangestellten wussten über die nasse Bettwäsche in meinem Badezimmer Bescheid.

»Willst du was essen?«, fragte er.

»Ich hab keinen Hunger. Mir geht's nicht so gut.«

Ehrlich gesagt war mir regelrecht übel. Ich sollte *meiner Mutter* begegnen. In Gedanken spielte ich verschiedene Szenarien durch: Szenario A sah eine tränenreiche Wiedervereinigung vor, in deren Verlauf Molly mich in ihre Arme schloss und weinte: *Mein kleines Mädchen ist wieder zu Hause.* In Szenario B warf Molly einen einzigen Blick auf mich und schlug mir die Tür vor der Nase zu.

»Hattest du einen Obstbaum im Garten, als du klein warst?«, fragte ich. »Ganz hinten im Garten, am Zaun. Vielleicht einen Zitronenbaum?«

Er dachte darüber nach. »Äh, ja, da war einer. Gott, ich hab seit Jahren nicht mehr an den Zitronenbaum gedacht.« Er lächelte. »Dad und ich haben immer drangepinkelt. Er meinte, das sei gut für die Zitronen. Kannst du dich daran erinnern?«

»Nein, aber ich hatte einen eigenartigen Traum gestern Nacht. Weißt du noch, was du mir in Australien über die Theorie des autonomen Verfalls erzählt hast?«

Er nickte.

»Meinst du, es gibt eine Möglichkeit, diese Erinnerungen wieder zurückzuholen? Auch wenn der Faden gerissen ist?«

»Ich weiß es nicht, Kim.«

Das Bild von Sammy Went kam mir wieder in den Sinn, irgendwo im Nirgendwo tief in meinem Inneren. Zusammengekauert, die Knie unters Kinn gezogen, saß sie auf dem Friedhof ihrer toten Erinnerungen: Dinge, die mir einst wichtig gewesen sein mochten, waren längst vergessen. Sie zog an der roten Schnur um ihre Hüfte, machte sich darauf gefasst, dass wieder nichts daran hing.

Stuart fuhr sich mit einer Serviette über den Mund, obwohl er sein Essen kaum angerührt hatte. »Hey, Kim, ich denke, dass ich dich warnen sollte. Mom kann irgendwie ... anstrengend sein. So war sie nicht immer, aber im Lauf der Jahre ist sie ... Sie kann einschüchternd wirken, das ist alles, aber ...« Je mehr er sagte, umso mehr stolperte er über seine Worte, wie ein hilfloses Hundebaby, das vor einem Gewitter an der Tür kratzt. Ich griff über den Tisch und berührte seine Hand – was eigentlich gar nicht meine Art ist.

»Was willst du sagen, Stuart?«

Er atmete erleichtert aus – oder resigniert? Ich hätte es nicht sagen können. Dann richtete er sich gerade auf, legte die Hände auf den Tisch und verschränkte sie akkurat ineinander, war wieder ganz der roboterhafte, bedachte Mensch, dem ich in Australien begegnet war. »Ich will nicht, dass sie dich verschreckt.«

Er wollte mich nicht verlieren. Er hatte mich gefunden und wollte mich nicht noch einmal suchen müssen.

Ein eigenartiges Déjà-vu überfiel mich. Ich hatte dieses Gespräch schon einmal gehabt oder ein ähnliches, nur nicht mit Stuart, sondern bei Amy zu Hause, als wir den Joint geraucht hatten.

Du wirst mich nicht verlieren, wollte ich Stuart sagen, aber plötzlich war es mir wichtig, es Amy zuerst zu sagen. Ich stand so schnell auf, dass mir schwindlig wurde, kurz hatte ich die Nerven verloren. »Entschuldige mich bitte. Ich muss telefonieren.«

Als ich am Fahrstuhl angekommen war, drehte ich mich noch einmal um. Stuart saß am Tisch, wo ich ihn verlassen hatte, und starrte auf seinen Teller. Er sah aus, als hätte er gerade ein Gespenst gesehen, und wieder einmal hatte ich das Gefühl, dass er mir etwas vorenthielt.

»... Kim?«

»Hi, Amy«, sagte ich.

Ich saß auf der Kante des abgezogenen Hotelbetts und presste mir das Handy fest ans Ohr.

»Wir haben versucht, dich anzurufen. Reporter haben sich gemeldet. Nicht bloß aus Australien, auch Amerikaner. Und die Polizei kam und hat uns eine Million Fragen gestellt, und ...«

»Ich hab mich von dir abgewendet«, fiel ich ihr ins Wort. »Von euch beiden. Dabei hätte ich mich euch beiden zuwenden sollen.«

»Das ist verdammt richtig, das hättest du«, sagte sie. Sie fing an zu weinen, also weinte ich auch. Seit dem Tod meiner Mutter hatte ich nicht mehr so viel geweint.

»Kannst du mir verzeihen und nicht mehr böse auf mich sein?«

»… gut«, sagte sie.

Tränen rollten mir über die Wange, und ich strengte mich an, es mir nicht an der Stimme anmerken zu lassen. »Du musst mir einen Gefallen tun.«

»Okay?«

»Einen großen«, sagte ich. »Amy, würdest du herkommen, hier in die Staaten? Ich weiß, das ist nicht einfach mit Wayne und Lisa, aber ich … ich glaube, ich kann das nicht ohne dich.«

Sie schniefte, versuchte zweifellos ebenfalls, sich die Tränen nicht anmerken zu lassen. »Wir sind schon auf dem Weg zum Flughafen, Kim.«

»Was?«

»Ich sitze mit Dad im Wagen. Wir kommen, ob's dir passt oder nicht.«

»Ich liebe dich, Amy, und Dean auch.«

»Wir lieben dich.«

Plötzlich überkam mich eine Angst, ein abruptes, abstraktes Gefühl, dass ich meine Familie vielleicht nie wiedersehen würde.

Vor langer Zeit hatte ich mal einen Artikel über Hellseherei gelesen. Darin stand, wenn sich eine Tragödie ereignet, kann sie kleine Energiewellen durch Raum und Zeit voraussenden, als würde man einen Stein in unbewegtes Gewässer werfen. Der Artikel behauptete, dass manche Menschen in der Lage sind, diese Energiewellen lange vorher schon wahrzunehmen. Würde ich an solche Dinge glauben, hätte ich mir vielleicht Sorgen gemacht. Aber ich glaubte nicht daran, also schluckte ich die Angst herunter, verabschiedete mich von Amy und ging hinaus zu Stuart auf den Parkplatz.

Molly Went wohnte in einem Stadtteil namens Old Point. Auf der Fahrt dorthin erklärte Stuart, dass sie das alte Haus nicht hatte verlassen wollen – das, in dem Stuart aufgewachsen und aus dem Sammy verschwunden war –, aber sein Vater habe darauf bestanden.

»Das alles gehörte zum Loslassen, denke ich«, sagte Stuart. »Und vom Kopf her muss ich ihm recht geben. Ob du tot warst oder nicht, du würdest dort immer präsent sein. Ein Teil von mir hat ihm niemals verziehen, dass er das Haus verkauft hat.«

»Fährst du manchmal noch hin?«, fragte ich und erinnerte mich an meinen Spaziergang durch die Cromdale Street.

»Manchmal. Die haben die Auffahrt neu gemacht, das Haus ausgebaut, neue Bäume gepflanzt und ein paar alte gefällt. Im Grunde existiert es gar nicht mehr.«

Ich fragte mich, ob er dasselbe insgeheim auch von mir dachte. Biologisch war ich seine Schwester, aber auch ich hatte mich verändert. Auch ich war umgebaut worden, vielleicht bis zur Unkenntlichkeit.

»Nach dem Verkauf hatte ich eine Zeit lang einen immer wiederkehrenden Traum. Sammy würde endlich nach Hause kommen, aber niemand war da, um sie zu begrüßen. Das Haus war leer, ausgehöhlt. Wir hatten alles eingepackt und waren weggezogen.«

Für einen Moment schwiegen wir.

Old Point bestand aus einer langen, mit Schlaglöchern übersäten Straße, die von mehreren Ampeln unterbrochen wurde. Da kaum jemand unterwegs war, wirkten sie ziemlich überflüssig. Wir fuhren an schmalen Schaufenstern vorbei, an alten Häusern und einem Schrottplatz hinter einem Stacheldraht.

Stuart hielt vor einem Gebäude mit einem Supermarkt und einem Getränkeladen auf der einen Seite und einer Methodistenkirche auf der anderen. Er zeigte auf einen klapprigen Balkon im zweiten Stock. »Das ist ihre Wohnung, siehst du? Die mit dem Urwald.«

Der Balkon quoll über vor lauter Topfpflanzen, lauten Windspielen und einer Jesusstatue, die an der Wand befestigt war. Es war der Balkon von jemandem, der sein Heim verkleinert hatte, sich aber von keinem seiner Besitztümer verabschieden wollte. Ein roter Ballon hatte sich in den Telefondrähten nicht weit vom Haus entfernt verfangen und trieb im Wind hin und her wie ein in der sanften Strömung vor Anker liegendes Boot.

»Es ist Nummer 2A«, sagte er. »Du wirst den Namen auf der Klingel sehen. M. Hiller.«

»*Hiller?*«

»Ihr Mädchenname.«

»Oh, ach so.«

Es gab so viel, das ich über diese Frau nicht wusste, die Frau, die mich in den ersten beiden Jahren meines Lebens zur Welt gebracht, mich gehalten, versorgt und geliebt hatte – jedenfalls glaubte ich das.

»Soll ich warten?«, fragte Stuart. »Ich kann den Motor laufen lassen, nur für alle Fälle.«

Es hatte ein Witz sein sollen, aber ich fand es kein bisschen lustig. »Wir sehen uns im Hotel.«

»Also dann, viel Glück.«

Erstaunlicherweise beugte er sich vor und umarmte mich. Eine steife, verlegene, kurze Umarmung, aber immerhin eine Umarmung. Ich wartete draußen vor dem Wohngebäude, sah dem Prius hinterher, bis er um die Ecke gebogen und verschwunden war. Dann ging ich die Stufen hinauf, um meine Mutter kennenzulernen.

Manson, Kentucky

– Damals –

Kurz nach Mittag raste der Polizeiwagen des Sheriffs mit heulender Sirene über den Highway. Ellis fuhr. Beecher saß neben ihm, den Blick auf die Straße vor sich gerichtet. Neun Minuten zuvor hatte Deputy Louis die neuesten Entwicklungen durchgegeben. Der Mann auf der Phantomzeichnung war in die Getreidemühle zurückgekehrt.

»Wie geht es dir, Beech?«, fragte Ellis.

»Gut, prima. Bisschen nervös.«

»Du weißt noch, wie man das Ding benutzt?« Er zeigte auf Beechers Pistole.

»Ist eine Weile her, seit ich das letzte Mal auf dem Schießplatz war«, sagte er. »Aber ich weiß noch ungefähr, wie rum ich sie halten muss.«

Gott bitte mach, dass es jetzt zu Ende ist, dachte Ellis. Aber selbst wenn nicht, war es gut, mal aus dem Büro rauszukommen und was Richtiges tun zu können.

Er schaltete die Sirene aus, fuhr auf den Seitenstreifen und hielt vor dem verblichenen Schild *Getreidemühle & Besucherzentrum, 1/4 Meile.*

Die Straße war teilweise durch umgestürzte Bäume und Flutschäden blockiert. Den Rest der Strecke würden sie zu Fuß gehen müssen.

Ellis und Beecher stiegen ruhig und zügig aus dem Wagen, zogen die Schutzwesten vom Rücksitz und schlüpften hinein. Beechers war zu groß. Seine dünnen Ärmchen baumelten aus den Öffnungen für die Arme, und er sah noch jünger aus als sowieso schon.

Rasch liefen sie auf dem Weg Richtung Mühle, aber als sie näher kamen, scherten sie in den Wald aus.

Die Deputys Herm und Louis kauerten in einem Jägerunterstand, ungefähr siebzig Meter von der Mühle entfernt. Ellis hatte sie beauftragt, die Gegend zu observieren, falls, wer auch immer die Nacht im Besucherzentrum verbracht hatte, noch einmal kommen und seine Sachen abholen würde. Alle waren sich einig gewesen, dass dies unwahrscheinlich war, besonders nachdem das Phantombild des Mannes in den Nachrichten gezeigt worden war. Aber Ellis dachte, wenn der Täter eine Menge potenzieller Beweise zurückgelassen hatte und dann sein eigenes Gesicht im Fernseher sah, könnte ihm das einen so großen Schrecken einjagen, dass er an den Tatort zurückkehrte.

Anscheinend hab ich recht behalten, dachte Ellis.

»Ihr beiden seht aus wie echte Cops«, sagte Herm, als Ellis und Beecher den Unterstand erreichten.

»Was gibt's, Jungs?«, fragte Ellis.

»Unser Mann hat sich nicht gerührt, Sheriff«, sagte Louis und ließ sein Fernglas sinken.

»Passt er zu dem Phantombild?«

»Weiß, kurz geschnittene dunkle Haare, Mitte vierzig. Jeans und Armeejacke. Sein Gesicht haben wir nicht richtig gesehen, aber er ist jetzt gerade in der Mühle.«

»In der Mühle? Nicht im Besucherzentrum?«

»Nein. Wenn er gekommen ist, um sein Zeug zu holen, dann lässt er sich ganz schön Zeit.«

»Kann er euch gesehen haben?«, fragte Beecher.

»Unwahrscheinlich. Wir sind gut getarnt und ein ganzes Stück weit weg. Außerdem weht der Wind in die andere Richtung, Louis kann uns mit seiner ständigen Furzerei also nicht verraten haben.«

»Ich kann nichts dafür«, sagte Louis. »Diane hat gerade so eine Phase, wo sie auf gut gewürztes Essen steht. Angeblich beschleunigt das die Verdauung.«

»Stinkt jedenfalls, als wär dir was in den Hintern gekrochen und dort verreckt«, behauptete Herm.

»*Schh*«, machte Ellis und nahm Herms Fernglas, richtete den Blick in den Wald. Er stellte es scharf, bis er die Getreidemühle gut erkennen konnte, die sich wie ein alter Tempel zwischen den Bäumen und Büschen erhob. Die Mühle und das Besucherzentrum dahinter waren totenstill. »Hast du das Mädchen gesehen?«

»Das hätten wir ja wohl als Erstes gesagt, Sheriff«, sagte Herm. »Was machen wir jetzt?«

»Beech, Herm, ihr bleibt bei mir. Wir gehen leise rein. Louis, du hältst hier die Stellung.«

»Oh Mann, bloß weil ich furzen muss?«

»Falls er uns entwischt«, sagte Ellis und reichte ihm das Fernglas. Er löste seine .45er aus dem Holster, und Beecher tat es ihm gleich.

Herm hatte ein Gewehr dabei. Er schob eine Patrone in die Kammer und grinste. »Scharf geladen und bereit.«

Ellis hob eine Augenbraue.

»Tut mir leid, das hab ich immer schon mal sagen wollen.«

Anspannung lag in der Luft. Die Männer waren aufgeregt – und wer hätte es ihnen vorwerfen können? Sie machten jetzt genau das, was man sich unter Polizeiarbeit vorstellt, bevor man zur Polizei geht – sie schlichen sich an ein düsteres Gebäude an, um einen waschechten Bösen zu fangen. Sie begaben sich auf Menschenjagd.

Unter anderen Umständen hätte Ellis es auch aufregend gefunden, wäre er nervös gewesen oder hätte Angst gehabt. Aber nein. Er war müde, sonst nichts. Er fühlte sich emotional ausgetrocknet und wollte den Fall einfach nur noch beenden und zu den Akten legen. Er sehnte sich danach, sich der Schreibtischarbeit zu widmen, Radarfallen aufzustellen und hin und wieder mal jemanden wegen eines Drogendeliktes festzunehmen.

»Wir gehen jetzt rein, ganz ruhig und vorsichtig«, sagte Ellis. »Wenn der Mann Sammy hat, muss er uns zu ihr führen, dann brauchen wir ihn noch.«

Louis spuckte aus. »Wenn uns der Typ irgendwohin führt, dann höchstens zur Leiche von der Kleinen.«

»Das wissen wir nicht«, sagte Ellis. »Geschossen wird nur, wenn es nicht anders geht, verstanden?«

»Okay, Sheriff«, sagte Beecher.

»Andererseits, Jungs, geht kein Risiko ein.«

Ellis setzte sich in Bewegung, bewegte sich auf die Mühle zu, aber Beecher rief ihn noch mal leise zurück.

»Warte kurz, Sheriff. Klingt vielleicht komisch, aber hast du was dagegen, wenn wir vorher noch mal kurz beten?«

Ellis konnte sich ein Lächeln nicht verkneifen. »Kann bestimmt nicht schaden, Beech.«

Zu viert neigten sie die Köpfe, während Beecher betete. »Oh Herr, auf der bevorstehenden Mission übergeben wir uns deiner Obhut. Sei mit uns, wenn wir durchs Wasser waten, auf dass uns der Fluss nicht überschwemmt, wenn wir durchs Feuer gehen, auf dass es uns nicht verbrennt ...«

Ellis sagte still ein eigenes Gebet – nicht an Gott gerichtet, sondern an Sammy Went, wo auch immer sie war. *Bitte lass das alte Gemäuer nicht der Ort sein, an dem einer von uns stirbt,* bat er sie. *Auch wenn es vielleicht der Ort ist, an dem du gestorben bist.*

Wie vorausgesehen antwortete Sammy nicht.

»Amen«, sagten die Männer.

Kurz vor dreizehn Uhr näherten sich Sheriff Ellis und die Deputys Beecher und Herm der Getreidemühle. Die Eingangstür hing lose in den Angeln. Herm, der Größte der drei, hob sie an und stieß sie nach innen auf, dann trat er schnell ein und ließ Ellis und Beecher hinein. Zunächst sah Ellis nur Dunkelheit, doch schon bald erkannte er die Holzbalken und Stahlträger.

Die drei Männer bewegten sich langsam tiefer in das Gebäude hinein, stiegen über kaputte Flaschen und leere Dosen. Von dem Verdächtigen keine Spur, was auch kein Wunder war, denn er hatte sie sicher hereinkommen hören. Ellis hatte erwartet, dass der Mann fliehen und damit seine Position verraten würde. Stattdessen aber hatte er sich versteckt. Das ließ vermuten, dass er eine Ruhe besaß, die Ellis nur umso mehr erschreckte.

Als er immer tiefer in die Mühle vorstieß, drehte sich Ellis kurz zu der Wand mit den Namen um. Im trüben Licht sah er Hunderte von Namen, konnte aber nur einen entziffern: *Sammy Went.*

Sie kamen unten an die Treppe. Ellis machte seinen Deputys Zeichen, die Suche im Erdgeschoss fortzusetzen. Er selbst würde oben nachsehen. Beecher schaute ihn nervös an, dann ging er unten weiter.

Ellis stieg die Treppe hinauf. Im zweiten Stock war noch weniger Licht.

Er sah hinter einem großen alten Eisenfass nach und fand nichts außer Rattenscheiße. Dann kletterte er auf einen niedrigen Steg. Früher hatten die Mitarbeiter der Mühle von dem Steg aus Mais in die Maschinen gefüllt. Jetzt war er klapprig und alt, drohte wie die Treppenstufen, über die er hier heraufgelangt war, jeden Augenblick einzustürzen.

Obwohl der Steg nur einen Meter hoch war, hatte er von dort aus einen guten Überblick. Er sah niemanden, aber es gab jede Menge dunkle Ecken, in denen man sich verstecken konnte.

Er ging weiter vorbei an einer Reihe schmutziger gelber Fenster und schaute kurz nach draußen. Unter ihm, hinter einem Geflecht aus Ranken, sah er Deputy Louis mit seinem Gewehr in beiden Händen, den Blick fest auf die Mühle gerichtet.

Nachdem er seinen Rundgang im ersten Stock beendet hatte, war Ellis jetzt überzeugt, dass der Mann nicht dort oben sein konnte. War es ihm gelungen zu entkommen? Oder war er unten?

Instinktiv glaubte er plötzlich, Beecher finden und beschützen zu müssen.

Ellis wollte zur Treppe. Er hatte schon die halbe Strecke zurückgelegt, als ihm plötzlich mehrere Fußsabdrücke auf dem schmutzigen Boden auffielen. Er war ziemlich sicher, dass er dort nicht entlanggelaufen war. Er löste seine Taschenlampe, um sie näher zu betrachten.

Die sind frisch, dachte er. Sehr …

Schritte stampften über den Boden hinter ihm. Er drehte sich gerade noch rechtzeitig um, sodass er einen Mann auf sich zurennen sah. Es war zu dunkel, um sein Gesicht zu erkennen. Bevor der Mann sich auf ihn warf, blieb Ellis nur noch Zeit zu schreien: »Halt!«

Ellis kippte rückwärts um und knallte auf den Boden. Er war auf etwas Feuchtem gelandet. Er umschloss den Griff seiner .45er, merkte dabei allerdings, dass es gar nicht seine Pistole war. Anscheinend hatte er diese, als er die Taschenlampe genommen hatte, gedankenverloren zurück ins Holster gesteckt.

So ein Fehler kann dir zum Verhängnis werden, Alter, dachte er. Der Mann war jetzt auf ihm, hatte die Hände fest um Ellis' Hals gelegt. Ellis leuchtete dem Angreifer mit der Taschenlampe ins Gesicht, doch er schlug sie ihm aus der Hand. Sie rollte davon, beleuchtete flackernd die Unterseite des Stegs.

»Lasst uns in Ruhe«, sagte der Mann ächzend. »Warum könnt ihr uns nicht …«

Ellis versuchte den Kopf des Mannes wegzudrücken, aber er war zu langsam und zu schwach und zu müde. Er würde hier sterben. Er würde mit seiner .45er im gottverdammten Holster in einer Pissepfütze sterben.

Als er bereits das Bewusstsein verlor – *oder war es der schleppende Gang in den Tod* –, beugte sich der Mann vor, und einen kurzen Augenblick lang waren seine Augen im trüben Licht zu sehen, das durch die schmutzigen Fenster fiel. Ellis entdeckte nichts Böses darin. Nicht einmal Wahnsinn. Er sah etwas, das er kannte: Angst.

Dann nicht mehr viel. Ellis wurde schwarz vor Augen, und die Geräusche in der Mühle entfernten sich. Jetzt hörte er nur noch sein eigenes pfeifendes Keuchen. Das knappe Ächzen des Mannes. Schritte auf der Treppe. Drei Schüsse.

Pistolenschüsse!

Der Griff des Mannes lockerte sich, und Ellis bekam wieder Luft. Der Körper auf ihm erschlaffte und sackte zur Seite weg. Ellis stützte sich auf die Ellbogen und sah sich zwinkernd um, atmete flach. Deputy Beecher stand oben an der Treppe. Mit der Pistole im Anschlag.

»Alles klar, Chef?«, fragte Beecher leise und zittrig.

Ellis klingelte es in den Ohren, sodass er kaum etwas hören konnte. Er wollte antworten, doch die Worte verfingen sich in seiner Kehle. Vergeblich versuchte er aufzustehen, seine Beine funktionierten nicht.

Beecher ging zu ihm, schob einen Arm unter seinen und zog ihn hoch. »Bist du verletzt?«

»Ich weiß nicht«, sagte Ellis. »Ich ... ich glaube nicht.«

Beecher holte Ellis' Taschenlampe unter dem Steg hervor und leuchtete dem Mann ins Gesicht.

Manson, Kentucky

– Jetzt –

Ich stand vor den Klingeln des Wohnblocks. Nie hatte es mich nervöser gemacht, auf einen Knopf drücken zu müssen. Nachdem ich kurz – und sehr ernsthaft – darüber nachgedacht hatte, einfach davonzulaufen, nahm ich all meinen Mut zusammen und klingelte bei Molly.

Der Lautsprecher knisterte und zischte, dann hörte ich Molly. Ihre Stimme war hell und fröhlich, womit sie erneut meine Erwartungen widerlegte. Weder klang ihre Stimme wie die einer Fremden noch vertraut. Selbstbewusst sagte sie zwei kurze knappe Worte: »Komm rauf.«

Ein Summen, und die Eingangstür öffnete sich.

Am Ende eines schmalen Gangs im ersten Stock, den man über ein schwach beleuchtetes Treppenhaus erreichte, sah ich auf meine Füße und beschwor sie, mich weiterzutragen.

Als ich mich Mollys Wohnung näherte, ging die Tür auf, und ein großer Mann trat hinaus. Er war Ende sechzig, wirkte aber noch kräftig genug, um Bäume auszureißen. Als er mich sah, schenkte er mir ein charmantes Lächeln.

»Ja ist das denn die Möglichkeit«, sagte er und schloss die Tür zu Mollys Wohnung. »Molly hat mir gesagt, dass du kommst. Ich bin Dale Creech.«

Er streckte die Hand aus, und ich schlug ein.

»Freut mich, Sie kennenzulernen«, sagte ich. »Ich bin Kim.«

»Dein Akzent gefällt mir«, sagte er. »Wie findest du das alles? Ich kann mir nicht mal ansatzweise vorstellen, wie es sein muss, nach so vielen Jahren wiederzukommen.«

»Es als emotionale Achterbahn zu beschreiben wäre stark untertrieben«, sagte ich.

Er schaute zu Mollys Tür. Sein Lächeln wich einer leicht besorgten Miene. »Ich weiß, wir haben uns eben erst kennengelernt, aber darf ich dir einen freundlichen Rat geben?«

»Okay.«

»Molly setzt das alles ziemlich zu. Sie gibt sich große Mühe, aber manchmal kommt es rüber als … Lass ihr ein bisschen Zeit, mehr sage ich nicht. Hab Geduld mit ihr.«

Creech war schon der Zweite heute, der mich vor Molly warnte. Auf meine Nerven wirkte das nicht gerade beruhigend.

»War schön dich kennenzulernen«, sagte er.

Erneut gaben wir uns die Hand. Er lächelte und wollte zur Treppe. Ich wartete, bis er weg war, dann klopfte ich an Mollys Tür.

Eine verlebte Frau mit einem freundlichen, aber

traurigen Gesicht öffnete mir. Ihre Haare waren grauweiß und streng aus dem Gesicht gekämmt, das an eine Landkarte aus tiefen Furchen und Sorgenfalten erinnerte.

Molly war Ende sechzig – ich musste kurz nachrechnen –, aber sie sah sehr viel älter aus. Was mich am meisten schockierte, war ihr Gewicht. Zugegeben, die Bilder, die ich von Molly gesehen hatte, waren dreißig Jahre alt, aber sie war auf allen schlank gewesen – vielleicht ein bisschen kurvig, aber auf keinen Fall übergewichtig. Die Frau, die jetzt die Tür öffnete, war massig. Wäre ihr Gesicht nicht gewesen – und ganz besonders ihre Augen, die ich von den Fotos wiedererkannte –, hätte ich gedacht, ich hätte mich in der Tür geirrt.

»Hallo, Kim«, sagte sie. Ihre Stimme war so leicht und angenehm, wie sie schon aus der Sprechanlage geklungen hatte. »Ich bin Molly. Freut mich, dich kennenzulernen.«

Sie nahm meine Hand und schüttelte sie fest. Ich hatte nicht damit gerechnet, dass sie mir weinend um den Hals fallen würde, so wie Emma es getan hatte, aber hatte diese Frau mich nicht achtundzwanzig Jahre lang gesucht? Um mich getrauert? Ihr Handschlag kam mir sehr förmlich vor.

»Komm rein«, sagte sie.

Ihre Wohnung war noch kleiner als meine in Australien und vollgestopft mit viel zu vielen Möbeln. Drei Sofas, zwei Sessel, ein langer Esstisch, zwei Vitrinen und Bücherregale. Auf dem Boden lagen überlappende

Teppiche, jeder mit einem anderen Muster, sodass man das Gefühl hatte, über ein Magisches-Auge-Bild zu spazieren. Ein bisschen erinnerte mich ihre Wohnung an die von Georgia Evvie in Australien. Wenn ich es mir genau überlegte, erinnerte mich auch Molly selbst an Georgia.

Im Gegensatz zum Rest der Wohnung waren die Wände weiß und kahl, abgesehen von einem kleinen hölzernen Kruzifix.

»Du hast einen tollen Garten da draußen«, sagte ich. Von drinnen wirkte der Balkon noch viel mehr wie ein Dschungel.

»Mmh, mein ganzer Stolz und meine ganze Freude. Hast du auch einen grünen Daumen?«

»Nein.« Ich erinnerte mich an die satten Farben des Gartens meiner Kindheit – an das Grün, das Rot, das Pink und vor allem an die knalllila Taubnesseln unter meinem Schlafzimmerfenster –, und fast hätte ich gesagt: *Aber meine Mutter hatte den grünsten Daumen, den man sich nur vorstellen kann.* Zum Glück hielt ich den Mund.

»Wie findest du unsere kleine Stadt?«, fragte Molly in gelassenem Plauderton.

»Sehr schön. Sehr amerikanisch, wenn du verstehst, was ich meine.«

Mollys förmliche Art machte mich noch nervöser. Statt des Teppichs hätten auch Eierschalen den Boden bedecken können. Lange sagte keine von uns beiden etwas.

Da sie mich nicht aufgefordert hatte, Platz zu nehmen, blieb ich stehen, verlagerte betreten das Gewicht von einem Fuß auf den anderen. Als auf dem Herd in der angrenzenden Küche ein Kessel pfiff, ging Molly hin, und ich ergriff die Gelegenheit und setzte mich auf eines der drei großen Sofas.

Molly kam mit einer Kanne Pfefferminztee wieder, er roch frisch und stark. Sie schenkte uns jeweils eine Tasse ein.

»Ich habe gehört, du hast meine Tochter kennengelernt«, sagte Molly.

»Emma, ja. Sie scheint sehr nett zu sein.«

»Stu hat mir gesagt, sie hätte sich danebenbenommen. Sei losgerannt und habe gleich bei der erstbesten Gelegenheit die Presse informiert.«

»Schon gut. Ich meine, die ganze Sache ist … jeder reagiert anders. Ich zum Beispiel hatte es erst nicht wahrhaben wollen und mir dann überlegt, es besser erstmal für mich zu behalten. Emma hat einfach nur das Gegenteil davon getan. Zu Hause habe ich auch eine kleine Schwester. Wenn sie mir jemals jemand wegnehmen würde … *oh Gott,* ich habe keine Ahnung, was ich tun würde.«

»*Worte sind Zeugnis unserer Hingabe an Gott, und Worte sind die Wahrheit dessen, wer wir wirklich sind.*«

»Wie bitte?«

»Wenn du Gott ehrst, darfst du seinen Namen nicht missbrauchen.«

»Oh«, sagte ich. »Verzeihung. Alte Gewohnheit, denke ich.«

Sie zuckte mit den Schultern und trank ihren Tee. »Hast du mit meinem Exmann gesprochen?«

»Stuart hat sich bei ihm gemeldet, denke ich.«

Molly sah mich mit einem schiefen, verschlagenen Lächeln an. »Jack ist schwul, weißt du das?«

Meine Muskeln verspannten, wie immer, wenn ein älterer Verwandter etwas im Ansatz Rassistisches oder Homophobes äußerte. »Nein, das wusste ich nicht.«

»Eins von vielen Dingen, mit denen Stu vermutlich noch nicht rausgerückt ist.«

Dass Jack Went schwul war, war mir neu, aber was mich viel mehr erstaunte, war die Verachtung in Mollys Stimme. Ich fragte mich: War sie als betrogene Exfrau wütend, oder nahm sie wegen ihres Glaubens Anstoß?

Als hätte sie meine Gedanken gelesen, fuhr sie fort: »*Wenn jemand beim Knaben schläft wie beim Weibe, die haben einen Gräuel getan und sollen beide des Todes sterben.* 3. Buch Mose 20:13. Ich weiß, politisch ist das nicht korrekt, aber ich lasse mich lieber von Gott leiten, schönen Dank auch.«

Wenn ich an Molly gedacht hatte, dann hatte ich sie mir wohl kaum vorgestellt wie die Mutter aus *Drei Mädchen und drei Jungen*, andererseits aber auch nicht wie die aus *Carrie*. Mir dämmerte eine unbequeme Wahrheit: Ich mochte diese Frau nicht.

Sie schaute tief in ihre Tasse wie eine Hellseherin, die aus Teeblättern liest. Vielleicht konnte sie dort in die

Vergangenheit schauen oder vielleicht auch in die Zukunft: Beide beeindruckten sie nicht. »Hör mir zu, Liebes. Ich weiß nicht, ob das gute oder schlechte Neuigkeiten für dich sind. Ich weiß nicht, was du hier suchst, und ich weiß nicht, was du zurückgelassen hast. Aber Sammy wurde vor langer Zeit begraben, und du und wir anderen lassen sie besser in Frieden ruhen.«

»Ich verstehe nicht.«

»Du bist nicht meine Tochter.«

Ich sagte nichts.

»Ich schäme mich zu sagen, dass Jack nicht der einzige Sünder in der Familie ist«, fuhr sie fort. »Ich habe versucht, meine Kinder zum Licht zu führen, aber Jack hat sie in die Dunkelheit geleitet. Durch Sammys Tod waren sie gezwungen, sich zu entscheiden: Wollten sie sich durch Gottes Licht über all das erheben oder in Verzweiflung ertrinken. Jack hat sich für die Perversion entschieden, und vielleicht ist dir aufgefallen, dass Emma ein schwieriges Verhältnis zum Alkohol hat. Stu ist zwar kein Trinker und, soweit ich weiß, auch nicht schwul, aber auch er trägt den Teufel in sich.«

Sie lehnte sich zurück und stellte ihren Tee auf ihrem massigen Bauch ab. Das Sonnenlicht des späten Vormittags fiel über den Balkon und warf lange Schatten auf ihr Gesicht. Sie lächelte mich an. Kurz musste ich an die Hexe aus *Hänsel und Gretel* denken. Plötzlich konnte ich mir Molly Went geborene Hiller vorstellen, wie sie einen Zaubertrank anrührte, Krähenkrallen und Molchaugen dazugab.

»Stu lügt«, sagte sie. »Das ist seine Sünde. Er lügt andere und sich selbst an. Er ist ein leidenschaftlicher Mensch. Charmant, wenn er will. Wenn er es drauf anlegt, versteht er es, andere zu überzeugen. Das ist auch der Grund, weshalb ich ihn gebeten habe, uns heute alleine Zeit zu geben, um uns zu unterhalten. Er hat dich in sein Netz aus Blödsinn verfangen, und das tut mir leid.«

»Ja, es ist ganz schön hart«, sagte ich. »Zuerst habe ich genauso reagiert, aber … siehst du, ich …« Meine Worte wurden zu schwerfälligen Brocken in meinem Mund. Sie purzelten größtenteils bedeutungslos heraus. »Weißt du, die Sache ist die …«

»Besser man schweigt und wird für einen Dummkopf gehalten, meine Liebe, als dass man den Mund aufmacht und alle Zweifel ausräumt.«

Wieder ließ sie ihr hexenhaftes Grinsen aufblitzen.

Ich mochte diese Frau absolut nicht. Ob sie nun Kinder entführt hatte oder nicht, Carol Leamys Herz war voller Licht und Liebe gewesen. Mollys war von Dunkelheit erfüllt. Aber war es vielleicht mein Verschwinden gewesen, dass die Dunkelheit erst dort hineingebracht hatte? Hatte ich eine offene Wunde hinterlassen, die seither faulte und sie verwandelt hatte?

»Dein Sohn hat meine DNA testen lassen …«

»… mein Sohn möchte so verzweifelt glauben, dass seine Schwester noch am Leben ist, dass er sich das Ganze ausgedacht hat.«

»Ich habe den Test gesehen. Die Wahrscheinlichkeit

lag bei 98,4 Prozent. Du willst es nicht wahrhaben, das verstehe ich, aber …«

»… ach, es nicht wahrhaben wollen, das ist doch auch nur so ein Spruch. Ich wusste bereits, dass du nicht meine Tochter bist, noch bevor du durch die Tür gekommen bist. Und weißt du, warum?«

Weil Sammy Went vor langer Zeit begraben wurde, dachte ich, hielt aber den Mund. Ich war rot angelaufen vor Wut und fühlte mich zittrig. Wenn ich weiterredete, würde ich vielleicht in Tränen ausbrechen, und eine Frau wie Molly würde mir dies als Schwäche auslegen. Die Genugtuung wollte ich ihr nicht gönnen. Ich wollte ihr gar nichts gönnen.

»Weißt du was über Schlangen, Kleine?«

»Nein, nicht viel.«

»Aber du weißt, dass sie ihren Darm entleeren, oder?«

Ich presste die Lippen aufeinander. »Ja, natürlich.«

»Sie entleeren ihren Darm sogar sehr häufig«, sagte sie. »Durch meinen Glauben gerate ich häufig in Kontakt mit Schlangen und auch ihrem Kot. Der Reverend meiner Kirche lässt uns diesen aufsammeln und in kleine Plastiktütchen verpacken. Kannst du erraten, warum?«

»Ganz bestimmt nicht.«

»Menschen, die Probleme mit Ungeziefer haben, mit Ratten oder Mäusen, kommen zum Reverend, wenn sie schon alles andere versucht haben: Fallen, Gift, Katzen. Er schenkt ihnen ein Tütchen mit Schlangenkot, den sie überall dort verteilen sollen, wo sie ein Nagetier sehen, und *zack*. Die Viecher verziehen sich. Siehst du, wenn eine Maus den unverkennbar süßen, kräftigen Geruch von Schlangenkot wittert, denkt sie, es ist eine da, und haut schnell ab. Das Komische ist, dass die meisten Mäuse noch nie eine Schlange gesehen haben, trotzdem sagt ihnen eine Stimme tief in ihrem Inneren, dass sie ihnen Schwierigkeiten machen wird.«

Allmählich kam sie mir vor wie eine Irre.

»Und was glaubst du, woher sie das wissen?«, fragte sie.

»Aus Instinkt«, sagte ich.

Molly tippte sich an die Nase. »Instinkt. Der Herr hat ihn Adam geschenkt, und Adam hat ihn an uns weitergegeben. Der Instinkt ist ein kleines Stück von Gott, das wir mit uns herumtragen. Ich weiß, dass du nicht meine Tochter bist, aus demselben Grund, aus dem Ratten wissen, dass sie verschwinden müssen, wenn sie Schlangenkot riechen. Hast du das verstanden?«

»Ich hab's verstanden.«

Sie grinste. »Dann bist du ja doch gar nicht so blöd, meine Liebe.«

Manson, Kentucky

– Damals –

Auf der Rückfahrt vom Supermarkt, nachdem er die Rennie Street in südlicher Richtung runtergefahren und dann links in die Barkly und rechts in die Cromdale eingebogen war, hatte Jack vor dem Haus der Eckles Halt gemacht.

Er schaute lange zu dem Fenster im ersten Stock, in der Hoffnung, einen Blick auf Travis werfen zu können. Aber es war niemand da. Er sah sich den Wagen parken, über den Rasen zur Haustür gehen, zu Travis auf die Veranda treten, der seine Entschuldigung annehmen würde – *der hat bei dir was gut, Jackie Boy, du weißt, dass er bei dir was gut hat* –, und dann würde alles wieder normal sein. Jedenfalls so normal wie vorher.

Aber das war eine andere Realität. In dieser hier würde ihm der Junge niemals verzeihen, Molly würde ihn niemals lieben, Buddy Burns war alt und Sammy verschwunden.

Verschwunden. Die Worte schnitten ihm mit scharfen Zähnen in die Seele und weigerten sich, wieder loszulassen. *Vermisst, entführt, gekidnappt*, darin war immerhin noch eine Andeutung von einem Happy End enthalten. Es waren schlimme Worte, aber sie waren nicht endgültig. *Verschwunden* war hässlich. *Verschwunden* bedeutete, dass Sammy nicht mehr wiederkam.

Die Bräute Draculas hatten die Köpfe zusammengesteckt und unterhielten sich, als Jack in die Küche kam und die Einkäufe verstaute. Alle drei verstummten, was ihm den Eindruck vermittelte, dass sie über ihn geredet hatten.

Redet ruhig über mich, dachte Jack. Stopft euch voll mit dem Tratsch, den ihr in Manson findet. Stopft euch voll damit, bis euch schlecht wird.

Mollys Schwestern liebten Tratsch nicht nur, sie verschlangen ihn, als gelte es, ihr Leben zu retten. In Arlington, Virginia, galt die kurze Affäre eines Nachbarn oder die Tablettensucht einer Freundin bereits als guter, echter Tratsch. Von der Bekehrung ihrer Schwester zu einer Schlangenhantiererin mussten sie monatelang gezehrt haben. Aber jetzt – jetzt spielten sie in der ganz großen Liga.

Er hasste sie, und das ohne große Anstrengung. Alle drei hatten über die Jahre dazu beigetragen, seine Frau zu schikanieren und schlechtzumachen, ihr Selbstbewusstsein zu zerstören und ihr Gemüt für religiöse Bekehrungen empfänglich zu machen. Es war falsch, ihnen die Verantwortung für alles zuzuschieben, aber in diesem Moment kam es ihm richtig vor.

Pauline brach das Schweigen. »Du hast Wichtigeres zu tun, als dich um den Einkauf zu kümmern«, sagte sie. »Schreib einfach alles auf die Liste, dann kümmern Todd und ich uns darum.«

Jack ging gerne einkaufen. Wenigstens war das eine Aufgabe, der er gewachsen war. »Habt ihr Molly gesehen?«

»Sie ist draußen im Garten mit Stu«, sagte Tillie. Sie war eine gemeine Frau, aber von den Bräuten Draculas war sie noch die erträglichste. »Willst du Kaffee? Du siehst aus, als könntest du einen gebrauchen.«

Er schüttelte den Kopf.

»Hackbraten zum Essen heute, ist das okay, Jack?«, fragte Anne. Sie war von ihrer Art sanfter als ihre Schwestern, strahlte aber den stillen Zorn des unbeachteten mittleren Kindes aus.

»Ich hab keinen Hunger. Aber danke.«

»Ich mach dir einen Teller«, sagte Anne und schaute ihre Schwestern an.

Paulines Sohn Todd saß im Wohnzimmer und sah eine Wiederholung von *Roseanne*. Pauline hatte ihn aus Virginia mit hergeschleppt, weil sie Angst hatte, in ein Flugzeug zu steigen, sich gleichzeitig aber zu fein war, eine so lange Strecke selbst zu fahren. Jack tat der Junge leid. Er hatte seit seiner Ankunft kaum mehr als drei Wörter gesagt, und seine Taschen standen noch immer gepackt oben im Gästezimmer, bereit zur Flucht. Aber wer konnte es ihm verdenken? Dies war ein trostloser Ort, und vor ihnen lag nichts außer dunkle Tage.

Verschwunden, dachte Jack traurig.

Er fand Molly auf der Holzbank hinten im Garten. Sie sah Stu beim Spielen in einer alten roten Sandkiste zu, für die er sich nicht mehr interessiert hatte, seit er vier oder fünf Jahre alt gewesen war. Stu schien sich zurückzuentwickeln. Jack fürchtete schon, er würde wieder Babysprache sprechen und ins Bett machen. Das war nicht normal, aber hier war sowieso nichts normal.

Wenn – *falls* – Sammy nach Hause käme, würde es einige Risse zu kitten geben; vorläufig aber versuchten sich die Wents einfach über Wasser zu halten. Jack setzte sich zu Molly auf die Bank.

»Was Neues?«

»Nein«, sagte sie. »Und bei dir?«

»Nichts.«

Stu buddelte langsam und systematisch in einer Ecke der Sandkiste, als wollte er einen Dinosaurierknochen ausgraben. Während Jack ihm zusah, dachte er an das Kuscheltier im Wald, den Unbekannten, der in der Gegend gesehen worden war, und Sammys Namen an der Wand der Getreidemühle: lauter Fragen ohne Antworten. Das alles war so rätselhaft, am liebsten hätte er jemandem eine reingehauen.

»Deine Mutter hat angerufen«, sagte Molly. »Sie hat den Drugstore wieder aufgemacht. Sie findet, du solltest deine Mitarbeiterin feuern.«

»Debbie?« Er grinste matt. »Wenn sie für meine Mutter arbeiten muss, kann's nicht lange dauern, bis sie freiwillig kündigt.«

»Sie hat gesagt, Travis Eckles sei heute mit einem Rezept vorbeigekommen. Und dass er schlimm ausgesehen hat. Blaues Auge, aufgeplatzte Lippe … Das warst du Jack, oder?« Sie nahm sanft seine Hand in ihre. »Ich hab auch von den Gerüchten über ihn gehört, aber nur wenn wir der Sünde widerstehen, erweisen wir uns Gottes Liebe würdig.«

Er sagte nichts. Sie saßen kaum fünfzehn Zentimeter voneinander entfernt, dennoch schien der Raum zwischen ihnen unüberwindlich.

Natürlich hatte seine Frau verdient, die Wahrheit zu erfahren, und das schon lange. Aber jetzt war nicht der richtige Zeitpunkt. Außerdem, wo sollte er überhaupt anfangen?

»Kannst du dich an Heiligabend erinnern, oh Gott, das muss '75 oder '76 gewesen sein«, sagte sie. »Bevor Emma geboren wurde. Wir haben bei meinen Eltern auf dem unbequemen Ausziehsofa mit der Stange in der Mitte übernachtet. Kannst du dich an das Ding erinnern?«

»Mein schmerzender Rücken erinnert sich deutlich.«

»Meine Schwestern hatten mich wie immer wahnsinnig gemacht und mich so … *aufgeregt,* dass ich nicht schlafen konnte. Ich muss mich hin und her gewälzt haben, weil du um zwei oder drei Uhr morgens aufgewacht bist und mich gefragt hast, was los ist. Ich fing an, auf Tillie, Pauline oder Anne zu schimpfen oder auch auf alle drei gleichzeitig, und ich sagte, dass ich am liebsten einfach aufstehen und losfahren wollte.

Weihnachten zusammen verbringen, nur wir beide zu zweit. Weißt du noch, was du gesagt hast?«

Er lächelte. »Ich hab gesagt, *okay.*«

Molly drückte seine Hand. »Und dann haben wir das gemacht. Uns aus dem Haus geschlichen. Wir haben unsere Sachen gepackt und sind weg, ohne auch nur einen Zettel zu hinterlassen. Wir sind die halbe Nacht gefahren und haben uns zum Schluss ein Zimmer in diesem dreckigen Motel genommen.«

»Das Blue Dolphin Inn.«

»Du kannst dich noch an den Namen erinnern?«

»Ich erinnere mich an alles aus diesen frühen Tagen«, sagte er. »Die Zeit des *Wir gegen die anderen.*«

Sie sah ihn traurig an. Ihr Gesichtsausdruck erinnerte ihn an den wissenden Blick, mit dem Travis ihn am Freitagabend angesehen hatte, Sekunden bevor Jack ihm die Faust ins Gesicht schlug. Allmählich kam es ihm vor, als wüsste die ganze Welt etwas, das Jack nicht wusste.

»Wir sind vom Weg abgekommen, oder?«, fragte sie. Sie legte ihren Kopf auf Jacks Schulter und schloss die Augen. Die Geste entwaffnete ihn, und hätte er sich gehen lassen, hätte er vielleicht geweint. »Was zum Kuckuck ist nur mit uns passiert?«

Du hast die Kirche gefunden und ich Travis, dachte er. Diese Entdeckungen waren für uns beide ein Erwachen.

»Molly, ich muss dir was sagen«, fing Jack an.

»Wo ist Stu?« Sie sprang von der Bank auf. »Stu ist weg. Stu! Stu!«

Die Sandkiste war leer, abgesehen von einer kleinen Plastikschaufel.

»Ich hab nur sechzig Sekunden lang die Augen geschlossen, ich … Stu! STU!«

»Molly, reg dich nicht auf. Er muss …«

Aber sie rannte bereits zur Sandkiste, ihre nackten Füße klatschten laut auf den Betonweg, der durch den Garten führte. »Stu!«

Sekunden später kam der Junge hinter dem großen Zitronenbaum hervor, der über den Garten wachte. Er zog seinen Reißverschluss hoch.

»Ich bin hier, Mommy.«

Sie ließ sich auf die Knie fallen und packte ihn an den Schultern.

»Wo warst du? Wieso hast du dich versteckt? Mach das nie wieder, Stu. Versteck dich nicht vor mir! Hast du gehört?«

»Ich hab nur an den Zitronenbaum gepinkelt«, sagte er. »Dann wachsen die Zitronen schneller, stimmt's, Dad?«

Stu kicherte, und einen Augenblick lang fürchtete Jack, Molly könnte ihn schlagen. Stattdessen zog sie ihn in ihre Arme.

»Tu das deiner Mommy nicht an. Du hast mir Angst gemacht.«

»'tschuldigung.« Jetzt weinte er auch.

»Schon gut«, sagte sie. »Schon gut.«

Jack sah seiner Frau zu, wie sie ihren Sohn unter dem Zitronenbaum in den Armen wiegte, bis er die

Türklingel hörte. Er ging hinein und schaute in den Flur. Sheriff Ellis stand vor der Haustür. Die Bräute Draculas drohten, ihn zu fressen.

Jack bot Ellis den Sessel am Fenster an und schloss die Wohnzimmertür. Molly setzte sich mit Emma auf das Sofa ihm gegenüber. Bevor sie anfangen konnten, kam Tillie mit vier Gläsern Eistee herein, blieb eine Weile bei ihnen stehen und zog dann zögerlich wieder ab.

»Was gibt es, Sheriff?«, fragte Molly. »Was gibt es für Neuigkeiten?«

Er räusperte sich und schaute Emma an, die blass geworden war. »Das könnte ein bisschen heikel für so junge Ohren sein.«

»Sie kann bleiben«, sagte Jack. Dann, an Emma gewandt: »Wenn du möchtest.«

Sie nickte. Jack setzte sich neben seine Tochter und legte den Arm um sie.

»Heute ist es zu einem Vorfall gekommen«, sagte Ellis, nachdem er einen Schluck Eistee genommen hatte. »Ich wollte, dass sie's zuerst von mir hören. Der Mann auf der Skizze, die wir rausgegeben haben, unser Verdächtiger – er ist zur Getreidemühle zurückgekehrt. Meine Deputys haben das Gebäude observiert.«

»Hatte er Sammy bei sich?« Molly richtete sich alarmiert auf.

Ellis schüttelte den Kopf »Ich fürchte nicht. Wir haben uns ihm genähert, und dann kam es zu … einem Handgemenge.«

»Einem Handgemenge?«

»Er hat mich angegriffen«, sagte Ellis. »Falls es Ihnen aufgefallen ist, hinke ich ein bisschen. Er hat mich ein paarmal erwischt, bevor wir ihn … überwältigen konnten.«

»Was sagt er? War er es? Hat er Sammy entführt?«

»Wir hatten keine Gelegenheit, ihn zu verhören«, sagte Ellis, und sein Blick wanderte zwischen Emma, Molly, Jack und seinen Füßen hin und her. »Er wurde im Verlauf des Handgemenges erschossen.«

Molly schnappte nach Luft.

»Und wer ist es?«, fragte Jack. Er stand auf und ging auf und ab. »Vielleicht hat er Sammy bei einem Freund oder einem Angehörigen gelassen.« Sein Magen verkrampfte vor Wut. Sollte dieser rätselhafte Mann Sammy entführt haben, dann waren die Chancen, sie zu finden, mit ihm gestorben. Es wäre ein Leichtes gewesen, seinen Zorn gegen Ellis zu richten, ihm vorzuwerfen, es verbockt zu haben. Das wäre ein gutes Gefühl gewesen. Aber nicht fair. Der alte Mann in der verblichenen braunen Uniform tat sein Bestes. Niemand in Manson war auf das, was geschehen war, vorbereitet gewesen, weil so was in Manson einfach nicht passierte.

»Wir versuchen gerade noch, seine Identität zu klären«, sagte Ellis. »Seit das Phantombild im Fernsehen gezeigt wurde, haben wir sehr viele Tipps bekommen. Einer kam von einer Pflegerin, die in einer psychiatrischen Anstalt in Redwater arbeitet. Sie glaubt, der Mann könne einer ihrer Freigänger sein. Ein ehemaliger Veteran namens John Regler.«

»Sie *glaubt* es?«, sagte Jack. »Ist er es oder nicht?«

»Wir haben Kontakt zu dem Armeestützpunkt aufgenommen und erwarten noch heute Vormittag ein Fax mit seiner Personalakte und einem Foto. Mein Bauchgefühl sagt mir, dass er es ist. Die Schwester hatte Regler gesucht, weil er seinen letzten Termin nicht eingehalten hatte und sie sich Sorgen um ihn gemacht hat. So wie es klingt, ist er ganz schön fertig.«

»Fertig?«

»Man bezeichnet so was als *posttraumatische Belastungsstörung*. Außerdem ist er schizophren.«

»Oh Gott«, sagte Jack.

Emma brach in Tränen aus. Jack und Molly gingen zu ihr.

»Ist es wegen dem Namen?«, sagte sie zwischen lautem Schluchzen. »Hat er Sammys Namen an der Wand in der Getreidemühle gelesen? Hat er es deshalb getan? Wenn er verrückt war und ihn dort gelesen hat und …«

»Natürlich nicht«, sagte Molly und warf Emma einen undurchdringlichen Blick zu.

»Nein«, sagte Ellis. »Sollte es sich tatsächlich um John Regler handeln, haben wir guten Grund anzunehmen, dass er mit Sammys Verschwinden nichts zu tun hatte.«

»Was?« Jack durchlebte ein emotionales Schleudertrauma.

»Wir überprüfen derzeit noch einmal seine Krankenakte, aber wir glauben, dass John Regler am 3. April, also an dem Tag, an dem Sammy verschwand, ein Treffen seiner Selbsthilfegruppe besucht hat.«

Emma holte vor Erleichterung tief Luft und fiel Jack in die Arme. Er hielt sie fest.

»Tut mir leid, dass ich keine besseren Neuigkeiten habe.« Ellis setzte sein halb ausgetrunkenes Glas Eistee auf dem Wohnzimmertisch ab und stand auf. Jack war Ellis' Hinken beim Hereinkommen nicht aufgefallen, aber jetzt sah er es. »Jack, hätten Sie was dagegen, mich zum Wagen zu bringen?«

»Wir müssen über Travis Eckles reden«, sagte Ellis, als sie an seinem Wagen angekommen und weit genug vom Haus entfernt waren, sodass nicht einmal die Bräute Draculas etwas hören konnten.

Eine Mischung aus Wut, Angst und Scham stieg in Jack auf. Hatte Travis doch mit Ellis gesprochen? Wie viel hatte er ihm verraten?

»Er wurde am Freitagabend auf dem Parkplatz draußen vor Cubby's Bar von drei Maskierten ungeklärter ethnischer Herkunft zusammengeschlagen.«

Jack sagte nichts.

»Ein Überfall in Manson. Können Sie sich das vorstellen?«

»Die Stadt verändert sich«, sagte Jack.

»Aber da ist noch was: Ein Mann namens Joe Holt hat bei der Polizei in Coleman eine Prügelei auf eben jenem Parkplatz, an eben jenem Abend gemeldet, derer er Zeuge geworden war. Er sagte, und das ist ein Zitat:

›Der Mann mit dem vermissten Kind hat den, der's entführt hat, windelweich geprügelt.‹«

»Ich habe keine Ahnung, wovon er spricht, Sheriff.«

»Hören Sie, Jack. Ich werde mich mit jeder Erklärung zufriedengeben, wie es dazu kam, dass Ihre Hände so zugerichtet sind. Travis hat keine Anzeige erstattet, und Joe Holt hatte jede Menge Bourbon intus. Ich bitte Sie nur, es mir zu erzählen.«

»Was soll ich erzählen?«

»Was Sie wissen. Sie sind ein kluger Mann. Einer der klügsten, die ich kenne. Es fällt mir schwer zu glauben, dass Sie einen Jungen nur aufgrund von Gerüchten zusammengeschlagen haben, und soweit ich weiß, gibt es bislang nichts anderes, das Travis mit Sammys Verschwinden in Verbindung bringt. Also, was wissen Sie, das ich nicht weiß?«

»Wie schon gesagt, ich habe keine Ahnung, wovon der Mann spricht.«

Ellis wirkte verletzt, und einen Augenblick lang tat er Jack zutiefst leid. »Okay, Jack.«

Aufgewühlt und verzweifelt ging Jack in sein Zimmer und schloss die Tür hinter sich. Mollys Handtasche hing auf der Kante ihres Nachttischs. Jack nahm sie, drehte sie um und leerte den Inhalt auf dem Bett aus. Eine Brieftasche, Kleingeld, eine Damenbinde, eine taschengroße Bibel und …

Bingo, dachte er, als er ihr Adressbuch entdeckte. Er schlug es auf, blätterte den Abschnitt B durch und fand die Nummer von Buddy Burns. Dann nahm er das Telefon neben dem Bett und wählte.

Beim zweiten Klingeln hob ein junges Mädchen ab. »Bei Burns.«

»Hallo. Ist dein Vater zu Hause?«

»Ja, Sir. Darf ich fragen, wer am Apparat ist?«, fragte sie mit bewusst lieblicher Stimme. Er stellte sich ein Pfingstkirchlerklischee vor: ein hübsches junges Ding in einem langärmeligen Pullover und einem bodenlangen Rock, die Haare streng zu Zöpfen geflochten, die Fingernägel gepflegt und sauber.

»Hier ist Jack Went.«

Sie schnappte nach Luft. »Sie sind Mollys Mann.«

»Ganz richtig«, sagte er. »Kennen Sie Molly?«

»Ja, Sir. Aus der Kirche. Ist Sammy wieder zu Hause?«

Das schmerzte. »Nein. Noch nicht.«

»Wir haben alle für Sie gebetet, damit sie schnell nach Hause kommt und das alles keine Strafe des Herrn ist, gelobet sei er.«

»Eine Strafe? Wofür?«

»Dass Molly das Bett mit einem Ungläubigen teilt.«

Das arme Mädchen hat keine Chance, dachte Jack traurig. Er wollte sie aufklären – oder eigentlich lieber noch durchs Telefon greifen und ihr eine Ohrfeige verpassen –, aber stattdessen sagte er: »Wärst du so nett und würdest mir deinen Vater ans Telefon holen?«

Das tat sie. In der Leitung konnte es nicht länger als dreißig Sekunden lang still gewesen sein, doch während dieser Stille begab Jack sich an einen düsteren Ort. Und wenn das kleine Mädchen nun recht hatte? Wenn Gott – der Gott, unter dem er aufgewachsen war und an den er bis zu seiner Teenagerzeit aufrichtig geglaubt hatte – ihn bestrafte? Nicht nur weil Jack seinen Glauben verloren hatte, sondern auch wegen Travis Eckles und was er mit ihm gemacht hatte, genauso wie mit Buddy Burns und einer Handvoll anonymer Männer aus Coleman und Harlan County.

Hatte Gott nicht die erstgeborenen Söhne Ägyptens abschlachten lassen, weil ihr König so stur war? Hatte er nicht Davids Baby getötet, um ihn für den Ehebruch mit Batseba zu bestrafen? Hatte er nicht die Kinder, die sich über den Propheten Elisa lustig gemacht hatten, von Bären zerfleischen lassen?

Nahum 1:3, dachte Jack. *Der HERR ist geduldig und von großer Kraft, doch ungestraft lässt er niemanden. Er ist der HERR, dessen Weg in Wetter und Sturm ist; Wolken sind der Staub unter seinen Füßen.*

Buddy meldete sich in der Leitung. »Jack?«

»Hi, Buddy. Tut mir leid, dass ich dich so aus heiterem Himmel anrufe.«

»Nein, nein, schon gut. Schön, von dir zu hören. Gibt's was Neues über Sammy?«

»Nein, noch nichts Neues«, sagte er. »Aber hör mal, Buddy, neulich, als du vorbeigekommen bist, wolltest du mir was sagen. Weißt du noch?«

Buddy verstummte, und Jack beschwor jetzt ein Bild von ihm herauf statt von seiner Tochter – vielleicht drehte er den Filzhut in Händen, vielleicht blinzelte er nervös, so wie er es immer getan hatte, kurz bevor sie sich geküsst hatten –, aber statt Buddy *heute* stellte er sich Buddy *damals* vor. Früher war er schlank gewesen, hatte hohe Wangenknochen und starke, schützende Schultern gehabt. Schön war er eigentlich nicht gewesen, aber er hatte gut ausgesehen; weich und maskulin zugleich.

»Ja, Jack, das weiß ich noch.«

»Was wolltest du mir sagen? Ich hatte das Gefühl, dass es vielleicht wichtig war. Auch, dass du vor meiner Mutter nicht darüber reden wolltest.«

Er holte tief Luft und sagte zu seiner Tochter, die anscheinend noch in der Nähe war: »Schatz, geh doch bitte kurz hoch in dein Zimmer, okay? ... schau mich nicht so an. Geh schon, mach ... Bist du noch dran, Jack?«

»Ich bin dran.«

»Mir wär's lieber, nicht am Telefon darüber zu sprechen.«

»Können wir uns treffen?«

»Ich weiß nicht, Jack.«

»Bitte.«

»... wo?«

»An unserem alten Platz?«

Buddy hielt inne, vielleicht bestürzt über die Flut an Erinnerungen, die über ihn hinwegschwappten. Jack fragte sich, ob Buddy sie erregend oder abstoßend fand.

»Ich kann in einer Stunde dort sein«, sagte er schließlich.

Es dämmerte bereits, als Buddy mit seinem Ford Bronco auf den Parkplatz am See einbog. Jacks Wagen war der einzige dort, trotzdem parkte Buddy ganz hinten, zehn Meter entfernt. Jack sah ihn aussteigen und herüberwatscheln, sich den verfluchten Filzhut auf den Kopf setzen. Buddy zog ein Päckchen Zigaretten aus der Tasche und zündete sich eine an.

»Nur damit du's weißt, ich hab vor über zehn Jahren aufgehört«, sagte er. »Aber auf dem Weg hierher hab ich an der Tankstelle gehalten und mir ein Päckchen geholt.«

»Danke, dass du gekommen bist, Buddy.«

Buddy zog den Rauch tief in die Lunge und schaute über den See.

Sie gingen an ein niedriges Steinmäuerchen und setzten sich nebeneinander darauf, kehrten dem See den Rücken zu. Über das Wasser kam eine kalte Brise, wehte vage den Geruch nach Fisch und Müll herüber. Es war derselbe Parkplatz, auf dem Jack und Travis sich getroffen hatten, um sich zu lieben; derselbe Parkplatz, auf dem Jack Buddy vor so vielen Jahren gebeten hatte, mit ihm fortzugehen.

»Als wir das letzte Mal hier waren, hast du mich zu einer Entscheidung gezwungen«, sagte Buddy. Sein Ton war ernst und nostalgisch, als würden sie auf einem Bahnsteig stehen und sich für immer voneinander verabschieden. »Du hast mich gezwungen, mich zwischen der Kirche und, na ja ... dir zu entscheiden.«

»Ich erinnere mich anders daran, Buddy.«

»So ist es aber gewesen, Jack.« Seine Stimme brach, und einen Augenblick lang kam der alte Buddy Burns zum Vorschein – der Mann, den Jack einst geliebt hatte.

Wir gehen zusammen fort, hatte Jack gesagt. *Wir fahren zusammen in den Süden und fangen von vorne an, leben unseren Glauben auf unsere Weise.*

Bevor er an jenem Abend alleine die sechs Meilen zurück in die Stadt gegangen war, hatte Jack über den See geschaut und überlegt, ob er in die Mitte schwimmen und ertrinken sollte.

»Das war nicht als Ultimatum gemeint«, sagte Jack.

»Aber du weißt, dass es eins war. Wir beide wussten es. Was wir getan haben … was wir taten …«

»Was ist damit?«

»War gegen Seinen Willen.«

Der Herr lässt niemanden ungestraft, dachte Jack. »Ich will nicht mit dir streiten, Buddy. Ich habe keine Kraft mehr dazu.«

»Ich will nur sagen, ich hab mich für die Kirche entschieden, ob zum Guten oder zum Schlechten, und ich stehe zu der Entscheidung. Aber dass ich hier bin, dir sagen will, was ich dir sagen werde … damit könnte ich alles kaputtmachen. Alles, worauf mein Leben beruht.«

»Wovon redest du, Buddy?«

»Dieses Mal entscheide ich mich für dich.« Er zog noch einmal kräftig an seiner Zigarette. »Es stehen uns finstere Zeiten bevor, das kannst du mir glauben.«

»Aber es geht doch um Sammy, oder?« Jack wurde zunehmend ungeduldig. Je länger Buddy das Ganze hinauszögerte, desto nervöser wurde er. In seinem Bauch gluckste es vor Aufregung.

»Es war nach dem letzten *Heilungs*gottesdienst«, fing Buddy an. »Ich weiß, dass seit deinem letzten Gottesdienst eine Weile vergangen ist, aber du weißt bestimmt noch, wie diese Heilungssitzungen ablaufen.«

»Ungefähr«, sagte Jack.

Viermal im Jahr hielt die Light Within sogenannte Heilungsgottesdienste ab. Die Gläubigen versammelten sich in großer Zahl, um für die Heilung von diesem oder jenem zu beten: Krebs, Emphysem, multiple Sklerose, Demenz, Depression, was auch immer. Damals zu Jacks Zeit war Roy Creech noch Reverend gewesen. Er ging im Mittelgang auf und ab und rief Gott an, er möge ihn anweisen, wer geheilt werden solle. Manchmal hatte er eine Handvoll Klapperschlangen dabei, sprach Kauderwelsch oder legte einem wahren Gläubigen eine Hand auf die Stirn und befahl dem Teufel zu verschwinden. Häufig war der Placeboeffekt so groß, dass sich ein an Parkinson Leidender aus dem Rollstuhl erhob oder ein vom grauen Star fast Blinder behauptete, er könne wieder sehen. Gegen Krebs half der Placeboeffekt allerdings nicht. Auch nicht gegen angeborene Blutkrankheiten oder genetische Abnormalitäten. In diesen Fällen war es Gottes Wille, dass der Kranke so blieb, wie er war.

»Die Menschen, die geheilt werden wollten, standen durch die Hintertür bis auf den Parkplatz an«, sagte Buddy. »Auch deine Molly.«

»Molly? Wann war das?«

»Vor ein paar Monaten. Ende März, glaube ich.«

»War sie krank? Das verstehe ich nicht.« Er würde Molly zutrauen, eher Gott um Hilfe zu bitten als ihren Mann, auch wenn dieser ein verdammt guter Apotheker war, aber abgesehen von einer Erkältung hier und da konnte er sich nicht entsinnen, dass sie krank gewesen war.

»Creech hatte ein paar andere Leute vor Molly aufgerufen«, fuhr Buddy fort. »Sherman Harcourt mit seiner Diabetes, Helen Mitchel mit ihrem heroinabhängigen Sohn in San Francisco. Aber dann kam Molly dran.«

»Was hat sie denn gesagt, was ihr fehlt?«, fragte Jack. »Ich weiß, dass sie über Weihnachten manchmal Migräne hat …«

»Es ging nicht um Migräne.«

Ein eigenartiges Gefühl überfiel Jack. Er wollte, dass Buddy sich beeilte, endlich zum Punkt seiner Geschichte kam, aber er wollte gleichzeitig auch, dass er den Mund hielt und ihm gar nichts erzählte. Eine quälende Intuition verriet ihm, dass es vielleicht besser war, wenn er nichts davon wusste.

Buddys Gesichtszüge verdüsterten sich. »Reverend Creech hat deine Frau gefragt, von welcher Krankheit Gott sie heilen möge. Sie sagte, sie sei vom Teufel besessen.«

»Wie ist sie denn darauf gekommen?«

»Sie könne seinen Einfluss spüren. Sie spüre, dass er

an ihr zog und zerrte, ihr Dinge einflüsterte. Der Teufel müsse in ihr sein, denn wie sonst hätte sie erklären können, was sie gegenüber ihrer kleinen Tochter empfand.«

»Sammy? Sie hat von Sammy gesprochen?«

Buddy nickte. »Molly spürte nichts, Jack. Tut mir leid, dass ich dir das sagen muss, aber sie stand vor Creech und der Kirche und Gott selbst, und das hat sie gesagt.«

Jetzt, wo er Buddy davon sprechen hörte, erinnerte Jack sich daran, dass auch ihm um die Zeit von Sammys Geburt eine Veränderung an Molly aufgefallen war. Aber war es nicht vorher schon bergab gegangen? Hatte sich nicht alles bereits verändert, als er begonnen hatte, sich von der Kirche zu entfernen?

»Sie hat sich geschämt«, sagte Buddy. »Wahnsinnig geschämt. Sie ist auf die Knie gefallen und hat Creech angefleht, ihr zu helfen, auf der Stelle eine Teufelsaustreibung vorzunehmen. Sie wollte das kleine Mädchen unbedingt lieben. Lass mich das ganz klar sagen, Jack. Mag sein, dass sie nicht in der Lage dazu war, aber sie *wollte* es …«

»Oh Gott«, sagte Jack, und Buddy zuckte zusammen. »Der Teufel hat nichts damit zu tun. Warum ist sie nicht zum Arzt gegangen. Warum hat sie nicht mit mir gesprochen?«

Dann erinnerte er sich, wie er am Krankenhausbett gesessen hatte, die neugeborene Sammy in den Armen. Molly hatte gesagt … ja, *was*? Dass sie nicht empfand, was sie empfinden sollte, dass es dieses Mal anders war als nach der Geburt von Emma und Stu ... aber ... Sie hat es dir gesagt, dachte er. Oder zumindest hat sie es versucht. Und was hast du getan? Du hast gesagt, sie solle still sein und dass es vermutlich nur an dem verdammten Pethidin liege.

»Und was hat Creech gesagt?« Jack beschwor ein Bild des Mannes herauf, wie er seiner Frau eine Bibel auf den Kopf legte und Jesus den Herrn anrief, er möge ihr den Teufel austreiben.

»Erstmal nichts«, sagte Buddy. »Er ist an ihr vorbeigegangen und weiter zu Dolly Base mit ihrer Arthritis. Aber hinterher, als der Gottesdienst vorbei war und noch einige von uns geblieben waren, um zu fegen, hörten wir sie miteinander reden.«

Buddy verstummte, zog den Filzhut vom Kopf und drehte ihn in seinen Händen. Am liebsten hätte Jack den verdammten Hut in den See geworfen.

»Worüber haben sie gesprochen?«

»Wenn jemand wüsste, dass ich dir das sage ...«

»Verdammt noch mal, Buddy.«

»Die würden sich gegen mich wenden, glaub mir das.«

»Was hat Creech gesagt?« Jack war jetzt mit den Nerven am Ende, und die Wut stieg in ihm auf – eine Wut, wie sie ihn auch an jenem Abend vor Cubby's Bar erfasst hatte.

»Er sagte, Molly sei nicht vom Teufel besessen«, erwiderte Buddy.

»Aber das ist doch gut, oder?«

»Du lässt mich nicht ausreden. Creech hat Molly gesagt, was sie für den Satan und dessen Einflüsterungen hielt, sei vielmehr ihr Instinkt.«

»Ihr Instinkt? Ich verstehe nicht.«

»Er behauptete, nicht Molly sei vom Teufel besessen, sondern ihr kleines Mädchen.«

Manson, Kentucky

– Jetzt –

Ich verließ Mollys Wohnung und ging in Richtung meines Hotels, hielt den Kopf gesenkt, meine Gedanken wie ein überlaufendes Glas Wasser. Seit Stuart mich in Australien angesprochen hatte, seit ich Dean zur Rede gestellt hatte, seit wir Emma besucht und uns auf den Weg nach Manson gemacht hatten, war immer mehr Wasser in das Glas gefüllt worden, und ich hatte noch keine Gelegenheit gehabt, es zu leeren. Jetzt, nach meiner Begegnung mit Molly, war es kurz vorm Bersten.

Ich hatte mich kaum fünf Meter von Mollys Haus entfernt, als ein herannahender Wagen hupte und abbremste. Das Fenster auf der Fahrerseite wurde heruntergekurbelt, und ein grinsender Mann kam zum Vorschein. Schätzungsweise Ende vierzig. Er hatte einen dichten roten Bart und trug ein buntes Hemd. Er hielt. »Guten Tag, Ma'am.«

»Hallo.«

»Sie sind Kimberly Leamy, oder?«

»Kim«, sagte ich vorsichtig.

»Ich bin Detective Mark Burkhart.« Er suchte seine

Dienstmarke und zeigte sie mir. »Darf ich Sie auf einen Kaffee einladen, Kim?«

»Woher wussten Sie, wo Sie mich finden?«

»Na ja, Ma'am, ich bin Cop, und Manson ist nicht gerade New York.«

Ich hatte nicht den Eindruck, eine Wahl zu haben, also stieg ich in seinen Wagen. Auf der Fahrt durch die Stadt fragte er: »Hatten Sie inzwischen Gelegenheit, mal durchzuatmen?«

»Mehrfach«, sagte ich. Aber jedes Mal wenn ich es versuche, werde ich wieder unter Wasser gezogen, dachte ich.

»Als Kinder sind wir da hochgeklettert«, sagte er und zeigte auf den hochaufragenden Wasserturm. »Durften wir natürlich nicht, aber der halbe Spaß bestand darin zu warten, bis die Sonne untergegangen war, und dann aufzupassen, dass uns die Polizei nicht erwischt. Natürlich mussten wir uns damals nicht um diese hässlichen Dinger kümmern.« Er zeigte auf vier breite Stacheldrahtzäune jeweils um die Füße des Turms. »1986 haben sie die Absperrungen angebracht, als Daryl Wixey auf halber Höhe von der Leiter gefallen ist. Hat sich gleich zweimal das Rückgrat gebrochen. Wahrscheinlich wäre er tot gewesen, wäre er nicht richtig gefallen – und richtig gefallen ist er nur, weil er sich mit Wodka vollgesoffen hatte.«

Burkhart fuhr die Main Street entlang und bog auf den Parkplatz der Polizeiwache ein. »Dass Daryl vom Wasserturm gefallen und beinahe gestorben ist, war zu der Zeit, als ich hier aufgewachsen bin, das größte Ereignis in Manson. Bis zum Verschwinden von Sammy Went natürlich.«

Der Kaffee auf der Polizeiwache von Manson war erschreckend gut. Ich hatte irgendwas Schwarzes und Abgestandenes aus einer Filterkanne erwartet, aber Burkhart bereitete uns mit einer riesigen Kaffeemaschine aus Edelstahl zwei leckere Cappuccini zu.

Wir setzten uns in den Pausenraum der Wache; ich hatte einer Reihe von Automaten den Rücken zugekehrt, Burkhart einer Anschlagstafel, allerdings hingen dort nicht die Fahndungsplakate, die man erwarten würde, sondern Werbeflyer für Imbisse, ein *Game-of-Thrones*-Kalender und ein motivierendes Plakat – *Handeln Sie nicht im Affekt, bedenken Sie die Folgen!* – in unterschiedlichen Rot- und Blautönen.

Burkhart nahm ein kleines Aufnahmegerät aus seiner Brusttasche und stellte es auf den Tisch zwischen uns. »Was dagegen?«

»Schon in Ordnung.«

Er drückte auf den roten Knopf, und das Gerät piepte einmal. »Bereit, wenn Sie es sind.«

Also erzählte ich dem Detective und seinem Aufnahmegerät alles von Anfang an. Von Carol Leamy, Dean, meiner Schwester, meiner Kindheit. Es gab keine versteckten Hinweise oder Geheimnisse, die er hätte herausbekommen können, aber das schien ihn nicht zu stören. Er betrachtete mich schweigend, geduldig, sagte nur etwas, um mir weiterzuhelfen oder einen Deputy wegzuschicken, der hereingekommen war, um sich an einem der Snackautomaten zu bedienen.

Als ich von meiner australischen Familie erzählte, sehnte ich mich nach meiner Mutter. Natürlich konnte ich es nicht abwarten, Amy und Dean wiederzusehen, aber was ich wirklich gerne gehabt hätte, wären fünf Minuten mit Carol Leamy. Meine Erinnerungen an sie wurden von Tag zu Tag plastischer. Hatte sie sich ständig über die Schulter geschaut, wenn sie mit mir als Kind einkaufen gegangen war? Hatte sie nach der Polizei Ausschau gehalten, wenn wir Tagesausflüge an den Strand gemacht hatten? Als sie sich die Haare blond gefärbt hatte, war das Eitelkeit oder Tarnung gewesen?

Nachdem ich meine Geschichte beendet hatte, fragte ich: »Und jetzt?«

»Ich hole mir die Aussagen von Jack Went, Stuart, Emma, Molly, einfach allen. Auch von Ihrer Schwester und Ihrem Stiefvater. Dafür werden wir uns mit der australischen Polizei absprechen.«

»Ist vielleicht nicht nötig. Sie kommen her.«

»Noch besser«, sagte Burkhart. »Unsere Aufgabe wird es sein, eine Chronik der Ereignisse zu erstellen, angefangen mit Ihrem Verschwinden. Und wir werden auch noch einen eigenen DNA-Test machen, ich bin sicher, das werden Sie verstehen.«

»Natürlich.«

»Wir werden ein paar Bilder von Carol Leamy in den Lokalnachrichten bringen, mal sehen, ob jemand sie von früher erkennt…« Er lehnte sich zurück und strich sich über den Bart. »Wie war sie?«

»Vom Typ her keine Kidnapperin, falls Sie das meinen.«

»Das heißt, denken Sie, sie hatte Hilfe?«

Ich sagte nichts.

Das Brummen der Automaten erfüllte den kleinen Pausenraum, und einen Augenblick lang wurde ich in meine Wohnung in Australien zurückversetzt, zum Brummen meines Kühlschranks, zum Summen meines Laptopladegeräts auf dem Schreibtisch in der Ecke. Zu Hause schien ziemlich weit weg und lange her zu sein, und ich fragte mich, ob ich je wieder dorthin zurückkehren würde. Es war ein eigenartiges abstraktes Gefühl, ähnlich dem bei meinem letzten Gespräch mit Amy. Mehr als nur ein ungutes Gefühl – eher eine Vorahnung.

»Kommen Sie schon«, sagte Burkhart. »Jeder hat seine eigene Theorie. Sie müssen auch eine haben.«

»Haben Sie schon mal was von den Hicks-Babys gehört?«, fragte ich.

Burkhart schüttelte den Kopf.

»In den sechziger Jahren gab es in Ohio einen gewissen Dr. Hicks. Er entführte die Babys armer Mütter und verkaufte sie an Paare, die aus den unterschiedlichsten Gründen keine eigenen Kinder bekommen konnten. Sogar Geburtsurkunden hat er für sie gefälscht.«

»Ein Schwarzmarkt für Babys«, sagte er ungläubig. »Ihre Theorie ist also, dass der Kidnapper Sie an Carol

Leamy verkauft hat und diese Sie dann in Australien aufgezogen hat.«

Ich zuckte mit den Schultern.

»Na ja, ist wohl auch nicht weniger plausibel als alles andere«, sagte er.

Außerdem war es die einzige Theorie, die mir einfiel, die Carol zumindest ein kleines bisschen rehabilitieren würde. Ein ungewolltes Kind zu kaufen war sehr viel verzeihlicher, als ein geliebtes zu stehlen.

»Was ist mit Ihnen?«, fragte ich Burkhart. »Wenn jeder eine Theorie darüber hat, was an jenem Tag geschehen ist, welche haben Sie?«

Die Stirn in Falten gelegt trommelte er sachte mit den Fingern auf den Tisch. »Ich arbeite noch an einer.«

»Erinnern Sie sich denn daran, als es passiert ist?«

»Oh ja«, sagte er. »Ich wohne jetzt drüben in Coleman, aber ich bin direkt hier in Manson aufgewachsen. Ich war siebzehn, als Sammy verschwand. Hab noch bei Ma und Pa Burkhart in Old Commons gelebt. Alle hatten einen Verdächtigen, und alle wurden verdächtigt.«

»Wer zum Beispiel?«

»Zuallererst mal Molly selbst. Dann wahrscheinlich auch Jack. In solchen Fällen schauen immer alle zuerst auf die Eltern. Travis Eckles, der aus einer vorbelasteten Familie kam und in der Nähe gewohnt hat. Dale Creech, Reverend der Church of the Light Within.«

»Dale Creech? Ich bin ihm gerade eben begegnet. Er schien eigentlich ganz … nett.«

Burkhart lachte. »Nett und eigen. Ich meine, so sind

sie alle, die Fundis. Man muss schon ein bisschen eigenartig sein, um mit Giftschlangen zu spielen und zu erwarten, dass Gott einen beschützt, oder?«

Ich dachte an Molly.

»Es war nur ein Gerücht. Eines von vielen. Die Leute sind immer schnell dabei, Priestern zu unterstellen, dass sie sich ganz besonders für kleine Kinder interessieren.« Er trank seinen Kaffee aus, stand auf und steckte Kleingeld in einen der Automaten. »Wollen Sie was?«

»Nein danke«, sagte ich. »Wurde Creech je von der Polizei vernommen?«

»Es wurden praktisch alle in der Stadt vernommen. Ich bin die alten Protokolle durchgegangen. Creech hatte ein Alibi, bestätigt von einem Dutzend Kirchenmitglieder. Wobei das nicht viel bedeutet. Die Light Withiners halten dichter als ein Entenarsch – wenn Sie mir die Ausdrucksweise verzeihen wollen.«

Er gab einen Zahlencode ein, dann holte er einen Schokoriegel aus dem Automaten und kehrte an den Tisch zurück. Er wickelte das Papier langsam und hingebungsvoll ab, als würde er eine Autopsie durchführen. »Also, wo waren wir stehen geblieben?«

»Dale Creech?«, sagte Stuart.

Wir befanden uns zwanzig Meilen außerhalb von Manson und fuhren gerade über eine schmale, unbefestigte Straße in den dichten Wald, um Stuarts Großmutter zu besuchen. Wie er erklärt hatte, wohnte Sandy Went am Arsch der Welt.

»Hast du ihn gut gekannt?« Ich musste laut sprechen, um auf der holprigen Straße gehört zu werden.

»Mom hat ihn gekannt«, sagte Stuart. »Ich hab eine ganze Weile lang Erkundigungen über den Reverend eingeholt. Er ist gruselig, keine Frage, aber er hatte ein wasserdichtes Alibi und kein Motiv.«

»Ob jemand von der Church mit uns über ihn reden würde?«

»Das möchte ich bezweifeln. Die von der Light Within ...«

»... halten dichter als ein Entenarsch?«

Er lachte. »Ich wollte sagen, dass das eine eingeschworene Gemeinde ist, aber ›Entenarsch‹ trifft es natürlich. Würde einer von denen was wissen, würden sie's vermutlich für sich behalten. Niemand stellt sich gegen die Kirche, sonst wird er ausgestoßen.«

»Was ist mit deiner Großmutter?«

Stuart zuckte nur mit den Schultern.

»Wie ist sie?«

»Ganz anders als Mom«, sagte er. »Falls du dir deshalb Sorgen machst.«

»Molly war gar nicht *so* schlimm«, log ich.

»Doch war sie. Mom ist gebrochen. Sie hätte wie wir anderen die Stadt verlassen sollen, stattdessen ist sie geblieben und hat weiter im eigenen Saft geschmort. In den Schuldgefühlen, der Traurigkeit, den Vorwürfen. Aber sie wird es sich schon noch anders überlegen; gib ihr Zeit.«

So einfach war das nicht. Ich hatte eine Mutter verloren und dann festgestellt, dass ich noch eine andere hatte. Tief im Innern hatte ich gehofft, dass Molly die Lücke schließen würde, die Carol in meinem Leben hinterlassen hatte – dass ich vielleicht eine amerikanische Mutter finden würde, um meine australische zu ersetzen. Das Ganze schien schrecklich ungerecht.

Sandy Went lebte in einem großen alten Farmhaus am Ende einer langen Einfahrt. Stuart parkte den Prius wieder mit der Schnauze in Fluchtrichtung, und wir gingen zur Haustür. Er hatte mich vorgewarnt, dass seine Großmutter nicht mehr so gut sehen könne und dass ich, wollte ich gehört werden, laut sprechen musste, aber Sandy sei trotz ihrer einundneunzig Jahre so klar im Kopf wie eh und je.

Eine schlanke Frau kam an die Tür. Sie musterte mich argwöhnisch und sagte: »Na ja, aussehen tust du jedenfalls wie eine Went, das steht schon mal fest.«

Stuart lachte. »Das ist Kali, Grans Pflegerin. Achtung, die hat Haare auf den Zähnen.«

Sie umarmten sich, und sie drückte ihm ein Küsschen auf beide Wangen. Dann wandte sie sich an mich. »Willst du Tee, Kaffee, Bourbon?«

»Nein danke«, sagte ich.

Kali führte uns ins Haus und winkte uns eifrig durch den Flur heran. Er war geräumig und makellos in Schuss. »Sandy ist da hinten durch, draußen auf der Veranda hinterm Haus.«

Wir gingen durch die Hintertür auf die Terrasse mit Blick über einen ausgedehnten Garten. Eine zierliche ältere Frau saß still auf einer Hollywoodschaukel. Sie musste uns gehört haben, denn jetzt drehte sie neugierig den Kopf. »Stu?«

»Hi, Gran«, sagte er.

Sie streckte die Hand aus und fand seine. »Viel zu lange nicht gesehen, Junge. Ist sie da?«

»Gran, das ist Kim«, sagte er und winkte mich näher heran.

Sandy streckte ihre Hand nach meiner aus, und als ich sie ihr gab, drückte sie sie und zog mich zu sich heran. »Ist mir ein großes Vergnügen, Kim. Erzähl mir, wie sieht mein Garten aus? Mit meinen Augen kann ich höchstens noch so viel anfangen wie ein Stier mit Titten.«

»Oh. Er sieht toll aus. Sehr schön.«

»Nichts für ungut, Schätzchen, aber ich brauch schon ein bisschen mehr als *toll* und *schön.*«

Ich blickte hinaus in den Garten, nahm mir einen Augenblick, um ihn auf mich wirken zu lassen. »Na ja, die Taubnesseln hängen ein bisschen durch, aber nicht traurig. Sie sind feucht, es liegt Tau darauf. Sie scheinen ganz zufrieden zu sein.«

Sandy Went lächelte und hob das Kinn. Sie hatte die Haare zu einem lockeren Pferdeschwanz zusammengebunden. Ihr Gesicht war voller Falten. Sie schnupperte in die Luft. »Was machen die Purpurglöckchen?«

»Welche sind das?«

»Um diese Jahreszeit müssten es zarte rosa Blüten sein, wahrscheinlich am Hang ganz hinten im Garten.«

Sie zeigte genau auf die richtige Stelle, wo herrliche rosa Blumen in einem dicht bepflanzten Kübel wuchsen.

»Oh ja«, sagte ich. »Sie scheinen in voller Blüte zu stehen. Und da stochert ein kleiner schwarzbrauner Vogel in der Erde, sucht Würmer.«

Jetzt grinste sie und griff wieder nach meiner Hand. Sie drückte sie einmal, ließ sie aber dieses Mal nicht wieder los. Wir blieben einen Augenblick schweigend auf der Hollywoodschaukel sitzen, hielten uns an den Händen und lauschten der sanften Brise, die über den Garten strich, die Purpurglöckchen bewegte und den schwarzbraunen Vogel aufflattern ließ.

Stuart lehnte sich an das Geländer der Veranda und betrachtete uns mit einem Anflug von einem Lächeln.

»Stuart hat mir erzählt, du warst bei Molly.«

»Ja«, sagte ich.

»Sie hat dich vermutlich nicht mit offenen Armen empfangen.«

»Nein. Nicht direkt. Sie glaubt nicht an ... Sie glaubt, ihre Tochter sei vor langer Zeit gestorben.«

»Na ja, zu ihrer Verteidigung muss man sagen, dass wir das alle geglaubt haben. Es war leichter anzunehmen, dass Sammy nicht mehr lebt. Kann sein, dass ich wie eine entsetzlich düstere Person klinge, aber das ist die Wahrheit. Ich habe gebetet, dass sie tot ist, muss ich beschämt gestehen. Denn wenn sie tot gewesen wäre, hätte sie nicht leiden müssen. Sie wäre bei Gott gewesen, und das wäre sehr viel besser gewesen, als irgendwo in einem Kellerverlies gefangen gehalten zu werden. Oder gefoltert oder zu Unaussprechlichem gezwungen.«

Stuart zuckte zusammen.

»Das waren die einzigen Möglichkeiten, die mir einfielen«, fuhr Sandy fort und hielt weiter fest meine Hand gedrückt. »Folter oder Tod – da schien mir der Tod das kleinere Übel. Ich wäre nie darauf gekommen, dass sich jemand um sie kümmert, dass man ihr ein gutes Leben schenkt. Hast du ein gutes Leben bekommen, Kim?«

»Ja, Sandy«, sagte ich. »Ein sehr gutes Leben.«

Sie drehte sich in meine Richtung, aber ich musste ihr wie eine dunkelgraue Silhouette erscheinen. »Molly fängt sich vielleicht noch, vielleicht aber auch nicht. Kann sein, dass sie schon zu weit weg ist.«

»Wann hat sie dich das letzte Mal besucht, Gran?«, fragte Stuart.

Sie ließ meine Hand los, fand ein Taschentuch in der Tasche ihrer Strickjacke und tupfte sich damit die Augen trocken. »Ich habe deine Mutter seit, ach, fast vier Jahren nicht mehr gesehen.«

»Siehst du sie nicht in der Kirche?«, fragte ich.

Sie schüttelte den Kopf. »Also, ich sehe heutzutage gar niemanden mehr. Aber dazu kommt, dass ich ’94 aus der Kirche ausgetreten bin. Ich trage die Light Within immer noch im Herzen, aber die Mitgliederzahlen sind über die Jahre stark gesunken. Früher ist man in Manson ständig und überall auf Fundis gestoßen;

soweit ich zuletzt gehört habe, sind inzwischen nur noch ein Dutzend Mitglieder übrig.«

»Woran liegt das?«

Ein Ruck schien durch Sandy hindurchzugehen. »Ich bin aus einer Vielzahl von Gründen ausgetreten«, sagte sie kalt. »Die Kirche hat das Beste und das Schlimmste in mir zum Vorschein gebracht, und dabei würde ich es gerne belassen.«

Stuart sah uns beide neugierig an. Anscheinend hatte jeder Went ein Geheimnis.

»Aber die Light Within existiert noch?«, fragte ich.

»Vorläufig«, sagte Sandy. »Wenn ich eine Vermutung äußern müsste, würde ich sagen, dass sie erst mit Reverend Creech vollständig ausstirbt.«

»Ich bin Dale Creech gestern begegnet«, sagte ich. »Er war sehr nett, aber er wirkte auch ein bisschen …«

»Intensiv?«

»Genau«, sagte ich. »Ich kann nachvollziehen, dass er einen guten Prediger abgibt.«

»Amen«, sagte sie. »Dale konnte sich an einen Saal voller Menschen wenden, und man war fest davon überzeugt, dass er alleine zu einem selbst sprach, und man durfte getrost davon ausgehen, dass alle im Saal Anwesenden dies ebenso empfanden. Er war immer leidenschaftlich, auch schon als Kind.«

»Manche Leute glauben, dass er etwas mit der Entführung zu tun hatte.«

»Was für Leute?«

»Leute eben«, sagte ich.

Sandy legte die Stirn in Falten. »Vielleicht ist dir aufgefallen, dass ich nicht mehr die Jüngste bin, Kim. Mir bleibt nicht mehr wahnsinnig viel Zeit, und wenn Leute um den heißen Brei herumreden, anstatt zu sagen, was sie meinen, besteht die Gefahr, dass ich ungehalten werde. Stu kann ein Lied davon singen.«

Stuart seufzte und stellte die Frage, vor der ich mich gedrückt hatte: »Gran, glaubst du, dass er etwas mit Sammys Verschwinden zu tun gehabt haben könnte?«

Sie winkte ab, als wollte sie eine Stechmücke vertreiben. »Dale ist ein ehrlicher, gottesfürchtiger Mann. Vielleicht ein bisschen bekümmert. Vielleicht auch ein bisschen einsam. Aber er könnte keinem Kind etwas tun. Er ist doch kein Katholik.«

»Bekümmert, inwiefern?«, fragte ich.

»Niemand ist perfekt, Kim. Das Geheimnis besteht darin, dass man einfach mehr auf der positiven Seite zu verbuchen haben muss als auf der negativen.«

»Aber Reverend Creech hat negative Seiten?«

Sandy lehnte sich auf der Schaukel zurück. »Die ist ganz schön hartnäckig, oder? Sie hat viel von ihrem Dad.«

Stuart runzelte die Stirn.

»Negativ an Dale war, dass er sich zu viele Sorgen gemacht hat. Er hatte eine Schwester, Becky. Sie muss … sechs oder sieben Jahre jünger sein als er. Als Kinder waren sie unzertrennlich. Du weißt, dass manche Menschen behaupten, zwischen Zwillingen würde eine fast übernatürliche Verbundenheit bestehen? Man kneift den einen, und der andere spürt es und so weiter? Genauso war das bei den beiden.«

Sie fuhr sich erneut mit dem Taschentuch über die Augen. Ich hatte angenommen, dass Sandy emotional reagierte, aber jetzt begriff ich, dass die tränenden Augen eine Begleiterscheinung des grauen Stars waren.

»Aber Dale und Becky haben sich zu äußerst unterschiedlichen Menschen entwickelt. Dale war charismatisch und leidenschaftlich – und Becky auf ihre Art wohl auch, aber irgendwie bekam man bei ihr den Eindruck, als würde sie es nur herunterleiern. Er war sehr streng mit ihr, auch wenn es gar nicht nötig gewesen wäre. Aber er hat sich halt Sorgen gemacht.«

»Wie meinst du das?«

»Becky hatte eine rebellische Ader. Sie ist ein bisschen aus der Reihe getanzt. Dale empfand dies als beunruhigend, und das wurde es dann auch. Sie hat die Rolle gespielt, die ihr Bruder ihr zugewiesen hatte, und sie hat sie gut gespielt. Hat den Rock ein bisschen kürzer getragen und die Bluse ein bisschen enger genäht. Dale war jung. Er versuchte nur, seinem Glauben gerecht zu werden. Aber wenn man zu großen Druck ausübt, stößt man die Menschen manchmal auch ab.«

»Hat Dale das gemacht? Zu großen Druck ausgeübt?«

»Ich habe immer noch eine gute Beziehung zu Gott – eine ganz hervorragende –, aber das Problem mit dem Fundamentalismus ist, wenn du keine von uns bist, dann bist du eine von denen. Eine verlorene Seele. Und eine Zeit lang hat Dale Becky als solche betrachtet.«

»Ist sie aus der Kirche ausgetreten?«

»Offiziell nicht, aber wir haben sie lange nicht gesehen. Die Leute haben geredet. Wenn du mich fragst, sind Gerüchte das Einzige, was immer stärker wird, je breiter man sie streut. Einige Light Withiners behaupten, sie habe sich schwängern lassen.«

»Von wem?«

Sie zuckte mit den Schultern. »Da weiß ich so viel wie ihr.«

Der schwarzbraune Vogel kam zwitschernd angeflogen und pickte ein paar Meter von dort, wo wir saßen, in der Erde. Aufgebauschte Wolken schoben sich über den Himmel. In der Ferne bellte ein Hund. Der Kaffee brühte laut in der Maschine im Haus.

»Was wurde aus ihr?«, fragte ich.

Sandy lächelte. »Dale hat sie zur Light Within zurückgeholt. Vielleicht wollte der Mann, der ihr das Kind angehängt hatte, nicht bei ihr bleiben, oder vielleicht hat sie das Baby auch gar nicht ausgetragen, aber irgendwann war sie wohl ganz unten angekommen. Sie war bereit, aus der Dunkelheit zu treten, und ihr Bruder war zur Stelle, um ihr den rechten Weg zu weisen. Er erinnerte sie an Gottes Vorsehung, und bald wurden ihre Röcke wieder länger, und sie erfand eine neue Rolle für sich: die der treuen Dienerin Gottes. Sie betete, hantierte mit Schlangen und trug ihren Schlangenbiss wie eine ehrenvolle Auszeichnung.«

»Wurde sie gebissen?«

»Oh ja, die meisten werden gebissen. Die Leute haben falsche Vorstellungen vom Hantieren mit Schlangen. Sie denken, es ist ein Trick dabei. Sie denken, die Schlangen wurden mit Medikamenten betäubt. Aber sie beißen, und wenn sie's tun, dann beißen sie fest zu.«

»Stuart hat mir ein bisschen was davon erzählt.«

»Ich wette, er hat dir von seinem Onkel Clyde erzählt«, sagte sie lächelnd. »Der wurde von einer Klapperschlange gebissen und ist mit einem Lächeln im Gesicht gestorben. Gebissen zu werden bedeutet, von Gott berührt zu werden, und den Biss zu überleben bedeutet Erlösung. Andererseits wurde ich sechsunddreißig Jahre lang kein einziges Mal gebissen. Becky hat was abbekommen, genau hier an der Hand.«

Sie berührte die Haut zwischen ihrem linken Daumen und dem Zeigefinger, und plötzlich schwand die Luft aus meinem Körper.

»An ihrer linken Hand?«, fragte ich laut. »Die Narbe befand sich an ihrer linken Hand? Bist du sicher?«

»Ziemlich sicher«, sagte sie. »Alles in Ordnung? Es kommt mir vor, als sei ein kalter Luftzug hereingeweht.«

In Gedanken kehrte ich zurück zu dem Tag bei Amy in der Garage, als wir die alten Kisten durchsucht hatten und ich peinlich berührt mein altes Fotoalbum angesehen hatte: *Narben – physisch und emotional.* Ich erinnerte mich an den Kratzer an meinem kleinen Zeh, die Narbe auf Amys Oberschenkel, die Brandwunde an der Hand meiner Mutter.

Die Brandwunde an der Hand meiner Mutter.

Es war eine kleine, wulstige Narbe unten an ihrem linken Daumen. Häufig war sie mit den Fingern ihrer rechten Hand darübergefahren, hatte draufgedrückt, mit den Fingernägeln hineingestochen, besonders wenn sie tief in Gedanken war. Sie hatte behauptet, es sei passiert, als sie noch ein Teenager war und der Ventilator in ihrem Schlafzimmer ausgefallen sei. Sie hatte versucht, ihn zu reparieren, ohne ihn vorher auszuschalten. Ein unebenes, schartiges Ding in der Form einer Hantel – an beiden Enden verdickt. Genau wie ein Schlangenbiss.

»Lebt Becky Creech noch in Manson?«, fragte ich.

»Nein«, sagte sie. »Sie ist vor langer Zeit weg.«

»Wie lange ist das her? Wo ist sie hin?«

»Ich kann mich nicht erinnern. Vielleicht nach Mississippi. Ich weiß es nicht. Du musst ihren Bruder fragen. Warum?«

Stuart trat einen Schritt vor. »Kim, was ist?«

Ich antwortete nicht. Ich war längst aufgesprungen und rannte zum Wagen.

Manson, Kentucky

– Damals –

Emma aß kurz nach sieben mit ihrem Bruder, ihren Tanten und ihrem Cousin zu Abend. Sie versuchte, nicht an Travis und ihren Dad zu denken, nicht an ihre Mutter, die manchmal ein kleines bisschen zu wütend auf Sammy gewesen war, nicht an den Mann, der in der Getreidemühle erschossen worden war, und auch nicht an ihre kleine Schwester, die entweder *da draußen* war und Angst hatte oder *da draußen* war und tot.

Tot. Nie war ihr das Wort umfassender und endgültiger erschienen.

Sie dachte an Sammys Namen an der Wand der Mühle. Auch nachdem der Sheriff ihr erklärt hatte, dass der Veteran vermutlich nichts mit Sammys Verschwinden zu tun hatte, konnte sie nicht aufhören, sich vorzustellen, wie er dort gestanden und laut Sammys Namen gelesen hatte. In ihrer Vorstellung sah er genauso aus wie auf dem Phantombild, nur noch dunkler um die Augen – irgendwie monströser. Sein Gesicht wirkte ausdruckslos, eine leere Leinwand, auf die Emma ihre tiefsten Ängste projizierte: ein irrer Kindsmörder, ein verrückter Psychopath, ein Perverser oder eine abgefahrene Mischung aus allem.

»... Emma, hast du gehört, was ich gesagt habe?«

Sie schaute von ihrem Teller auf. Alle drei Tanten starrten sie an. Todd, ihr Cousin, saß neben Stuart und betrachtete schweigend sein Essen.

»Was?«

»Ich habe dich nach der Schule gefragt«, sagte Tante Tillie und nippte von ihrem alkoholfreien Cider. »Du willst doch nicht zurückbleiben. Hast du mit deinen Lehrern gesprochen? Vielleicht können sie dir noch ein paar Hausaufgaben mehr schicken.«

»Dass ich in der Schule zurückbleibe, steht auf der sehr langen Liste unserer Sorgen ganz unten, Tante Tillie«, sagte Emma.

»Kein Grund, deiner Tante gleich den Kopf abzureißen«, sagte Pauline. »Sie will nur helfen.«

»Das wollen wir alle«, sagte Anne, der dritte Teil des dreiköpfigen Ungeheuers am Tisch. »Du musst jetzt auf dich achten. Nur weil du die Hölle durchmachst, heißt das noch nicht, dass du dich wie ein Teufel benehmen darfst. Ehrlich gesagt könnte sich dein Vater denselben Rat zu Herzen nehmen.«

Emma hätte am liebsten ihren Teller an die Wand geworfen – oder, noch besser, einer ihrer Tanten an den Kopf. Sie wollte den Tisch verlassen, sich vielleicht sogar ein Glas Scotch einschenken. Sie wusste, wo ihr Vater ihn aufbewahrte, ganz hinten in der Speisekammer, hinter dem Brotkasten.

Während die Bräute Draculas sich weiter unterhielten, sah sie zu Stu auf der anderen Seite des Tisches hinüber.

Er begegnete ihrem Blick. »Hey, Em?«

»Ja, Pippikack?«

»Wo ist Sammys Stuhl?«

Sie sah sich am Tisch um. Stu hatte recht. Sammys Hochstuhl war offensichtlich nicht mehr da. »Ja, wo ist er?«

»Ich hab ihn raus in den Flur gestellt«, sagte Anne. »Wir mussten ein bisschen Platz schaffen, damit wir alle an den Tisch passen.«

»Aber wo soll sie dann sitzen?«, fragte Stu.

»Was hast du gesagt, Stewey?«

Er hasste es, Stewey genannt zu werden.

»Wo soll Sammy sitzen, wenn sie nach Hause kommt?«

»Darüber machen wir uns Gedanken, wenn es so weit ist, ja?«, sagte Tillie in sanft herablassendem Ton.

Stu schaute Emma über den Tisch hinweg an. Sie hätte ihm gerne gesagt, dass Sammy nach Hause kommen würde, aber vielleicht wäre das gelogen gewesen. In diesem Moment konnte sie ihm nur eins geben.

»Er hat Recht«, sagte Emma und stand auf.

»Wo willst du hin?«, fragte Anne.

»Ich gehe Sammys verfluchten Hochstuhl holen.«

»Dann stelle ich ihn wieder in den Flur«, sagte Tillie. »Du musst jetzt erstmal zu Kräften kommen, Emma. Du darfst dich nicht so kindisch aufführen. Du musst dich auf das konzentrieren, was da ist, nicht darauf, wer nicht da ist.«

»Oh Gott, ihr seid so lächerlich«, sagte Emma. Sie marschierte aus dem Raum, fand den rot-blauen Hochstuhl und zog ihn zurück in die Küche. Die Hinterbeine quietschten über die Dielen.

»Setz dich und iss auf, Emma. Zwing mich nicht, deiner Mutter davon zu erzählen und ihr …«

Plötzlich wurde die Haustür aufgerissen. Eine große Gestalt tauchte auf der Schwelle auf, und für einen kurzen Moment dachte Emma, der Mann von dem Phantombild sei von den Toten wiederauferstanden und gekommen, um die Familie auszulöschen. Aber als die Gestalt ins Licht trat, erkannte sie, dass es ihr Vater war.

»Wo ist deine Mutter?«, fragte er kalt. Er taumelte, war rot im Gesicht und zornig. Er fegte ins Haus hinein wie ein Wirbelsturm. »Wo ist sie? Molly? MOLLY?«

»Dad, was ist passiert? Hat es was mit Sammy zu tun?«

Er ignorierte sie, lief die Treppe hinauf. »Molly, bist du da?«

Anne, Pauline und Tillie steckten die Köpfe zur Küchentür hinaus, wie in einer albernen Sitcom-Szene.

»MOLLY?!«

Emma folgte ihrem Vater die Treppe hinauf. »Sie ist nicht hier, Dad.« Er drehte sich auf dem Absatz um. Die Hände hatte er zu Fäusten geballt. »Wo ist sie?«

»Was ist los?«

»Herrgott noch mal, Em. Sag mir einfach, wo deine verfluchte Mutter ist.«

So wütend hatte sie ihn selten erlebt, und wenn, dann hatte sich sein Zorn nie gegen sie gerichtet. Meist war es im Straßenverkehr, wenn ihn jemand geschnitten hatte – ein kurzer Wutanfall, der schnell wieder verflog, und meist entschuldigte er sich anschließend. Aber das hier war anders. Er dachte nicht mehr klar. Hätte er es getan, wäre ihm wieder eingefallen, wo ihre Mutter jede Woche um diese Zeit war.

»Sie ist in der Kirche.«

Er schob Emma beiseite und eilte die Treppe hinunter, nahm drei Stufen auf einmal. Emma sah ihm hinterher, Entsetzen stieg ihre Kehle hinauf.

Jack griff nach der Haustür und blieb stehen. Er holte tief Luft und drehte sich um. »Tut mir leid, Em. Ich wollte dich nicht anschreien. Ich bin nicht wütend auf dich. Das … hat nichts mit dir zu tun.«

Emma lief die Treppe runter und nahm ihren Vater am Handgelenk. »Was ist passiert?«

»Ich muss unbedingt mit deiner Mutter sprechen.«

»Dann komme ich mit«, sagte sie. »Du kannst es mir unterwegs erklären.«

»Emma …«

»Lass mich mitkommen.«

»Dein Bruder …«

»Die Tanten kümmern sich um Stu. Du bist wütend, Dad. Ich will nicht, dass du etwas tust, das du hinterher bereust.«

»Mach ich nicht.«

»Ich weiß das mit Travis.«

Jack erstarrte. Einen Augenblick lang schien es, als würde er auf der Schwelle zusammenbrechen und weinen.

»Was ist los, Jack?«, tönte Tillies schrille Stimme aus der Küche herüber.

»Verdammt noch mal, Tillie, kümmer dich um deinen eigenen Scheiß.« Er wandte sich an Emma. »Hol deine Jacke.«

Eine Zeit lang sagten sie beide kein Wort. Die Stille zwischen ihnen war so vollkommen, dass Emma sogar, als sie an einer Ampel zwischen der Otter Street und der Herbert Avenue hielten, ihren Vater mit den Zähnen knirschen hörte. Doch dann sagte Jack, während er düster auf die Straße vor sich starrte: »Wie hast du das rausgefunden?«

»Sein Bruder hat es mir gesagt«, sagte Emma.

»Patrick? Warum?«

»Bist du in Travis verliebt, Dad?«

»... als ich zwölf Jahre alt war«, sagte er mit träger, brüchiger Stimme, »war ich ...«

»Wechsel nicht das Thema. Ich habe dir eine Frage gestellt.«

»Und ich gebe mir Mühe, sie zu beantworten, Em. Als ich zwölf war, wurde ich mitten in der Nacht aus dem Bett geholt. Vier Männer hatten sich ins Haus geschlichen, sind die Treppe rauf und in mein Zimmer.

Sie trugen schwarze Skimasken. Einer von ihnen legte mir eine Hand auf den Mund, während mich die anderen drei nach draußen in einen weißen Transporter schleppten.«

»Oh, Gott, ich … Was …? Wieso hast du uns das nicht erzählt?«

»Ich hab an meine Eltern gedacht, dass sie am Boden zerstört sein würden, wenn ich einfach verschwinde. Als sie mich in den Transporter verfrachteten, ließ einer der Männer kurz los. Vielleicht wollte er nach der Schiebetür greifen, oder er hat einfach nicht aufgepasst. Ich weiß nur noch, dass es den Bruchteil einer Sekunde dauerte und ich losrannte. Ich schaffte es aus dem Transporter raus und auf den Rasen vor dem Haus. Ich schrie aus Leibeskräften und war schon zur Hälfte über den Rasen, als ich meine Mutter sah. Deine Großmutter. Sie stand im Schlafanzug vor der Tür. Mein Dad hinter ihr. Und ich dachte, Gott sei Dank. Ich bin gerettet. Aber sie … standen einfach nur da.«

Seine Stimme wurde jetzt von Wut erfüllt, tiefer und unverbrämter Wut. »Ich schrie ihnen zu. ›Mommy, Daddy, helft mir, die Männer wollen mich fangen.‹ Aber sie rührten sich nicht. Sie sahen einfach nur zu. Ich hab nicht … Ich hab es nicht verstanden. Ich konnte nicht. Als ich fast an der Haustür war, schlugen sie sie zu. Meine Eltern haben mir die Tür vor der Nase zugeschlagen, und ich hab gehört, wie sie abgeschlossen haben. Sie haben mich ausgeschlossen.«

»Das verstehe ich nicht«, sagte Emma. Sie versuchte

verzweifelt, nicht zu weinen. »Warum haben sie dir nicht geholfen?«

»Weil sie es arrangiert hatten, Em. Sie hatten das Ganze arrangiert. Das waren Männer von der Kirche. Ich habe nie herausgefunden, wer sie waren – das gehörte dazu. Deshalb trugen sie die Masken.«

»Was soll das heißen, Großmutter und Großvater haben es *arrangiert*?«, fragte Emma. »Dad, das musst du falsch in Erinnerung haben.«

»Sie ließen mich umprogrammieren, Em. So nennen die das. Irgendwie hatte meine Mutter begriffen, dass ich … *anders* war, dass ich nicht auf Mädchen stand, sondern auf … Jungs. Sie dachte, ich sei vom Teufel besessen.«

»Oh Scheiße, Dad.«

»Die Männer schleppten mich in den Transporter und brachten mich in ein altes Farmhaus in Coleman, wo ich umprogrammiert werden sollte.«

»Was bedeutet das?«

»Sie haben einen Exorzismus an mir vorgenommen.«

Emma verkrampfte. »Was bedeutet das?«

»Ist egal.«

»Was haben sie mit dir gemacht?«

»Das willst du nicht wissen, Em«, sagte er.

»Doch, Dad. Bitte. Ich komm damit klar.«

Seine Hände umklammerten fest das Lenkrad. »In dem Farmhaus warteten noch mehr Männer. Sie brachten mich in einen Raum. Hielten mich auf einem alten Federbettgestell ohne Matratze fest, pressten mir die

Bibel auf die Stirn und schrien mir abwechselnd Bibelverse in die Ohren. Wenn einer rot wurde und nicht mehr konnte, übernahm der Nächste. Stundenlang ging das so. Als Nächstes legten sie mich in eine Badewanne randvoll mit heiligem Wasser. Sie tauchten meinen Kopf unter. Zehn Sekunden, dreißig, eine Minute. Immer und immer wieder.

»Oh Gott«, sagte Emma. Es verlangte ihr alles ab, nicht in Tränen auszubrechen.

»Über Nacht steckten sie mich in den Keller. Nahmen mir die Kleider weg, die Schuhe und ließen eine Klapperschlange frei. So ging es drei Tage.«

»Das tut mir so leid, Dad.«

»So wie ich aufgewachsen bin, in einer Stadt wie Manson, unter den Augen *ihres* Gottes ... Ich hab nie eine Chance gehabt, Em. Ich liebe Travis. Ich liebe ihn, aber ich hasse den Teil von mir, der das tut.«

Sie kamen auf eine unbefestigte Straße ohne Namen. Dort, wo die Straße auf den Highway traf, befand sich ein Schild mit der Aufschrift: *Dies ist der Weg zum Licht*. Am Ende der Straße befand sich die Church of the Light Within, ein flaches Betongebäude mit einem Wellblechdach. Kein Kirchturm und keine bunten Glasfenster. Das Einzige, was verriet, dass es sich um eine Kirche handelte, war das kleine handbemalte Kruzifix über dem Eingang.

Sie fuhren auf den Parkplatz, auf dem zahlreiche Autos, Pick-ups und Motorräder dicht an dicht parkten. Von drinnen drang dröhnende Musik nach draußen.

»Warte im Wagen«, sagte Jack.

»Nein, Dad.«

»Da drin werden Schlangen sein. Schlangen, vielleicht auch Skorpione – und, noch schlimmer, sehr viele Menschen erfüllt vom Heiligen Geist. Ich komme gleich wieder. Ich suche deine Mutter und bringe sie nach Hause. Mehr nicht.«

»Was hast du herausgefunden?«, fragte Emma.

Er beantwortete die Frage nicht. Stattdessen stieg er aus dem Wagen und ging zur Kirche. Emma wartete keine Minute, dann folgte sie ihm.

An die einhundert wahre Gläubige hatten sich in der Church of the Light Within versammelt. Das Gebäude vibrierte vor dem, was ihre Mutter als Heiligen Geist und ihr Vater als Massenhysterie bezeichnete.

Auf einem Tisch neben der Eingangstür stand eine große Spendenbox aus Holz. Auf einer Seite eingraviert stand: *Gib Dich selbst an Gott und was Du Dir leisten kannst an die Light Within.* In dem Schlitz im Deckel steckten lauter Scheine.

Eine sechsköpfige Bluegrassband im hinteren Teil der Kirche spielte ein rasend schnelles Stück. Die Band war vollständig weiß gekleidet, und keins der Mitglieder trug Schuhe. Auf einem Transparent über ihren Köpfen stand: *Die Barfußpropheten.*

Vor der Band hatte man einige Bankreihen weggeräumt, sodass eine Tanzfläche entstanden war. Dort tanzte Billy Wayne, den Emma oft vormittags mit seinem französischen Pudel in der Feuerschneise spazieren gehen sah: Er tanzte barfuß um eine Mokassinschlange herum. Seine weiße Baumwollhose hatte er bis zu den Knien hochgekrempelt, und er lachte wie ein Irrer. Hin und wieder schlug die Schlange nach Billy aus, aber das brachte ihn nur noch mehr zum Lachen. Er hielt die Hände fest seitlich am Körper und ließ diesen kreisen.

Erschrocken wich Emma einen Schritt zurück. Sie hasste Schlangen, hatte sie schon immer gehasst. Als sie noch kleiner war, mit zehn oder elf Jahren, war sie neugierig gewesen, mehr über die Kirche zu erfahren, und hatte ihre Mutter gefragt, wie es sich anfühlte, eine Giftschlange in der Hand zu halten.

»Die Haut ist steif und ledern«, hatte Molly ihr erklärt. »Zuerst bist du furchtbar aufgeregt, als würdest du in einer Achterbahn sitzen, die bis zum ersten Gipfel aufsteigt und dann steil bergab saust. Du spürst einen Hitzeschwall, als würdest du in Gottes heißem Atem baden. Du fühlst dich lebendig. Du fühlst dich Gott ganz nah, so nah, dass du die Hände ausstrecken und ihn berühren könntest. Jedenfalls kommt es dir so vor.«

Während Emma sich durch die dicht gedrängte Menge schob, die Welt ihrer Mutter, überkam sie eine schreckliche Angst.

Sie kannte viele Gesichter – aus dem Drugstore, wo Emma häufig im Sommer an der Kasse arbeitete, von Weihnachtsfeiern bei ihrer Großmutter zu Hause, aus Manson –, aber da waren außerdem noch viele andere, die sie nicht kannte. Es war wie durch einen schlechten Traum zu laufen: vertraut und doch auf beunruhigende Weise verkehrt.

Patsy Halcomb, die regelmäßig zu Went Drugs kam, hielt eine über einen Meter lange Diamant-Klapperschlange über ihren Kopf und schüttelte sie wild. Ganz hinten in der Kirche schenkte ein riesiger Mann mit einem modischen roten Ziegenbart Schnapsgläschen mit einer milchigen Flüssigkeit aus, wie ein routinierter Barkeeper. Das erste trank er selbst, und Emma sah, wie er bei dem Geschmack zusammenzuckte. Die Nächsten in der Schlange waren ein Pärchen, die beide das Gift hinunterkippten wie Matrosen. Dann waren zwei Männer an der Reihe. Der erste trank eins mit einem kleinen Aufschrei, der zweite fiel keuchend auf die Knie.

Es waren zu viele Menschen und zu viel Lärm.

Ein großer Mann – Emma glaubte, dass er Hershel Irgendwas hieß – sprach ein eigenartiges Kauderwelsch. Unverständliche Worte entwichen seinem Mund. »Datschie nono Huhabahmo, Tschu tschu mana. Jesus der Herr, Jesus der Herr!«

Suzie Litterback, die Emma aus dem Supermarkt gegenüber der Apotheke ihres Vaters kannte, wirbelte mit einer Klapperschlange in den Händen an ihr vorbei.

Emma drängte weiter nach vorne. Zwischen den Menschen hindurch entdeckte sie ihren Vater, und sie beschleunigte ihren Schritt, bis sie plötzlich am Arm gepackt wurde. Die Hand, die sie festhielt, gehörte einem dicken Mann in einem weißen Leinenhemd und mit weißem Filzhut. Sie wusste nicht, wie er hieß, aber er war ein paar Tage zuvor bei ihnen zu Hause gewesen. Sie hatte angenommen, dass er ein Freund ihres Vaters war, aber ihn hier zu sehen ließ sie daran zweifeln.

»Emma?«, fragte er. »Weiß deine Mutter, dass du hier bist?«

Ohne ein weiteres Wort machte sie sich los und drängte weiter durch die Mauer aus Menschen, hin zur Tanzfläche.

Jemand ließ weniger als zwei Meter von ihr entfernt eine Klapperschlange fallen, und es verlangte ihr alles ab, um nicht laut aufzuschreien. Nicht dass jemand sie gehört hätte, die Bluegrassband war zu laut und zu unerbittlich.

Sie suchte das Gesicht ihres Vaters in der Menge oder das ihrer Mutter, aber sie konnte weder ihn noch sie finden. Doch dann hörte sie die Stimme ihres Vaters.

»Creech!«, drang es durch den Lärm.

Zuerst entdeckte sie Reverend Dale Creech. Er stand an einem langen gläsernen Terrarium, in dem sich keine Schlangen mehr befanden. Er trug eine lässige Motorradjacke und guckte verblüfft. Dann sah sie ihren Vater. Jack kam von links, überquerte die Tanzfläche, hob die Faust und rammte sie Creech mit Wucht an den Kiefer. Der Prediger wurde nach hinten geschleudert und sackte auf die Knie. Seine Hand fuhr an sein Kinn, und seine Augen traten hervor.

Jack beugte sich über ihn. Die Adern an seinen Schläfen pochten.

»Was hast du getan, du gottverfluchter Fanatiker?«

Kollektives Luftschnappen im ganzen Saal. Die Barfußpropheten hörten abrupt auf zu spielen, und es wurde still.

»Jack?«, sagte Creech und rieb seinen schmerzenden Kiefer. »Das ist ein Ort der Andacht. Ich sehe, dass du wütend bist. Aber warum gehen wir nicht gemeinsam nach draußen und reden darüber?«

»Ist bei der Umprogrammierung was schiefgelaufen, oder was?«

»Ich kann dir versichern, dass ich keine Ahnung habe, wovon du sprichst.«

»Habt ihr der Kleinen die Bibel so fest auf den Schädel geschlagen, dass er gebrochen ist?«

Aus der Menge wurden Rufe und Kommentare laut. Emma und Jack waren absolut in der Unterzahl. Emma wollte ihren Vater aufhalten, ihn am Arm nehmen und herauszerren. Aber ihre Füße versagten ihr den Dienst. Sie stand da wie gelähmt – nicht vor Angst, sondern vor Zorn.

Wenn stimmte, was ihr Vater sagte: wenn dieser Mann und seine Kirche etwas mit Sammys Verschwinden zu tun hatten.

Dann ist Mom auch eingeweiht, dachte Emma.

Creech wich nicht von der Stelle. »Jack, bitte, du redest Unsinn.«

»Hast du ihren Kopf ein paar Sekunden zu lange unter heiliges Wasser gehalten? Und als ihr sie barfuß in einen Raum voller Schlangen und ohne Licht gesperrt habt, hat sie …«

»Verurteilt ihn nicht.« Creech hob die Stimme, übertönte Jack, um zu den wahrhaft Gläubigen zu sprechen. Sie hatten sie umringt und wurden allmählich unruhig. »Dieser Mann erlebt dunkle Zeiten. Und auch wenn seine Anschuldigungen unbegründet und fehlgeleitet sind, so müssen wir uns in seine Lage versetzen und daran denken, welchen Schmerz er …«

Jack holte erneut aus. Seine Faust traf Creech mit Wucht ins Gesicht. Creech nahm den Schlag hin. Er hob die Hand, um die Menge zu beschwichtigen, und spuckte Blut auf den Holzboden. Emma glaubte, das Knacken eines ausgeschlagenen Zahns zu hören.

»Verurteilt ihn nicht«, sagte Creech erneut, und ein blutiges Rinnsal lief ihm über das Kinn. »Denn er weiß nicht …«

Ihr Vater wollte erneut zuschlagen, aber der Mann mit dem weißen Filzhut packte Jack von hinten. Plötzlich lag Jack auf dem Bauch, das Gesicht auf den Boden gepresst. Er kämpfte, schlug um sich, und es gelang ihm, sich umzudrehen. Aber der große Mann presste ihm sein Knie fest in den Rücken, nagelte ihn fest.

»Runter von mir, Buddy!«, schrie Jack.

»Das ist nicht recht, Jack.«

»Er hat sie umgebracht, Buddy! Er hat mein kleines Mädchen umgebracht! Lass mich los! Lass mich …«

»Runter von meinem Dad«, brüllte Emma. Jetzt bewegten sich ihre Füße, und sie bewegten sich schnell. Sie sprang aus der Menge hervor, schrie wild, stürzte nach vorne und sprang dem Mann auf den Rücken, schlang ihre dünnen Arme um seinen Hals. Der Mann – Buddy – erhob sich, dann fiel er auf ein Knie.

Jack rappelte sich auf. »Emma, warte! Halt!«

Aber Emma hörte nicht auf. Sie drückte die Arme fest um Buddys Hals und klammerte sich mit ihren Beinen an seinem massigen Bauch fest. Die Gläubigen stürzten jetzt auf sie, zerrten und zogen, während sie trat und schrie.

Zorn durchflutete ihren Körper, heiß und heftig.

Sie kämpfte gegen die Fundis an, stieß mit den Ellbogen und schlug sich frei – und stolperte rückwärts. Sie landete unsanft auf dem Boden und fand sich weniger als einen Meter von einer Klapperschlange entfernt wieder. Das Tier hatte sich verängstigt zusammengerollt und klapperte. »Verfluchte Scheiße …«

»Das reicht!«

Ihre Mutter platzte durch die Mauer an Menschen; ihre Nasenflügel bebten, und ihr Blick sprang zwischen Jack und Emma hin und her. »Was geht hier vor? Was wollt ihr hier? Wie könnt ihr es wagen, in *meine* Kirche zu kommen und …«

»Oh, verdammt, Mom, das ist keine Kirche«, schrie Emma. Aber das war nicht sie, die da sprach, nicht wirklich. Es war ihr Zorn. *Der Teufel.* »Das ist eine Sekte! Du gehörst einer Sekte an, Mom! Mach die

Augen auf! Du bist in einer Sekte! Ihr alle seid in einer Sekte! IHR SEID ALLE IN EINER SEKTE!«

Molly wirbelte zu Jack herum. »Schaff sie raus hier, Jack. Schaff sie …«

Molly hielt inne, als sie sah, dass Jack schluchzte.

Auch Emma erstarrte. Plötzlich wich all der Zorn aus ihr. Ihr Vater wirkte plötzlich sehr klein, sehr sanft.

»Was tust du hier, Jack?«, fragte Molly, ihr Gesicht knallrot vor Beschämung.

»Sag es mir«, sagte er. »Bitte. Sag mir, was passiert ist.«

»Was soll ich dir sagen?«

»Sag mir, ob sie tot ist. Wenn Sammy tot ist, dann sag es mir.«

Draußen war es ruhiger. Creech stand mit zwei Männern an der Kirchentür und hielt Wache. Emma setzte sich an einen der Picknicktische neben ihren Vater, der jetzt düster und still geworden war. Ihre Mutter blieb daneben stehen, die Hände in die Hüften gestemmt.

Lange sagte niemand etwas. Ein Windstoß klang wie Geflüster, fuhr durch die Kiefern. Er brachte einen fauligen Gestank mit sich, der Emma an Totes denken ließ. Auch Molly bemerkte den Geruch. Sie drehte sich um und schnupperte in die Luft.

Jack massierte seine rechte Hand, die in den vergangenen Tagen einiges mitgemacht hatte. Er befeuchtete seine Lippen und sprach leise: »Du kannst nicht wahrhaftig glauben, dass der Teufel in unserem kleinen Mädchen steckt.«

»Jack, die Kirche hat sie nicht«, sagte Molly. Sie rieb sich über das Gesicht und fuhr sich mit den Fingern durch die Haare. Im trüben Mondlicht sah sie irgendwie gleichzeitig alt und jung aus. »Du warst lange fort von der Kirche.«

»Was soll das heißen?«

»Das heißt, ich wollte ihr nur helfen. Sie heilen. Aber vorher hat sie jemand anders entführt. Du hättest gesehen ... ich hätte sie wieder in Ordnung gebracht, und wir wären wieder glücklich gewesen. Du hättest es schon gesehen.«

»Das ist meine Schuld«, sagte er. »Ich war so lange wütend auf dich, Molly. Weil du dich verändert hast. Weil du dich hier engagiert hast. Aber es ist meine Schuld. Wärst du mir nicht begegnet, hättest du gar nichts von der Kirche erfahren, und wenn doch, hättest du dich ihr niemals so gottverdammt weit geöffnet.«

Sie brüllten sich nicht an. Emma kam es nicht einmal vor wie ein Streit. Beider Tonfall war sanft und gefestigt.

Das ist das Ende der beiden, dachte Emma. Die Streiterei ist vorbei. Das ist das Ende meiner Familie.

»Du hast mir das Licht gezeigt, Jack«, sagte Molly, und ihre Stimme kaum lauter als der Wind. »Das hier ist meine Heimat, hier sind die, die mich unterstützen. Das habe ich dir zu verdanken. Diese Menschen sind meine Familie.«

»Eigentlich sollten wir deine Familie sein, Mom«, sagte Emma.

»Tut mir leid, Emma«, sagte Molly. »Du solltest nicht hier sein und das alles mitbekommen.«

»Warum bist du zu Creech gegangen?«, fragte Jack. »Warum bist du nicht zu mir gekommen?«

»Weil du es nicht hören wolltest.«

»Creech ist …«

»Dale war in meinen dunkelsten Stunden für mich da.«

»Er hat dich manipuliert.«

»Bitte erklär mir nicht, wie es ist«, sagte sie. »Wir haben alle unsere eigene Sicht auf die Dinge.«

Emma wollte erneut etwas sagen, aber ihr Mund war trocken. Tränen strömten ihr über das Gesicht. Sie schaute zum Himmel. Das Universum schien ihr kleiner.

»Das ist das Ende für uns«, sagte Jack. »Wären wir jetzt alleine, würde ich dich vielleicht umbringen, Molly. Mir wäre es egal, ob die anderen dabei zusehen.« Er zeigte auf Creech und dessen Wachmänner, die sie beobachten. »Aber es ist mir nicht egal, ob unsere Tochter es sieht.«

»Geh nach Hause, Jack«, kam eine Stimme von der Kirche. Eine kleine Frau kam über den Rasen auf sie zu. Sandy, Emmas Großmutter. Emma überlegte, ob sie über den Platz laufen und sie schlagen sollte. Sie hätte es getan, wäre sie nicht plötzlich so verdammt müde gewesen.

Ihr Vater stand auf. »Ich hätte besser für dich kämpfen sollen, Molly, aber jetzt haben sie dich. Du bist viel zu weit weg.«

»Auf Wiedersehen, Jack«, sagte sie.

»Auf Wiedersehen, Molly.« Er wandte sich an Emma. »Komm. Zeit nach Hause zu fahren.«

Manson, Kentucky

– Jetzt –

Als ich in Stuarts Hotelzimmer auf und ab ging, ertappte ich mich beim Fingernägelkauen – eine Angewohnheit, die ich vor meiner Ankunft in Manson nicht gehabt hatte. »Becky Creech und Carol Leamy sind ein und dieselbe Person. Das ergibt Sinn.«

»Wir fahren Morgen zu Dale Creech und zeigen ihm ein Foto von Carol«, sagte Stuart. »Aber bitte überstürze nichts, Kim. Die Sache ist noch nicht entschieden.«

Er saß wie ein Weiser im Schneidersitz auf dem Bett, das Gesicht weiß im Leuchten seines Laptops.

»Sie muss es sein«, sagte ich und ging weiter auf und ab. »Im Netz gibt es keine Fotos von Becky Creech. Das ist doch eigenartig, oder?«

»Nicht unbedingt. Vielleicht hat sie geheiratet und den Namen ihres Mannes angenommen, lange bevor das Internet aufkam.«

»Aber was ist mit der Narbe?«

»Menschen haben nun mal Narben, Kim.«

»An genau derselben Stelle? Das ist schon ein ziemlich großer Zufall.«

»Das will ich nicht bestreiten. Ich sage nur, dass du nichts überstürzen sollst. Ich musste auf schmerzliche Weise lernen, mich nicht zu früh zu freuen. Hast du eine Ahnung, wie oft ich geglaubt habe, ich hätte Sammy gefunden?«

Erneut ertappte ich mich beim Fingernägelkauen und zwang mich, damit aufzuhören. Ich holte mir ein Bier aus Stuarts Minibar und ging zur gläsernen Schiebetür, die auf den Balkon hinausführte. Es überraschte mich, wie dunkel es urplötzlich in Manson geworden war. Erst vor zehn Minuten hatte ich durch genau diese Fenster gesehen und die wilden, brutalen Appalachian Mountains betrachtet. Jetzt erkannte ich dort nichts mehr, nur noch mein eigenes Spiegelbild.

»Außerdem«, sagte Stuart, »gibt es kein Motiv. Warum sollte Becky Creech Sammy entführen? Oder streich das. Warum sollte Becky Creech Sammy entführen, nach Australien übersiedeln, eine falsche Identität annehmen und dich wie ihr eigenes Kind großziehen?«

Er hatte recht. Mum war sehr bodenständig und vernünftig gewesen und, soweit ich wusste, alles andere als verrückt. Aber wie gut kannte ich sie? Man muss schon eine bestimmte Persönlichkeit haben, um so ein großes Geheimnis freiwillig mit in den Tod zu nehmen.

»Vielleicht hatte sie einen guten Grund«, sagte ich.

»Zum Beispiel?«

»Ich weiß nicht.«

»Zum Beispiel, dass sie dich vor unserer Mutter retten wollte?«

»Das habe ich nicht gesagt.«

»Du versuchst Szenarien zu erfinden, die Carols Handeln rechtfertigen«, sagte er. »Das ist in Ordnung. Ich kann das verstehen. Aber nur weil du sie zur Heldin machen willst, heißt das nicht, dass unsere Mutter die Böse ist.« Er klappte seinen Laptop zu.

Ich trank mein Bier, setzte mich auf die Bettkante. »Tut mir leid. Ich bin ihr erst einmal begegnet. Soweit ich mich erinnern kann. Sie wirkte so …«

»… vollkommen irre?«

»Traurig.«

Stuart beäugte mein Bier. »Holst du mir auch eins?«

Das tat ich. Er trank und streckte die Beine aus. »Bitte versuch zu verstehen, Kim, dass sie nicht immer so war. Mom war früher voller Leben. Sie war witzig, geduldig, freundlich und schön. Es gab sogar mal eine Zeit, in der die Light Within ihr Leben bereichert hat – bevor die Kirche sie kontrolliert hat …«

»Aber nach meinem Verschwinden hat sich das alles geändert?«

»Eigentlich schon nach deiner Geburt. Ich weiß es nicht genau, aber ich bin ziemlich sicher, dass Mom unter postnatalen Depressionen litt. Damals wusste ich nicht, wie das heißt, weil ich noch ein Kind war, und es gab ja auch nie eine Diagnose, aber es war ziemlich offensichtlich, dass etwas nicht stimmte, selbst für einen Neunjährigen.«

Stuart nahm sich einen Augenblick und trank von seinem Bier. Als er weiterredete, war es fast, als würde er mit sich selbst sprechen. »Dad musste es auch gesehen haben. Ich bin ziemlich sicher, dass er's einfach ignoriert hat – oder, noch schlimmer, sie dafür verachtet hat. Hätte er versucht, mit ihr zu reden, ihr zu helfen, dann wäre das alles ganz anders ausgegangen. Vielleicht wäre ich dann mit einer kleinen Schwester aufgewachsen.«

»Stuart, eine postnatale Depression ist schrecklich für jeden, der darunter leidet, aber dabei handelt es sich um eine affektive Störung. Ich bin sicher, eine Therapie oder Antidepressiva oder auch ein Ehemann, der präsenter gewesen wäre, hätten ihr helfen können – trotzdem hätte das nicht verhindert, dass jemand ins Haus kommt und mich …«

Als ich mich wieder zu ihm umdrehte, sah ich, dass er weinte.

»Stuart, was ist?«

Er wischte sich mit dem Handballen über die Augen. Dann schwang er die Beine über die Bettkante und setzte sich auf, trank den Rest des Biers in zwei Schlucken.

»Niemand ist ins Haus gekommen«, sagte er leise.

»… was?«

»Ich hab das nie jemandem erzählt, Kim.« Er holte tief Luft und blinzelte, um neue Tränen zurückzuhalten. »Nicht mal Claire.«

»Stuart, wovon sprichst du? Was meinst du damit, es ist niemand ins Haus gekommen?«

»Am Dienstag, den 3. April 1990, an dem Tag, an

dem du entführt wurdest, war ich krank und bin zu Hause geblieben. Ich erholte mich noch von einer Erkältung. Eigentlich hätte ich auch in die Schule gehen können, aber ich hab ein bisschen übertrieben, um noch einen Tag länger schulfrei zu haben. Ich war gerne zu Hause, wenn Emma in der Schule war und Dad im Geschäft. Dann musste ich Mom nicht mit so vielen anderen teilen.«

Da ich mit einer Schwester aufgewachsen war, wusste ich genau, was er meinte.

»Natürlich musste ich sie noch mit dir teilen, aber das war in Ordnung. Ich hab dich sehr lieb gehabt – ehrlich. Und du wirst dich nicht daran erinnern, aber du hast mich vergöttert. Bist mir überallhin gefolgt, von einem Zimmer ins nächste. Und meistens konnte ich verhindern, dass du …«

»Was verhindern?«

»Dass du Mom in die Quere kommst. Du konntest ganz schön anstrengend sein. Ich meine, du warst zwei, aber du warst auch ganz schön aktiv. Brauchtest viel Aufmerksamkeit. Und hin und wieder hattest du so wie alle Kleinkinder auch mal einen schlechten Tag.«

»Und war der Tag so einer von den schlechten?«

Er wandte sich von mir ab, knibbelte an dem Etikett seiner Bierflasche und fuhr mit dem Finger über den Rand. »An dem Tag warst du eine echte Plage. Du warst müde und quengelig, und ich hab versucht dazwischenzugehen, so wie sonst auch. Aber Mom war am Ende ihrer Kräfte. Manchmal wurde sie wahnsinnig wütend auf dich. Und wenn sie wütend auf dich war, dann war sie mir gegenüber unglaublich kalt. Sie ist mit dir nach oben gegangen, hat dich in dein Zimmer gebracht und die Tür zugemacht. Mom hat sich ins Bett gelegt, aber du hast nicht aufgehört zu weinen. Ich wollte nicht, dass du sie weckst.«

Er stellte die leere Flasche ab. »Mom hatte mir gesagt, dass ich dich in Ruhe lassen soll, damit du dich müde schreist. Aber du hast gebrüllt wie am Spieß, Sammy ... also hab ich mich in dein Zimmer geschlichen. Hab versucht, dich zu beruhigen. Es war Frühjahr, deshalb waren draußen junge Vögel. Vor deinem Fenster wuchs ein großer Amberbaum mit einem Vogelnest. Rotkardinäle. Die hattest du am liebsten.«

Das Bild eines kleinen roten Vogels blitzte vor meinem geistigen Auge auf. Erinnerte ich mich daran, wie Rotkardinäle aussahen, oder erinnerte ich mich an jenen Tag?

»Ich hab dein Fenster aufgemacht, damit wir sie ein bisschen besser zwitschern hören konnten. Aber du wolltest näher ran. Also bin ich ...« Er hielt inne, um aufzuatmen. Seine Unterlippe bebte. »... also bin ich mit dir rausgegangen, nach draußen in den Garten vor dem Haus, zu dem Amberbaum. Du wolltest dir das Vogelnest durch Dads Fernglas ansehen. ›Daddys lange Augen‹, hast du's genannt. Aber das Fernglas war drinnen.«

Er konnte mich nicht anschauen, und wenn, hätte er durch die Tränen, die ihm jetzt über das Kinn liefen und sich in seinen Bartstoppeln verfingen, nicht viel erkennen können. »Ich war nur fünf Minuten im Haus, Kim. Ich schwöre bei Gott. Verdammte fünf Minuten. Und als ich zurückkam …«

»… war ich verschwunden«, sagte ich. »Wieso hast du das niemandem gesagt?«

»Weil ich neun war und Angst hatte, und ich wollte keinen Ärger bekommen und … ein bisschen war ich sogar *erleichtert.*«

Mit dem letzten Wort brachen alle Dämme. Sein Kopf fiel zwischen die Knie, und er schluchzte laut. Wie ein Kind. Achtundzwanzig Jahre lang hatte er seine Schuldgefühle für sich behalten. Ich konnte mir vorstellen, wie sie immer größer geworden waren und an ihm genagt hatten.

»Sammy, es tut mir so leid«, sagte er und rang nach Luft. Rotz lief ihm aus der Nase. Er rutschte zu Boden, schlug sich die Hände vors Gesicht. Jetzt sah er wieder aus wie ein Neunjähriger.

»Schon okay«, wollte ich sagen, aber die Worte versandeten in meinem Mund. Ich glitt neben ihm vom Bett und legte ihm eine Hand auf die Schulter. Er zuckte zusammen, dann schauderte er. Ich schlang die Arme um ihn und zog ihn fest an mich. »… schon okay, Stu. Es ist vorbei. Du warst noch ein Kind, du …«

»Nicht.« Er entzog sich mir und stand auf. »Es ist nicht okay, Kim. Es ist alles andere als okay.«

»Aber das ist alles so lange her, Stuart«, sagte ich.

»Hör auf.«

»Du warst neun.«

»Nicht.«

»Stuart …«

»Wag es bloß nicht, Kim«, sagte er. »Wag es bloß nicht, mich aus der Verantwortung zu entlassen.«

»Hör zu …«

»Das ist es nicht, was ich will. Ich will keine Vergebung, und ich werde sie auch nicht akzeptieren.«

Er ging ins Badezimmer und knallte die Tür hinter sich zu. Ich dachte an die Menschen, die meine Abwesenheit geschmerzt hatte, die Menschen, deren Leben dadurch zerstört worden war, an die vielen vergossenen Tränen, alles nur wegen einer Person. Carol Leamy. *Becky Creech*.

Der Schlüssel von Stuarts Prius lag in einer silbernen Schale auf der Kommode neben der Tür. Auf dem Weg nach draußen nahm ich ihn mit.

Die Church of the Light Within befand sich außerhalb der Stadtgrenze von Manson. Sie war nicht leicht auf der Straßenkarte zu finden, und im wirklichen Leben, im Dunkeln, noch viel weniger. Das GPS auf meinem Handy zeigte einen blauen Punkt mitten in einem schwarzen Fleck. Ich war ungefähr fünfzehn Minuten gefahren, ohne einem anderen Wagen auf der Straße begegnet zu sein.

Ich gelangte an eine unbefestigte Straße ohne Namen. Ein handgemaltes Schild ragte an der Ecke aus dem Schotter empor, darauf stand: *Dies ist der Weg zum*

Licht. Ich bog in die Straße ein und folgte ihr ungefähr eine halbe Meile lang. Die Bäume wölbten sich über mir, trafen sich in der Mitte und versperrten die Sicht in den Himmel. Selbst am helllichten Tag wäre die »Straße zum Licht« mit Dunkelheit gepflastert gewesen.

Als der Prius auf eine große Lichtung fuhr, drang Mondlicht in die Fahrerkabine, sodass eine unheimliche Vertrautheit entstand. Die Kirche, ein großes flaches Gebäude mit einem gemalten roten Kruzifix über der Tür, stand mitten auf der Lichtung. Ungefähr dreißig Meter von der Kirche entfernt befand sich ein zweites, fensterloses Gebäude. Drinnen brannte Licht.

Ich fuhr auf den matschigen Parkplatz, die Schnauze Richtung Ausfahrt, und stieg aus dem Wagen. Das einzige andere Fahrzeug auf dem Parkplatz war ein schlankes schwarzes Yamaha-Motorrad. Der Motor war noch warm und knackte.

»Guten Abend, Fremder.« Dale Creech musste mich kommen gehört haben. Er war aus dem kleineren Gebäude geschlüpft und kam mir nun über das Gras entgegen, in der linken Hand eine Schlange.

Instinktiv trat ich einen Schritt zurück, wobei ich um ein Haar Creechs Motorrad umgeworfen hätte. Es wackelte, dann blieb es aber doch stehen.

Er lachte. »Ach, machen Sie sich wegen Annie keine Sorgen. Sie sieht vielleicht aus wie eine Schlange, aber im tiefsten Innern ist sie ein kleines Kätzchen. Wollen Sie sie mal halten?«

Er streckte mir die Schlange entgegen, wie ein älterer

Bruder, der seine jüngere Schwester mit einer Spinne ärgern will. Die Kreatur wand sich träge in seiner Hand. Sie war dick und kurz, in unterschiedlichen Brauntönen gemustert, die im Mondlicht aber eher grau wirkten. Den Kopf konnte ich nicht sehen – er befand sich irgendwo hinter Creechs Daumen –, aber ich sah die Rassel, die zum Glück nicht rasselte.

»Nein«, sagte ich.

Er streichelte die Schlange mit seiner freien Hand. »Schön, dich wiederzusehen, Kim. Oder soll ich Sammy sagen?«

»Ich bin immer noch Kim«, sagte ich.

Er machte einen Schritt vorwärts, und ich wich einen weiteren zurück, beäugte die Klapperschlange in seiner Hand. »Ich bringe Annie nur schnell wieder ins Bett, dann schau ich mal, ob ich dir einen Kaffee machen kann.« Er zeigte auf die Kirche. »Geh schon mal rein, ich bin gleich bei dir.«

Er ging zurück in die Dunkelheit und auf das kleinere Gebäude zu, in dem er, wie ich vermutete, die Schlangen hielt. Seine Füße hinterließen Abdrücke im feuchten Gras. Er trug keine Schuhe.

Die Kirche wirkte gelb im grellen Neonlicht. Ich hatte einen schwach beleuchteten Ort der Andacht mit Kerzen und dunklen Ecken erwartet, aber hier sah es eher aus wie in einem Gemeindezentrum: schlicht, sauber und modern. Ungefähr hundert Plastikstühle stapelten sich an der hinteren Wand. Früher waren all diese Stühle besetzt gewesen, vermutete ich, aber wenn Sandy Went recht hatte, gab es jetzt nur noch eine Handvoll Kirchenmitglieder.

Statt einer Kanzel stand vorne ein langes gläsernes Terrarium. Der Boden des Terrariums war mit rotem Sand ausgestreut. Zum Glück waren keine Schlangen darin. Ich stand mit der Hand am Rand des Terrariums und versuchte mir vorzustellen, wie es sein musste, im Namen Gottes mit Giftschlangen durch den Saal zu tanzen.

Hinter mir ging die Kirchentür auf. Ich drehte mich um, erwartete, Reverend Creech im Eingang zu sehen. Stattdessen sah ich den Schattenmann. Die Gestalt aus meinem Traum stand direkt vor der Kirchentür, seine langen Arme hingen schlaff und scheußlich an seinen Seiten.

Meine Lunge blockierte.

Doch als der Schattenmann ins Licht der Kirche trat, wurde er wieder zu Dale Creech, barfuß und in einer schmutzigen Jeans, in der Hand eine dampfende Glaskanne mit Kaffee. Plötzlich wurde mir bewusst, dass niemand hier war, den ich kannte, nicht einmal Stuart.

Creech lächelte. »Ich hoffe, Entkoffeinierter ist in Ordnung?«

Wir setzten uns an einen Tisch in einer Ecke des Saals. Creech füllte zwei Becher mit Kaffee. In der Kirche war es unnatürlich still, als hätte er den Grillen gesagt, sie sollten mit dem Zirpen aufhören, und dem Wind befohlen, sich zu legen.

»Also«, sagte Creech. »Welchem Umstand habe ich deinen Besuch zu verdanken?«

»Ich hatte gehofft, dass Sie sich etwas ansehen könnten.« Ich holte ein passfotogroßes Bild von Carol Leamy aus meiner Brieftasche. Es war irgendwann um 2007 herum im Schnee aufgenommen worden, in der Zeit vor dem Krebs. Es zeigte Carol lächelnd, mit einer roten Wollmütze auf dem Kopf. Ein schwerer grüner Parka hing unförmig an ihr, aber sie sah glücklich aus und sehr lebendig. Sie sah aus wie *Mum*.

Creech das Bild zu geben kam mir vor, als würde eines der letzten Puzzleteile an seinen Platz gelangen. Jeden Moment würde er nun Carol als seine Schwester Becky erkennen, und alles wäre plötzlich genau dort, wo es hingehörte, wie nach der letzten Drehung an einem Zauberwürfel. Ich fragte mich, ob Stuart es ähnlich ergangen war, als er mich in Australien angesprochen, seine Mappe aufgeklappt und ein Foto von Sammy Went über den Tisch geschoben hatte.

»Erkennen Sie die Frau?«, fragte ich.

Creech betrachtete das Foto. Ich beobachtete seine Reaktion, aber er ließ sich nichts anmerken. »Nein. Ich kenne sie nicht. Tut mir leid.«

»Sind Sie sicher?«

Er schaute noch einmal hin. »Ich bin ganz sicher. Aber deinem Gesichtsausdruck nach zu urteilen ist das nicht die Antwort, die du hören wolltest.«

»Würden Sie noch mal hinschauen?«, fragte ich.

»Ich habe schon zweimal hingeschaut.«

»Dann ein drittes Mal.«

Er betrachtete das Foto noch einmal und schüttelte den Kopf. »Ich habe diese Frau noch nie in meinem Leben gesehen.« In seiner Stimme lag nicht die geringste Andeutung eines Zweifels. Er gab mir das Foto wieder und hielt meinem Blick ohne Weiteres stand. Wenn er log, dann hatte er sich irgendwie selbst davon überzeugt. »Tut mir leid, dass ich nicht helfen kann. Geht es um die Entführung?«

»Haben Sie noch Kontakt zu Ihrer Schwester, Reverend?«

Da war es: ein leichtes Zucken. Kaum wahrnehmbar, aber doch vorhanden. »Meiner Schwester?«

»Becky«, sagte ich.

»Woher kennst du Becky?«

»Sehen Sie sie häufig?«

»... nein.«

»Wann haben Sie das letzte Mal mit ihr gesprochen?«

»Warum erkundigst du dich nach meiner Schwester?«

»Lebt sie noch in Manson?«, fragte ich. »Ich hab gehört, dass sie weggezogen ist.«

»Von wem hast du das gehört?«

»Stimmt es denn?«

Er trank seinen Kaffee, ließ die Fingerknöchel knacken und fasste sich. Als er das Wort erneut ergriff, tat er es in dem leichten, melodiösen Tonfall, mit dem er mich auch bei unserer ersten Begegnung vor Mollys

Apartment angesprochen hatte. »Becky ist sehr weit weg.«

»Und wo?«, fragte ich.

»Erinnerst du dich?«, fragte er. »Erinnerst du dich an irgendwas von vorher?«

»Nicht viel«, sagte ich.

»Erinnerst du dich, dass du hier warst?«

»Ich …«

»Erinnerst du dich an jenen Tag?« Plötzlich stand Creech auf. Sogar ohne Schuhe war er groß, seine Schultern breit, die Arme stark. »Bist du religiös, Sammy?«

Angst kroch mir den Rücken hinauf, machte mir Gänsehaut.

»Nein, und ich heiße *Kim*.«

»Glaubst du an den Teufel?«

»Nein.«

Er schenkte sich Kaffee nach. »Bewegt man sich durchs Leben, ohne einer höheren Macht Rechenschaft abzulegen, ist das so, als würde man ankerlos durch einen dunklen Ozean voller Ungeheuer treiben.«

Je tiefer man sich hineinwagt, hörte ich Dean flüstern, *desto dunkler wird das Wasser.*

»Gott lenkt mich«, sagte Creech. »Und ob du daran glaubst oder nicht, ändert nichts an den Tatsachen. Gott ist wahrhaftig und der Teufel auch. Und ebenso stark, wie ich Gott in diesem Raum spüre, spüre ich auch den Teufel. Ich habe gesehen, dass er viele Formen annimmt, und ich denke du auch.«

Er machte einen Schritt um den Tisch herum und blies den Dampf von seinem Kaffeebecher herunter. »Hast du je den Teufel gesehen, Sammy?«

»Ich heiße Kim.«

»Hast du ihn je *gespürt*?«

»Nein.«

»Oh, das möchte ich bezweifeln. Wenn du schon mal jemanden gekannt hast, der zu viel getrunken hat, der die Formulierung ›verantwortlich trinken‹ so interpretiert hat, dass man keinen Tropfen verschwenden soll, dann hast du den Teufel gesehen.«

Meine Lippen wurden trocken.

»Wenn du Menschen kennst, die Horoskope und *Harry Potter* lesen, Hexenbretter benutzen, abtreiben oder Sex vor der Ehe haben, die Videospiele spielen und Filme mit satanistischen Anklängen loben, die sich zu Menschen ihres eigenen Geschlechts legen, so wie dein Vater … Wenn du solche Menschen kennst, Sammy, dann hast du den Teufel gesehen.«

Creechs Augen wurden größer, und ich sah Panik darin – Panik und Zorn. »Ich weiß, warum du hier bist, Sammy.«

»Warten Sie …«

Aber es war zu spät. In einer einzigen geschmeidigen Bewegung schlang Creech die Finger um die Kaffeekanne und schlug sie mir fest über den Kopf.

Redwater, Kentucky

– Damals –

Ellis traf um halb sieben in Redwater ein, eine halbe Stunde zu früh für sein Rendezvous. Er parkte seinen Privatwagen, einen schmutzig gelben Datsun, gegenüber dem Barracuda und wartete.

Eigentlich hätte er jede Menge Gründe gehabt, Sue Beady abzusagen, der Frau mit den sandfarbenen Haaren, die sich auf seine private Anzeige gemeldet hatte, und er vermutete, dass einige seiner Deputys bedauerten, dass er's nicht getan hatte. Er hatte ein riesiges Chaos in Manson hinterlassen, aber morgen würde er helfen, alles in Ordnung zu bringen. Heute Abend aber war er mit Sue Beady verabredet, würde schick Pizza essen und sie hinterher nach Hause bringen. Er würde ihr einen Gutenachtkuss geben – auf die Lippen, wenn sie gestattete –, und dann würde er heimfahren.

Auf jeden Fall würde es schön werden, ein paar Stunden fern von Manson zu verbringen. Redwater war die siebtgrößte Stadt in Kentucky, dreißig Meilen östlich von Manson. Ellis kannte sie gut. Er hatte mal eine Tante dort gehabt: Ida, sie hatte immer auf einem klapprigen alten Schaukelstuhl auf einer klapprigen alten Veranda gesessen und von dort aus die Welt betrachtet. Jetzt lag sie begraben auf dem Friedhof in Redwater.

Die Stadt war nicht mehr so, wie er sie von seinen monatlichen Besuchen als Kind in Erinnerung hatte.

Damals war das hier ein florierender Ort gewesen. Die Schließung des Sägewerks 1966 bildete aber den Auftakt zu einem massiven wirtschaftlichen Niedergang. 1972 wurden zwei größere Nachbarorte von der Regierung gekauft, und die Bürger zogen massenweise weg. Tante Ida konnte ihr Haus behalten, aber viele ihrer Freunde hatten kein so großes Glück.

Eigentlich sollten die gekauften Häuser abgerissen und das Land dem es umgebenden Nationalpark zugeschlagen werden, was Ellis eigentlich immer ganz okay gefunden hatte. Aber stattdessen verblieb das Vorhaben bis 1986 in einem bürokratischen Schwebezustand, bis die Regierung aus unerfindlichen Gründen das Land der Stadt wieder zur Verfügung stellte. Dieser Teil von Redwater war jetzt größtenteils unbewohnt, abgesehen von einer Handvoll Landstreichern und Junkies.

Fortschritt, dachte Ellis und sah auf die Uhr. Acht Minuten waren im Schneckentempo verstrichen.

Er stellte den Rückspiegel ein, um sich darin zu betrachten. Wie immer eher enttäuschend, aber er machte das Beste aus dem, was er hatte. Wenigstens roch er gut, da er sich mit einem Aftershave aus der Fundkiste der Wache eingenebelt hatte.

Wieder schaute er auf seine Armbanduhr. Eine Minute war seit dem letzten Mal vergangen, also stieg er aus dem Datsun und schlenderte über die geschäftige Straße. Seine Beine knirschten beim Gehen. Er fühlte sich körperlich erschöpft – weil er es war –, aber im Kopf war er seltsam wach.

Ob ich das Sue Beady zu verdanken habe?, fragte er sich. Oder John Regler? Militärakten hatten seine Identität bestätigt, und die Terminbücher des Krankenhauses hatten sein Alibi unterstützt, was bedeutete, dass Ellis kein guter Grund mehr einfiel, weshalb Regler im Keller des Leichenschauhauses von Manson auf einem Edelstahltisch liegen sollte.

Lasst uns in Ruhe, hatte der Mann geschrien. In jenem Moment war Ellis sicher gewesen, dass er von Sammy sprach. Jetzt schien wahrscheinlicher, dass er über die Stimmen in seinem Kopf gesprochen hatte – oder vielleicht auch zu ihnen.

Um Zeit totzuschlagen und sich von den Manson-Schatten zu befreien, ging er in einen kleinen Supermarkt. Er hatte ihn als Gerry's Local in Erinnerung, aber nachdem die Besitzer unzählige Male gewechselt hatten, hieß er jetzt einfach The Local.

Der Mann an der Kasse schaute auf einem kleinen Schwarz-Weiß-Apparat fern. Es lief ein Nachrichtenbericht über Sammy Went. Terry Beaumonts Phantombild flackerte über den Bildschirm. Informationen über John Regler und die Umstände seines Todes hatten die Medien noch nicht erreicht. Ellis würde eine weitere

Pressekonferenz anberaumen müssen. Ihm wurde schlecht bei dem Gedanken.

Er spazierte durch den Laden, angezogen von den dort ausgestellten bunten Blumen, und fragte sich, ob es inzwischen als kitschig galt, einer Frau zu einem Rendezvous Blumen mitzubringen. Oder genau richtig kitschig? Hinter den Blumen – *50 Prozent Rabatt auf ausgewählte Rosen von gestern!* – stand ein großer schlanker Mann mit kurzen Haaren und einem ebensolchen Stoppelbart. Er trug einen billigen Anzug, der ihm aber gut stand. Ein Einkaufskorb an einem Arm, war er vor dem Süßwarenregal stehen geblieben. Anscheinend konnte er sich nicht zwischen Juicyfruits und Blue Raspberry Airheads entscheiden. Er schaute konzentriert zwischen beiden hin und her, bis er schließlich jeweils eine Packung nahm.

Ellis war erst nicht sicher, warum er den Mann beobachtete. Vielleicht war er einfach einer, dem man gerne zusah. Manchmal war das so bei Ellis: Sein Körper wusste schneller, was sein Kopf erst später begriff. Dann dämmerte es ihm.

Das ist Patrick Eckles.

Das letzte Mal hatte er Patrick bei dessen Urteilsverkündung gesehen. Er überlegte kurz, ob er hingehen und sich zu erkennen geben sollte, aber er zögerte, als Patrick zum Spielzeugregal ging. Hinter den Puppen und Actionfiguren war eine große Kiste randvoll mit Kuscheltieren.

Süßigkeiten und ein Kuscheltier, dachte Ellis. Nicht

gerade das, was man im Einkaufskorb eines ehemaligen Sträflings erwartet. Aber was soll's, jedem das seine. Vielleicht ist er in Greenwood süchtig nach Süßigkeiten geworden und will ein Kuscheltier, um sich an frühere Zeiten zu erinnern.

Aber es steckte mehr dahinter. Das wusste Ellis einfach. Nein, er wusste es nicht, er *spürte* es.

Patrick zog eine grellgrüne Kuschelschildkröte aus der Kiste, lächelte sie an, dann ging er zur Kasse. Ellis schob sich in den Gang mit den Tiefkühltruhen, um nicht gesehen zu werden, und schaute auf seine Armbanduhr. Es war sieben Uhr fünfundvierzig. Ihm blieben immer noch fünfzehn Minuten bis zu seiner Verabredung, also beschloss er, Patrick zu folgen.

Patrick fuhr einen dunkelbraunen 85er AMC Eagle Station Wagon. Ellis stieg in seinen Datsun und folgte ihm in sicherem Abstand. Patrick startete Richtung Westen, nicht Richtung Manson, wie Ellis erwartet hatte. Er steuerte die tote Seite der Stadt an, wo die Straßen von verbarrikadierten Ladenfronten gesäumt waren, von baufälligen und abbruchreifen Gebäuden. Ein ausgebrannter Wagen stand quer auf dem Bürgersteig. Mülltonnen waren auf die Straße geleert worden. Und die Straße selbst war voller Schlaglöcher.

Vermutlich war Patrick auf dem Weg, um sich Dope zu besorgen, dachte Ellis. Er würde ihn deshalb nicht festnehmen, erstens weil er seine Verabredung mit Sue Beady nicht verpassen wollte, und zweitens konnte er den ganzen Ärger jetzt nicht gebrauchen. In der Zeit vor Sammys Verschwinden wäre die Festnahme eines ehemaligen Sträflings wegen eines Drogenvergehens eine große Sache gewesen. Aber jetzt hatte Ellis einfach keine Lust, sich die Mühe zu machen.

Trotzdem würde er sich wenigstens mal ansehen, wo die Drogen verkauft wurden, er könnte die Information an die Polizei in Redwater weitergeben.

Dann wäre es deren Problem.

Patrick fuhr in eine dunkle Straße und hielt vor einem Wohnhaus mit reihenweise zerschlagenen Fensterscheiben. Ellis parkte am Straßenrand und rutschte tiefer, beobachtete Patrick, während dieser seine Einkäufe hinten aus dem Eagle holte und zu dem Gebäude trug.

Die Gegend war tot. In der Straße gab es keinen Strom und ganz gewiss keine Bewohner, trotzdem bewegte Patrick sich mit der Gelassenheit eines Mannes, der abends nach der Arbeit nach Hause kommt.

Ellis sah auf seine Armbanduhr: kurz vor acht. Wenn er sich beeilte, konnte er bis zehn nach acht im Restaurant sein. Spät, aber nicht zu spät. Er notierte sich die Adresse des Wohngebäudes.

So jetzt hast du, was du wolltest, dachte er. Findest du's nicht unhöflich, eine Lady warten zu lassen?

Trotzdem machte er den Motor aus, stieg aus dem Wagen und ging die Straße entlang auf das Wohnhaus zu.

Glasscherben knackten unter seinen Füßen, während er den Bürgersteig überquerte und sich dem Eingang des Wohnhauses näherte. Beide Eingangstüren waren kaputt. Ellis musste die linke Seite heben und fest daran ziehen, damit sie weit genug aufging, sodass er sich durchschieben konnte.

Er betrat den dunklen Flur, der ebenfalls voller Glasscherben lag; fast ein Dutzend benutzte Spritzen lagen herum. Am Ende des Gangs flackerte Licht unter einem Türspalt. Es war zu hell, als dass es sich um eine Kerze handeln konnte. Ellis vermutete, dass jemand ein Feuer gemacht hatte, vielleicht in einem rostigen alten Ölfass, so einem Ding, um das sich die Landstreicher im Film immer scharten.

Schön, dachte Ellis. Du hast die Adresse von einer Drogenabsteige, und jetzt hast du auch noch die Nummer der Wohnung. Wenn du jetzt sofort losfährst, kannst du noch mit erträglicher Verspätung aufkreuzen.

Er seufzte und ging weiter den Gang entlang. Als er sich der Wohnungstür genähert hatte, hörte er ein Feuer knistern und eine gedämpfte Unterhaltung. Eine Frauenstimme. Vielleicht traf Patrick sich hier mit einer Nutte. Je mehr er darüber nachdachte, umso einleuchtender fand er dies. Patrick hatte drei Jahre seiner Strafe abgesessen, und er war auch nur ein Mensch. Ellis hatte von Prostitution in Redwater bislang nichts gehört, aber in einer Stadt dieser Größe musste es welche geben. Außerdem, wo Drogen waren, gab es auch Armut und damit zwangsläufig auch Frauen, die anschaffen gingen.

Aber dann hörte er eine dritte Stimme. Die Stimme

eines Kindes. Ja, jetzt noch einmal: die Stimme eines schläfrigen Kindes.

Bevor er noch richtig darüber nachgedacht hatte, platzte Ellis durch die Tür und in die Wohnung. Das flackernde Licht des Feuers erlaubte ihm einen kurzen Blick in das Innere: ein altes Sofa, ein Feldbett, ein Feuer in einem alten Ölfass – genau wie Ellis sich das vorgestellt hatte.

Dann sah er Patrick auf dem Fußboden knien und ihn erstaunt anstarren. In seinen Armen hatte er ein speckiges zweijähriges Mädchen mit dichten schwarzen Haaren und Augen, die im Licht des Feuers leuchteten.

»Nein«, sagte Patrick.

»Sammy.« Ellis griff nach seiner .45er, aber sie war nicht da. Er hatte sie zu Hause gelassen. Mit einer Pistole zu einem Date zu erscheinen war der beste Weg, um sicherzustellen, dass es kein zweites geben würde. »... Sammy Went.«

Patrick stand rasch auf und zog Sammy dicht an seine Brust. Sie fing an zu weinen. »Bitte, nicht ...«

Aber Ellis wollte nicht warten. »Patrick, es ist vorbei.«

»Nein, halt, bitte nicht ...«

Erst da merkte Ellis, dass Patrick nicht ihn gemeint hatte, sondern jemanden hinter sich. Er drehte sich um und sah eine zierliche Frau mit dunklen Haaren und einem Jagdgewehr in den Armen.

»Becky, warte ...« Patrick ging auf sie zu, zog Sammy

mit einem Arm noch dichter an sich heran und griff mit der anderen nach dem Gewehr.

Ellis hörte den Schuss nicht und spürte keinen Schmerz. Erst war er, dann war er nicht mehr.

Sue Beady hatte ein gutes Gefühl bei Chester. Sie hatten sich erst ein Mal unterhalten, und das Gespräch war kurz gewesen, aber er hatte nett und ehrlich geklungen. Vielleicht erwies er sich ja sogar als jemand, mit dem man sein Leben verbringen konnte, obwohl sie ihm das nicht gleich beim ersten Date sagen würde. Sie wusste, dass man nicht übereifrig wirken durfte.

Sie saß in dem Restaurant am Fenster und sah die Autos auf der Straße vorbeifahren. Der Kellner war gekommen, und sie hatte einen Weißwein bestellt. Der Wein war gekommen, sie hatte ihn getrunken, und dann hatte sie noch einen bestellt.

Sie wartete lange. Länger, als sie hätte warten sollen. Sie wartete, bis der große Andrang zum Abendessen vorbei war und die Mitarbeiter des Restaurants mit dem Aufräumen anfingen, bis die Chefin das Schild an der Tür von *Geöffnet* auf *Geschlossen* drehte.

Schließlich stand Sue auf, suchte ihre Sachen zusammen und bezahlte beschämt und geknickt die Rechnung. Schade. Verdammt schade. Dabei hatte sie so ein gutes Gefühl bei Chester gehabt.

Manson, Kentucky

– Jetzt –

Über mir ging flackernd das Licht an, zwang mich in einen halb wachen Zustand. Unmöglich festzustellen, wie viel Zeit vergangen war. Mein Kopf schmerzte entsetzlich. Mein Gesicht war heiß und feucht, mein rechtes Ohr vollkommen taub und mein Blick verschwommen, als würde ich durch ein verregnetes Fenster schauen.

Mein Handy war weg, und meine Füße waren nackt.

Ich versuchte meinen Kopf zu bewegen, aber es ging nicht. Ich schaffte es, mich auf die Ellbogen zu stützen, knickte aber sofort wieder ein. Stattdessen konzentrierte ich mich aufs Atmen und auf den Raum, in dem ich mich befand. Er war fensterlos, die Decke niedrig, und es war unnatürlich heiß.

Neblige, bruchstückhafte Erinnerungen kamen zurück. Die Kaffeekanne. Der Schattenmann.

Reverend Creech bewegte sich geschäftig durch den Raum, tauchte immer wieder in meinem Blickfeld auf.

Langsam begann ich, wieder scharf zu sehen. Ich sah, dass kleine gläserne Terrarien an den Wänden standen. Schlangen, dachte ich.

Zu meiner Rechten summte etwas. Vielleicht eine Wärmelampe.

Creech stellte sich über mich, seine schmutzigen Füße jeweils links und rechts von meinem Kopf. Er hielt einen Plastikeimer in der Hand. An der Seite haftete ein beschriftetes Stück Klebeband. Mein Blick verschwamm wieder, aber schließlich sah ich das Wort *Futter* vor mir.

Als ich von dem Eimer zu Creech in seiner schmutzigen Jeans hinaufschaute, wollte ich »Bitte« sagen, aber es kam nur ein »Bih« heraus.

Ohne ein weiteres Wort nahm Creech den Deckel vom Eimer und drehte ihn um. Ein Dutzend kleine Knäuel fielen heraus, auf meine Brust und das Gesicht. Mäuse. Eine quiekte ängstlich und sauste mir über das linke Auge, hinterließ eine klebrige Spur aus warmem Blut auf meiner Stirn.

Ich wollte sie totschlagen, war aber nicht schnell genug. Ich hatte kaum die Kraft, den Arm zu heben.

Weitere Mäuse wuselten herum, andere blieben, wo sie waren. Eine verkroch sich unter den Falten meines T-Shirts und kroch mir auf den Bauch.

»Nein«, presste ich hervor.

Creech ignorierte mich. Er ging zu einem der gläsernen Terrarien, hob den Deckel und zog eine dicke, einen Meter lange Klapperschlange heraus. Mit abstoßender Selbstsicherheit warf er sie sich über die Schulter, sodass sie irgendwo zu meinen Füßen landete. Ich hörte sie durch den Raum schlittern.

Die heiße Luft roch süßlich und fleischig.

Creech ging an das nächste Terrarium und hob den Deckel, zog er eine weitere Schlange heraus. Sie hatte keine Rassel, wirkte aber wild und fremdartig. Blaue Streifen zogen sich über ihren ganzen Körper. Sie schlug in Creechs Händen hin und her, war aggressiv schnell. Er ließ sie auf meine Jeans fallen, wo sie widerlich schwer liegen blieb.

Je mehr ich zu vollem Bewusstsein gelangte, desto klarer wurden auch meine Gedanken, und mit ihnen kam die Angst. Eine tiefe, brutale, urwüchsige Angst, wie ich sie nie zuvor verspürt hatte. Creech ging in dem kleinen Raum umher, zog Schlangen aus den Terrarien und warf sie auf den Boden. Die meisten waren Klapperschlangen, aber es gab auch noch andere Arten, die ich nicht kannte. Eine war ganz schwarz, die Augen gelb glänzend. Sie bewegte sich schnell vorwärts, sobald sie auf dem Boden aufkam, schlitterte über meinen rechten Arm und blieb dort liegen.

Dann fing sie an zu klappern. Angeregt durch die Mäuse oder meine Angst oder Creechs Wahn – vielleicht auch alles zusammen – ließ sie ihr warnendes Rasseln ertönen, und der Raum hallte davon wider.

Meine Hände lagen schlaff neben meinem Körper. Vielleicht hätte ich sie bewegen können, aber ich hatte zu große Angst, um es überhaupt zu versuchen. Lange, dunkle Schatten schoben sich am Rand meines Blickfelds entlang. Als alle Terrarien geleert waren, kehrte Creech zurück. Er setzte einen schmutzigen nackten Fuß auf meine Brust und verlagerte sein Gewicht, so dass es auf meine Lunge presste und mir das Atmen schwerfiel. Als wäre er eben erst darauf gekommen, hob er die schwarze Schlange von meinem Bein und ließ sie über meinem Kopf baumeln. Zuerst schlug sie gegen ihn, aber als er die Schlange mit Daumen und Zeigefinger hinter dem Kopf fasste und zudrückte, regte sie sich nicht mehr, wirkte wie tot.

Er sah mir in die Augen und sagte: »Wie Petrus in der Heiligen Schrift schrieb: *Denn euer Widersacher, der Teufel, geht umher wie ein brüllender Löwe und sucht, wen er verschlinge.*«

Er sprach nicht mehr zu mir, sondern *durch* mich. Seine Augen waren die eines weit entrückten Mannes. »Der Teufel hat dieses Mädchen heimgesucht und besessen, aber nun werden ihn die Schlangen austreiben.«

Er ließ die Schlange auf den Schritt meiner Jeans fallen. Sie drehte sich im Kreis, stupste neugierig an meinen Bauch und rollte sich anschließend zu einer Spirale zusammen.

»*Und wir werden in neuen Zungen reden*«, sagte Creech, seine Stimme tief und hohl. »*Wir werden Schlangen mit den Händen hochheben, und wenn wir etwas Tödliches trinken, wird es uns nicht schaden.* Amen. *Und wir werden Kranken die Hände auflegen, und so wird es gut mit ihnen.* Amen.«

Er schob eine dicke sandfarbene Schlange mit der Hand beiseite und kniete sich neben mich. »Kannst du ihn hier im Raum spüren, Sammy? Gott erhebt sich. Spürst du das Licht?«

Er schaute zur Neonröhre an der Decke. Sie zuckte einmal kurz. »Er ist hier. Spürst du ihn, Sammy?«

Eine dicke alte Klapperschlange holte träge nach Creechs Knie aus. Creech schlug sie mit der flachen Hand weg. Das laute Klappern hob noch weiter an und hallte von der niedrigen Decke wider.

Meine Lippen spannten und waren trocken, aber ich konnte wieder sprechen. »Nein«, brachte ich heraus. *»Bitte.«*

»Lass mich hören, wie du es sagst, Sammy«, sagte Creech. »Lass mich hören, wie du Amen sagst.«

»Bitte ... Ich werde niemandem etwas verraten.«

Er nahm mein Kinn zwischen seine Finger und drückte fest. »Es gibt nur einen Weg raus aus diesem Raum, so Gott will. Ich bin nur sein Instrument. Jetzt will ich hören, wie du Amen sagst.«

»Ich ...«

Er schnippte mir mit den Fingern an die Stirn. Erneut vibrierte Schmerz durch meinen Schädel. »Ich gehe nicht ohne ein Amen, und du auch nicht.«

»... Amen.«

»Und jetzt lauter.«

»Amen.«

Creech grinste. Dann schlenderte er lässig zur Tür, vorbei an den Schlangen wie jemand, der auf einem verregneten Sonntagnachmittagsspaziergang Pfützen ausweicht.

Ein pelziges Knäuel kroch aus meinem Ärmel und eilte davon.

Creech riss die Tür auf und trat hinaus. Ein kühler Luftzug wehte herein, linderte kurz die entsetzliche, künstliche Schwüle. Über seine Schulter hinweg sah ich die Nacht und wollte so gerne hinaus.

»Möge das Licht dich stets finden«, sagte Creech. »Und mögest du das Licht stets finden.«

Creech griff hinein, schaltete das Licht aus und schloss die Tür hinter sich. Ich werde in diesem Raum sterben, blieb mir gerade noch Zeit zu denken, dann umfing mich die Dunkelheit.

Manson, Kentucky

– Damals –

Travis stand im Büro von Miller & Associates und blickte auf Manson hinaus. Die Straßen waren ruhig. In der Womack Street flackerte eine kaputte Straßenlaterne immer wieder an und aus. Eine Werbetafel an der Ecke Streng und Collins warb für einen neuen Burgerimbiss. Darauf waren die riesigen Lippen einer Frau zu sehen, die in einen gezeichneten Burger biss. Es war nur eine Frage der Zeit, bis jemand einen Penis drauf sprühen würde.

Ich muss raus aus Manson, dachte er.

Miller & Associates belegte das gesamte oberste Stockwerk des dreistöckigen Bürogebäudes. Die Firma teilte sich das Gebäude mit weiteren mittelständischen Unternehmen, darunter die Kanzlei Brown & Still, Dripping Tap Pool & Spa Installations, Ace Air Conditioning und Ray's Security Doors.

Er war nach Einbruch der Dunkelheit gerne noch allein hier oben und machte sich einen Spaß daraus, sich vorzustellen, wie es wäre, tagsüber hier zu arbeiten. Es handelte sich um ein Großraumbüro mit langen weißen Schreibtischen statt abgetrennter Kabinen. Die Wände waren pastellblau gestrichen und hatten etwas eigenartig Beruhigendes. Natürlich trugen sie heute Abend nicht viel zu Travis' Seelenfrieden bei. Die Wirkung der Medikamente, die Dr. Redmond ihm verschrieben hatte, ließ allmählich nach, und inzwischen pulsierte wieder heftiger Schmerz durch seinen Kopf.

Er fand den Behälter mit den Schmerztabletten in der Tasche seines ausgeleierten Overalls, warf sich zwei in den Mund und schluckte sie trocken. Am Ende des Raums befand sich ein großes Büro, das mit einer Glasscheibe vom Rest abgetrennt war. Travis stellte sich vor, dass dort der Chef stehen würde: Die Hände in die Seiten gestemmt wachte er über seine Buchhaltersklaven. Travis kam sich wie ein Eindringling vor, als er in das Büro ging und dort saugte. Das Geräusch des Staubsaugers schickte erschütternde Wellen aus Schmerz durch seinen Schädel, aber er hatte keine Krankentage mehr übrig, und die vielen kleinen weißen Mülleimer würden sich nicht von alleine leeren.

Als der Schmerz zu groß wurde, schaltete er den Staubsauger aus und setzte sich in den tiefen Ledersessel des Chefs. Wenn er sich an Orten wie diesem außerhalb der Geschäftszeiten aufhielt – in Büros, Schulen, der Rollschuhbahn, die sein Vetter in Arlington führte –, erfüllte ihn das immer mit einer ganz eigenartigen Melancholie. Diese Orte waren für viele Menschen eingerichtet, und wenn diese Menschen nach Hause gingen, kamen sie einem merkwürdig leer vor.

Das Hupen eines Wagens draußen ließ erneut quälende Schmerzen durch seinen Schädel zucken. Er schluckte zwei weitere Schmerztabletten trocken herunter, stand auf und ermahnte sich weiterzuarbeiten. Je schneller er fertig gesaugt hatte, desto schneller würde er in die Küche, zu den Toiletten, den Schreibtischen kommen … Seufzend ließ er sich wieder auf den Stuhl fallen.

Erneut wurde draußen gehupt. Es kam vom Parkplatz. Travis ging zum Fenster und schaute hinunter. Unter dem großen weißen *Manson-Business-Park*-Schild stand Jack Went neben seinem Wagen und schaute zu ihm hinauf. Als er Travis am Fenster entdeckte, griff er in den Wagen und hupte ein drittes Mal.

»Was zum Teufel willst du, Jack?«, fragte Travis die Scheibe. Fokussierte den Blick neu und betrachtete sein Spiegelbild. Was nicht mit einem Pflaster verklebt war, war blutig.

Erneutes Hupen. Jack winkte ihn zu sich herunter. Zögernd ließ Travis den Staubsauger stehen und ging zu Jack nach unten.

Jack lehnte an Travis' Transporter, als Travis aus dem Fahrstuhl in die Lobby trat. Er ging zur Tür, öffnete sie aber nicht. Jack kam zu ihm, zuckte zusammen, als er die blutverkrusteten Pflaster in Travis' Gesicht sah.

»Tut das weh?«, fragte Jack.

»Nur wenn ich wach bin«, sagte Travis. »War ein langer Tag, Jack. Was willst du?«

»Reden. Mich entschuldigen. Dich um Verzeihung bitten.«

Travis massierte die Wurzel seiner kaputten Nase. Es schmerzte auf morbide, süchtig machende Weise, wie wenn man Schorf abkratzt oder immer wieder mit der Zunge über eine entzündete Stelle im Mund fährt.

»Es gibt keine Entschuldigung für das, was ich dir angetan habe«, sagte Jack. »Ich habe viele schlechte Entscheidungen getroffen, Travis. Sehr viele. Ich kann nur sagen, dass es mir leidtut. Alles tut mir leid.«

»Das genügt nicht, Jack.«

»Aber es ist doch ein Anfang, oder?«

Travis sah Jack lange an. Er schien älter geworden zu sein. »Willst du mit nach oben kommen?«

»Heute nicht«, sagte Jack. »Wann hast du wieder Pause? Hast du Lust, einen Burger mit mir essen zu gehen oder so? Nur zum Reden.«

»Hast du keine Angst, dass uns jemand sieht?«

»Jetzt nicht mehr, Travis.«

An jenem Abend kam er nach elf nach Hause und traf seine Mutter erstaunlicherweise noch wach an. Sie hatte sich auf das schmutzige Sofa draußen auf der Veranda gesetzt, thronte dort inmitten eines Meers an Bierdosen und Zigarettenkippen. Ava hatte sich einen Platz im Schatten gesucht, von dem aus sie die Cromdale Street beobachten konnte, aber ab und zu knackte und krachte links neben ihr eine Insektenfalle, und dabei wurde jedes Mal ihr verlebtes, altes Gesicht beleuchtet.

»Hi, Mom«, sagte Travis.

»Was gibt's Neues, Schatz?«

»Was machst du hier draußen?«

»Mich um meinen eigenen Scheiß kümmern«, sagte sie und rülpste. »Das und warten, dass der Regen kommt.«

Er setzte sich auf die Stufen und schaute in den Himmel. Gewitterwolken zogen sich zusammen.

Er fand zwei weitere Schmerztabletten in den Taschen seines ausgeleierten Overalls und einen Dollarschein. Er gab ihn seiner Mutter. Im Gegenzug reichte sie ihm ein Bier, mit dem er die Medikamente hinunterspülte.

»Ist Patrick zu Hause?«, fragte er.

»Noch nicht.«

»Hat er angerufen?«

»Nein.«

Travis hatte in letzter Zeit über Patrick nachgedacht. Auch über Jack hatte er nachgedacht und über Sammy, aber vor allem über Patrick. Allmählich begriff er Patricks Beziehung zu Becky Creech, und vielleicht würde er bald auch verstehen, in welchem Verhältnis er zur Church of the Light Within stand. Jeder musste seinen eigenen Weg gehen, und sollte der von Patrick ein von Schlangen und Fundimädchen mit perfekten Ohren gesäumter sein, würde Travis ihn nicht dafür verurteilen. Wenn jemand was davon verstand, wie es war, sich in die falsche Person zu verlieben, dann er.

Ava trank ein Bier. Die Insektenfalle blinkte auf, und

ganz kurz sah Travis ihr besorgtes Gesicht aufblitzen. Dann war es wieder dunkel auf der Veranda, und sie rülpste im Schatten.

Er saß still bei seiner Mutter, sah hinaus auf die Cromdale Street, dachte an Patrick, Jack und an Sammy und wartete auf den Regen.

Manson, Kentucky

– Jetzt –

Vollkommene Dunkelheit. Nicht mal ein bleistiftstrichschmaler Streifen Licht kroch unter der Tür hindurch. Vollständige, absolute, totale Dunkelheit. Und in der Dunkelheit Schlangen. Ich hörte sie in den Ecken des Raums umherschlittern, über den Betonboden zu meinen Füßen. Ich spürte das Gewicht der schwarzen Schlange. Sie hatte sich von meinem Bauch herunter zwischen meine Brüste geschoben.

Ich lag reglos auf dem Rücken, hatte zu große Angst, um mich zu bewegen, wusste aber, dass ich, wenn ich es nicht tat, vielleicht auch gebissen werden würde.

Ich hörte Rasseln, das kurze und schrille Quieken einer Maus, kurz bevor sie starb. Es war heiß. Schweißperlen bildeten sich auf meiner Stirn, unter den Armen und im Kreuz.

Etwas bewegte sich über meine Hand. Instinktiv schlug ich danach und fühlte erleichtert Fell, keine Schuppen.

Die Schlange auf meiner Brust bewegte sich wieder, dieses Mal in Richtung meines Halses. Mit der Zunge züngelte sie an der Unterseite meines Kinns. Wenn ich mich bewegen wollte, dann jetzt.

Ich stützte mich mit der Hand auf dem Betonboden ab, holte dreimal tief Luft, dann kippte ich ruckartig zur Seite. Mein Kopf dröhnte.

Die Schlange glitt von mir herunter, landete mit einem wütenden Zischen irgendwo in der Dunkelheit. Ich stand rasch auf, schnaubte gegen die Angst an, kroch rückwärts. Mit dem Fußballen landete ich auf etwas Kurzem, Gedrungenem. Es bewegte sich weg von mir, machte ein merkwürdiges Geräusch.

Wo ist die verfluchte Tür?, dachte ich. Ich hatte es geschafft, mich umzudrehen, doch jetzt verfluchte ich mich.

»Hilfe!«, schrie ich. Das Geräusch hallte zu mir zurück, und ein neuer Anfall von Angst stieg heiß in mir auf. »Stuart! Hilfe! Hilfe!«

Aber es kam keine Hilfe.

Eine Maus lief mir das Hosenbein hinauf. Ich schlug danach, verscheuchte sie. Ein langer, schmaler Umriss glitt zwischen meinen Füßen hindurch. Ich trat aus, schleuderte ihn weg.

Die Schlangen zischten. Ihre Rasseln klapperten.

Blind stolperte ich durch die Dunkelheit. Mein linker Fuß berührte eine ledernde Spirale. Die Schlange fing an zu rasseln, sodass ich die Vibrationen in meinen Zehen spürte. Aus Angst, sie noch aggressiver zu machen, wenn ich nach ihr trat oder versuchte, sie wegzuschieben, blieb ich ganz still stehen. Selbst wenn ich weiter hätte gehen können, hätte ich nicht gewusst, in welche Richtung ich mich bewegen sollte. Und selbst wenn es mir gelingen würde, dem Reptil zu meinen Füßen auszuweichen – der gesamte Boden war mit Klapperschlangen vermint.

Hastig schlitternde, albtraumhafte Schatten bewegten sich durch die Dunkelheit rings um mich herum.

Beweg dich, ermahnte ich mich. Du musst auf etwas zuschwimmen.

Plötzlich bekam ich einen Schlag gegen mein rechtes Bein – etwas holte nach mir aus. Ich schrie. Der Schrei hallte an den Wänden wieder und kam zehnfach verstärkt zu mir zurück.

Das *Ding* peitschte wild um meine Beine. Ich griff danach. Meine Finger schlossen sich um eine pulsierende Schlange. Ich versuchte sie wegzuschleudern, aber sie steckte fest. Sie hatte mich erwischt, merkte ich, sie hatte ihre Giftzähne in den Stoff meiner Jeans geschlagen und hing nun daran fest.

Sie schlug wild um sich, wurde jetzt von Panik ergriffen, bewegte sich immer heftiger. Dieses Mal zog ich fester, und die Schlange löste sich. Ich hielt die Hand so weit wie möglich von meinem Körper weg und ließ sie fallen.

Aber ich war nicht schnell genug. Sie drehte sich um und verbiss sich in meine rechte Hand.

Ich wurde gebissen, blieb mir nur noch Zeit zu denken, dann durchfuhr ein glühend heißer Schmerz meine Hand, als wäre ich in eine Bärenfalle getappt.

Die Schlange fühlte sich schwer an und glitt zum Glück davon.

Ich schob meine verletzte Hand unter meinen Arm und schrie – vor Angst und vor Schmerz. Letzterer wuchs rasant, zog von meiner Hand in meinen Unterarm.

Ich erinnerte mich an das, was Stuart mir von seinem Onkel Clyde erzählt hatte. »Das muss ein entsetzlicher Tod gewesen sein«, hatte er gesagt. »Ein Klapperschlangenbiss zerstört Nerven, Gewebe, sogar Knochen.«

Blindlings machte ich einen weiteren Schritt nach vorn und landete auf einer weiteren Schlange. Sie traf mich an meinem nackten Fuß. Noch ein Biss. Und wieder heißer, glühender Schmerz.

Ich zog mich auf die Knie und übergab mich. Der Gestank meiner eigenen Kotze erfüllte jetzt den Raum, sodass ich mich gleich noch einmal übergeben musste.

Meine Hand schwoll an. Das Atmen fiel mir schwer. Entsetzlicher Schmerz durchfuhr mich. In meinem Kopf wurde es trüb, und schob bald waren meine Gedanken nur noch bruchstückhaft und fern.

Ich versuchte aufzustehen, stolperte aber. Verzweifelt hielt ich mich an der Kante eines Terrariums fest und riss es dabei zu Boden. Jetzt lagen überall Scherben, sie schnitten mir die nackten Fußsohlen auf, aber ich spürte es kaum. Inzwischen spürte ich überhaupt kaum noch etwas. Die Schwüle, der Gestank nach Mäusen und Erbrochenem, das Geräusch der um meine Füße herumgleitenden Kreaturen, selbst die Angst war verschwunden.

Ich streckte die Hand in die Dunkelheit, hoffte, den Türgriff zu ertasten, rechnete damit, ins Leere zu fassen, fand stattdessen aber eine … *Schnur.*

Obwohl ich im Dunkeln nicht wissen konnte, welche Farbe sie hatte, wusste ich, dass sie rot war, wie diejenige, die ich mir um Sammy Wents Hüfte geschlungen in dem Niemandsland meiner Fantasie gesehen hatte. Sie war weich und seidig. Als ich meine Finger darum schloss, flüsterte eine Stimme: *Das ist nicht real, du hast einen Schock erlitten und halluzinierst.*

Ich ignorierte die Stimme und folgte der Schnur durch die Dunkelheit. Ich setzte eine Hand vor die andere, vorbei an Scherben und zischenden Schlangen: Die Schnur führte mich direkt zur Tür. Sie war verschlossen, aber nachdem ich mich zwei- oder dreimal fest dagegen geworfen hatte, ging sie auf.

Ich taumelte hinaus in die Kälte und brach auf dem feuchten Gras zusammen. Als ich mich auf den Rücken rollte, sah ich einen unendlichen Sternenhimmel. Eine Sekunde lang war ich wieder in der Zeit vor dem Tod meiner Mutter – *sie ist nicht deine Mutter* –, saß auf dem kleinen Balkon ihres Zimmers im Hospiz, schaute in die Sterne. Vom Morphium benommen hatte sie gesagt, der Himmel sei eine große schwarze Decke, in die Hunderte, Tausende, Millionen winziger Nadelstiche gebohrt worden waren, um das Licht aus dem Jenseits hindurchzulassen. Ich hatte sie nicht richtig beachtet. Die Sterne hatten mir nicht viel bedeutet. Wie auch? Meine Mutter lag im Sterben.

Aber jetzt sah der Himmel für mich ganz genauso aus.

Rotes und blaues Licht tanzte über der Landschaft, durch die Bäume und an der Wand der Kirche entlang. Dann hörte ich Schritte hinter mir.

»Hier ist sie«, rief eine Stimme. »Hier drüben.«

Ein Mann kam zu mir. »Oh Gott, sie wurde gebissen.«

Jemand zog mich in seine starken Arme, strich mir über das Haar, sagte mir immer und immer wieder, dass alles gut werden würde. Hilfe sei unterwegs. Halt durch. Bitte, halte durch.

»Stuart ...«, flüsterte ich. »Du hast mich gefunden.«

»Da hast du gottverdammt recht, ich hab dich gefunden«, sagte er. »Aber ich bin nicht Stuart.«

»... wer denn?«

Ich blinzelte das Blut aus den Augen und drehte den Kopf, um dem Mann ins Gesicht zu sehen. Es war Jack Went.

Manson, Kentucky
– Damals –

Becky Creech saß auf dem Beifahrersitz von Patricks Eagle, als sie den Highway verließen und auf die lange Straße zur Kirche einbogen.

»Das ist eine schlechte Idee«, sagte Patrick. »Wir sollten längst über die Staatsgrenze sein.«

»Ohne Geld würden wir nicht weit kommen, Liebling«, sagte Becky. Sie legte ihre Hand auf sein Knie, was ihn zu beruhigen schien. »Ein Stück weiter vorne links wirst du eine Lichtung sehen. Eine alte Feuerschneise. Inzwischen ist sie größtenteils zugewachsen, aber da ist genug Platz, dort könnt ihr warten.«

»Lass *mich* gehen.«

»Du weißt nicht, wo mein Bruder die Spendenbüchse aufbewahrt. So ist es einfacher.«

Sie reckte den Hals, erst nach links, dann nach rechts, bis er knackte. Sie hatten die vergangene Nacht im Wagen geschlafen, und das machte sich jetzt bemerkbar. Sie drehte den Kopf – zuckte erneut wegen ihrer Nackenschmerzen zusammen – und schaute auf den Rücksitz. Sammy schlief. Morgendliches Licht sickerte durch die Bäume am Rand der unbefestigten Straße und fiel ihr aufs Gesicht. Ihre Augen waren geschlossen, aber sie bewegten sich unter den Lidern. Sie musste träumen. Mit dem Daumen im Mund hatte sie sich eine Wolldecke bis zum Kinn hochgezogen. Ihre neue Kuschelschildkröte lag neben ihr. Sie hatte Zeter und Mordio geschrien, als Patrick ihr den Gorilla abgenommen hatte, aber ihn im Wald zu deponieren war ein guter Plan gewesen. Sie hatten viele gute Pläne geschmiedet – nur spielte das alles jetzt keine Rolle mehr. Während die Morgendämmerung vor ihnen über die Straße kroch, kamen Becky erneut die Ereignisse der vergangenen Nacht in den Sinn. Wie sie abgedrückt hatte. Der Schuss. Der Sheriff, der zusammengeklappt war wie ein geöffneter Koffer und dann in dem leerstehenden alten Apartment, das für kurze Zeit ihr Zuhause gewesen war, leblos auf dem schartigen Fliesenboden zusammengebrochen war.

Blende es aus, sagte sie sich. Wenn alles getan ist, wirst du Zeit genug haben, es zu bereuen. Vielleicht wird Gott mir niemals verzeihen, aber was ich jetzt tue, tue ich für das kleine Mädchen.

Patrick lenkte den Eagle von der Straße auf die alte Feuerschneise. Sie war seit Jahren nicht mehr freigeräumt und gemäht worden und lag jetzt gut versteckt. Patrick und Sammy würden hier sicher sein. Oder? Sie versuchte, sich die Angst nicht anmerken zu lassen.

»Das letzte Stück gehe ich zu Fuß«, sagte sie. »Wird nicht lange dauern.«

»Und wenn dein Bruder da ist?«

»Er wird nicht da sein«, sagte sie. »Es ist noch nicht mal sechs Uhr früh. Gestern hat er den Gottesdienst gehalten, er wird nicht vor Mittag aufstehen. Vertrau mir.«

Er nahm ihre Hand in seine, dann küsste er sie.

»Ich liebe dich«, sagte er. Aber seine Augen sagten etwas anderes. Seine Augen sagten: *Verdammt, Becky.* Genau diesen Blick hatte sie an dem Tag gesehen, an dem er aus dem Gefängnis entlassen worden war.

Verdammt, Becky.

Eigentlich hatten sie nach seiner Entlassung wegziehen wollen. Becky hatte gespart, und wenn Patrick nicht allzu wählerisch war, würde er schon bald einen Job finden. Sobald sie genug Geld zusammengekratzt hatten, wollten sie wegziehen, sich einen ruhigen Ort weit weg von Manson und weit weg von der Kirche suchen, wo sie die verlorene Zeit wieder aufholen konnten, wo sie einfach *leben* konnten. Es war ein schöner Traum, herrlich und einfach. In den längsten und dunkelsten Nächten in Greenwood hatte er sich daran festgehalten.

Aber als er endlich nach Hause zurückkehrte, war stattdessen die Stadt im Chaos versunken. Ein kleines Mädchen wurde vermisst, und sein Bruder galt anscheinend als der Hauptverdächtige.

Dann war er zu Becky in deren kleine Mietwohnung in Old Commons gekommen und hatte das kleine Mädchen dort schlafend im Gästezimmer gefunden.

In dem Moment hätte er sie verlassen müssen.

»Gib mir nur fünf Minuten«, hatte sie gesagt. Sie war erschüttert und verwirrt auf und ab gegangen. »Fünf Minuten, um es zu erklären, und dann kannst du die Polizei verständigen oder meinen Bruder oder wen auch immer du willst.«

Er hatte einen kurzen Wutanfall bekommen, was Becky ihm nicht verdenken konnte. Aber als das Kind aufwachte, hatte Becky es beruhigt, und er hatte sich einverstanden erklärt. »Okay, fünf Minuten, aber dann bin ich weg.«

Becky hatte ihre fünf Minuten genutzt, um ihren Standpunkt, so gut sie es vermochte, zu erklären. Sie habe herausbekommen, dass Sammy Went umprogrammiert werden sollte, was ein Ausdruck der Fundis für eine Teufelsaustreibung sei. Ihr Bruder Dale und Sammys Mutter Molly hätten dies beschlossen. Becky wusste nicht, wann oder wo die Umprogrammierung stattfinden sollte, aber sie wusste, dass sie brutal, traumatisch und möglicherweise tödlich enden würde.

Patrick hatte zugehört.

Sie hatte ihm von einem Fall aus Floyd, Virginia, im November 1973 erzählt, wo ein vierjähriges Mädchen namens Jocelyn Rice bei einer gescheiterten Teufelsaustreibung von Angehörigen der Kirche ihrer Mutter erstickt worden war.

Im März 1978 hatte der Evangelistenprediger Neil Haleck geglaubt, Satan würde zwischen zwei Kindern eines seiner Gemeindemitglieder hin- und herwandern.

Die Kinder waren drei und ein Jahr alt gewesen. Sie wurden einer Teufelsaustreibung unterzogen. Als der Dreijährige sich wehrte, verkündete Haleck, dass dies Satan sei, und trieb dem Kind einen Dolch in die Brust.

Im Juli 1980 riss eine Mutter irgendwo in Louisiana ihrem zweijährigen Sohn bei einer Teufelsaustreibung zu Hause die Zunge und die Eingeweide aus dem Leib.

Im Januar 1984 …

»Hör auf«, hatte er sie angefleht. Was sie zum Ausdruck bringen wollte, war deutlich geworden.

»Eigentlich wollte ich es Molly nur ausreden«, sagte Becky. »Ihr sagen, was ich dir gerade gesagt habe, ihr sagen, was ich durchgemacht habe und was es mich gekostet hat … was es *uns* gekostet hat. Aber als ich in ihre Straße bog, hab ich das arme, süße kleine Mädchen ganz alleine draußen im Garten gesehen. Sie wollten Sammy loswerden, sie hatten sie draußen abgestellt, wie man einen Müllsack abstellt, bevor die Müllabfuhr kommt. Aber für mich, für uns, könnte sie ein Gottesgeschenk sein.«

»Becky.«

»Ich konnte sie nicht dort lassen, Patrick. Bevor ich wusste, was ich tat, hatte ich sie in den Wagen gepackt und hergebracht.«

Aus ihrem einfachen Plan war nun also ein komplizierter geworden. Sie würden sich eine Weile in Redwater verstecken, um nicht in Verdacht zu geraten. Patrick kannte einen Platz. Sie würden abwechselnd auf Sammy aufpassen, darauf achten, dass sie beide noch in der Stadt gesehen wurden. Becky mischte sich unter die Freiwilligen, die nach Sammy suchten. Patrick ließ sich bei der Arbeitssuche in Coleman blicken. Wenn das Timing stimmte, würden sie Manson verlassen und in die Nacht fahren, dann konnten sie sicher sein, dass niemand sie suchen würde.

Seit gestern Abend, seit dem Schuss, war das anders.

Becky ging nach hinten an den Eagle und öffnete den Kofferraum. Sie zog ein quadratisches Stück Teppich beiseite, das über dem Ersatzreifen lag, und nahm das Jagdgewehr ihres Vaters heraus.

Nur für alle Fälle.

Sanft schloss sie die Klappe. Sie wollte Sammy nicht wecken. Dann ging sie zum Fenster auf der Fahrerseite und küsste Patrick erneut.

»Wenn was passiert …«, sagte sie.

»Nicht.«

»Wenn was passiert, kümmerst du dich um Sammy, okay?«

»Becky.«

»Versprich es mir, Patrick«, sagte sie. »Ich habe das Licht vor langer Zeit verloren, aber in dir und dem kleinen Mädchen habe ich es wiedergefunden. Wenn was passiert, fahr los. Lasst eure beiden Lichter brennen. Schau nicht zurück.«

Er warf einen Blick auf den Rücksitz, dann sah er Becky an. »Ich verspreche es dir.«

»Ich bin gleich wieder da«, sagte sie.

Als sie über die Schotterstraße zur Kirche ging,

peitschte ein kalter Wind zwischen den Bäumen hindurch an ihre nackten Beine. Sie schaute hinunter, und jetzt fiel ihr wieder ein, dass sie eine abgeschnittene Jeans trug. Es war lange her, dass sie ohne knöchellangen Rock aus dem Haus gegangen war, und noch nie hatte sie so gekleidet wie jetzt die Kirche betreten.

Nach allem, was passiert war, würde sie niemals wieder nach Manson zurückkehren. Von vielem würde ihr der Abschied schwerfallen, aber die Kirche gehörte nicht dazu. Nicht mehr. Wenn sie jetzt an die Light Within dachte, dachte sie nur noch an das, was in dem heruntergekommenen alten Farmhaus in Coleman passiert war.

Als sie an das Ende der Lichtung gekommen war, blieb sie abrupt stehen, ergriffen von einem mulmigen Gefühl. Der Parkplatz war leer, und nichts wies darauf hin, dass sie nicht alleine war. Eine Million Mal war sie hier gewesen, aber heute war etwas anders als sonst.

Die Sonne war bereits hinter den Appalachian Mountains aufgegangen. Im Gegenlicht verschwammen sie wie riesige unbewegliche Wellen miteinander. Der Wald, der eine natürliche Grenze zwischen dem Kirchengelände und der Welt draußen bildete, kam ihr heute dichter vor, erinnerte sie an den mehrere Meilen langen Zaun, der das Gefängnis Greenwood umgab. Der alte Gemeinschaftsgarten und der Hühnerstall – beide seit Beckys Kindheit nicht mehr genutzt – hoben sich still vor der Baumgrenze ab. Das Schlangenhaus wirkte unheimlich; die Kirche selbst unheilvoll.

Als sie sich wieder in Bewegung setzte, steuerte sie direkt auf die Kirche zu. Bei jedem Schritt schlug ihr das Gewehr, das sie sich über die Schulter gehängt hatte, gegen den linken Oberschenkel. Mit beiden Händen hielt sie den Riemen fest, war gleich doppelt froh, dass sie das Gewehr dabeihatte.

An der Kirchentür war ein Schloss, aber es wurde nie benutzt. Sie stieß die Tür auf und trat ein. Der Geruch nach Sägemehl, Schlangenkot und Schweiß schlug ihr entgegen, aber für sie war er nicht nur unangenehm. Es war der Geruch der Kirche, der Geruch ihrer Kindheit.

Es war dunkel, aber sie machte kein Licht. Stattdessen durchquerte sie den Raum mit ausgestreckten Armen, verließ sich auf die Erinnerung ihres Körpers, um nicht zu stolpern und sich das Genick zu brechen. Oder das Terrarium vom Tisch zu stoßen.

Hinter einer Tür ganz hinten in der Kirche befand sich ein schmaler Gang und an dessen Ende eine Abstellkammer mit einem summenden Kühlschrank, in dem Dale das Schlangenserum aufbewahrte. Die Abstellkammer war verschlossen, aber Becky wusste, wo Dale den Schlüssel versteckte. Sie ließ sich auf ein Knie herunter, tastete nach der losen Bodendiele neben der Tür zur Kammer und zog sie hoch. Der Schlüssel lag in dem wenige Zentimeter großen Hohlraum darunter.

Als die Tür offen war, stellte sie sich auf Zehenspitzen, um an das obere Regal zu gelangen, schob einen alten Putzeimer beiseite und zog die Spendenbox aus ihrem Versteck. Seitlich eingraviert stand darauf: *Gib*

Dich selbst an Gott und was Du Dir leisten kannst an die Light Within. Sie war voller Geld.

Hätte jemand Becky noch vor einem Jahr gesagt, dass sie sich in die Kirche schleichen und die Spendenbox leeren würde, hätte sie gelacht. Aber genau das tat sie jetzt. Ihre Beziehung zu Gott war immer komplizierter geworden – besonders seit gestern Abend –, und Geld zu stehlen stand jetzt in der langen Liste ihrer Sünden ganz unten.

Der Deckel der Box war mit einem kleinen silbernen Vorhängeschloss gesichert. Sie stellte sie zwischen ihre Füße, nahm den Kolben des Gewehrs, setzte an und ...

Sie erstarrte, als sie das gleichmäßige Brummen eines Motors hörte. Sie lauschte. Das Geräusch wurde lauter, kam näher. Ein Motorrad. Dales Motorrad. Als das Geräusch die Lichtung erreichte, schlug Becky mit dem Kolben auf das silberne Vorhängeschloss, brach es auf.

Sie legte das Gewehr ab und ging rasch in die Knie, stopfte Hände voll Geld in eine alte Mülltüte, die zwischen den Reinigungsmitteln in der Kammer lag. Als die Tüte voll war, band sie sie zu und stopfte sich das restliche Geld in die Taschen ihrer Shorts.

Der Motor brummte weiter, dann verstummte er.

Mit Händen, die sich einfach nicht schnell genug bewegen wollten, schob Becky die Spendenbox zurück auf das oberste Regal, schloss die Tür zur Abstellkammer und legte den Schlüssel wieder in sein Versteck unter der Bodendiele. Dann nahm sie die Tüte in die eine, das Gewehr in die andere Hand und eilte den Gang hinunter.

Zu spät. Dale stand bereits im Kircheneingang. Er schaltete das Licht an, brachte sein zerschundenes Gesicht und die blutige Lippe zum Vorschein.

Becky zuckte zusammen. »Dale, du liebe Güte, was hast du mit deinem Gesicht gemacht?«

»War ein ereignisreicher Gottesdienst gestern«, sagte er und berührte eine golfballgroße Schwellung unter seinem rechten Auge. »Ich hab deinen Wagen gar nicht gesehen. Wie bist du denn hergekommen?«

»Ein Stück getrampt. Den Rest bin ich gelaufen.«

»Und was machst du mit Daddys Gewehr?«

Er sah von dem Gewehr zu der vollgestopften Mülltüte an ihrem Arm. Es gab keine Lüge, mit der sie hier herauskommen würde.

»Was ist los, Becky?«

»Geh mir aus dem Weg, Dale«, sagte sie und machte einen Schritt vorwärts. Auch er trat einen Schritt vor, neigte den Kopf, ließ ein neugieriges Lächeln aufblitzen. Ein Zahn fehlte. Jetzt, wo das Licht brannte, konnte sie einen blassrosa Blutfleck sehen, genau an der Stelle, wo ihr Bruder jetzt stand. Der gestrige Gottesdienst musste tatsächlich ereignisreich gewesen sein.

»Stimmt das, was man über die Kirchen sagt?«, fragte Becky. »Wenn ich Zuflucht suchen würde, wärst du durch Gott verpflichtet, mir Schutz zu gewähren?«

»Vor wem solltest du Zuflucht suchen?«

»Dreimal darfst du raten, Dale«, sagte sie.

»Becky, was hast du getan? Hat das was mit Sammy Went zu tun?«

Sie hob das Gewehr und richtete es auf ihn. Das Lächeln verschwand aus seinem Gesicht. Er erstarrte, hob die Hände.

»Tu nichts, was du nicht mehr rückgängig machen kannst«, sagte Dale.

»Dafür ist es längst zu spät, Dale«, flüsterte Becky. »Ich hab sie. Ich hab Sammy Went.«

»Warum?«

»Um sie vor dir zu retten«, sagte sie, klemmte sich die Tüte mit dem Geld unter den Arm und legte die Finger an den Abzug des Gewehrs. »Um sie vor ihrer Mutter zu schützen und vor dieser gottverdammten Kirche.«

»Becky.«

»Ich weiß, was du mit ihr vorhattest, *Reverend*«, sagte Becky. »Ich weiß von der Teufelsaustreibung. Du wolltest dem Kind antun, was du mir angetan hast.«

»Wo ist sie?«, fragte Dale mit tiefer, selbstsicherer Stimme.

»Du hättest sie umgebracht, Dale. Bist du so blind in deinem Glauben, dass du das nicht begreifst? Du hättest das Kind getötet, so wie du mein Kind getötet hast.«

»Das war nicht meine Schuld.«

»Was hast du gedacht, was mit meinem Baby geschieht, wenn du mir Bibelverse ins Gesicht brüllst, meinen Kopf unter Wasser hältst und mich in den Keller sperrst mit …«

»Wir wollten dich retten.«

»Wovor retten, du blödes Arschloch?«

»Vor dem Teufel!«

Sie legte das Gewehr an und zielte auf Dales Hals. »Sag mir eins, Dale, glaubst du, dass es funktioniert hat? Denkst du, irgendetwas von dem Übel, vor dem du mich retten wolltest, wäre schlimmer gewesen, als ein ungeborenes Kind zu verlieren?«

Dale befeuchtete seine Lippen und sagte: »Das Baby hätte überlebt, wenn es Gottes Wille gewesen wäre. Ich habe dir das Kind nicht genommen, Becky. Der Herr hat es getan. Er hat es deinem Schoss entrissen, weil es unrein war. Weil es in der Sünde gezeugt wurde, von einem Kriminellen. Schlimmer noch, von einem Ungläubigen. Du hättest nichts weiter tun müssen, als deine verdammten Beine zusammenzulassen!«

Spucketröpfchen spritzten ihm aus dem Mund.

»Gib die Verantwortung ruhig an Gott weiter«, sagte Becky. »Und vielleicht glaubst du den ganzen Blödsinn ja sogar selbst. Aber du hast genau gewusst, was du tust. Du wolltest einen Skandal vermeiden. Du wolltest deinen Ruf retten, den Ruf der Kirche, du wolltest …«

»Ich wollte *dich* retten.«

Sie presste den Finger fest an den Abzug. »Und glaubst du, es hat funktioniert? Glaubst du, die Teufelsaustreibung war erfolgreich, oder bin ich immer noch vom Teufel besessen?«

»Noch ist es nicht zu spät, Becky«, sagte er. »Du bist in die Irre geraten. Mehr nicht. Komm zurück. Komm zurück ins Licht.«

»Ich hab den Sheriff getötet«, sagte sie.

»Was?«

»Für mich ist es vorbei, Dale. Und wenn es für mich vorbei ist, ist es für uns vorbei. Ich bin nicht hergekommen, um dich zu töten. Du solltest eigentlich gar nicht hier sein. Trotzdem stehen wir hier. Vielleicht war das ja tatsächlich Gottes Wille.«

Dale verschränkte die Finger, senkte den Kopf und flüsterte:

»Sehet, ich habe euch Macht gegeben, zu treten auf Schlangen und Skorpione.«

»Betest du?«

»Und über alle Gewalt des Feindes.«

»Betest du jetzt wirklich?«

»Und nichts wird euch beschädigen …«

Sie drückte ab. Einen Moment lang hörte sie nichts außer einem lauten Dröhnen in ihren Ohren.

Sie erwartete, dass ihr Bruder zusammenbrach. Stattdessen aber sah sie ihn an und sah nichts. Ein schmaler Lichtstrahl fiel durch ein perfektes, rundes Einschussloch in der Wand. Sie hatte danebengeschossen.

Dale schrie und stürzte sich auf sie.

In Panik hob Becky erneut das Gewehr, wollte noch einmal schießen, aber sie war nicht schnell genug. Dale entriss ihr das Gewehr, packte es am Kolben. Dabei verbrannte er sich, und er schrie laut auf, aber dann verfinsterte sich sein Blick. Er schlug seiner Schwester das Gewehr ins Gesicht. Sie fiel rückwärts, schlug brüllend um sich, doch er hockte sich auf sie und schlug sie wieder.

Und wieder. Und wieder.

Becky kratzte nach ihm, kratzte ihm ein Stück Haut vom Kinn. Warmes Blut benetzte ihr Gesicht, aber sie spürte keinen Schmerz. Adrenalin rauschte in ihr, sie wehrte sich gegen ihn, aber Gott hatte ihm vollständige Macht über sie gegeben.

Gerade als es an den Rändern ihres Blickfeldes dunkel wurde, hörte sie Patricks Eagle auf den Parkplatz der Kirche holpern.

Manson, Kentucky

– Jetzt –

Ein Krankenwagen brachte mich ins Manson Mercy Hospital, wo mir die Ärzte neunzehn Spritzen mit Schlangenserum verabreichten. Eine Stunde später und meine Hand hätte wahrscheinlich amputiert werden müssen. Wären die Bisse unbehandelt geblieben, wäre ich einen qualvollen Tod gestorben. Außerdem wurden meine Verbrennungen zweiten Grades am linken Ohr behandelt, wo Creech mich mit der Kaffeekanne niedergeschlagen hatte, meine Schürfwunden im Gesicht und die tiefen Schnitte an meinen Füßen.

Ich bekam eine Menge Schmerzmittel und verbrachte die darauffolgenden zwei Tage in einer Art Dämmerzustand. An viel kann ich mich nicht erinnern. Ich weiß noch, dass ich sabberte, was, wie mir eine Schwester erklärte, nach einem Klapperschlangenbiss wohl normal war. Und ich erinnere mich an Dean. Amy und er mussten irgendwann am zweiten Tag eingetroffen sein. Immer wenn ich aufgewacht war, saß er an meinem Bett, strich mit den Fingern durch mein Haar, oder er hockte am Fenster und las eine Zeitung.

Als ich am Morgen des dritten Tages erwachte, war Dean weg. Stattdessen saßen Stuart und Amy an meinem Bett. Stuart sah, dass ich wach war, und stand von seinem Stuhl auf. Amy saß bereits am Fußende meines Bettes. Beide gleichzeitig im selben Raum bei mir zu haben kam mir irgendwie surreal vor. Die Welt der Kim Leamy und die von Sammy Went prallten nun offiziell aufeinander.

»Was machen die Schmerzen?«, fragte Amy.

»Ich bin auf Morphium, glaube ich, ich spüre nicht viel.«

»Heißt das, ich darf dich umarmen?«

»Wenn du versprichst, vorsichtig zu sein.«

Sie ließ sich neben mich auf das Bett fallen. Es war eine ungelenke, unbequeme Umarmung. Aber das war egal. In meinem ganzen Leben hatte ich mich noch nie so sehr gefreut, jemanden zu sehen.

»Hast du schon meinen Bruder kennengelernt?«, fragte ich.

»Ja, hab ich«, sagte Amy.

Stuart wurde rot. Er kam zu mir ans Bett, nahm meine gute Hand – die andere war verbunden – und lächelte. »Du hast mich gerade zum ersten Mal so genannt.«

»Wie habt ihr mich gefunden?«

»Dad kam, kurz nachdem du gegangen bist«, sagte er. »Als wir dich nicht finden konnten und sahen, dass auch der Prius weg war, war eigentlich ziemlich klar, dass du zur Kirche gefahren bist. Du hättest nicht alleine fahren dürfen, Kim.«

»Ich weiß«, sagte ich. »Tut mir leid.«

»Mir auch. Alles. Claire ist unterwegs.«

»Gut.«

Es klopfte an der Tür. Detective Burkhart hatte einen Blumenstrauß aus dem Laden unten mitgebracht. »Haben Sie ein bisschen Zeit zu reden?«

»Wir lassen euch allein«, sagte Amy und rutschte vom Bett.

»Aber geht nicht zu weit weg, alle beide nicht.«

Stuart drückte meine Hand und ging mit Amy raus. Als Burkhart und ich alleine waren, legte er die Blumen auf den Nachttisch, zog den Plastikstuhl näher ans Bett und setzte sich.

»Was machen die Schmerzen?«

»Ich hab eine Menge Medikamente bekommen«, sagte ich. »Eigentlich fühle ich mich ganz beschwingt.«

»Beschwingt? Echt?« Er lächelte und kratzte sich am Bart. Dann verschwand sein Lächeln. »Wir haben Creech noch nicht gefasst.«

Ich hätte heulen können. Creech war geflohen, höchstwahrscheinlich direkt nachdem er mich mit den Schlangen eingeschlossen hatte, und obwohl mir mein Kopf sagte, dass er Tausende von Meilen weit weg war, fürchtete mein Herz, er könnte doch viel näher sein.

»Was ist da draußen passiert, Kim?«, fragte Burkhart. »Ihr Bruder hat gesagt, Sie sind hingefahren, um Creech nach seiner Schwester zu fragen.«

Ich nickte, setzte mich auf und wischte mir über den Mund. Ich sabberte immer noch. Burkhart reichte mir einen Becher Wasser, und ich trank. »Ich denke, dass Carol Leamy und Becky Creech ein und dieselbe Person sind. Als ich Creech nach ihr gefragt habe, ist er … ausgetickt. Irgendwas muss vor langer Zeit draußen in der Kirche geschehen sein, etwas, das mit seiner Schwester zu tun hat, und ich glaube, ich bin dabei gewesen.«

Burkhart machte ein eigenartiges Gesicht, als müsste er etwas verdauen. Dann griff er in die Tasche und zog ein zusammengefaltetes Blatt Papier heraus. Er drehte es ein paarmal in den Händen. »Wir sind dabei, Creechs Haus zu durchsuchen. Ich hab etwas gefunden, das Sie interessieren dürfte.« Er faltete das Blatt auseinander und reichte es mir mit verdeckter Vorderseite. »Ein Foto von Becky Creech. Sehen Sie es sich an. Sagen Sie mir, ob das die Frau ist, die Sie aufgezogen hat.«

Ich drehte das Blatt um, warf einen Blick auf Becky Creech und brach sofort in Tränen aus. Meine Hand schwoll an vor Schmerz. Ich drückte auf den Knopf, um mir mehr Morphium zu verabreichen, aber ich hatte bereits die maximale Dosis bekommen.

»Sandy hat sich getäuscht«, sagte ich. »Die Narbe ist nicht mal an derselben Hand.«

»Was?«

Ich faltete das Blatt wieder zusammen und reichte es Burkhart: »Das ist sie nicht.«

Mein nächster Besucher war Jack Went. Er war ein

großer Mann mit schütterem weiß-grauem Haar. Sein Lächeln war ebenso warm wie traurig.

»Ich weiß nicht, wie ich dich nennen soll. Sammy oder Kim?«

»Ich werde mir wohl angewöhnen müssen, auf beides zu hören«, sagte ich. »Wird eine Weile dauern.«

»Und ich werde eine Weile brauche, bis ich mich an *deinen Akzent* gewöhnt habe.«

Er setzte sich neben mich aufs Bett. Wir waren ganz unverkennbar miteinander verwandt. Ich sah mein eigenes Gesicht in seinem; dieselben Augen. Wie konnte Molly das nicht gesehen haben?

»Ich hätte nie aufhören sollen, dich zu suchen«, sagte Jack. »Ich hätte dich überhaupt niemals fortlassen dürfen. Es war meine Aufgabe, dich zu beschützen. Es tut mir so leid, Sammy.«

»Vielleicht tröstet es dich ja«, sagte ich, »dass ich bis jetzt ein ganz gutes Leben hatte.«

Er machte sich nicht die Mühe, seine Tränen zu trocknen. Im Eingang erschien ein Mann. Er war gut gekleidet, Ende vierzig oder Anfang fünfzig. Er hob den Arm, stützte sein Kinn auf die Hand und lächelte breit. Jack winkte ihn herein.

»Das ist mein Mann, Travis«, sagte Jack.

Travis ging mit langsamen, gleichmäßigen Schritten zum Bett. »Bist du's wirklich?«

»Ja«, sagte ich. »Ich bin's wirklich.«

Während der eine Vater an meinem Bett stand, kam der andere durch die Tür spaziert. Dean hatte einen

Gute-Besserung-Ballon dabei, der wie eine Boje über ihm schwebte. Er blieb abrupt stehen, als er Jack und Travis an meinem Bett sah. Zuerst schien er erschrocken, aber dann entspannte sich sein Gesichtsausdruck. Erst schaute er Jack an, dann dessen Mann.

»Hallo, Travis«, sagte er.

Travis wirkte, als hätte er ein Gespenst gesehen. »… Patrick?«

Manson, Kentucky

– Damals –

Die Szene erschloss sich Patrick Eckles erst ganz allmählich, als würden zu schnelle und zahlreiche Sinneseindrücke sein System überfluten und ihn handlungsunfähig machen. Das Jagdgewehr lag auf dem blutbefleckten Boden. Daneben eine alte Mülltüte, grob aufgerissen in der Mitte, aus der Geld herausquoll wie Eingeweide in einem Zombiefilm.

Als Nächstes sah er Dale Creech. Damit hatte er gerechnet – er hatte das Motorrad des Predigers über die Straße zur Kirche fahren hören. Als dann ein Schuss durch den Wald hallte, hatte er insgeheim geglaubt, Creech tot vorzufinden. Und auch wenn er keine Ahnung hatte, was ihn erwarten würde, wenn er die Kirche durch die geöffnete Tür betrat, er hatte ganz gewiss nicht damit gerechnet, Creech so zu sehen: mit rosa Wangen, blutend, weinend. Er sah, wie Creech seine großen Hände von Beckys Hals nahm und zum Gewehr rannte.

Patrick rührte sich nicht. Er starrte die Frau an, die er liebte. Sie war ganz still. Viel zu still. Wie eine Lumpenpuppe lag sie auf dem Boden, den linken Arm in einem unnatürlichen Winkel von sich gestreckt. In ihrem Gesicht war Blut, aber ihr Herz schlug nicht mehr.

Sie ist tot, dachte er, als Creech nach dem Jagdgewehr griff und dabei beinahe über Beckys Fuß stolperte. Creech hatte den Lauf des Gewehrs auf ihn gerichtet. Noch nie hatte Patrick ein Gewehr auf sich gerichtet gesehen. Was einige vielleicht erstaunt hätte. Aber jetzt, in diesem Moment, nahm er es kaum wahr. *Becky ist tot. Das passiert hier wirklich.*

»Nein«, flüsterte er jetzt.

Creech sagte etwas – schrie es. Aber für Patrick klangen seine Worte fern und fremd. Die ganze Welt schien ihm fern und fremd. Vielleicht wäre er für immer in diesem Trancezustand verharrt, wäre nicht das Gebrüll gewesen. Ein schrilles Kreischen, wie von einem pfeifenden Zug, dröhnte in seinem Kopf.

Becky ist tot. Du bist hier. Das passiert wirklich. Der Mann richtet ein Gewehr auf dich und wird wahrscheinlich abdrücken.

Das Kreischen wurde noch schriller und schließlich zum Weinen eines Kindes. Sammy. Die Zweijährige stand hinter ihm im Eingang zur Kirche, und sie schluchzte so sehr, dass ihr Rotz aus der Nase lief. Patricks Blick wanderte von dem kleinen Mädchen zur toten Becky, dann zu Creech und dem Gewehr. Ganz ähnlich wanderte auch Creechs Blick von Patrick zu seiner Schwester, dann zu dem kleinen Mädchen, das im Eingang stand und brüllte.

Plötzlich sagte Becky etwas, die Worte kamen nicht aus ihrem Mund, sondern aus Patricks Erinnerung. *Wenn was passiert, kümmerst du dich um Sammy, okay?*

Sammy weinte noch immer. Sie streckte die Arme nach Patrick aus, die winzigen Finger hochgereckt.

»*Versprich mir, Patrick … Lasst eure beiden Lichter brennen. Schau nicht zurück.*«

Er drehte sich zu Sammy um, hob sie in seine Arme. Sie vergrub ihr Gesicht an seiner Schulter, bebte kurz und heftig, dann beruhigte sie sich.

Er sah Creech an.

Creech ließ das Gewehr sinken und zeigte zur Tür. »Geh.«

»Schau nicht zurück«, hatte Becky gesagt, und er tat es nicht.

Er fuhr den ganzen Tag, blickte alle dreißig Sekunden in den Rückspiegel, um sich zu vergewissern, dass Sammy noch da war, als könnte sie plötzlich vom Rücksitz verschwinden, während er mit hundert Stundenkilometern über den Highway raste. Der leere Beifahrersitz trieb ihm immer wieder Tränen in die Augen, also versuchte er, möglichst nicht hinzuschauen.

Ungefähr sechs Meilen vor der Staatsgrenze machte er an einer Raststätte Halt. Unter dem Fahrersitz fand er eine stinkende alte Basecap und setzte sie auf, zog den Schirm tief ins Gesicht. An der Tankstelle parkten eine Reihe von Lastern. Die Raststätte war blau gestrichen und die Wände voller Graffiti. Auf einem verblichenen Schild über der Tür stand: *Bob's Stop. Benzin! Donuts! Hotdogs! Getränke!*

Nachdem er aufgetankt und den Vorrat an Snacks aufgefüllt hatte, war seine Brieftasche erstaunlich leer. Er dachte an die Tüte mit Geld auf dem Kirchenboden, und einen Augenblick lang hätte er am liebsten laut aufgejault. Er nahm einen Vierteldollar aus der Tasche und fand ein Münztelefon ganz hinten an der Raststätte.

»Ja?«, meldete sich seine Mutter beim zehnten Klingeln.

»Ich bin's, Mom«, sagte Patrick. »Ist Travis da?«

»Nein.«

»Hast du eine Ahnung, wann er wiederkommt?«

»Nein«, sagte sie. »War's das?«

»Ja. Nein. Mom, ich stecke in Schwierigkeiten.«

Draußen rollte ein Laster in einer Dieselwolke vorbei.

»Wo bist du?«, fragte Ava.

»Spielt keine Rolle«, sagte er. »Ich brauche Hilfe.«

»Wie viel *Hilfe*?«

»Wie viel hast du denn?«

»Leihen und Borgen macht Kummer und Sorgen.«

»Mom, bitte.«

Patrick hörte das Knacken eines Feuerzeugs am anderen Ende der Leitung, gefolgt von dem schmatzenden Geräusch, das Ava machte, wenn sie sich eine Zigarette anzündete.

»Sag mir wie viel und wohin ich es überweisen soll«, sagte sie.

Tränen der Erleichterung liefen ihm über die Wangen. Er schaute hinaus auf den Parkplatz und sah Sammy hinten im Eagle sitzen. »Danke.«

»Mh-hm«, sagte Ava. »Soll ich deinem Bruder was ausrichten?«

»Nein«, sagte Patrick. »Pass einfach gut auf ihn auf.«

Am Montag, den 9. April, sechs Tage nachdem Becky Creech Sammy Went entführt hatte, überquerte Patrick Eckles zum, wie er hoffte, letzten Mal die Staatsgrenze von Kentucky. Er und Sammy fuhren den ganzen Tag und die ganze Nacht, hielten nur, um zu tanken oder zu essen. Wenn sie schliefen, dann auf dem Rücksitz des Eagle oder in billigen Motels, in denen nur Bargeld akzeptiert wurde. In einem davon gab es ein Schwimmbecken. In einem Kaufhaus kaufte Patrick Sammy einen viel zu großen gelben Badeanzug und stapfte mit ihr auf den Schultern bis ans tiefe Ende.

Sammy war lange noch verwirrt. Manchmal wurde sie traurig, und Patrick fragte sich, woran sie sich erinnern konnte und wie viel bereits verschwamm. Aber je mehr Meilen der Eagle zurücklegte, umso mehr akzeptierte Sammy ihre neue Wirklichkeit, und sie hing immer mehr an Patrick, so wie er immer mehr an ihr hing. Er spürte ihr Licht, genauso wie Becky Creech, und das war das Einzige, was zählte.

Patrick kaufte überall, wo sie Halt machten, eine Zeitung. Der tote Sheriff Ellis wurde in Redwater gefunden, genau dort, wo Becky und er ihn hatten liegen lassen. Es gab Gerüchte, dass die Sache etwas mit Sammys Entführung zu tun hatte oder dass er bei einem Treffen mit einer der Prostituierten, die in jenem Teil der Stadt verkehrten, ermordet worden war. Doch im Lauf der Wochen, in denen keine neuen Beweise auftauchten, wurden auch die Nachrichten über den ungelösten Mordfall immer kleiner und wanderten in den Zeitungen immer weiter nach hinten, bis sie schließlich ganz verschwanden.

Über Becky stand nichts in den Zeitungen. Patrick nahm an, dass ihr Bruder den Mord vertuscht und sie irgendwo im Wald in der Nähe der Kirche begraben hatte. Er hoffte, Creech war vorsichtig mit ihr umgegangen und hatte ein Gebet gesprochen, bevor er ihr Grab zugeschüttet hatte. Auch hoffte er, dass Creech nicht verraten hatte, dass er ihn und Sammy an jenem Tag in der Kirche gesehen hatte, und dass er es niemals tun würde. Auch wenn es für ihn selbst ebenfalls das Ende bedeuten würde – niemand konnte vorhersehen, was im Kopf des Reverends vorging.

Acht Monate später kaufte Patrick einen gefälschten Pass für Sammy, und sie verschwanden nach Australien. Er änderte seinen Namen von Patrick Eckles in Dean Leamy. Der neue Name hatte keine tiefere Bedeutung: Er war ihm einfach so eingefallen. Es war egal. Wichtig war nur, dass er nicht mehr Patrick Eckles war.

Er fand Arbeit in Melbourne und passte sich so schnell wie möglich an. Es dauerte lange, bis er seinen Akzent neutralisiert hatte, deshalb sprach er am Anfang nicht viel. Dean zu werden war ansonsten aber leichter als erwartet: als würde man in eine warme Wanne gleiten oder eine frische neue Jeans anziehen.

Er hatte nie vorgehabt, jemanden kennenzulernen, und ganz gewiss nicht, sich noch mal zu verlieben. Aber wie er in Manson auf schmerzhafte Weise erfahren hatte, wurde aus Plänen manchmal nichts. Eine Frau namens Carol verliebte sich in Dean und noch mehr in Sammy.

Und Sammy hieß Kim.

Eine Zeit lang glaubte Carol, Kim sei Deans Tochter, aber so überzeugend Dean auch log, ihr fielen schon bald Unstimmigkeiten in seiner Geschichte auf. Manchmal dachte Dean, sie sei ein wandelnder Lügendetektor.

Schließlich erzählte er ihr die Wahrheit. Und irgendwann schloss Carol ihren Frieden damit. Beide kamen überein, dass Kim es niemals erfahren sollte. Um die Lüge zu untermauern und noch größeren Abstand zu Sammy Went einzulegen, behauptete Carol, sie sei ihre leibliche Tochter.

Jahre vergingen.

Dean und Carol bekamen eine weitere Tochter, Amy. Die beiden Mädchen wuchsen in dem Glauben auf, sie seien Halbschwestern. Dean und Carol wurden alt, und die Lüge war begraben. Die Vergangenheit wurde zu einem tiefen, dunklen Ozean voller Haie und Ungeheuer.

Carol wurde krank. Sie verlor ihren Kampf gegen den Krebs. Stuart Went sprach Kim im Northampton Community TAFE an, wo sie inzwischen als Erwachsene an drei Abenden die Woche Fotografie unterrichtete.

Irgendwo über dem Pazifik

– Jetzt –

Die 787 flog mit Reisegeschwindigkeit in einer Höhe von zirka zwölftausend Metern über dem Meeresspiegel und befand sich auf halber Strecke zwischen Manson und Melbourne, der Vergangenheit und der Gegenwart, zwischen Sammys Welt und meiner.

Das Licht in der Kabine war gedämpft, und die meisten anderen Passagiere schliefen. Ich trank eine Cola-Bourbon und starrte aus dem Fenster. Es war zu dunkel, um dort mehr zu sehen als mein gespenstisches Spiegelbild.

Eigenartig, sich vorzustellen, dass Dean und ich diese Reise einmal zusammen unternommen hatten. So schnell würde er sie jetzt nicht wieder antreten. Er war unter dem Namen Patrick Eckles offiziell wegen Kindesentführung und Beihilfe zum Mord angeklagt. Was entsetzlich unfair schien. Er hatte mitten in meinem Leben eine Bombe platzen lassen und war jetzt nicht mehr da, um gemeinsam mit mir in den Trümmern nach Überlebenden zu suchen.

Seit dem Tag im Manson Mercy, als er die Tür zu

Patrick Eckles aufgestoßen und mich hereingebeten hatte, hatte ich nicht mehr mit ihm gesprochen. Ich war fassungslos und schweigend zurückgeblieben, Wut hatte in meinem Kopf gepocht, Fragen waren wild in meinem Kopf durcheinandergewirbelt. Hatte er mich gerettet oder gestohlen? Wollte er, dass ich ihm verzieh oder dankte? War er Dean oder Patrick?

Zum Schluss hatte ich nicht mehr herausgebracht als: »Ich wünschte, Mum wäre hier.«

»Ja«, sagte Dean. »Ich auch.«

Ein kleiner roter Vogel war aufgeregt auf dem Fensterbrett gelandet. Ich glaube, es war ein Rotkardinal.

Es würde lange dauern, bis ich Dean verzeihen konnte – wenn überhaupt jemals –, und lange, bis ich Sammy Went und Kim Leamy zu einem Ganzen würde zusammenfügen können. Aber blieb mir eine andere Wahl? Man muss auf etwas zuschwimmen, oder?

An meinem letzten Abend in Manson erhielt ich zwei Telefonanrufe. Den ersten von Detective Burkhart. Mit seinem charmanten gedehnten Südstaatenakzent erzählte er mir, dass Dale Creech an einer Raststätte an der Staatsgrenze von Kentucky festgenommen worden sei. Er hatte den Mord an Becky Creech gestanden und behauptet, er habe sie irgendwo im Wald in der Nähe der Kirche begraben.

Endlich war der Schattenmann verschwunden.

Der zweite Anruf stammte von Molly Went. Sie hatte meine Nummer von Stuart bekommen. Sie rief nicht an, um sich zu entschuldigen oder mir tränenreich ihre

Zuneigung zu versichern, sondern nur, um ein bisschen zu plaudern. Sie fragte mich, wie viele Stunden mein Flug dauern würde, und erklärte, sie könne sich nicht vorstellen, jemals so lange in einem Flugzeug zu sitzen. Sie wollte wissen, wie es in Australien war, ob unsere Schlangen wirklich so tödlich waren, wie alle behaupteten, oder ob Kängurus bei uns über die Straße hüpften. Als die Unterhaltung sich dem Ende näherte, gab sie mir ihre Telefonnummer und sagte, falls ich je Lust haben sollte, sie anzurufen, sei das in Ordnung.

»Ich überlege es mir«, hatte ich gesagt. Und es ernst gemeint.

Als die 787 sich über Melbourne senkte, schaute ich hinaus auf die Stadt. Sie war flach und grau, vertraut und doch irgendwie anders.

Die Stadt hat sich nicht verändert, stellte ich fest. Aber die Frau, die hierher zurückkehrt.

Amy, Wayne und Lisa warteten am Flughafen auf mich. Meine Nichte entdeckte mich zuerst. Sie schrie meinen Namen und rannte mir entgegen. Ich hob sie hoch und drückte sie fest an mich, umarmte sie. Amy schlang die Arme um uns beide. Wayne sah aus respektvoller Entfernung zu und bot an, meine Tasche zu tragen, aber als ich Amy und Lisa fertig umarmt hatte, umarmte ich auch ihn.

Es kam noch einiges auf mich zu, und es gab viel zu überlegen, aber jetzt wollte ich noch nicht daran denken. Ich dachte an Sammy Went, an das Kind im Nirgendwo meiner dunkelsten Erinnerungen. Ich konnte die rote Schnur sehen und dass sie daran zog, damit rechnete, dass sie leer zurückkam, aber dieses Mal spannte sie sich. Sammy stand auf und folgte ihr, legte eine Hand vor die andere und bahnte sich ihren Weg durch die Dunkelheit ins Licht.

Anmerkungen des Autors

Schreiben ist eine einsame Angelegenheit, und größtenteils gefällt mir das. Vier Meter vom Bett und meinem Hund entfernt zu arbeiten bedeutet für mich, dass zumindest ein paar der Entscheidungen, die ich im Laufe der Jahre getroffen habe, richtig gewesen sein müssen. Und jetzt, wo das Buch draußen ist, komme ich tatsächlich dazu, mit Menschen zu sprechen.

Dies im Hinterkopf, möchte ich Ihnen, lieber Leser oder liebe Leserin, danken und ein Gespräch beginnen. Wenn Ihnen danach ist, Ihre Gedanken mitzuteilen oder einfach nur Hallo zu sagen, dann würde ich mich freuen, von Ihnen zu hören. Sie können über meine Website (Christian-White.com) Kontakt zu mir aufnehmen oder mich über die sozialen Medien erreichen. Ich verspreche, ich kümmere mich in Zukunft besser um Twitter. Mit ein bisschen Glück werde ich, wenn Sie das hier lesen, bereits mehr als sechs Follower haben.

Wo Sie schon mal da sind, dachte ich, dass ich Ihnen erzähle, wie ich auf die Idee zu dem Buch gekommen bin und wie ich mich ans Schreiben gemacht habe. Sie sind nicht verpflichtet weiterzulesen, aber wenn Sie zu den Leuten gehören, die im Kino sitzen bleiben, bis der

Abspann gelaufen und die Lichter angegangen sind, möchten Sie bestimmt gerne mehr über die Geschichte *hinter* der Geschichte erfahren, also bleiben Sie dran. Sollten Sie wie meine Frau jemand sein, der einfach alles zu Ende machen muss und sich gezwungen fühlt, jedes einzelne Wort in einem Buch zu lesen, dann tut es mir leid. Ich werde versuchen, mich kurzzufassen.

Ich habe dieses Buch vor allen Dingen geschrieben, um es aus dem Kopf zu bekommen. Jeder, dem schon einmal eine Geschichte durch den Kopf gegangen ist (ich vermute, da draußen gibt es einige von euch), wird wissen, dass der Wunsch, diese aufzuschreiben, zu verfilmen, zu malen oder sonst wie auszudrücken, einem ständigen Juckreiz vergleichbar ist – man muss einfach kratzen. Ein Muskel, der angespannt werden muss. Schorf, den abzukratzen man sich nicht verkneifen kann.

Als ich anfing, hatte ich eigentlich keine Ahnung, wie man einen Roman schreibt. Ich hatte es schon einmal versucht und war gescheitert und wollte nicht noch mal scheitern. Wie so oft in Stunden der Not suchte ich Rat bei Stephen King. Sollten Sie je dran gedacht haben, selbst einen Roman zu schreiben, dann lassen Sie alles stehen und liegen und kaufen, leihen oder klauen sich eine Ausgabe von *Das Leben und das Schreiben*. Dabei handelt es sich einerseits um eine Autobiografie, andererseits um einen Ratgeber, denn man bekommt eine klare Anleitung, wie man eine gute Idee in ein Manuskript überführt. Ich kann Ihnen aus persönlicher

Erfahrung sagen, es funktioniert. Den Beweis dafür halten Sie in Händen.

Als ich die Grundidee für *The Nowhere Child* hatte – *wie wäre das, wenn man feststellen würde, dass man als Kind entführt wurde, und die Menschen, die man für seine Eltern hält, in Wirklichkeit Kidnapper sind?* –, wusste ich, dass sie interessant genug war, um eine größere Geschichte daraus zu bauen, aber sie war auch verbreitet genug, um mich skeptisch zu stimmen. Entführungsgeschichten wurden bereits millionenfach erzählt, und diese musste sich von den anderen unterscheiden. Sie brauchte etwas Besonderes. Sie brauchte … Kentucky.

Als Teenager war ich mit meinen Eltern mit dem Auto quer durch die Vereinigten Staaten gereist. Wir waren in Wilkes-Barre in Pennsylvania (wo damals meine Schwester lebte) gestartet, waren bis runter nach Florida und wieder zurückgefahren. Unterwegs machten wir Halt in Kentucky, und mir blieben zwei Dinge sehr deutlich im Gedächtnis. Erstens: dass mein Dad sich sehr freute, als uns ein Einheimischer sagte: »Ihr werdet alle wiederkommen.« Und zweitens: Mammoth Cave.

Falls Sie es nicht schon anhand des Namens erraten haben, Mammoth Cave ist genau das: ein riesiges System an unterirdischen Gängen und höhlenartigen Kammern. Wir verbrachten einen Nachmittag damit, durch die Höhle zu spazieren. Sie war unglaublich und überwältigend, so wie dies nur natürlich entstandene Sehenswürdigkeiten sein können.

Wir gingen unter alten Stalaktiten durch, leuchteten uns mit kleinen gelben Lampen den Weg. Als wir eine ganz besonders riesige Höhle erreichten, stellte uns unser Reiseleiter in einer Reihe auf und bat uns, alle Lampen auszumachen. Die Dunkelheit, die uns überfiel, war mit nichts vergleichbar, was ich bis dahin erlebt oder gespürt hatte. Sie war schwer, absolut und vollkommen. Ich hielt meine Hand ungefähr zwei Zentimeter vor mein Gesicht und konnte nichts sehen. Die Dunkelheit hatte etwas Spirituelles, etwas Urwüchsiges, Mächtiges, Verbindliches.

Lange nachdem der Höhlenführer die Lichter wieder eingeschaltet hatte, blieb diese Dunkelheit noch bei mir, wie ein eigenartiges Trauma. Als ich *The Nowhere Child* schrieb, wollte ich mir dieses Gefühl zunutze machen, und das ist der Grund, weshalb die Handlung größtenteils in Kentucky spielt. Wenn ich mir Kim Leamys dunklen Ort der Erinnerungen vorstelle, an den die kleine Sammy Went verdammt wird, stelle ich mir immer Mammoth Cave vor, wenn alle Lichter ausgeschaltet sind.

Also, das war's von mir. Ich danke Ihnen von ganzem Herzen, dass Sie mein Buch gelesen haben. Ehrlich, das bedeutet mir sehr viel. Ich kann mich nicht erinnern, ob ich das irgendwo gelesen oder mir ausgedacht habe, aber die Beziehung zwischen Autor und Leser ähnelt einem heiligen Pakt. Der Leser schenkt dem Autor ungefähr ein Dutzend Stunden seines Lebens, und im Gegenzug schenkt der Autor ihm hoffentlich eine Geschichte, die seine Zeit lohnt. Manchmal fühlt sich der Leser ein bisschen geprellt, aber meistens ist es meiner Erfahrung nach ein fairer Tausch. Über die Jahre habe ich jede Menge Bücher gelesen und immer sehr viel von denjenigen erwartet, denen ich meine Zeit geschenkt habe. Jetzt befinde ich mich auf der anderen Seite dieses Pakts und möchte, dass Sie wissen, dass ich diese Sache hier sehr ernst nehme.

Ich hoffe aufrichtig, dass Ihnen *The Nowhere Child* gefallen hat, und wenn Sie sich geprellt fühlen, hoffe ich, dass Sie mir trotzdem eine zweite Chance geben. Ich fange erst an.

Danksagung

Stephen King lässt es ziemlich leicht aussehen, aber einen Roman zu schreiben ist schwer und erfordert die Unterstützung vieler großartiger Menschen. Wenn ich es mir recht überlege, dann ist Unterstützung vielleicht gar nicht das richtige Wort. Eher Liebe. Geduld würde auch funktionieren. Hier ist eine Liste mit einigen tollen Menschen, die bei der Entstehung dieses Buchs geholfen haben.

Alle bei Affirm Press. Was soll ich sagen? Eure Leidenschaft wirkt ansteckend, und ich liebe euch alle. Besonderer Dank geht an Martin Hughes und Ruby Ashby-Orr, die mir beigebracht haben, wie man ein besserer Autor wird; und Keiran Rogers, Grace Breen und Emily Ashenden, die mich wie einer aussehen lassen.

An alle meine Verleger im Ausland, die mich mit Unterstützung überschüttet haben und mir zu unschätzbar wertvollen Einsichten verholfen haben. Ich hoffe, dass ihr euch alle auch mal im wahren Leben begegnet, ich lade euch auf einen Drink ein. Besonderer Dank gilt Julia Wisdom bei HarperCollins, die sich den Titel hat einfallen lassen.

Meine Agenten bei RGM, Jennifer Naughton und Candice Thom, die mir immer den Rücken freigehalten haben.

Dem Wheeler Centre für den Victorian Premier's Literary Award für ein unveröffentlichtes Manuskript: Ohne euch wäre dieses Buch noch immer nur ein Word-dokument auf meinem Computer.

Meine Eltern, Ivan und Keera White. Ihr habt mich gelehrt, meinen eigenen Weg zu suchen und zu gehen. Dad, du hast mir immer die Seite mit den Filmbesprechungen aus der Zeitung gegeben, wenn wir heimlich bei McDonalds frühstücken waren. Mum, du hast mir auf unseren langen Spaziergängen beigebracht, wie man eine Geschichte erzählt. Es war die Kombination aus diesen beiden Dingen, die in mir den Wunsch geweckt haben, Schriftsteller zu werden.

Meine Geschwister, Niki (die stärkste Frau, die ich kenne), Peter (der weiß, wie's im Leben läuft) und Jamie (der mich gleichermaßen quält und zum Lachen bringt) und ihre Partner, die mit ihnen klarkommen müssen.

Alle DeRoches, besonders Torre, die mich mit dem Erfolg ihres eigenen Schreibens inspiriert hat; und Chris, der die beste Lache hat, die ich jemals gehört habe.

Meine engsten Freunde Jon und Sophie Asquith, die mich fortwährend mit ihrer Kreativität beeindrucken; Chris Dignum, dem witzigsten Menschen, den ich kenne und der eines Tages noch mal alle sprachlos machen wird, wenn er den Hintern hochkriegt und was schreibt; Angie Sperling-Bruch, meine älteste Freundin, die mir noch 90 Dollar schuldet; und natürlich Big Daz.

Meine Hündin Issy, die dies niemals lesen wird (weil sie zu faul ist), die aber auf ewig meine liebe, pelzige Tochter bleiben wird. Jedes Mal wenn ich dir in die Augen schaue, höre ich den Song von Cat Stevens (»I Love My Dog«). Ich dachte, wir würden dich retten, aber es war umgekehrt.

Und schließlich meine Frau, Summer DeRoche, meine beste Freundin und erste Leserin. Alle auf dieser Liste haben bei der Entstehung dieses Buchs geholfen, aber ohne dich, Sum, würde es nicht existieren. Du hast dazu beigetragen, dass aus einem coolen Entwurf ein ausgewachsenes Manuskript wurde, aber was noch wichtiger ist, du hast daran geglaubt und mich dadurch bei der Stange gehalten. Ich bewundere deinen Humor, fühle mich inspiriert durch deine Kreativität und bin neidisch auf die schönen Filme, die du drehst. Danke, dass du du bist und dich für mich entschieden hast.

Um die ganze Welt des
GOLDMANN Verlages
kennenzulernen, besuchen Sie uns doch
im Internet unter:

www.goldmann-verlag.de

Dort können Sie
nach weiteren interessanten Büchern ***stöbern***,
Näheres über unsere ***Autoren*** erfahren,
in ***Leseproben*** blättern, alle ***Termine*** zu Lesungen und
Events finden und den ***Newsletter*** mit interessanten
Neuigkeiten, Gewinnspielen etc. abonnieren.

Ein ***Gesamtverzeichnis*** aller Goldmann Bücher finden
Sie dort ebenfalls.

Sehen Sie sich auch unsere ***Videos*** auf YouTube an und
werden Sie ein ***Facebook***-Fan des Goldmann Verlags!

www.goldmann-verlag.de
www.facebook.com/goldmannverlag